매핑 도스토옙스키

매핑 도스토옙스키

대문호의 공간을 다시 여행하다

석영중 지음

일러두기

- 도스토옙스키 작품의 번역문 인용은 열린책들 판본을 토대로 했다. 맥락에 맞추어 저자가 수정한 부분도 있으나 일일이 밝히지는 않았다.
- 이 책의 토대가 된 『중앙SUNDAY』 기고문의 제목 〈맵핑 도스토옙스키〉는 국립국어원 외래어 표기법에 따라 〈매핑 도스토옙스키〉로 변경했다.

이 책은 실로 꿰매어 제본하는 정통적인 사철 방식으로 만들어졌습니다.
사철 방식으로 제본된 책은 오랫동안 보관해도 손상되지 않습니다.

머리말

대문호의 역마살

구체적인 목표 없이 그냥 시작한 일이 불현듯 어떤 목표를 향해 돌진하게 되는 경우가 있다. 이 책이 그렇다. 어느 해 여름, 상트페테르부르크에서 『죄와 벌』의 공간을 둘러볼 때만 해도 일이 이렇게 커질 줄은 몰랐다. 소설 속에서 언급되는 운하와 다리와 골목길을 걷다 보니 답사 반경을 조금 넓혀 보고 싶어졌다. 모스크바의 도스토옙스키 생가도 찾아보고 시베리아 유형지 기념관도 가보고 싶어졌다. 급기야는 내친김에 러시아 안에 있는 여섯 군데 도스토옙스키 기념관을 차례로 방문해 보고 싶다는 욕망이 모락모락 피어올랐다. 정신을 차리고 보니 나는 어느덧 도스토옙스키의 족적을 찾아 러시아는 물론 카자흐스탄과 체코, 프랑스, 스위스, 독일, 영국, 이탈리아를 넘나드는 대장정에 올라 있었다.

도스토옙스키는 모스크바에서 태어나 상트페테르부르크 공병 학교에서 수학했으며 30대의 대부분은 시베리아 유형지에서 보냈다. 유형 이후 트베리에 잠시 머물다가 상트페테르부르크로 돌아와 작품 활동을 하면서 여러 차례 유럽에 다녀왔다. 도박 중독에 걸려 독일 카지노를 배회했고, 버거운 친척들과 빚쟁이를 피해 스위스와 이탈리아를 전전했으며, 천식 치료를 위해 독일 온천장에서 요양했다. 생의 마지막 몇 년 동안은 스타라야 루사라는 작은 온천 마을에서 여름을 보냈다. 러시아 문학을 통틀어서 도스토옙스키만큼 여러 곳을 떠돌아다닌 작가는 찾아보기 어렵다. 역마살도 이런 역마살이 없다.

도스토옙스키의 발자취를 추적하는 동안 나는 한 가지 사실을 확인할 수 있었다. 그가 여기저기 떠돌아다닌 것은 대부분 그의 의사와 무관했다. 시베리아 유형과 도박 중독과 천식을 원할 사람이 어디 있겠는가. 그러나 이 숙명적인 이동은 예외 없이 그의 작품 속 서사의 일부로 굳어졌다. 시베리아는 『죽음의 집의 기록』과 『죄와 벌』에, 모스크바는 『백치』에, 상트페테르부르크는 『가난한 사람들』에서 『미성년』에 이르는 수많은 소설에, 유럽은 『지하로부터의 수기』와 『백치』와 『악령』에, 트베리는 『악령』에, 스타라야 루사는 『카라마조프 씨네 형제들』에 지워지지 않는 흔적을 남겼다. 실제의 공간과 지명은 그의 문학 속으로 들어와 때로는 이야기의 배경이 되고 때로는 저자의 의도를 전달해 주는 비유이자 상징이 되었다. 지도 위의 랜드마크는 시간 속의 사건으로 전이되었다. 특정 공간을 따라가는 저자의 이동 궤적은 소설 속에서 사상의 움직임으로 복제되면서 놀라운 역동성의 문학을 창출했다.

나는 이 책에서 저자의 물리적인 이동과 정신적인 움직임을 동시에 살펴보고자 했다. 대문호가 실제로 살았던 도시, 머물렀던 지역, 방문했던 나라를 따라가면서 그의 머릿속에서 소용돌이치던 생각과 그의 펜 끝에서 흘러나온 글을 추적하고자 했다. 국경을 넘고 교차로를 지나가고 다리를 건너가며 시간, 공간, 인간을 축으로 하는 도스토옙스키 〈지도〉를 그려 보고자 했다. 그래서 제목에 〈지도*map*〉에서 파생된 단어 〈매핑*mapping*〉을 집어넣었다. 이 책의 〈매핑〉은 실질적인 지도와 형이상학적인 지형도 모두를 함축한다.

이 책은 만들어지는 과정도 무척 〈역동적〉이었다. 2017년 어느 날, 평소 친분이 있던 『중앙SUNDAY』 문화 에디터 정형모 부국장과 만난 자리에서 문득 도스토옙스키 기행 얘기를 꺼냈다. 〈이렇게 그의 흔적을 다 따라가 본 학자는 아마 전 세계에도 없을 것〉이라고 뻐겼던 것 같다. 심드렁하게 듣고 있던 그가 갑자기 몸을 내 앞으로 숙이더니 말했다. 「저희랑 하시죠.」 일이 되려고 그랬는지 마침 2018년 상반기는 연구 학기였다. 〈이 글을 쓴다면 지금이겠구나〉 하는 생각도 들었던 것 같다. 그렇게 의기투합했다. 2018년 1월 첫 주부터 12월 마지막 주까지 1년 동안 매 주말에, 작가론과 평론과 수필을 뒤섞은 여행기를 총 48회 연재했다. 1회부터 43회까지는 『S MAGAZINE』에 도시명을 특정하여 연재했고, 11월 『S MAGAZINE』이 잠정 휴간된 후에는 『중앙SUNDAY』 본지에 〈매핑 카라마조프가의 형제〉라는 제목으로 작품에 대한 평론 형식의 글을 5회 연속으로 기고했다. 정해진 마감 시간에 맞추어 동일한 분량의 글을 신문에 기고하는 것은 어렵지만 매혹적인 경험이었다. 나는 생전 처음 장거리 마라톤에 뛰어든 심정이었다. 선두를 달리겠다는 생각보다는 완주하겠다는 생각이 앞섰다. 그리고 나는 완주했다.

도스토옙스키 연재는 새로운 차원의 글쓰기였다. 편안한 주말 아침에 칙칙한 인상과 긴 이름의 러시아 문호를 독자에게 선보인다는 것은 큰 부담이었다. 무슨 체포니, 유형이니, 중독이니, 간질이니 하는 것으로 점철된 신산한 인생과 수천 쪽에 이르는 소설에 관해 무려 마흔 여덟 번의 글을 써야 했기에 나는 1년 동안 독자의 〈눈치〉를 볼 수밖에 없었다. 〈이번 주말에도 이렇게 무거운 얘기를 하게 되어 정말 죄송합니다〉라는 게 내 본심이었다.

그런데 독자의 눈치를 보는 동안 나는 점차 한 가지 생각에 골몰하게 되었다. 나를 사로잡게 된 것은 도스토옙스키가 어디에 가고 무슨 생각을 하고 무엇을 썼느냐가 아니라, 도스토옙스키가 나에게, 그리고 독자에게 무엇을 의미하는가였다. 19세기 러시아에서 살았던 작가가 21세기 한국에서 살아가는 우리에게 의미하는 바는 무엇인가. 어떤 도시에 관해 쓰건, 대문호의 어떤 소설과 어떤 인생 사건에 관해 쓰건 나의 생각은 이 근원적인 질문으로 되돌아왔다. 이 질문에 대한 답을 모색하는 과정이 나에게는 또 하나의 여행이었다. 결국 이 책 『매핑 도스토옙스키』는 도스토옙스키의 의미를 찾아 나선 내 여행의 기록인 셈이다.

그동안 많은 분들의 도움이 있었기에 연재를 무사히 마치고 이렇게 책까지 내게 되었다. 도스토옙스키에게 지면을 할애해 주신 『중앙SUNDAY』와 정형모 부국장에게 깊이 감사드린다. 정형모 부국장의 열정과 신뢰는 연재하는 동안 내내 큰 힘이 되어 주었다. 이 책의 출판을 선뜻 맡아 주신 열린책들 홍지웅 사장님의 변함없는 도스토옙스키 사랑과 관심과 격려에도 진심으로 감사드린다. 제자들의 지원은 글쓰기의 원동력이었다. 도스토옙스키 관련, 알려지지 않은 귀한 자료와 사진을 제공해 준 최정현 선생, 여행의 일부 구간을 함께 해준 홍지인, 이명현 두 선생에게 많이 고맙다. 우리 세 사람이 함께 보았던 시베리아 이르티시강의 장관은 잊을 수가 없다. 특히 가이드이자 여행 플래너의 역할까지 해준 홍선생의 도움은 결정적이었다. 러시아에서 오랜 기간 체류했던 홍지인 선생의 노하우가 없었더라면, 나는 결코 카자흐스탄의 세메이나 다로보예나 옵티나 푸스틴 수도원에는 가보지 못했을 것이다. 대중교통으로 접근하기 어려운 곳에 차편을 제공해 준 모스크바 LG전자의 최성식 부장과 심재우 부장에게도 멀리서나마 고마운 마음을 전한다. 영상 자료 수집과 정리에 수고해 준 대학원생 정지원 양과 이선영 양도 큰 도움이 되었다.

작년 한 해 동안 연재 글을 읽어 주시고 지지해 주신 독자 여러분께도 감사드린다. 특히 한문학과 김언종 교수님은 내가 벽에 부딪혀 있을 때면 어떻게 아셨는지 꼭 격려 문자를 보내 주셔서 정말 많이 고마웠다. 끝으로 꼬박 1년 동안 묵묵히 곁에서 지켜봐 주고 읽어 주고 응원해 준 남편 김동욱 교수와 아들 세희에게 감사와 사랑을 전한다.

2019년 1월

석영중

도스토옙스키 이동 경로

백해

실리셀부르크

상트페테르부르크

마카레프

뱟카

트베리

트로이체-세르기예프

블라디미르

카잔

모스크바

니즈니 노브고로트

유형지까지의 이동 경로
1849년 12월~1850년 1월

옴스크에서 세미팔라틴스크 1854, 쿠즈네츠크 1857 및
수도로 귀향 1859하기까지의 경로

도스토옙스키의 시베리아 유형과 귀환 경로

토볼스크
페름
튜멘
옴스크
쿠즈네츠크
예카테린부르크
바르나울
즈메이노고르스크
세미팔라틴스크

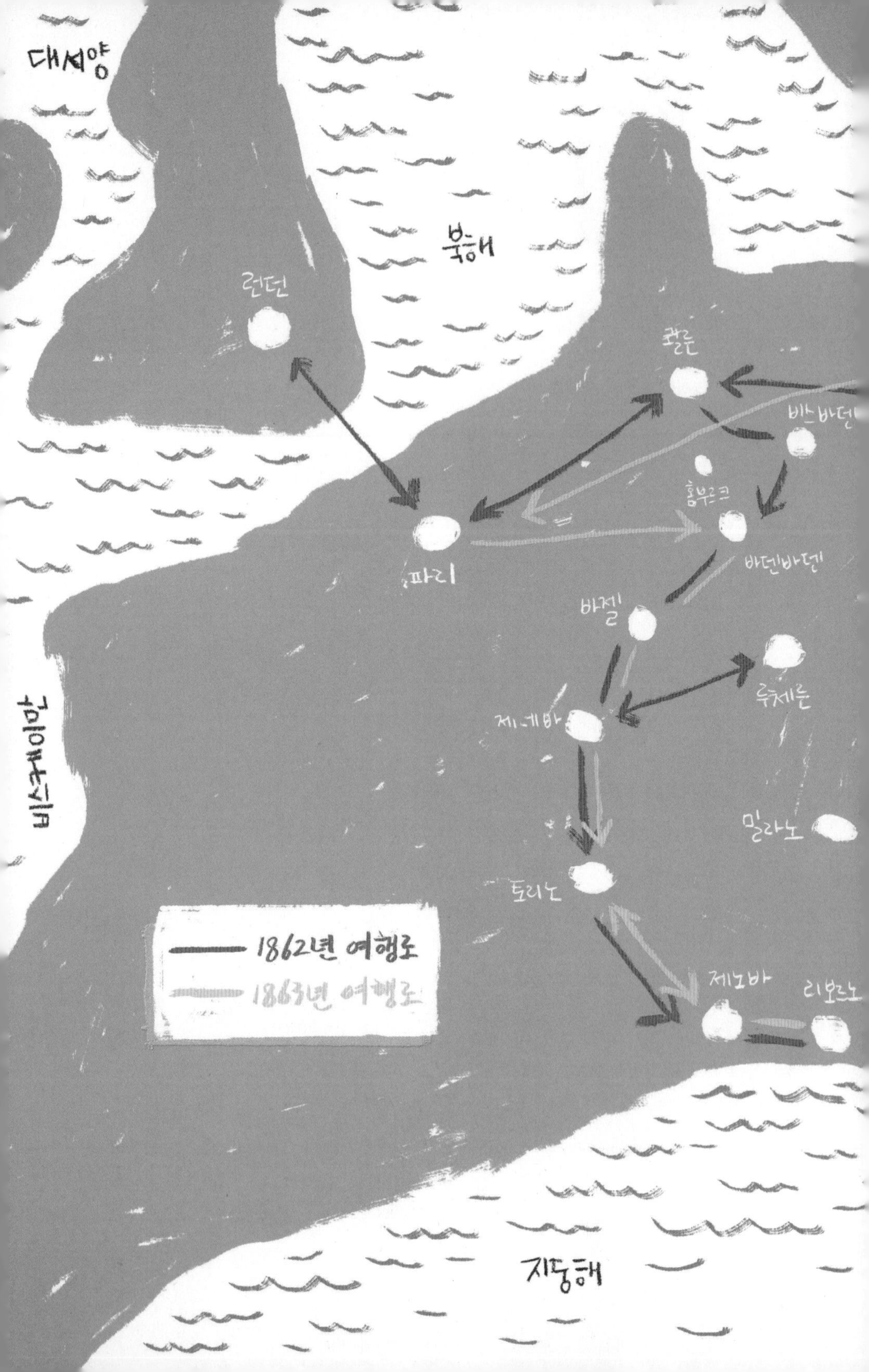

대서양

북해

런던

쾰른

비스바덴

홈부르크

파리

바덴바덴

바젤

루체른

제네바

밀라노

토리노

1862년 여행로

1863년 여행로

제노바

리보르노

비스케이만

지중해

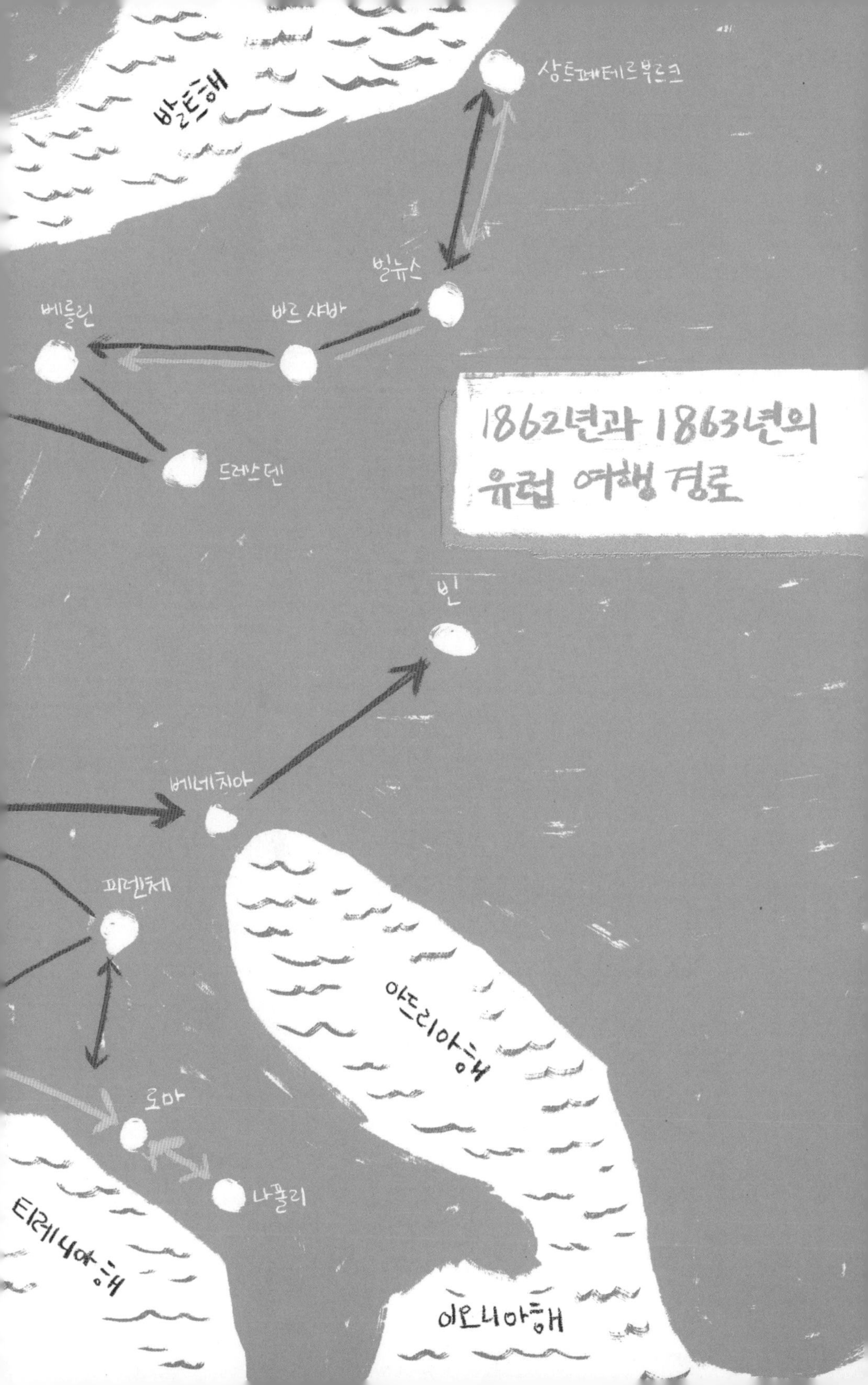

1862년과 1863년의 유럽 여행 경로

발트해

상트페테르부르크

빌뉴스

바르샤바

베를린

드레스덴

빈

베네치아

피렌체

로마

나폴리

아드리아해

티레니아해

이오니아해

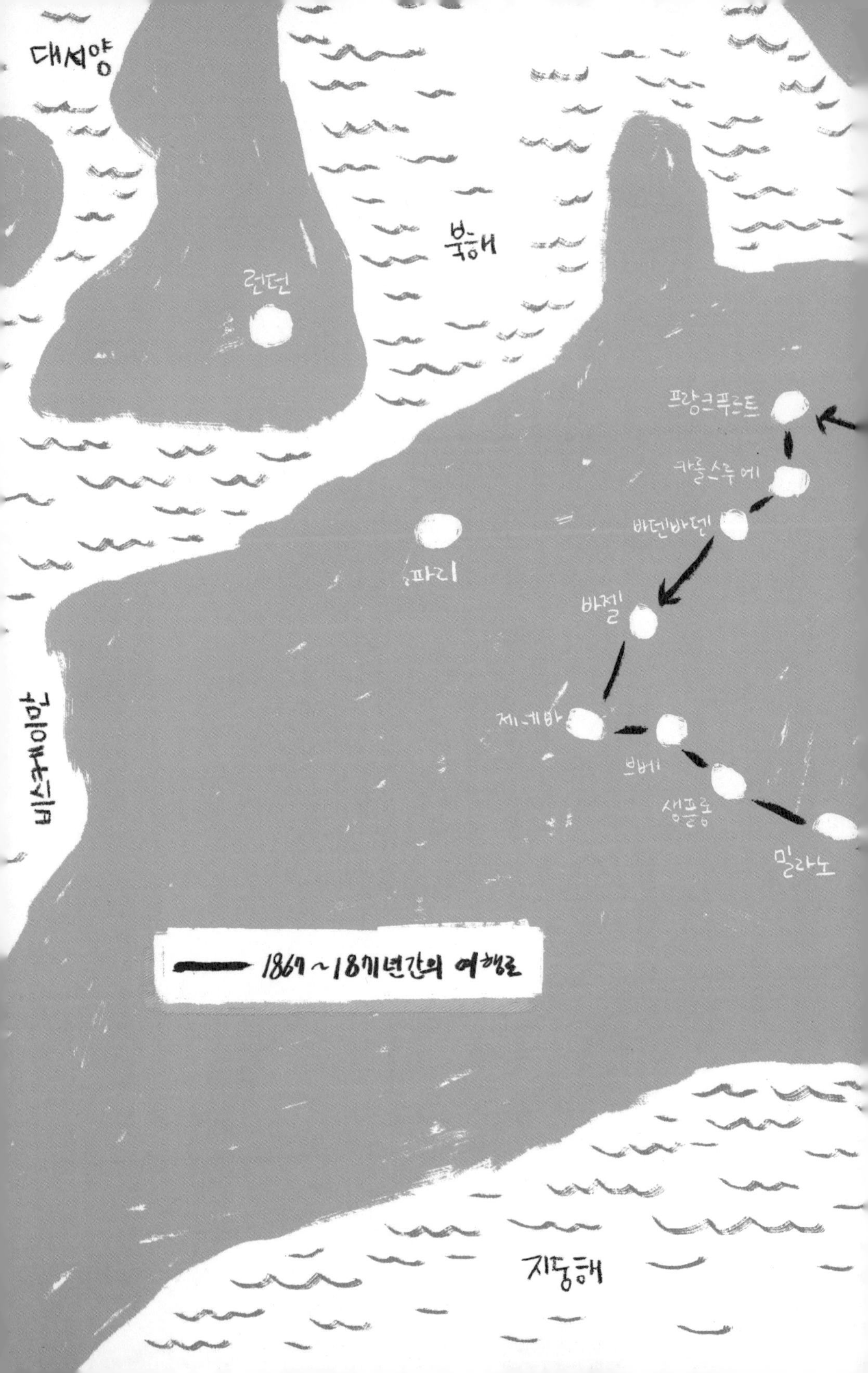

대서양

북해

런던

프랑크푸르트

카를스루에

바덴바덴

파리

바젤

제네바

브베

생플롱

밀라노

비스케이만

1867~1871년간의 여행로

지중해

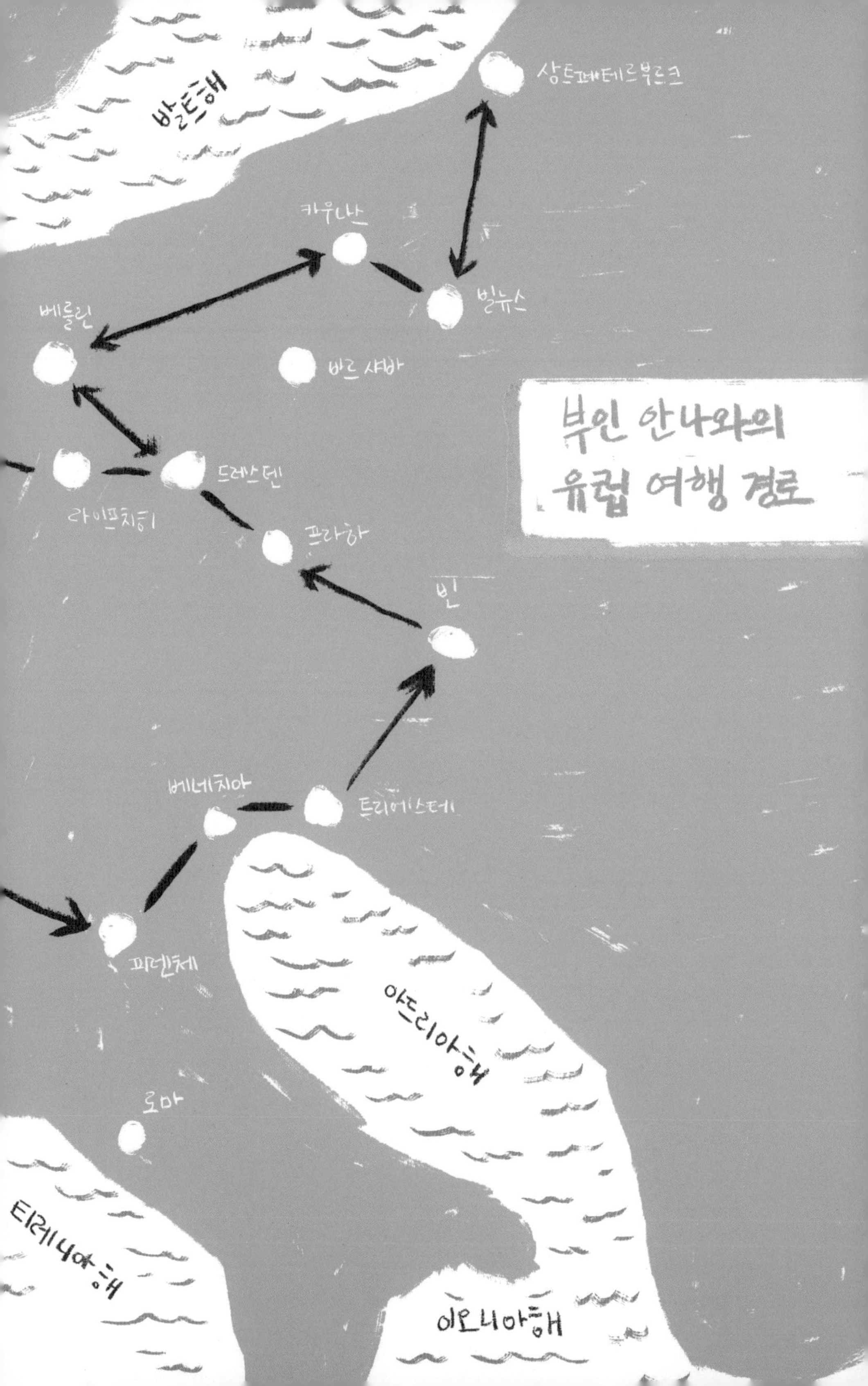

부인 안나와의 유럽 여행 경로

발트해
상트페테르부르크
카우나스
빌뉴스
베를린
바르샤바
라이프치히
드레스덴
프라하
빈
베네치아
트리에스테
피렌체
아드리아해
로마
티레니아해
이오니아해

차례

1부 야망의 여정, 모스크바에서 상트페테르부르크까지

1장 모스크바: 예언자의 탄생

화합에 굶주린 러시아를 울리다

1880년 6월 8일, 모스크바 시내 귀족 회관의 음악당 연단에서 어깨가 구부정한 초라한 행색의 남자가 3천여 청중을 향해 강연을 시작했다. 객석을 가득 메운 사람 중 그 누구도 한 시간 뒤에 일어날 역사적 사건에 대해서 눈치조차 채지 못했다. 연사는 구겨진 싸구려 양복에 흰색 나비넥타이를 삐뚜름하게 매고 있었다. 창백한 얼굴에는 병색이 완연했고 원고를 쥐고 있는 손은 부들부들 떨렸다.

그러나 남자는 강연을 시작한 지 5분도 지나지 않아 청중을 완전히 사로잡았다. 한 구절이 끝날 때마다 환호성과 박수가 쏟아지는 바람에 40분이면 족할 강연이 한 시간 넘게 걸렸다.

마침내 남자가 연설을 마치고 객석을 향해 허리 굽혀 절했다. 순간 객석은 찬물을 끼얹은 듯 조용해졌다. 모두가 숨을 들이마신 상태에서 얼어붙은 것 같았다. 그러더니 갑자기 홀의 뒤편부터 우레와 같은 함성이 터져 나왔다. 아니, 우레와 같다는 것은 턱없이 진부하고 초라한 비유다. 이어진 광란의 도가니는 그 어떤 말로도 제대로 묘사하기 어렵다.

반쯤 넋이 나간 사람들은 모두 벌떡 일어나 미친 듯이 고함을 질러

화가 바실리 페로프가 1872년 그린
표도르 도스토옙스키의 초상화.

댔고, 엉엉 울었고, 생면부지의 옆 사람과 얼싸안았다. 연사의 옷자락이라도 만져 보려고 강단을 향해 달려가는 모습은 문자 그대로 〈쓰나미〉였다. 그 자리에 있던 사람의 회고에 의하면 기둥과 벽이 와르르 무너지는 것 같았다. 부인들은 히스테릭한 괴성을 질러 댔고 신사들은 연사의 발아래 엎드려 눈물을 흘리며 〈성자이시다! 예언자이시다!〉라고 소리쳤다. 어떤 청년은 울고불고 날뛰다가 급기야는 의식을 잃고 쓰러져 실려 나갔다. 몇몇 평론가들의 지적처럼 이것은 〈종교적 부흥회〉, 혹은 우상 숭배 예식을 방불케 했다.

이 놀라운 사태의 주인공은, 눈치채셨겠지만, 표도르 미하일로비치 도스토옙스키, 바로 그 사람이다. 그는 이해 6월 5일 시작된 푸시킨 동상 제막식 기념 축제에 초청받아 푸시킨에 관한 평론을 낭독했고, 청중은 그의 연설에 광란의 찬사로 호응한 것이다. 유명한 소설가가 오래전에 죽은 시인에 관한 글을 발표했는데 청중들이 감동에 겨워 기절을 하는 사태가 발생했다는 이 믿기지 않는 에피소드는 당연히 한 가지 의문을 제기한다. 도대체 이 사람이 무슨 말을 한 것인가?

사건을 이해하려면 우선 푸시킨 축제에 관해 살펴볼 필요가 있다. 이날의 황홀경을 갑자기 발생한 기이한 사건처럼 설명하는 사람도 있지만, 사실 열광의 폭발 밑에는 그럴 만한 이유가 두텁게 깔려 있었다. 러시아 역사의 첨예한 이념 대립, 문화와 정치의 역학 관계, 그리고 국가와 민중의 해묵은 반목이 그것이다.

푸시킨 동상 제막은 처음부터 민간 주도로 진행된 사업이었다. 원래 푸시킨의 지인 몇 명이 노후에 사비를 털어 자그마한 동상을 제작해 귀족 학교 정원에 세우려 했던 것이 그만 일이 점점 커지면서 거국적인 모금 운동으로 발전했다. 민중이 자발적으로 모은 돈은 총 10만 6,575루블로 수억 원에 해당되는 거금이었다. 유명인의 동상을 사비

1880년 객석을 열광시킨 도스토옙스키의 푸시킨 강연이 열렸던 모스크바 귀족 회관. 현재는 〈돔 소유조프(연방 회관)〉라고 불린다.

모스크바 푸시킨 광장(옛 스트라스트나야 광장)에 설치된 푸시킨 동상. 조각가 알렉산드르 오페쿠신의 1889년 작품이다.

로 세운다는 것은 러시아 역사상 처음 있는 일이었다.

물론 푸시킨은 그냥 유명인이 아니라 시인이었다. 시인은 러시아 문화와 역사에서 민중의 스승이자 교사로 숭앙받는 사람, 황제의 위상과 맞먹는다고 해서 〈무관(無冠)의 제왕〉이라는 존칭으로 불리는 사람이다. 게다가 푸시킨은 니콜라이 1세의 미움을 받아 유배당했던 시인, 러시아 혁명의 원조라 할 수 있는 12월 당원들과 친밀한 관계를 맺었던 시인, 최소한 겉보기에 〈반체제〉 시인이었다. 이런 시인의 동상을 민간 주도로 세운다는 것은 국가*state*와 민중*people* 간의 오랜 대립에서 민중이 승리했음을 과시하는 일종의 상징적 사건이었다.

여기에는 개방과 개혁이 불가피함을 감지한 황제 알렉산드르 2세의 〈대개혁〉도 한몫했다. 사회 분위기는 이전에 비해 확실히 덜 억압적이었다. 지식인들의 숙원이었던 농노 해방을 비롯한 일련의 획기적 정책의 도입으로 새로운 시대에 대한 희망이 확산되고 있었다. 결국 황제도 동상 제막을 지지했고, 모스크바 두마(의회)는 초대 손님 전원의 숙박비를 지불하겠다는 통 큰 제안을 했다. 이렇게 문화적 회상에서 촉발된 행사는 정치 사회적 사건으로 확대되고 변형됐다. 물론 러시아에서 정치적 의의가 배제된 순수한 문화 행사란 거의 없다. 그러나 푸시킨 축제처럼 문화와 정치가 그토록 긴밀하게 합치된 경우도 많지는 않다.

동상 제막식은 러시아 전역에서 온 106개 대표단, 주지사 돌고루코프, 대주교 마카리, 작곡가 루빈시테인과 차이콥스키, 투르게네프, 도스토옙스키 등 정계와 종교계와 문화계 인사들이 참석한 가운데 성대하게 개최됐다. 해외에서는 빅토르 위고와 앨프리드 테니슨이 축전을 보내왔다. 일찌감치 여름 별장으로 떠났던 중산층 시민들은 제막식을 보기 위해 속속 도시로 되돌아왔다. 동상이 세워진 스트라스트나야 광장은 수만 명의 군중으로 가득 찼다. 주변 모든 건물의 창문과 지붕은 25루블을 지불한 구경꾼들로 빼곡하게 메워졌다. 동상 맞은편 수도원에서는 죽은 시인을 위한 장엄한 추도식이 거행됐다. 루빈시테인이 지휘하는 오케스트라는 마이어베어의 대관식 행진곡을 연주했다. 모스크바 전체가, 아니 러시아 전체가 들떠 있었다.

그러나 푸시킨 축제의 진짜 핵심은 다른 곳에 있었다. 당대 러시아를 대표하는 작가 〈3인방〉은 투르게네프, 도스토옙스키, 그리고 톨스토이였다. 원래 예술이란 것 자체에 대해 심드렁하던 톨스토이는 〈연애시 나부랭이나 쓰다가 결투에서 총 맞아 죽은 시인의 동상이 웬 말이냐〉라며 일언지하에 참석을 거부했다.

자연스럽게 문단의 주역은 투르게네프와 도스토옙스키로 압축됐다. 두 사람은 극과 극이었다. 투르게네프는 진보적이고 사회주의적이고 무신론적이고 서구적인 모든 것을 대변했으며, 도스토옙스키는 보수적이고 민족주의적이고 정교 그리스도교적이고 슬라브적인 모든 것을 대변했다. 두 사람의 대립은 사실상 서구파와 슬라브파, 좌파와 우파, 진보와 보수로 찢겨 있던 당대 러시아 사회의 분열과 대립을 고스란히 반영했다. 축제의 밑바닥에는 점점 심해지는 갈등이 도사리고 있었고 희망의 분위기 이면에는 러시아의 앞날에 대한 불안이 부글부글 끓고 있었다.

이런 상황에서 양 진영을 대표하는 작가가 무슨 말을 할지에 대해 시민들의 촉각이 곤두서 있던 것은 당연한 일이었다. 사람들은 오디션 프로그램의 결승전을 기대하는 심정으로, 그러나 그보다는 백배 심각하게 두 작가의 〈공연〉을 기대하고 있었다.

두 사람은 과연 무슨 말을 했을까? 투르게네프는 푸시킨에 관한 문학 비평을 발표했고 도스토옙스키는 상황이 요구하는 최적의 말을 했다. 투르게네프는 서구파적인 시각에서 유려하면서도 침착하게, 다소 학문적으로 푸시킨을 평가했다. 반면 도스토옙스키는 푸시킨에 관한 말이 아닌, 분열과 불안 속에 있던 러시아가 듣고 싶어 하는 말을 했다. 화합과 화해와 상생과 공존을 강조했고 오로지 러시아인만이 그것을 실천할 수 있는 〈내공〉을 지니고 있다고 역설했다. 서구파도 옳고 슬라브파도 옳다, 양 진영이 반목하는 것은 오해 때문이다, 러시아는 양자를 모두 필요로 한다, 하고 그는 외쳤다. 러시아인의 사명은 전 세계적이고 전 인류적인 것이며 완전히 러시아인이 된다는 것은 곧 모든 사람의 동포가 된다는 것이다, 푸시킨은 바로 이것을 문학으로 증명해 보였으며 그래서 푸시킨은 예언자다, 하고 그는 외쳤다.

도스토옙스키 자신도 인정했듯 연설의 내용은 황당하고 환상적이고 비논리적이었다. 그러나 즉흥적이거나 감상적인 것은 아니었다. 그는 청중에게 위대한 메시지를 전달하겠다는 사명감에 사로잡혀 잡지에 연재하던 소설까지 중단해 가며 몇 달 전부터 원고에 공을 들였다. 조국을 사랑하고 걱정하는 〈스승〉의 마음 깊은 곳에 담긴 진정성과 천재 작가의 냉정하게 계산된 말이 절묘하게 합쳐져서 청중의 감성 코드를 자극했고, 그 결과는 투르게네프가 받은 의례적인 박수와는 비교도 할 수 없는 전대미문의 황홀경이었던 것이다.

도스토옙스키의 주장이 옳으냐 그르냐, 말이 되느냐 안 되느냐는 문제가 아니다. 문제는 그의 말에 그토록 감동할 만큼 러시아는 화합에 굶주려 있었다는 사실이다. 러시아 민중의 불안도 리얼한 것이었고, 화합에 대한 그들의 강렬한 희구도 리얼한 것이었고, 러시아인, 더 나아가 인간 모두의 내면에 있는 휴머니티를 강조한 도스토옙스키의 연설도 리얼한 것이었다. 비록 좌우로, 서구파와 슬라브파로 나뉘어 있었지만, 조국에 대한 사랑과 민족의 앞날에 대한 우려만큼은 모두가 공유하는 〈진짜〉 현실이었다. 도스토옙스키는 바로 이 현실에 위대한 예술가와 종교 지도자와 정치 사상가의 이미지가 합쳐진 〈예언자〉의 위상으로 응답했다.

마침내 축제의 날이 저물었다. 밤이 깊은 시각에 그는 낮에 받은 거대한 화환을 짊어지고 숙소인 로스쿠트나야 호텔 33호실을 나섰다. 어두운 트베르스카야 거리를 뚜벅뚜벅 걸어 광장에 도착한 그는 푸시킨 동상 앞에 화환을 바치고 엎드려 절했다. 눈물이 그의 주름진 뺨을 타고 흘러내렸다.

오늘날 푸시킨을 예언자라 부르는 독자는 별로 없다. 그러나 수많은 독자와 연구자가 도스토옙스키를 예언자라 부른다. 모스크바는 도스토옙스키가 탄생한 곳이고 그가 예언자로 〈만들어진〉 곳이다. 우리가 도스토옙스키 지도를 그릴 때 모스크바에서 시작해야 하는 이유다.

2장 모스크바: 고통을 보다

연민, 실존의 법칙

> 어디까지나 가정이지만, 인류를 행복하게 만들고 평화와 안정을 가져다줄 수 있는 궁극의 건물을 세우는 게 가능하다고 치자. 그런데 그런 건물을 세우려면 단 한 명의 미약한 생명, 이를테면 아까 말한 조그만 주먹으로 자기 가슴을 치던 불쌍한 여자아이를 괴롭히는 것이 불가피한 일이라 치자. 무고한 아이의 보상받을 수 없는 눈물을 토대로 그 건물을 세워야 한다면, 너는 그런 조건하에서 건축가가 되는 것에 동의할 수 있겠니? 자, 어디 솔직히 대답해 봐! 네가 건설한 건물 속에 사는 사람들이 어린 희생자의 보상 없는 피 위에 세워진 행복을 받아들이는 데 동의하고 결국 받아들여서 영원히 행복해진다 하더라도, 너라면 과연 그따위 이념을 용납할 수 있겠니?

도스토옙스키 최후의 대작 『카라마조프 씨네 형제들』에서 주인공이 던지는 질문이다. 많은 작가와 사상가들을 도스토옙스키와 연결시켜 주는 유명한 대목이기도 하다. 다수의 행복과 한 아이의 고통이 대립하는 이 질문에서 연구자들은 일차적으로 벤담의 〈최대 다수의 최대 행복〉에 대한 반론을 읽어 냈다. 그래서 도스토옙스키의 문학은 윌리엄 제임스의 「도덕 철학자와 도덕적 삶」, 어슐러 르 귄의 SF 단편 「오멜라스를 떠나는 사람들」, 마이클 샌델의 『정의란 무엇인가』로 꼬리에 꼬리를 물고 뻗어 나가면서 공리주의 도덕론과 행복론과 정의론을 논박한다는 게 정설로 되어 있다.

그러나 도스토옙스키에게 고통은 어떤 특정 이념이나 이론의 옳고 그름을 재는 척도보다 훨씬 근본적인 문제다. 한 사람과 여러 사람의 대립이 언제나 중요한 것도 아니다. 빈곤, 질병, 죽음을 골자로 하는 고통은 인간의 조건이며 인간에 관한 모든 사유의 출발점이다. 그것은 일생 동안 대문호를 휘감은 가장 끈질기고 가장 집요한 관념이자 그의 작품을 관통하는 가장 두드러진 테마다.

인간의 조건으로서의 고통은 우리 삶에서 두 가지 형태로 실현되기 마련이다. 하나는 나의 고통을 경감시키기 위해 타인의 고통을 배가하는 것이고, 다른 하나는 타인의 고통을 분담해 줌으로써 궁극적으로는 나의 고통까지 경감시키는 것이다. 그의 작품에 나타나는 고통의 테마 역시 이 두 가지 근본적인 가능성, 요컨대 〈고통의 상대성〉을 따라간다. 양심도 도덕적 성찰도 책임도 모두 이 문제를 비켜 갈 수 없다. 도스토옙스키 사유 목록의 이른바 〈시그니처 메뉴〉라 할 수 있는 선과 악, 신과 인간, 자유, 사랑, 구원의 문제는 모두 실존적 고통이라는 이름의 단일한 씨앗에서 싹이 터 자라 나온 것이다. 어쩌다가 그렇게 되었나를 밝히려면 우선 그의 출생으로 거슬러 올라가야 한다. 그의 출생에는 운명이라는 말로밖에는 설명할 수 없는 무언가가 있다.

그는 1821년 10월 30일(이하 모든 날짜는 구력) 모스크바 마린스키 빈민 병원에서 그 병원 소속 의사의 둘째 아들로 태어났다. 아버지 미하일 도스토옙스키는 군의관으로 복무하다가 1821년 초에 빈민 병원 담당의로 발령받아 본관 남쪽 윙 사택에 둥지를 틀었다. 근면하고 성실한 근무 덕분에 닥터 도스토옙스키는 1828년 성 안나 훈장을 받고 8등관으로 승진했다. 19세기 러시아 관등 체계에 따르면, 8등관부터 법적으로 세습 귀족의 자격을 부여받는다. 그는 득달같이 귀족 명부에 자신과 두 아들의 이름을 올렸다.

도스토옙스키는 1837년 5월 공병 학교 입학을 위해 상트페테르부르크에 갈 때까지 약 16년 동안 모스크바에서 살았다. 그 많은 장소 중 하필이면 빈민 병원에서 태어나 유년 시절과 사춘기를 보냈다는 것은 결코 허투루 넘어갈 일이 아니다.

빈민 병원은 서류상으로나마 귀족인 중산층 가장이 성장기 자식들을 위해 선택할 수 있는 최악의 환경일 것이다. 도스토옙스키가 자라면서 가장 많이 본 것은 병원에 실려 온 극빈층 환자들이었다. 아이들이 환자 가까이 가는 것은 엄격하게 금지되어 있었지만 보는 것까지 막을 수는 없었다. 어린 표도르는 창가 커튼 뒤에 숨어서 혹은 보리수 우거진 병원 마당에서 뛰어놀면서, 현관과 층계에서 순서를 기다리는 헐벗고 굶주리고 고통에 찌든 사람들을 흘끔흘끔 훔쳐보았다. 가끔은 들것에 실려 나가는 시신을 보기도 했다.

거리 풍경 또한 황량하기 이를 데 없었다. 실제 날씨와 관계없이 그 지역에는 언제나 음산한 기운이 감돌았다. 근처에 말을 갈아매는 역참이 있어서 시베리아로 끌려가는 죄수를 가득 실은 썰매가 수시로 병원 앞을 오갔다. 인근 부티르카 감옥으로부터 중병에 걸린 죄수를 이송하는 무개 마차 역시 병원 앞을 지나갔다. 길가에서 혹은 마차를 타고 가면서, 도스토옙스키는 이 슬픈 인간 군상을 질리도록 보았다. 유모가 소스라쳐 놀라 아이의 눈을 가리곤 했지만 소용없었다.

도스토옙스키 가족이 살았던 병원 사택은 현재 〈도스토옙스키 생가 기념관〉으로 보존되어 있다. 본관 앞 도로는 〈도스토옙스키 거리〉

구 마린스키 빈민 병원(도스토옙스키 생가 기념관) 전경.

도스토옙스카야 전철역 내부. 『죄와 벌』(사진) 등
그의 대표 소설의 이미지로 벽화를 만들어 놓았다.

로 불리며, 도로 끄트머리에는 전철역 〈도스토옙스카야〉가 있다.

그러나 그가 살 당시 이 지역의 이름은 〈신의 집〉이라는 뜻의 〈보제돔카*Bozhedomka*〉였다. 그것은 반어적으로 버림받은 영혼을 위한 마지막 안식처, 즉 극빈자 묘지를 지칭했다. 18세기 말까지 그 일대에는 행려병자와 무연고자와 자살자를 위한 빈민 공동묘지가 있었기 때문이다. 빈민 병원 건물을 번듯한 고전주의 양식으로 지은 것은 이런 지역적 특성을 희석시키고자 하는 정부의 속내를 반영한다는 게 역사가들의 얘기지만, 실제로 가보면 오히려 생뚱맞게 위풍당당한 그 건물 때문에 주변 분위기가 더욱 스산하게 느껴진다.

따뜻하고 안전한 방 안에서 날마다 빈곤과 질병과 죽음을 내다보면서 아이는 무슨 생각을 했을까. 불쌍하다는 생각은 나중에 들었을 것이다. 처음에는 그저 무섭고 싫었을 것이다. 그러다가 점차 타인의 고통이 존재하지 않는 척, 타인의 고통을 못 본 척 살 수는 없다는 것을 깨달았을 것이다. 그리고 어쩌면 어느 순간엔가는 자신의 상대적으로 풍족한 삶이 다른 누군가의 고통 덕분에 가능한 게 아닐까라고 의심했을지도 모른다. 어린 시절 그의 마음속에 바윗덩어리처럼 무겁게 들어앉은 저 비참한 무리의 모습이 훗날 『카라마조프 씨네 형제들』에서 고통받는 어린아이의 형상으로 응축되었을지도 모른다.

확실한 것은 도스토옙스키가 첫 소설에 〈가난한 사람들〉이라는 제목을 붙인 것도, 고통 없는 세상에 대한 열망에서 한때 공상적 사회주의에 이끌렸던 것도, 인생의 중반에 독실한 그리스도인으로 거듭난 것도, 학대받고 멸시당하는 사람들을 반드시 소설에 등장시킨 것도, 모두 출생에서 시작된 피할 수 없는 운명이었다는 사실이다.

도스토옙스키에게 고통은 너무나 광범위한 문제라 앞으로 조금씩 풀어 갈 예정이다. 다만 그가 고통에 대한 대안으로 찾은 것은 그 어떤

모스크바 마린스키 빈민 병원이었던 건물 앞에 세워진 도스토옙스키 동상은
푸시킨 미술관 관장을 역임한 조각가 세르게이 메르쿠로프가 1918년에 제작한 작품이다.
오브제의 내면에 대한 통찰력과 철학적 깊이가 담긴 완성도 높은 작품으로 유명하다.

논리도 이념도 원칙도 아닌 연민이었다는 점만은 미리 말해 두어도 좋을 것 같다. 연민은 그의 윤리적 어젠다 맨 앞줄을 차지한다. 〈연민은 가장 중요한, 어쩌면 유일한 인간 실존의 법칙이다〉 혹은 〈연민 — 이것이 그리스도교의 전부다〉라고 말할 때 그가 의미하는 것은 값싼 동정이나 단순한 측은지심이 아니다. 러시아어로 〈연민*sostradanie*〉은 〈함께*so*〉와 〈고통*stradanie*〉을 합성한 단어다. 영어의 〈연민*compassion*〉도 같은 원리다. 요컨대 타인의 고통을 불쌍히 여길 뿐 아니라 더 나아가 함께 고통당하는 것이 곧 연민이다. 도스토옙스키는 물질의 분배가 아닌 고통의 분담에서 공존의 가능성을 발견한 것이다.

〈고통을 나눈다〉는 의미에서의 연민이 없다면, 그 어떤 윤리도 철학도 그리고 결국 문학도 허망한 미사여구에 불과할 것이다. 물론 연민이 인류를 고통에서 구원해 주지는 못할 것이다. 타인의 고통에 아무런 도움이 될 수 없음을 자각할 때 밀려오는 무력감이 우리를 더욱 힘들게 할 수도 있다. 그러나 그런 무력감까지도 사실은 인간적인 것이다. 연민이 지상 낙원을 가져다주지는 않지만 만일 연민마저 없다면 지상 지옥은 얼마든지 가능하다.

러시아에는 총 여섯 개의 도스토옙스키 기념관이 있다. 그중 모스크바 기념관은 관리가 허술한 편이다. 담당자는 불친절하고, 얼마 전부터는 흔해 빠진 팸플릿이나 우편엽서도 팔지 않는다. 그래도 나는 러시아에 갈 때마다 거기 들른다. 새삼스럽게 무언가 새로운 정보를 챙기려는 의도는 없다. 그냥 어린 시절의 도스토옙스키의 오감으로 그 슬픈 지역을 다시 한번 느껴 보고 싶어서다. 〈신의 집〉은 지도에서 사라진 지 오래건만 여전히 그곳에는 버림받은 사람들의 넋이 떠도는 것만 같다. 왠지 바람도 더 차고 대지는 더 음울하게 느껴진다.

또 하나의 이유는 기념관 정원에 세워진 동상 때문이다. 나는 러시아 안팎에 있는 수많은 도스토옙스키 동상 중에서 이 작품이 제일 좋다. 소비에트 시대를 풍미했던 조각가 세르게이 메르쿠로프가 혁명 전인 1914년에 완성한 것으로, 조각가의 철학적 공력이 아낌없이 묻어난다. 대문호가 입고 있는 가운은 왼쪽 어깨에 떨어질 듯 걸쳐 있고 시선은 비스듬하게 저 아래 어딘가를 향해 있고 두 손은 마주 잡은 모습이다. 구도자의 이미지를 연상시키면서도 기묘한 힘을 발산한다. 고통을 직시하는 게 너무 힘들어서일까, 시선은 정면에서 비껴 있다. 그러나 마주 잡은 두 손에는 일종의 결연함이 들어가 있다. 인간에게 손이 두 개라는 게 다행스럽게 느껴질 정도다. 오른손과 왼손의 굳건한 결합 덕분에 옷자락이 그나마 어깨에서 미끄러져 내리지 않는 것 같다. 인간사도 마찬가지 아닌가. 피할 수 없는 고통 속에서 우리가 할 수 있는 것은 서로를 꼭 붙잡아 주는 것밖에 없지 않을까. 붙잡을 데라고는 결국 인간밖에 없을 테니.

3장 모스크바: 돈을 읽다

극빈자 병원과 거액 기부자, 돈의 두 얼굴

표트르 스미르노프는 1831년 모스크바 북동쪽의 두메산골에서 농노의 둘째 아들로 태어났다. 밭일과 허드렛일로 힘든 소년 시절을 보냈지만 부지런하고 명민한 아버지 덕분에 1857년 농노 신분에서 해방되어 모스크바로 올라왔다. 처음에는 선술집에서 잔심부름을 하며 일을 익히다가 아버지가 개업한 자그마한 주류 잡화점에서 점원으로 일했다. 그러다가 1863년 직원 아홉 명을 고용해 양조장을 설립했다. 일설에 의하면 어느 부인이 아버지의 가게에 왔다가 표트르의 해사한 미소가 마음에 들어 복권을 선물했는데, 그것이 당첨되는 바람에 창업 자금을 조달할 수 있었다고 한다.

표트르는 가장 싸고 가장 맛있는 보드카를 만들기 위해 미친 듯이 일했다. 후대의 역사가들은 그를 마케팅의 귀재로 평가한다. 그는 길바닥 거지들을 데려다 술과 밥을 공짜로 먹인 다음 푼돈을 쥐여 주며 선술집에 들러 스미르노프네 술을 청하라고 시켰다. 모스크바 싸구려 주점에서 시작된 스미르노프 보드카 열풍은 몇 년 새 러시아 전역에 들불처럼 번졌다. 요즘 식으로 말하면 〈바이럴 마케팅〉이다.

타고난 사업 마인드와 근면함과 공격적인 마케팅 덕분에 그는 10년 만에 러시아 비즈니스계의 거두로 우뚝 솟아올랐다. 스미르노프 상회는 명실상부 러시아를 대표하는 보드카 브랜드로서의 입지를 굳혔고 나중에는 황실에 독점적으로 납품하는 영예까지 누렸다. 농노의 아들이 19세기 말 러시아에서 가장 부유한 사업가 중 하나가 된 것이다. 오늘날 130여 개국에서 가장 많이 팔리는 스미르노프 보드카(현재는 영국 회사)의 창업주, 〈보드카의 제왕〉으로 기억되는 사람의 이야기다.

스미르노프의 이야기는 러시아 상인 계층을 설명하는 데 의미심장한 출발점이 된다. 그토록 화려한 성공 드라마에도 불구하고 동시대인들은 스미르노프가를 모스크바의 뼈대 있는 상인 가문으로 인정해주는 데 인색했다. 러시아어로 〈쿠페체스트보*kupechestvo*〉라 불리는 상인 계층은 전통적으로 모스크바를 중심으로 번성했다. 문학 속에서 상인 계층은 종종 고루하고 무식하고 포악한 부류로 묘사되곤 했다.

그러나 소위 비즈니스 엘리트로 분류되는 유서 깊은 상인 가문은 얘기가 달랐다. 그들은 중소 상인들과도, 우랄의 광산주나 남러시아의 설탕 재벌이나 상트페테르부르크의 졸부와도 격을 달리했다. 그들은 자기 계발에 많은 시간과 노력을 들인 끝에 번듯한 교양과 나름의 철학을 갖추게 된, 이를테면 후천적 지식인이자 만들어진 귀족이었다. 그들의 관록은 재력보다는 양식과 박애주의와 사회에 대한 기여를 척도로 완성됐다. 대부분의 엘리트 상인 가문이 어느 정도 부를 축적하면 예외 없이 성당 건축이나 개축, 이콘 봉헌, 그리고 기부를 실행에 옮긴 것도 이 때문이다.

요컨대 엘리트 상인 가문에게는 출신이나 부의 규모보다 내적 성장이라는 의미에서의 〈숙성〉이 더 중요했다. 보드카 재벌 스미르노프가 모스크바 상인 가문 축에 끼지 못한 것은 한마디로 〈숙성〉이 안 되었기 때문이었다. 그는 거액의 돈을 성당과 성직자들에게 기부했지만 그것은 빈민 구호를 위해서가 아니라 교회를 중심으로 번져 가고 있던 금주 운동을 저지하기 위해서였다. 그러니까 그의 기부는 철학이 아닌 약삭빠른 투자였고, 민중은 그것을 간파하곤 혀를 찼던 것이다.

19세기 중엽 모스크바에서는 우샤체프, 돌고프, 모스크빈, 그리고 쿠마닌 가문이 존경받는 상인 가문으로 꼽혔다. 이 중 쿠마닌 가문은 도스토옙스키의 삶과 깊이 연관돼 있다. 이모가 거상 알렉세이 쿠마닌가의 차남 알렉산드르와 결혼하는 바람에 그는 대부호를 외가 쪽 친척으로 두게 되었다. 아버지는 쿠마닌가의 주치의이기도 했다. 알렉세이 쿠마닌은 상인의 신분으로 오를 수 있는 가장 높은 지위인 모스크바 시장에까지 오른 입지전적 인물이었다. 이모네 식구들은 모스크바 남쪽의 으리으리한 저택에 살았으며, 호화스러운 사륜마차를 타고 종종 도스토옙스키가 살던 병원에 들르곤 했다.

어린 표도르는 빈민 병원에 늘어서 있던 극빈자를 엿보던 바로 그 눈으로 이번에는 화려하고 유복한 사람들을 훔쳐보았다. 그는 돈을 보았다. 쿠마닌가 사람들이 빈민을 위해 기부한 거액의 희사금을 보았고, 그들이 가져오는 고급 선물도 보았다. 아버지는 이모네 식구들을 경원시했다. 언젠가는 이모부와 대판 싸우기도 했다.

훗날 도스토옙스키는 〈돈은 주조된 자유다〉라는 유명한 말을 했다. 어린 시절 느낀 돈의 속성을 그대로 담고 있는 말이다. 돈은 인간을 질병과 빈곤, 그리고 심리적 억압에서 해방시켜 줄 수 있는 실질적이고 막강한 힘이었다. 또 그래서 돈의 부재는 부자유와 굴종, 육체적이고 정신적인 사망을 의미했다.

도스토옙스키와 돈의 관계는 책 한 권을 써도 모자랄 만큼 복잡하다. 그는 가난한 사람들에 대한 연민을 멈춘 적이 없지만 또 그렇다고

도스토옙스키의 외가 쪽 친척으로 대부호였던 쿠마닌의 옛 저택.

쿠마닌 저택 건너편에 있는 성당.
쿠마닌가의 기부금으로 개축되었다.

해서 부자라고 무조건 비난하지도 않았다. 탐욕과 인색을 혐오했지만 돈 자체를 악으로 치부하지도 않았다.

도스토옙스키가 돈과 관련해 일관되게 우려했던 것은 병적인 집착에서 촉발되는 맹목적인 〈축적〉이었다. 도스토옙스키 사전에서 축적이 의미하는 바는 쿠마닌가의 저택으로 거슬러 올라간다. 모스크바 도심에서 그린라인 전철을 타고 남쪽으로 한 정거장만 가면 전통적으로 상인들이 군집해 살던 자모스크바레치예 지역이 나온다. 그저 강 하나 건넜을 뿐인데 전철역 밖은 분위기가 많이 다르다. 크고 작은 옛 성당, 고풍스러운 건물과 가게, 꼬불꼬불한 골목은 현대의 도시 문명으로부터 한 걸음 떨어져 있는 듯 보인다.

이곳 볼샤야 오르딘카 거리 17번지에 남아 있는 우중충한 건물이 한때 쿠마닌가가 소유했던 저택이다. 혁명 이후 증축과 개축을 거치면서 옛날의 화려한 면모는 간데없고 그저 회색 시멘트로 땜질한 흉물스러운 공동 주택처럼 보일 뿐이지만, 그 문학적 의의는 상당하다. 무엇보다도 20세기 러시아를 대표하는 여성 시인 안나 아흐마토바가 거주했던 곳으로 유명하다. 마당에는 그녀의 동상도 있다.

그러나 이곳은 도스토옙스키의 문학적 원천 중 하나이기도 하다. 어린 시절 이 집을 종종 방문했던 도스토옙스키가 훗날 건물 외관에 철학을 입힌 뒤 소설 『백치』 속으로 들여왔기 때문이다. 자본주의와 돈의 윤리를 다각도에서 탐색하는 이 소설에는 온갖 부류의 사업가와 상인들이 등장하는데, 그중 가장 핵심 인물은 상인 가문의 아들 로고진이다. 그는 인색한 아버지한테서 물려받은 돈을 아무리 쏟아부어도 사랑하는 여자를 소유할 수 없다는 걸 깨닫자 그녀를 죽여 버린다. 로고진의 집은 소설에서 페테르부르크의 사도바야 거리와 고로호바야 거리가 교차하는 지점에 있다고 명시되지만, 실제로는 쿠마닌 저택이 그 모델이라고 알려져 있다.

> 그런 집들은 도시 자체의 변화를 좇아가지 못하고 거의 옛 모습 그대로 남아 있었다. 견고하게 세워진 이 집들의 벽은 두꺼웠고 창들은 아주 띄엄띄엄 드물게 나 있었다. 아래층 창문에 창살이 끼워져 있는 집도 더러 보였다. 아래층은 대부분 환전상들이 차지하고 있었고 위층에는 환전상에서 일하는 거세파 교도들이 세 들어 살고 있었다. 이런 집들은 안이나 밖이나 별로 인심이 좋아 보이지 않고 메말라 보였다. 모든 것이 숨어 들어가 은밀하게 보였다. 왜 집들이 하나같이 그런 인상을 풍겼는지는 설명하기 곤란하다. 물론 건축에서 선의 결합은 나름대로의 비밀을 간직하고 있었다. 이런 집들에서는 거의 예외 없이 상인들이 살고 있었다.

쿠마닌은 명망 높은 모스크바 상인이고 『백치』의 로고진은 수전노의 아들이자 살인범이므로 두 가문을 동급으로 놓고 보는 것은 부당하다. 게다가 쿠마닌 이모의 관대한 원조 덕에 몇 번인가 심각한 경제적 위기에서 빠져나온 도스토옙스키로서는 쿠마닌가를 어떤 식으로든 폄하할 입장이 아니었다. 쿠마닌 저택을 소설 속으로 옮겨 온 것은 그 집의 외관에서 연상되는 〈축적〉 때문이었다.

소설 속에서 로고진의 아버지는 세상과 담을 쌓은 채 이 집에 들어앉아 평생 돈만 세다가 눈을 감는다. 두꺼운 벽과 작은 창문과 창살은 즉각적으로 건물의 안과 밖을 분리한다. 변화를 거부하는 집, 거기 사는 인간, 그리고 그가 차곡차곡 쌓아 올리는 돈은 어느 순간 일체가 된다. 높이 올라가는 부와 점점 더 안으로 들어가는 인간 — 수직적인 축적과 수평적인 단절은 사실상 하나다. 축적과 단절이 도스토옙스키 소설에서 언제나 함께 가는 이유다. 흐르지 않는 시간과 막힌 공간은 정체된 인간, 아무것도 할 수 없는 돈, 죽음 같은 삶에 대한 환유다.

한마디 덧붙이자면, 로고진 저택의 두꺼운 벽과 작은 창문은 아이러니하게도 러시아 성당 건축의 가장 기본적인 조건이다. 빛은 외부로부터 들어오는 게 아니라 성당 안에서 밖으로 퍼져 나간다는 것이 그 신학적 의미다. 상인의 집과 성당은 최소한 건축학적 조건을 공유하는 셈이다.

이런 시각에서 보면, 부(富)는 빛처럼 퍼져 나갈 수 있다는 해석도 가능하다. 실제로 쿠마닌가는 길 건너편 성당 증축에 거금을 봉헌했다. 볼샤야 오르딘카 거리는 이 성당 때문에 도스토옙스키의 삶과 더욱 긴밀하게 연결된다. 1836년 가을 쿠마닌가의 봉헌금으로 증축된 이 성당의 축성 미사에 도스토옙스키 부자도 참석했다. 이듬해 모스크바를 떠난 도스토옙스키는 22년 뒤 마치 자석에 이끌리듯 다시 이 집과 성당으로 돌아온다. 그러나 그건 다른 얘기이니 때가 되면 하기로 하자.

4장 상트페테르부르크: 도스토옙스키의 도시

신기루가 빚어낸 견고한 문학

닥터 도스토옙스키는 두 아들을 위한 상급 학교로 상트페테르부르크 공병 학교를 진즉에 점찍어 두었다. 인문학 전공자는 졸업 후 취업이 불투명했기 때문이다. 1837년 5월의 어느 쌀쌀한 날, 도스토옙스키 형제는 아버지와 함께 마차를 타고 러시아 제국의 수도 상트페테르부르크에 도착했다. 푸시킨이 일찍이 〈북국의 꽃이자 기적인 청년 도시〉라 노래 불렀던 바로 그곳이다. 마차에서 발을 내딛는 순간, 소년 표도르는 생전 처음 보는 찬란한 유럽풍의 도시 앞에서 넋을 잃었다. 골목과 수도원과 집 대신 넓디넓은 대로와 정부 청사와 운하가 눈앞에 있었다.

이후 44년 동안 상트페테르부르크는 도스토옙스키의 주된 거주지였다. 변덕스러운 운명은 그를 시베리아 오지로, 중부 러시아의 시골로, 유럽으로 끌고 다녔다. 하지만 그는 언제나 다시 이 도시로 돌아왔고, 이 도시에서 눈을 감았다. 첫 소설에서 마지막 소설에 이르기까지 여러 편이 이 도시에서 쓰여졌거나 이 도시를 배경으로 했다. 도스토옙스키를 낳은 것은 모스크바지만 그를 키운 것은 상트페테르부르크인 셈이다. 그래서 문학 좀 한다는 사람들은 〈도스토옙스키의 페테르부르크〉라는 표현을 좋아한다. 상트페테르부르크와 인근 명소를 둘러보는 관광 상품 중에는 반나절 동안 진행되는 〈도스토옙스키와 걷기〉 같은 상품도 있는데, 박학다식한 러시아인 가이드가 대문호의 인생 이야기를 속사포처럼 쏟아 낸다.

상트페테르부르크는 어떤 도시인가. 〈팩트〉만 가지고 보아도 예사롭지 않다. 러시아의 역사는 상트페테르부르크 이전과 이후로 나뉜다. 1696년에 전 러시아 유일한 군주로 등극한 젊은 황제 표트르는 1703년 핀란드만으로 흘러 들어가는 네바강 하구 삼각지에 요새를 구축하고 그것을 시발점으로 도시를 건설했다. 수십만 명의 농노와 죄수와 전쟁 포로가 러시아 전역에서 차출되어 물컹물컹한 늪지에 배수로를 파고 댐을 쌓고 말뚝을 박는 기괴하고 거대한 토목 공사에 투입됐다. 덕분에 끝이 안 보이던 황량한 진흙탕은 순식간에 석조 궁전과 다리와 분수와 정원과 대로로 가득 찬 호화로운 도시로 둔갑했다.

작업 환경이 어떠했을지는 상상도 하기 싫다. 건설 도중 희생된 노동자의 수는 최소 2천 명에서 최대 15만 명으로 추산된다. 숫자상의 커다란 차이는 그만큼 많은 노동자가 시도 때도 없이, 숫자를 셀 겨를도 없이, 그냥 막 죽어 나갔다는 뜻이리라. 인간의 뼈 위에 세워진 도시라는 별명이 괜한 것이 아니다.

이토록 큰 희생을 치르고 건설된 도시는 〈표트르의 도시〉라는 의미의 페테르부르크라 불린다. 건설자 황제는 1712년 페테르부르크로 천도를 감행하고, 이때부터 러시아 역사에는 〈페테르부르크 시대〉라는 이름의 새 시대가 막을 올린다.

러시아는 그때까지 서구 문명의 원천인 그리스 로마 문명과도, 화려한 르네상스와도 단절되어 있었다. 988년에 동방 정교를 국교로 채택한 때문이다. 서구의 척도로 재면 러시아는 17세기까지도 여전히

이오시프 샤를레만의 석판화
「상트페테르부르크의 궁전 다리」(1852~1862).

중세에 속한 나라였다. 철권 황제는 이런 조국을 단박에 선진 문명 수준으로 격상시키기 위해 무자비하고 대담한 근대화·서구화 정책을 실시했다. 의식주와 같은 일상에서부터 행정부와 군대와 교육에 이르기까지, 러시아의 삶을 완전히 서구식으로 개편했다. 정치와 종교를 분리시켰고, 서구식 문화와 예술을 뭉텅이로 수입했다. 황제가 새 수도에 러시아식이 아닌 독일식 이름(페터-부르크)을 부여한 것만 보아도 서구화가 얼마나 절실했는가를 알 수 있다.

도스토옙스키가 발을 디딘 그 시점에서 페테르부르크는 명실공히 러시아 속의 유럽이었고 유럽 속의 러시아였다. 18세기 내내 몰아친 서구화의 광풍으로 도시는 눈부시게 발전했다. 10년 동안 3만 5천 개의 건물이 들어섰고, 20년 동안 인구가 20만 명 증가했다. 세워진 지 1세기 만에 상트페테르부르크는 런던, 파리, 베를린, 빈과 더불어 유럽 5대 도시로 손꼽히게 되었다.

그런데 바로 이 발전의 속도가 문제였다. 너무 빨리, 너무 철저하게 서구화되었다는 것이 문제였다. 당연히 빛과 그림자가 공존할 수밖에 없었다.

우선 실체의 문제부터 보자. 표트르 대제는 실용 정신의 화신이었다. 조국의 선진화와 세속적인 주권 국가의 확립이라는 일관된 이념은 그를 역대 황제 중 가장 현실적인 황제로 만들어 주었다. 거구의 황제는 한 손에는 측량기를, 다른 한 손에는 지도를 쥐고 개혁의 최전선을 누비고 다녔다. 직접 배를 만들고 손수 집을 짓고 본인 스스로 톱을 들었다.

그에게 학문이란 근본적으로 과학과 기술을 의미했으며 교육이란 직업 훈련과 같은 뜻이었다. 역사는 지리에 흡수되었고 문학은 외국어 습득과 문헌 번역의 동의어가 되었다. 그런데 역설적이게도 이토

프랑스 화가 폴 들라로슈가 1838년 유화로 그린
표트르 대제의 초상화.

록 현실적이고 실용적인 황제가 건설한 도시는 1세기가 지나자 가장 환상적인 도시, 도스토옙스키의 표현을 빌려 말하자면 〈지구상에서 가장 추상적인 도시〉로 불리게 되었다.

확실히 상트페테르부르크에는 다른 도시에서는 찾아볼 수 없는 기묘한 매력이, 몽환적인 아름다움이 있다. 대리석과 화강암으로 지어진 거대한 바로크·로코코·신고전주의 양식의 건물들, 유유히 흐르는 운하에 반사되는 다리와 가로등, 거기에 발트해에서 몰려오는 짙은 안개와 눈보라, 여름이면 며칠씩 계속되는 백야까지 더해지면 환상적이라는 말이 절로 나온다. 그러나 환상적이라는 것이 실체가 없다는 것을 의미할 때에는 곧 최대의 약점이 된다.

여러 해 전 페테르부르크에서 어느 한국인 여행자와 버스를 함께 탄 적이 있다. 유럽은 가보았지만 러시아는 처음이라고 했다. 나는 페테르부르크와 관련해 내가 아는 지식을 총동원하여 입에 침이 마르도록 설명을 해주었다. 너무도 독특하고 환상적인 도시라는 말로 설명을 끝냈을 때 여행자의 반응은 의외로 시큰둥했다. 그녀는 자기 눈에는 환상적인 것은 별로 없고 건물이고 운하고 모두 유럽에서 본 것과 비슷하다며 내 장황한 설명에 쐐기를 박았다. 뭐가 그리 독특하냐는 표정이었다.

여행자의 반응은 납득할 만하다. 사실 페테르부르크는 다른 유럽 도시의 복제본이었다. 그래서 환상적으로 보였다. 세워질 때부터 도시는 거대한 스케일의 과시형 소비 그 자체였다. 모든 것이 유럽처럼 보이기 위해 비싼 대가를 치르고 급조된 환영처럼 보였다. 그래서 도스토옙스키는 〈이곳의 모든 것은 혼돈이자 합성물이다. 많은 것이 캐리커처의 소재다〉라고 했다.

네바다 사막 한가운데 어느 날 갑자기 생겨난 저 〈환상적인〉 라스

오늘날의 상트페테르부르크 운하 풍경.

베이거스가 신기루에 비유되는 바로 그만큼, 상트페테르부르크도 신기루에 비유될 만하다. 베르사유 궁전과 암스테르담의 운하와 바티칸의 베드로 성당을 모방한 건축 덕분에 〈북방의 파리〉, 〈새로운 네덜란드〉, 〈영원한 로마〉로 불리지만, 실제로는 파리도 아니고 네덜란드도 아니고 로마도 아니다. 유럽이라는 이름의 배우가 최장기 공연을 하고 있는 극장일 뿐이다.

프랑스 작가 테오필 고티에는 페테르부르크를 방문한 뒤 이 도시의 척추라 할 수 있는 넵스키 대로*Nevsky Prospekt*에 늘어선 궁전과 건물들은 모두 〈보여 주기 위해〉 고안된 것이라고 지적했다. 그런 의미에서 전망을 의미하는 〈프로스펙트〉는 그 길의 용도와 정확하게 일치하는 이름이라고 덧붙였다. 19세기 작가 고골은 한술 더 떠서 넵스키 대로의 모든 게 미망이라 일갈했다. 〈오, 넵스키 대로를 믿지 마라. 모든 게 꿈이고 모든 게 기만이고 모든 게 보이는 것과 다르다!〉

역사의 부족도 문화 연구자들이 흔히 지적하는 문제다. 페테르부르크는 러시아 역사의 새로운 시대를 열어 주었지만 정작 자기 자신은 역사를 결여했다. 도시의 내력이 짧다는 뜻만은 아니다. 과거 현재 미래로 이어지는 건강하고 자연스러운 흐름이 여의치 않다는 뜻이다. 〈유럽을 따라잡고 유럽을 넘어선다〉는 표트르 대제의 이념은 너무나 강력해서 이후 누가 무엇을 하건 그 이념으로 되돌아가게 된다. 강한 러시아라는 미래의 비전을 위해 러시아는 반드시 표트르 대제가 서 있었던 그 출발점으로 되돌아갈 수밖에 없다. 이런 상황에서 현재는 미래를 위해 담보된다. 그래서 19세기 러시아 지식인들은 자기네 나라에는 과거와 미래만 있고 현재는 없다고 자조했다.

그렇다면 환상적인 외관 속에 담긴 진짜 러시아는 무엇인가? 러시아의 본질은 무엇인가? 역사의 공백을 채워 주는 것은 무엇인가? 무엇이 러시아를 러시아로 만들어 주는가?

러시아는 이 문제의 답을 문학에서 찾았다. 라스베이거스가 환영의 빈 공간을 엔터테인먼트로 채웠다면 상트페테르부르크는 문학으로 채웠다. 처음에는 괴담과 신화가 역사의 빈자리를 채웠지만 곧 진지한 문학이 그 자리를 차지했다. 환상적이라는 것은 더 이상 실체가 없음을 의미하는 단어가 아니었다. 그것은 문학 작품의 테마가 되어 시간을 초월했다. 언제 올지 모르는 미래에 대한 기다림과 과거로의 고집스러운 회귀 모두 문학적 현재로 들어왔다. 19세기에 대거 등장한 문호들은 정체성에 대한 목마름을 해소시켜 주었다.

아이러니하게도 표트르 대제가 도구로만 취급했던 문학은 이제 그가 창조한 이 기이하게 멋지고 환상적인 도시의 본질이 되었다. 그리고 물론 그 문학을 대표하는 것은 도스토옙스키였다. 페테르부르크는 그래서 〈도스토옙스키의 도시〉인 것이다. 미국의 철학자 마셜 버먼은 상트페테르부르크를 〈그 자체의 음울한 대기 속으로 계속해서 녹아들어가게 되는 신기루〉라고 불렀다. 도스토옙스키는 신기루에서 가장 견고한 것을 빚어냈다. 문학이라는 이름의.

5장 상트페테르부르크: 글 쓰는 인간

·가난한 하급 관리의 존엄한 이미지

두 아들을 나란히 공병 학교에 넣으려던 닥터 도스토옙스키의 계획은 예상치 못한 문제로 절반만 실현됐다. 원기 왕성해 보이던 맏아들 미하일이 신체검사에서 떨어진 것이다. 창백하고 신경질적이고 매사에 굼뜬 둘째 표도르는 오히려 〈건강 상태 양호〉 판정을 받아 무난하게 입학했다. 미하일은 하는 수 없이 레벨(지금의 탈린)에 있는 육군 공병 학교로 진학했다. 이때부터 두 형제가 인생과 문학에 관해 수시로 주고받은 편지는 청년 시절 도스토옙스키를 이해하는 가장 중요한 자료다.

한 살 터울인 두 사람은 어려서부터 우애가 남달랐다. 둘 다 문학을 좋아했고, 책을 많이 읽었고, 특히 실러를 숭배했다. 두 사람은 서로에게 든든한 기둥이자 가장 사랑하는 친구가 되어 주었다. 형이 지병으로 45세에 세상을 하직한 뒤 도스토옙스키가 형의 빚을 떠안고 유가족을 끝까지 보살핀 것은 한때 가장 사랑했던 사람에 대한 의리였으리라.

장래의 대문호는 자신이 앞으로 걸어갈 길에 대해서도 형에게 가장 먼저 털어놓았다. 〈형, 인간과 인생의 의미를 연구하는 데 꽤 진척을

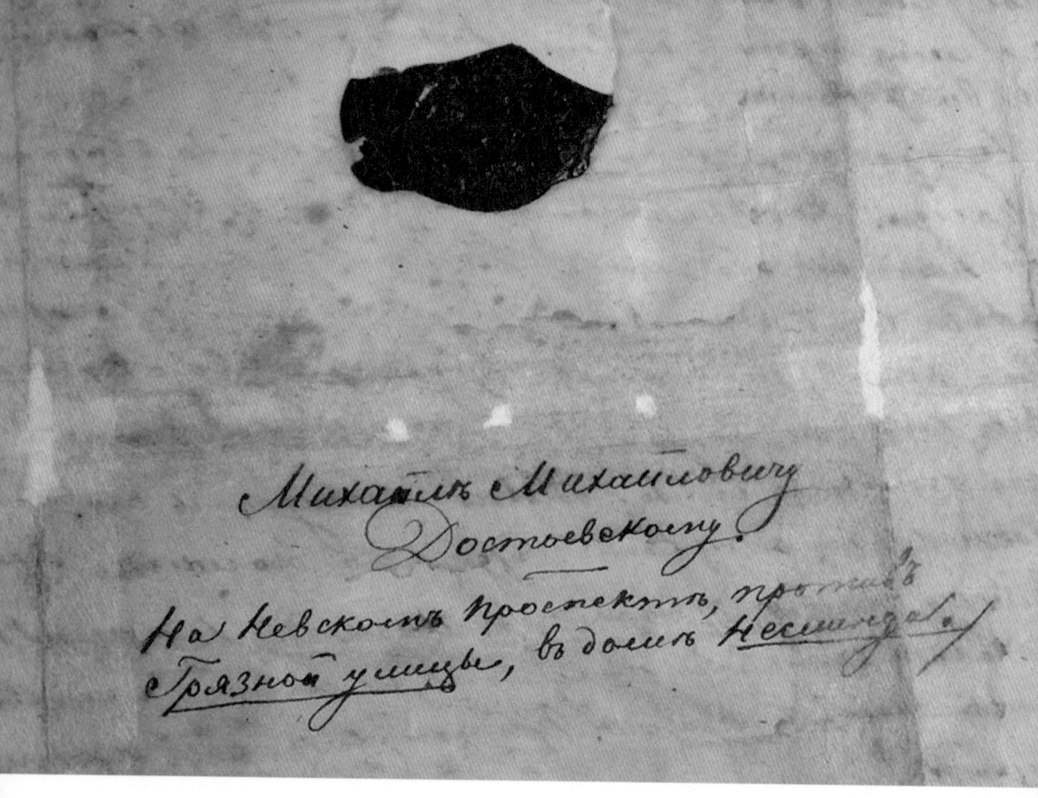
Михаилъ Михайловичу
Достоевскому.
На Невскомъ проспектѣ, противъ
Грязной улицы, въ домѣ Неслинда.

도스토옙스키가 문우였던 형에게 보낸 편지.

도스토옙스키의 형 미하일 도스토옙스키.
화가 콘스탄틴 트루톱스키의 1847년 초상화.

보이고 있어. 인간은 신비 그 자체야. 우리는 그 신비를 풀어야 해. 그러기 위해 평생을 보낸다 하더라도 결코 시간을 허비했다고 할 수 없을 거야. 인간이고 싶기 때문에 나는 이 수수께끼에 골몰하고 있는 거야.〉

머릿속에 문학이 꽉 들어찬 조숙한 청년의 허세를 감안한다고 해도 심오하다. 무엇보다 그토록 복잡한 인간을 왜 연구해야 하는가에 대한 그의 답이 압권이다. 〈인간이고 싶기 때문에.〉

아마 이보다 더 간단명료하면서 무겁게 들리는 답도 없을 것이다. 인간이고 싶다면 우리는 인간이란 무엇인가를 먼저 물어보아야 한다. 뒤집어 말하자면, 인간이란 무엇인가를 묻지 않을 때 인간은 인간이기를 멈춘다. 말이 씨가 된다더니, 그는 어떤 알 수 없는 힘에 이끌려 자의 반 타의 반 〈인간 연구〉에 평생을 바쳤다. 결국 그는 〈인간 영혼의 심연을 들여다보는 사람*Seer*〉이라 불리게 되었다.

도스토옙스키의 인간 연구는 데뷔작인 『가난한 사람들』에서부터 결실을 보기 시작한다. 공병 학교 졸업 후 소위로 임관했다가 적성에 안 맞는다며 다 집어치우고 하숙집에 들어앉은 백수 청년은 이 한 권의 소설로 위풍당당하게 문단에 등장했다. 당시 그의 룸메이트였던 드미트리 그리고로비치의 회고록을 읽어 보자.

1845년 5월 말의 어느 포근한 저녁, 도스토옙스키는 자신이 쓴 소설을 룸메이트에게 읽어 주었다. 신예 작가이기도 한 룸메이트는 단박에 이 소설을 알아보고는 원고를 낚아채다시피 해서 문우 네크라소프에게 가져갔다. 두 사람은 밤이 깊어 가는 것도 모르고 원고를 읽었다. 마지막에 주인공이 연인과 헤어지는 장면에서 그리고로비치는 감정을 주체할 수 없어 그만 울음을 터뜨렸다. 흐느끼면서 옆을 슬쩍 보니 네크라소프 역시 소리 없이 눈물을 줄줄 흘리고 있었다. 두 사람은

도스토옙스키의 문우이며 룸메이트였던
작가 드미트리 그리고로비치.

『가난한 사람들』을 쓸 당시 그리고로비치와 살던 하숙집 건물.
상트페테르부르크 블라디미르스키 대로에 있다.

부둥켜안고 조금 더 눈물을 쏟은 뒤 도스토옙스키의 하숙집으로 달려갔다. 새벽 4시였다. 하품을 참으며 문을 열어 준 작가에게 두 사람이 무슨 말을 했을지는 독자의 상상에 맡기겠다.

그 뒤의 일은 일사천리로 진행됐다. 원고는 순식간에 당대 최고의 비평가인 벨린스키의 손으로 넘어갔다. 벨린스키 역시 감격했다. 며칠 뒤 작가를 초대한 자리에서 비평가는 깊이 절을 하며 〈당신이 이제 우리 러시아 문학의 천재입니다〉라고 말해 가뜩이나 흥분하기 쉬운 청년의 허영심을 자극했다. 소설은 출간되자마자 독자들로부터 최고의 찬사를 받았다. 훗날 도스토옙스키는 〈내 생애 가장 황홀한 순간〉이라 회고했다.

소설은 페테르부르크의 슬럼을 배경으로 찢어지게 가난한 중년의 하급 관리와 그 못지않게 가난한 아가씨가 주고받는 연애 편지로 이루어진 서간체 소설이다. 거대하고 냉혹한 제국의 관료 제도 맨 아랫단을 차지하는 하급 관리는 말이 관리이지 그냥 하층민이다. 수도의 빈민굴을 점령한 그들은 누더기에 가까운 제복을 걸치고 출근해 상사의 멸시와 구박을 받으며 하루 종일 서류를 정서하는 일에 매달린다. 복사기가 없던 시절에 인간 복사기 역할을 하는 것이다.

당시 러시아 문학의 트렌드는 프랑스에서 들어온 〈생리학적 스케치〉였다. 빈민굴과 거주 하층민의 고단한 삶을 은판 사진으로 찍듯 생리학적으로 정확하게 묘사해 동정심을 유발하고 박애 정신을 고취한다는 게 취지였다. 하급 관리는 단골 주인공이었다.

그런데 도스토옙스키는 첫 소설에서 트렌드를 반영하는 동시에 트렌드를 넘어섰다. 진부한 하급 관리와 슬럼을 가지고 새로운 서사를 만들어 낸 것이다.

주인공 마카르는 하루 종일 서류 베껴 쓰기를 하는 40대 중반의 하급 관리다. 마카르의 유일한 기쁨은 먼 친척뻘 되는 이웃집 고아 처녀 바렌카와 편지를 주고받고 푼돈을 아껴 그녀에게 자질구레한 선물을 사주는 일이다. 마카르는 바렌카가 있는 한 추위도 굶주림도 직장에서 받는 수모도 견뎌 낼 수 있다. 그는 나름대로 행복하다. 그런데 어느 날 바렌카 앞에 부유한 시골 지주 비코프가 나타나면서 마카르의 행복은 산산조각 난다. 가난에 지친 바렌카는 결국 비코프의 청혼을 받아들여 그와 함께 떠나간다. 떠나가는 그녀를 향해 마카르는 가지 말라며 절규한다.

얼핏 보아서는 그다지 구미가 당기지 않는 소설이다. 다닥다닥 붙어 있는 셋집, 더러운 층계, 깨진 유리창, 악다구니, 악취, 궁상맞은 하급 관리와 고아 소녀, 게다가 신파조의 편지들……. 내 강의에 들어오는 학생들도 처음에는 뜨악해하며 소설을 읽는다. 그러나 다 읽고 나서는 그들, 21세기를 사는 젊은이들 대부분이 『가난한 사람들』이 명작이라는 데 동의한다. 눈물이 났다는 학생도 있다. 왜 그럴까?

〈생리학적 스케치〉 계열의 소설이 하층민에 대한 단순한 동정심 유발을 목표로 했다면, 도스토옙스키의 소설은 인생의 종착역에 도달한 〈루저〉가 어떻게 글쓰기를 통해 품격을 가진 인간으로 되살아나는가를 보여 주기 때문일 것이다.

바렌카에게 편지를 쓰면서 마카르는 점점 더 많은 것을 보고 더 많이 읽고 더 많이 생각한다. 그도 성장하고 그의 글도 성장한다. 〈저는 일하고 정서하고 여기저기 다니고 쉬기도 하면서 보고 들은 모든 것을 편지를 통해 당신께 알려 드렸습니다.〉

그는 자신만의 눈으로 세상을 읽고 인간을 읽고 문학 작품도 읽고 읽은 것을 해석하기도 한다. 문학 모임에 기웃거리고 푸시킨의 소설을 읽고 경탄하기도 한다. 편지에다 옆방 세입자의 딸이 죽었을 때의 처절한 마음도 적어 보내고, 번화가 거리의 풍경도 묘사해 보내고, 자신의 지나간 삶에 대한 회한도 적어 보낸다. 그는 연애편지를 쓴 것이 아니라 〈삶〉을 썼다.

비참하고 고독하게 아무런 낙도 없이 살아온 그가 글을 쓰면서 자신의 삶을 다시 조직하고 기쁨을 느끼는 모습은 경이롭다. 궁핍도 고독도 모두 글쓰기의 소재가 된다. 그는 심지어 가난까지도 객관화시켜 나름의 해석을 한다. 〈제 목을 조이는 것은 사람들이에요. 돈이 아니라 일상생활에서 느끼는 불안, 사람들의 수군거림, 야릇한 미소와 비웃음입니다.〉

일단 글의 소재로 넘어가면 궁핍도 고독도 그를 비천하게 만들지 못한다. 그는 궁핍한 인간이 아니라 궁핍에 관해 쓴 〈저자〉가 된다. 그는 쓰고 또 쓴다. 〈매시간 매분을 아껴 모든 걸, 모든 걸 쓰고 싶습니다!〉

〈저자〉가 되자 그는 스스로의 문체까지 점검해 볼 수 있게 된다. 〈전에 비해 훨씬 나아진 문장력〉을 연인에게 자랑하고 싶어서 비유를 사용하기도 한다. 스토리가 진행되면 될수록 그의 편지는 일종의 품격을 갖추기 시작한다. 비례해서 그의 자존감도 높아진다. 그는 편지를 쓰면서부터 〈무엇 하나 뛰어난 것도 없고 세련되지도 않았고 품위도 없지만 나도 사람이다, 나도 마음과 생각이 있는 사람이다〉라는 것을 깨닫는다.

마카르의 글쓰기는 인간의 내면에 있는 소통에 대한 갈증을 보여준다. 그의 편지는, 러시아 인문학자 바흐친의 표현을 빌려 말하자면 〈다른 목소리에 의해 들리고, 이해되고, 응답되기를〉 바라고 있다. 글을 쓰고, 누군가가 읽어 주고, 그 누군가가 대답해 줄 때, 그는 살아 있는 인간이 된다. 읽어 주는 사람이 없을 때, 그리하여 쓸 필요가 없을 때 그는 소멸한다. 그래서 그는 마지막 편지에 마침표를 찍지 못한다. 〈이제 나는 누구한테 편지를 쓰지요? (……) 이 편지가 마지막 편지가 된다니 결코 그럴 수 없습니다. 안 됩니다. 내가 편지를 쓸 테니 당신도 편지를 쓰세요. (……) 나는 다시 읽어 보지도 않고, 문체도 고치지 않겠어요. 쓸 수만 있다면, 당신에게 조금이라도 더 많이 쓸 수만 있다면 그저 써나가겠어요…….〉

도스토옙스키는 동정의 대상일 뿐인 하급 관리로부터 〈글 쓰는 인간〉을 창조했다. 통속 소설의 문법을 유지하면서도 인간 본성에 대한 깊은 이해를 담아냈다. 기성 작가들이 빈곤을 오로지 사회 문제로만 탐색할 때 그는 인간의 내면 풍경으로 파고들었다.

미국 작가 바버라 애버크롬비는 『인생을 글로 치유하는 법』에서 글을 쓰는 이유를 한마디로 요약한다. 〈어쩌면 이것이 내가 글을 쓰는 이유일 것이다. 그것이 하나뿐인 험난하고 귀중한 삶에서 해야 할 일이기 때문에.〉

마카르는 험난한 삶에서 자신이 해야 할 일을 했다. 그래서 우리는 이 가난하고 비루한 인간에게서 자신에 대한 의무를 완수한 인간의 존엄을 본다. 청년 도스토옙스키는 하층민을 향한 연민을 새로운 방식으로 표현한 것이다.

6장 상트페테르부르크: 책 읽는 인간

책이 팔려야 입에 풀칠이라도

나는 러시아에 가면 보통 전철로 이동한다. 낡긴 했지만 정확하고 신속하고 안전하게 목적지까지 가는 데 전철만 한 게 없다. 전동차 안 풍경은 흥미롭다. 스마트폰 시대임에도 러시아인들은 늘 무언가 읽는 듯하다. 종이책도 읽고 스마트폰이나 기기로도 읽는다. 아니 적어도 내 눈에는 책 읽는 러시아 사람만 보인다. 조금은 선입견 때문이기도 하다.

도스토옙스키의 천재성을 알아본 당대 최고의 비평가 벨린스키는 일찌감치 문학 작품의 독서를 민족 정체성과 연결시켰다. 19세기 러시아에서는 모든 게 문학으로 흡수됐다. 철학도 사상도 윤리도 정치도 모두 문학이라는 큰 물줄기의 지류였다. 문학은 문화와 교양의 동의어였다. 벨린스키에 의하면 러시아인을 러시아인으로 만들어 주는 것은 혈연이나 신분이 아니라 러시아 문학의 독서다. 문학은 수 세대를 교육했고 도덕을 구축했다. 교육의 핵심은 문학에 대한 사랑이며 오로지 그것만이 러시아를 통일시켜 준다는 것이다. 무척 감동적으로 들리는 주장이다. 벨린스키의 말에서 시작된 〈러시아 = 문학 = 독서〉라는 등식이 뇌리에 박힌 후 내 눈에 책 읽는 러시아인만 들어오는 것

화가 보리스 레베데프가
1948년 그린 비평가 벨린스키.

은 당연하리라.

그러나 한편 어느 나라 국민이 얼마나 더 많이 책을 읽는가를 정확하게 계산하는 것이 과연 가능한 것인가 하는 의문도 든다. 얼마나 읽느냐보다 무엇을 읽느냐가 더 중요할 수도 있다. 국민 평균 독서량이나 독서 시간은 어느 한도 안에서만 의미가 있을 것 같다. 게다가 통계 자료를 보면 벨린스키의 주장은 일종의 〈희망 사항〉이라는 생각마저 든다.

러시아의 문맹률은 1897년 센서스에서 처음으로 밝혀졌다. 그 시점에서 읽고 쓸 줄 아는 사람은 인구의 21퍼센트에 불과했다. 같은 시대 영국이나 프랑스보다 턱없이 낮은 수치였다. 프랑스의 경우 읽고 쓸 줄 아는 인구는 90퍼센트에 육박했다. 전문가들은 도스토옙스키가 문단에 데뷔했을 당시 읽고 쓸 줄 아는 사람은 5~10퍼센트에 불과했을 것으로 추정한다. 그것도 간신히 글을 깨친 사람까지 포함시켜 그렇다. 수준 높은 논문이나 문학을 읽고 이해할 수 있는 사람은 극소수에 불과했다.

이는 독서 시장의 판도와 직결됐다. 경제적인 여유도 있고 읽고 쓸 줄 알지만 도무지 이해할 수 없기 때문에 책에 돈을 소비하지 않는 사람들이 먹구름처럼 포진해 있었다는 뜻이다. 책을 쓰는 저자, 그 책을 논평하는 평론가, 출판사 및 잡지사의 발행인과 편집자에게는 난감한 상황이었다.

예를 들어 보자. 러시아 최초의 본격 문예지는 1834년 스미르딘이 창간한 월간 『독서 문고』였다. 단행본보다 저렴한 가격으로 문학을 대중에게 보급하기 위해 개발된 새로운 창구였다. 정기 구독료는 상대적으로 저렴한 연 50루블이었다. 도스토옙스키가 상트페테르부르크에 도착한 그해 『독서 문고』의 정기 구독자 수는 5천 명 정도였다.

상트페테르부르크 넵스키 대로에 있는 대형 서점 돔크니기.

돔크니기 서점 내부 모습.

1840년대에 들어서면서 구독자는 3천 명 선으로 떨어졌고 재정난에 허덕이던 스미르딘은 파산했다. 편집장과 기고자에게 너무 후하게 고료를 지급한 것이 파산 이유라고 보는 시각도 있지만, 가장 직접적인 이유는 구독률 하락이었다. 비슷한 시기 프랑스에서 지라르댕이 창간한 신문 『라 프레스』가 7만 정기 구독자를 확보하고 1863년 매각 당시 3백만 프랑의 순이익을 남긴 것과는 대조적이다.

판매 부수는 출판사와 잡지사, 저자와 평론가 모두에게 생사가 걸린 문제였다. 특히 도스토옙스키 같은 〈전업 작가〉의 경우 독자는 시쳇말로 〈밥줄〉이었다. 사람들이 책을 읽어야만 그도 먹고살 수 있었다.

톨스토이는 8백 명의 남자 농노가 딸린 영지를 상속받았고, 투르게네프는 4천 명의 농노가 딸린 거대한 영지를 형과 공동으로 상속받았다. 도스토옙스키에게는 아버지가 죽은 뒤 상속받은 돈이 있었지만 순식간에 탕진해 버렸다. 공병 학교 졸업 후 소위로 임관해서 보잘것없는 월급을 받다가 그나마 그것도 그만두었다. 이 시점에서 그는 오로지 자기 펜대에만 의지해서 먹고살아야 하는 위대한 작가의 반열에 합류한 것이다.

그의 육필 원고 여백에 자질구레하게 남아 있는 숫자들이 원고료와 판매 부수와 생활비 계산의 흔적이라는 것은 알 만한 사람들은 다 아는 얘기다. 형에게 보낸 편지 역시 판매 부수 얘기로 가득 차 있다. 〈2천 부를 찍으면 1천5백 루블, 그 이상 받기는 어렵겠지. 그러니까 1년 반 동안 장편을 쓰면 계속 책이 팔리는 한 나는 먹고살 수 있다는 얘기지.〉 〈독자는 게걸스럽게 내 책을 읽을 거야. 1년 내에 2천 부는 팔릴 거야. 권당 1루블 25코페이카라고 치면 1년에 2천 루블이 생기는 거야!〉

판매 부수에 대한 전망이 밝지 않을 때면 그는 형에게 공포와 불안을 호소했다. 좋은 책을 쓰기에 앞서 팔릴 책을 써야만 한다고 구시렁거렸다. 〈당장 입에 풀칠할 일을 걱정해야 하는 판에 명성이 무슨 소용이겠어!〉

어떤 편지에서는 심지어 추위와 굶주림으로 죽어 간 독일 시인들의 이름을 들먹거리기까지 했다. 무라카미 하루키는 『직업으로서의 소설가』에서 〈딱히 누구를 위해서 쓴다는 생각은 없다. 나를 위해서 쓴다. 내가 즐기기 위해서 쓴다는 기본적인 자세는 변함이 없다〉라고 말했는데, 도스토옙스키가 들었더라면 펄쩍 뛰었을 것이다.

독자의 의미가 너무나 커서였을까, 도스토옙스키는 첫 소설부터 주인공을 〈책 읽는 인간〉으로 설정했다. 하급 관리에서 대학생까지 그의 인물들은 항상 무언가를 읽는다. 신문이나 잡지를 읽고 성경책도 읽고 소설도 읽고 시도 읽는다. 그들의 인간적인 품격이나 이념이나 야망은 읽는 책을 보면 대충 알 수 있다. 도스토옙스키는 마치 철학자 포이어바흐의 〈당신이 먹는 음식이 당신이 누구인지 말해 준다〉를 개작해서 〈당신이 읽는 책이 당신이 누구인지 말해 준다〉라고 못 박는 것 같다.

그런데 여기서 한 가지 흥미로운 사실을 지적하지 않을 수 없다. 도스토옙스키는 무조건적인 독서 예찬은 하지 않았다. 독서는 소통과 고립 둘 다를 의미할 수 있었다. 사람들은 책을 통해 만나고 사랑하고 서로를 이해한다. 책을 빌려주고, 빌려 읽고, 읽은 책에 대해 함께 토론하는 것은 그의 소설에서 흔히 볼 수 있는 장면이다. 『가난한 사람들』의 여주인공 바렌카만 해도 책 덕분에 아름다운 첫사랑의 추억을 간직하게 된다. 그녀가 15세 때 포크롭스키라는 이름의 가정 교사가 그녀의 집에 입주한다. 몇 날이고 방에 틀어박혀 책만 읽는 포크롭스키를 그녀는 남몰래 연모한다. 그러다가 어느 날 그가 외출한 틈을 타 그의 방에 들어가 본다. 〈나는 책의 무게로 금방이라도 내려앉을 듯 휘어진 기다란 선반을 부러운 눈으로 쳐다보았다. 화가 나고 슬펐다. 나는 그의 책을 마지막 한 권까지 다 읽고 싶었다. 아마도 나는 그가 아는 것을 나도 다 알아야 그와 우정을 나눌 자격이 생기는 거라고 생각했었나 보다.〉

두 사람의 사랑은 포크롭스키가 그녀에게 책을 빌려주면서 무르익어 간다. 남자가 읽은 책을 자기도 다 읽겠다고 나서는 바렌카의 모습은 백 마디 말보다 더 절절하게 사랑의 강도를 확인해 준다. 우리는 누군가를 사랑할 때 그 사람에 관해 알고 싶어진다. 그 사람을 아는 가장 좋은 방법은 그가 읽는 책을 읽어 보는 것이다. 독서는 사랑의 한 방식이다.

반면 독서는 고립을 의미할 수도 있다. 벨린스키는 37세로 요절할 때까지 수시로 문학과 독서의 중요성을 강조했다. 그는 독서가 러시아인의 〈고결한 도덕적 기쁨〉이자 〈생생한 황홀경의 원천〉이 되길 꿈꾸었다. 그러나 도스토옙스키는 소설 속에서 〈책을 많이 읽자〉는 취지의 말을 한 적이 없다. 책을 많이 읽은 인물이 적게 읽은 인물보다 반드시 더 훌륭한 것도 아니다. 오히려 그는 어설픈 독서, 잘못된 독서, 현실과 괴리된 독서에 대해서 경고를 게을리하지 않았다. 벨린스키와 도스토옙스키가 갈라져 나가는 것도 이 지점일 것이다.

현실에서 도피하기 위한 독서는 인물들을 무기력하고 위험한 이른바 〈몽상가〉로 변형시킨다. 세상과 교감하거나 소통할 수 없는 인물들이 책의 세계에 칩거할 때, 요즘 식의 〈은둔형 외톨이〉가 탄생한다. 그들은 〈책에서 읽은〉 혹은 〈책에서 잘못 읽은〉 이론으로 무장한 채 〈책을 읽듯이〉 말하고 〈책에서처럼〉 행동한다. 훗날 대작들에 등장하는 지적인 범죄자들 대부분이 이 유형이다. 도스토옙스키에게 〈책만 읽는 것〉과 〈책 안 읽는 것〉은 비슷하게 위험하다.

물론 독서에 대해 이렇게 말할 수 있으려면 일단은 많이 읽어야 할 것이다. 도스토옙스키는 실제로 독서광이었다. 그에게 책은 창조의 원천이었다. 〈형, 나는 엄청나게 읽어. (……) 거기서 창조할 수 있는 능력을 끌어내.〉 훗날 그가 잡지사를 경영할 때 원고를 보내온 젊은 여성에게 한 조언 역시 책을 읽으라는 것이었다. 〈읽는 법을 배우도록 하세요. 무거운 책을 읽으세요. 나머지는 삶이 다 알아서 해줄 것입니다.〉

그러고 보니 〈책 읽는 러시아〉의 이미지는 양보다는 질적인 개념인 것 같다. 19세기 러시아 독서계를 선도한 것은 소수의 어마어마하게 읽는 독자들과 어마어마하게 쓰는 작가들, 이른바 〈소수 정예〉가 아니었나 싶다. 러시아의 날씨도 공룡 작가들의 탄생에 기여했을 거라는 생각이 든다. 춥고 길고 어두운 밤은 읽고 쓰는 것에 맛들인 사람들에게 최적의 환경이었으리라. 기묘한 자부심의 뉘앙스를 풍기며 예카테리나 여제가 외국 사절단에게 즐겨 했다던 말이 생각난다. 〈우리 나라는 여덟 달이 겨울이고 넉 달은 악천후랍니다, 호호호.〉

7장 상트페테르부르크: 불안에서 분열로

나를 좀 인정해 달라

페테르부르크는 건설 당시부터 수많은 전설과 괴담의 진원지였다. 유령은 귀족들 사이에서 구전되던 이른바 〈살롱 민담〉과 온갖 일화와 잡담의 단골 메뉴였다. 문화학자 유리 로트만은 페테르부르크를 가리켜 〈신비하고 환상적인 이야기가 합법적으로 인정되는 공간〉이라 칭하면서 유령 이야기를 수준 높은 문학으로 고양시킨 주역으로 고골과 도스토옙스키를 꼽았다.

실제로 도스토옙스키는 두 번째 소설 『분신』에서 마지막 소설 『카라마조프 씨네 형제들』에 이르기까지 여러 소설에서 유령·분신·환영 같은 초자연적 소재를 즐겨 사용했다. 아마도 그가 좋아했던 호프만이나 고골의 그로테스크한 작품에서 영향을 받지 않았나 싶다. 공병 학교라는 특수한 공간도 분명 한몫했을 것 같다.

공병 학교로 사용되던 건물의 원래 이름은 미하일롭스키성이었다. 1839년 러시아를 방문한 드 키스탱 후작은 나중에 여행기에다 〈이 성의 어두운 층계와 황폐한 현관은 유령의 집을 생각나게 한다〉고 적었다. 그럴 만한 사연이 있다.

예카테리나 여제의 뒤를 이어 제위에 오른 파벨 1세는 항상 암살당

화가 이오시프 샤를레만이 그린 19세기 미하일롭스키성.
19세기 중엽의 작품으로 추정된다.

오늘날의 미하일롭스키성. 현재는 박물관이다.

할까 봐 전전긍긍했다. 역대 황제들이 기거한 동궁에서는 〈이상하게 안정이 안 된다〉며 모이카 운하와 폰탄카 운하 사이에 새로 황궁을 지은 것도 그 때문이었다. 성 주위에 깊게 해자를 파서 도개교를 통해서만 안으로 들어올 수 있도록 했다. 서구 중세 기사 문학에 빠진 황제의 취향과 암살 공포증을 반영하는 설계다.

황제는 1797년 시작된 성의 공사 기간을 단축하기 위해 당시 건축 중이던 성 이삭 대성당의 현장에서 대리석을 가져다 썼다고 한다. 이런 〈불경한〉 행위 때문에 성의 프리즈에 새겨진 글자 수인 47이 황제의 수명이라는 소문이 항간에 떠돌았다. 황제는 이 성으로 처소를 옮기고 40일 만인 1801년 3월 11일에 쿠데타로 목숨을 잃었다. 그의 나이 47세였다.

이후 이곳에서는 매일 밤 정확하게 자정이 되면 손에 촛불을 든 황제의 유령이 나타난다는 괴담이 퍼졌다. 파벨의 암살 후 제위에 오른 알렉산드르 황제는 이 불길한 성을 버리고 재빨리 원래의 동궁으로 돌아갔다.

1822년부터 성은 공병 학교 건물로 사용됐고, 여기서 도스토옙스키는 1838년 1월부터 1843년 8월까지 5년 반 동안 수학했다. 유령담은 공병 학교 학생들뿐 아니라 수많은 작가들의 상상력을 자극했다. 훗날 작가 레스코프는 성에 관한 소문을 근거로 『공병 학교의 유령: 어느 사관 후보생의 회상 중에서』라는 소설까지 썼다.

도스토옙스키는 러시아의 살롱 민담, 괴담, 서구 문학의 도플갱어에 당시 유행하던 하급 관리 테마를 버무려 두 번째 소설 『분신』을 집필했다. 주인공은 음산한 페테르부르크의 밤거리에서 툭 튀어나온 흔해 빠진 관리처럼 보이지만, 사실은 시대를 앞서가는 대단히 복잡한 인물이다. 도스토옙스키 자신이 〈문학에 대한 나의 가장 훌륭한 기여〉

라고 자부했던 만큼 인간 본성에 대한 칼날같이 예리한 시선이 돋보인다.

『분신』의 핵심은 불안이다. 주인공 골랴킨은 불안의 하중을 견디다 못해 분열되고 붕괴되는 개인의 비극을 보여 준다. 비극의 밑바닥에는 비정한 사회와 인간의 내적인 부조화가 뒤얽혀 있다. 인간의 불합리한 본성은 사회라는 거대 기구로부터의 자극에 예측을 불허하는 온갖 다양한 방식으로 반응한다. 분열은 가장 극단적인 방식 중의 하나다.

골랴킨은 평범한 관리다. 부자는 아니지만 극빈자도 아니다. 잘생기지는 않았지만 못생기지도 않았다. 직장에서의 그의 위상 역시 대단치는 않지만 그렇다고 아주 모욕적인 것도 아니다. 그러니까 그에게 만일 무언가 문제가 있다면 그것은 단순히 경제적이고 사회적인 문제만은 아니라는 뜻이다.

골랴킨의 문제는 무엇보다도 상대적 박탈감이다. 자신보다 더 높은 사람, 더 잘난 사람에 비해 초라하다는 것이 그를 주눅 들게 한다. 누군가 자신의 보잘것없는 정체를 알아차릴까 봐 두렵고, 아는 사람과 만나면 공연히 숨어 버리고 싶어진다. 〈내가 아니고 놀랄 정도로 나랑 닮은 다른 사람인 척할까? (……) 그래, 나는 내가 아니야.〉

때로는 상대가 묻지도 않는데 방어벽을 치기도 한다. 〈저도 제가 보잘것없는 사람이라는 것을 알지만 그렇다고 그걸 안타깝게 생각하지는 않습니다!〉 바닥까지 내려간 자존감은 종종 망상을 동반한다. 〈저에게는 적이 있답니다. 저를 파멸시키려고 맹세까지 한 아주 사악한 적들이랍니다.〉

자격지심과 인정 욕구 사이의 가느다란 줄 위에서 아슬아슬하게 균형을 유지하던 골랴킨은 한 가지 결정적인 사건으로 인해 나락으로 추락한다. 직장 상관의 집에서 딸의 생일을 축하하는 무도회가 열리는데, 그는 초대받지 못한 것이다! 자괴감과 수치심으로 뒤범벅된 그는 판단력을 잃고 무도회장으로 돌진한다. 〈다들 가는데 왜 나만 못 가?〉

막아서는 하인들의 눈을 피해 몰래 무도회장에 들어간 그는 한바탕 난동을 피우다 망신만 톡톡히 당한 채 길바닥으로 쫓겨난다. 텅 빈 거리에 홀로 버려진 그는 〈자기 자신으로부터 도망쳐 자기 자신으로부터 숨어 버리고 싶고 완전히 사라져 버리고 싶었다〉. 눈비가 몰아치는 11월의 거리로 마치 누더기 뭉치처럼 내팽개쳐진 바로 그날 밤, 그는 무너진다. 그는 자신의 분신을 보기 시작하는 것이다.

골랴킨과 똑같이 생긴 분신은 그와 똑같은 옷을 입고 사무실에 출근까지 한다. 놀랍게도 직장 동료들은 골랴킨이 둘이나 있어도 이상하게 생각하지 않는다. 그들은 그냥 새로 온 관리를 〈골랴킨 2호〉라 부를 뿐이다.

소심하고 우울하고 무능한 골랴킨과는 정반대로 골랴킨 2호는 기민하고 활발하고 명랑하고 유능하다. 그가 늘 꿈꾸었던 〈내가 아닌 나〉의 모습이다. 그러나 〈내가 아닌 나〉의 가장 큰 피해자는 언제나 자신이다. 사무실 사람들은 모두 골랴킨 2호를 좋아한다. 골랴킨 2호의 인기가 높아질수록 진짜 골랴킨의 위상은 곤두박질친다. 사악한 분신은 그를 조롱하고 경멸하고 억압하고 위협한다. 공포에 사로잡힌 골랴킨은 스스로의 존재를 증명하기 위해 필사적으로 노력하지만 그럴수록 더욱더 깊이 망상의 늪 속으로 가라앉고 마침내 정신 병원으로 이송된다.

골랴킨의 비극 저변에는 관료 사회의 고질적 병폐가 깔려 있다. 관등만이 모든 것의 척도인 사회는 인간을 하나의 성능으로 축소시킨다. 성능의 복제판들이 끝없이 생겨나 인간을 밀쳐 내고 〈인간 2호〉,

화가 옐레나 사모키시숫콥스카야가 1895년 그린
『분신』의 삽화.

〈인간 3호〉로 세상이 채워진다.

> 골랴킨 씨가 발자국을 뗄 때마다 그와 똑같이 닮은 골랴킨 씨들이 땅 속에서 솟구치듯 튀어나왔다. 쌍둥이들은 생겨나는 즉시 거위의 행렬처럼 꼬리에 꼬리를 물고 쇠사슬 모양으로 달려왔다. 행렬은 점점 더 길어져서 골랴킨 씨 뒤를 절뚝거리며 쫓아왔다. 이 똑같은 인간들로부터 벗어나 도망갈 곳은 없었다. 가여운 골랴킨 씨는 공포로 인해 숨이 멎을 것만 같았다. 똑같은 사람들이 끝도 없이 생겨났고 마침내 도시는 똑같은 사람들로 꽉 차버렸다.

물론 관등 사회만이 가짜 정체성을 부추기는 것은 아니다. 타인의 눈을 의식한 정체성 위장은 때로는 존재감이라는 이름으로, 때로는 자의식이라는 이름으로 심리 소설의 여러 페이지를 채워 왔다. 인간은 누구나 타인의 눈에 비친 자신의 모습에 극도로 예민하게 반응한다. 그것이 도가 지나치면 장애가 된다. 분신은 주인공의 내면에 있는 온갖 심리적 장애들의 총집합이자 인간의 불합리성에 대한 생생한 증거다. 지위에 대한 갈망이 커지면 커질수록 자기 비하도 커진다. 골랴킨 2호는 욕망과 자격지심 사이의 깊은 골에서 탄생한 환상이다. 내면의 열등의식이 허세와 자존심을 부채질할 때 불안은 과대망상으로 폭발한다. 골랴킨의 분열은 제정 러시아의 관등 사회를 훌쩍 넘어 〈타인의 인정〉에 목말라하는 현대인의 모습을 보여 주는 것 같아 섬뜩하다.

소설은 현실을 반영하지만 때로는 현실이 소설을 흉내 내기도 한다. 『분신』의 출간 이후 도스토옙스키는 골랴킨처럼 극도의 불안을 맛보아야 했다. 첫 소설 『가난한 사람들』의 대대적인 성공 덕분에 과도하게 부풀려진 자기 이미지가 원흉이었다. 갑자기 천진난만할 정도로 교만해진 그를 문인들은 거의 집단 따돌림 수준으로 냉대했다. 투르게네프는 친구와 함께 풍자시를 써서 〈러시아 문학의 낯짝에 솟은 여드름〉이라고 그를 조롱했다. 게다가 데뷔작 못지않은 후속작을 써야 한다는 중압감이 그를 짓눌렀다. 도스토옙스키는 〈『분신』이 『가난한 사람들』보다 열 배는 더 훌륭한 작품이 될 것〉이라고 호언장담했지만 결과는 참패였다. 독자와 평론가 대부분이 〈도대체 무슨 소리인지 알 수 없다〉고 혹평했다.

도스토옙스키를 그토록 칭찬했던 평론가 벨린스키도 『분신』에 대해서는 사뭇 비판적이었다. 〈불분명하고 모호한 작품〉이라고 폄하하며 〈가장 큰 단점은 판타스틱〉이라고 지적했다. 〈판타스틱이 있어야 할 자리는 정신 병원이지 문학이 아니다. 그건 의사의 소관이지 시인의 소관이 아니다.〉

하지만 벨린스키는 도스토옙스키만큼 인간의 본질을 꿰뚫어 보지는 못한 것 같다. 골랴킨에게는 적도 없고 음모도 없다. 피해망상에 젖어 있을 뿐이다. 그러나 적을 느끼고 음모를 느낄 정도의 불안은 실재하는 현실이다. 분신은 〈판타스틱〉이지만 분신을 볼 정도로 불안한 의식은 현실이다. 도스토옙스키는 가장 보편적인 현실, 모두의 내면에 존재하는 현실을 집어냈다. 골랴킨은 그의 말대로 그가 〈가장 먼저 발견하고 가장 먼저 예고한 인간 유형〉이었다.

8장 상트페테르부르크: 〈하얀 밤〉의 추억

사랑이여, 그 젊은 날의 아스라함이여

도스토옙스키라는 이름이 풍기는 무게감 때문이건, 아니면 심각한 생김새 때문이건, 도스토옙스키와 해맑은 러브 스토리는 어쩐지 잘 어울리지 않는다. 하지만 그도 젊은 시절에는 수채화처럼 투명하고 잔잔한 연애 소설을 두어 편 썼다. 1848년에 발표한 중편 『백야』가 그중 하나다. 백야의 페테르부르크에서 우연히 마주친 남녀의 이루어지지 못한 사랑을 다루는 이 소설은 주제가 워낙 통속적이어서 그런지 여러 차례 영화로도 만들어졌다.

백야, 즉 〈하얀 밤〉은 여름에 북유럽에서 나타나는 기후 현상으로, 태양이 지평선 아래로 어느 정도 이상 내려가지 않아 밤 시간에도 초저녁처럼 환하기 때문에 붙여진 이름이다. 페테르부르크는 5월 말부터 7월 초까지가 백야 기간이다. 햇살과 온기가 늘 아쉬운 러시아인에게 거의 하루 24시간 빛을 느낄 수 있다는 것은 마술 같은 행복일 것이다.

이 마법의 시간을 축하하기 위해 페테르부르크에서는 해마다 〈백야 축제〉가 펼쳐진다. 음악제와 영화제, 퍼레이드와 불꽃놀이, 카니발, 심야 관광 등 다양한 행사와 볼거리가 새벽까지 이어진다. 밤새 영

도스토옙스키가 『백야』를 집필할 당시 살던
페테르부르크의 셋집.

셋집의 현판. 〈1847년부터 1849년까지
표도르 도스토옙스키가 이 집에서
살았다〉는 문구가 적혀 있다.

업하는 카페와 레스토랑과 술집은 시민들뿐 아니라 관광객들로 북적거린다.

내가 처음 페테르부르크의 백야를 본 것은 1996년 여름이었다. 시간은 한밤중임에도 거리는 초저녁 같았다. 검푸른 하늘 위에 두텁게 깔려 있는 분홍색 보라색 황금색 구름이 너무 아름다워서 하늘만 바라보았던 기억이 난다. 여기저기서 들려오는 음악 소리도, 왁자지껄 떠드는 소리도, 손을 꼭 잡고 다리 위를 서성이는 연인들의 모습도 그냥 다 좋았다.

그런데 요즘에는 백야 시기에 페테르부르크를 방문할 일이 생기면 잠자리 걱정이 앞선다. 며칠씩 밤잠을 설치고 나면 축제는 먼 나라 이야기가 된다. 암막 커튼과 방음 시설이 호텔 선정의 최우선 조건이 되어 버렸다. 백야는 확실히 젊음의 시간인가 보다. 『백야』의 첫 문장도 바로 이 젊음을 이야기한다. 〈아름다운 밤이었다. 우리가 젊을 때에만 만날 수 있는 그런 밤이었다.〉

인생에는 젊음의 눈에만 아름답게 보이는 것들이 있다. 어쩌면 사랑이 순수하게 아름다울 수 있는 것도 젊을 때만 가능한 일인지 모른다. 『백야』는 덧없이 사라져 버린 젊은 날의 아스라한 사랑 이야기로, 도스토옙스키 작품 중에서 가장 서정적이고 시적이라 평가받는다.

주인공인 〈나〉는 혼자만의 세계에서 고독한 삶을 살고 있는 자칭 〈몽상가〉다. 아는 사람도, 대화할 사람도 없이 홀로 비정한 도시에 살게 된 그가 직장에서 퇴근 후 하는 일은 소설을 읽고 공상하는 일뿐이다. 〈소설 쓴다〉라는 표현은 그의 삶을 정확하게 묘사한다. 그에게는 사랑도 우정도 대화도 모두 상상 속에서 소설처럼 진행된다. 그러던 그에게 현실에서 연애 비슷한 사건이 일어난다.

어느 맑은 날, 밤거리를 홀로 거닐던 그는 운하의 난간에 기댄 채 울

이반 피리예프 감독의
1959년 영화 「백야」의 포스터.

고 있는 아가씨를 발견한다. 흑심을 품고 접근하는 치한으로부터 그녀를 보호해 준 것을 계기로 두 사람은 가까워지고, 매일 밤 같은 장소에서 만나기로 약속한다. 매혹적인 하얀 밤에 젊은 두 영혼의 애틋한 관계가 시작된다.

그녀의 이름은 나스텐카. 지난해 돈을 벌기 위해 모스크바로 떠나간 약혼자를 그리워하고 있다. 남자는 떠나기 전날 바로 이 운하 앞에서 1년 뒤에 반드시 돌아와 그녀와 결혼하겠다고 굳게 약속했다. 해가 바뀌어 다시 백야의 계절이 오고, 지인들은 남자가 얼마 전 페테르부르크에 돌아왔다고 전해 준다. 그러나 그에게서는 이제까지 아무런 연락이 없다. 나스텐카는 약혼자가 변심했다는 생각에 마지막으로 만났던 그 자리를 찾아와 울고 있었던 것이다.

나스텐카의 딱한 사연을 들은 주인공의 심경은 복잡하다. 이미 첫눈에 귀여운 그녀에게 반했다. 그러나 부끄러움을 무릅쓰고 속내를 털어놓은 그녀의 신뢰를 배신할 수 없다. 그래서 그녀를 성심껏 위로해 주고 약혼자에게 그녀의 편지를 전달해 주는 심부름까지 마다하지 않는다. 편지를 보냈는데도 약혼자는 여전히 그녀가 지정해 준 장소에 나타나지 않는다. 다음 날에도 역시 그에게서는 연락이 없다. 마침내 나스텐카는 버림받았다는 것을 깨닫고 오열한다.

그동안 나스텐카의 곁을 지켜 준 주인공은 그녀와 만나면서 비로소 자신이 몽상의 세계에서 빠져나와 〈현실적인〉 삶을 살 수도 있다고 느끼기 시작한다. 마침내 그는 난생처음 몽상이 아닌 현실 속에서, 실재하는 여성을 향해 사랑을 고백한다. 〈당신이 배신당한 사랑에 괴로워하고 있을 때, 내 가슴은 당신을 향한 사랑으로 흘러넘치고 있었습니다. 당신이 여전히 그 사람을 사랑할지라도, 내가 알지도 못하는 그 사람을 계속해서 사랑할지라도, 나는 당신을 사랑할 겁니다. 내 사랑

『백야』의 삽화. 화가 므스티슬라프 도부진스키의
1922년 작품이다.

이 당신에게 짐이 되지 않도록, 당신이 느끼지 못하도록 그렇게 사랑할 겁니다. 당신은 다만 매 순간 듣고 느끼게 될 겁니다, 당신 곁에서 감사에 넘치는 심장이 고동치고 있음을…….〉 이 얼마나 순수하고 고결한 사랑의 고백인가.

눈물로 범벅이 된 나스텐카는 머뭇머뭇 그가 내민 손을 붙잡는다. 〈제가 다른 사람을 사랑했는데도…… 언제나 지금처럼 저를 사랑하고 싶으시다면…… 저도 맹세합니다, 저의 사랑이 마침내 당신의 사랑을 받을 가치가 있게 되리라는 걸…….〉

두 사람은 웃다가 울다가를 반복하며 아무 뜻도 없는 말을 수천 마디 지껄이기도 하고 장래 계획을 세우기도 한다. 바야흐로 행복이 손짓을 하고 있는 듯하다. 그런데 바로 그 순간 한 남자가 그들 옆을 지나가다가 갑자기 걸음을 멈추고 나스텐카를 유심히 쳐다본다. 나스텐카는 외마디 소리를 지르며 그 자리에 얼어붙는다. 그러더니 주인공의 손을 확 뿌리치고는 낯선 이를 향해 쏜살같이 달려간다. 주인공은 죽은 사람처럼 서서 멀어져 가는 그들을 바라본다. 이것으로 마지막 밤이 끝난다. 다음 날 아침 그녀에게서 편지가 온다. 〈용서해 주세요. 저는 당신도 제 자신도 속였습니다. 그건 꿈이었어요. 환영이었어요. (……) 다음 주에 저는 그 사람과 결혼합니다. 그이는 한시도 저를 잊은 적이 없었답니다…….〉

밤도 아니고 낮도 아닌 시간 백야, 그 마법의 주술이 풀리면서 사랑은 연기처럼 사라진다. 저 황홀한 하얀 밤들은 지나가고, 우중충한 새벽이 쓸쓸히 주인공을 맞이한다. 그는 처참한 심정으로 주위를 둘러본다. 벽과 바닥 모두 색이 바래 버렸고 모든 것이 침침해졌다. 주인공의 피곤한 시야에 자신의 미래가, 15년 뒤에도 이 낡은 방에서 지금처럼 홀로 고독하게 살고 있을 자신의 늙은 모습이 펼쳐진다.

글머리에서 『백야』를 〈투명하고 잔잔한 연애 소설〉이라 했지만 사실은 꼭 그렇지만도 않다. 깊이 들어가면 갈수록 사랑 이외에 무언가 의미하는 바가 많은 소설이다. 특히 주인공이 도스토옙스키의 소설에 수없이 등장하는 〈몽상가〉 유형이라는 것은 그냥 넘어갈 일이 아니다. 도스토옙스키는 평생 동안 몽상과 현실의 문제를 탐구했다. 그에게 몽상은 부정과 긍정의 두 가지 면이 있다. 현실에서 누적된 불안에 적절하게 대처할 수 없을 때 인간은 몽상의 세계로 도피한다. 몽상가는 그래서 분열된 인격의 다른 이름이 되기도 한다. 몽상이 극에 이르면 온갖 인격 장애를 수반하는 사회 병리학적 현상이 된다는 것을 도스토옙스키는 간파했다. 그래서 〈몽상가란 페테르부르크의 악몽이자 구체화된 죄악이자 비밀스럽고 음산하고 야만적인 비극〉이라고까지 단언했다.

그러나 몽상은 다른 한편으로 현실의 일부이자 인간 내면에 있는 보편적 성향이다. 몽상이 확실하게 제거된 현실은 얼마나 삭막할 것인가. 꿈꿀 수 없는 인간이란 얼마나 범속하고 지루하고 얼마나 기계처럼 무감각할 것인가.

삼각관계의 다른 두 사람, 나스텐카와 그녀의 약혼자는 몽상과는 관련이 없고 그래서 평면적이다. 나스텐카는 처음부터 끝까지 영악할 정도로 현실적이다. 약혼자를 잃어버렸다는 생각에 〈대타〉로 주인공을 선택하지만 약혼자가 나타나자 즉시 〈대타〉를 버린다. 어쩌면 그녀에게는 누군가가 필요할 뿐 그 누군가가 누구이건 큰 상관이 없는지도 모른다. 그녀의 약혼자는 또 어떤가. 이름도 외모도 알 수 없는 그는 인물이라기보다는 반드시 나타나야만 할, 우리가 언젠가는 반드시 맞닥뜨려야 할 〈현실〉의 은유처럼 읽힌다.

반면 주인공은 몽상과 현실 사이의 경계선에 존재하고 그래서 훨씬 복잡하고 입체적이고 인간적이다. 그는 몽상가이되 몽상의 비극과 위험을 인지할 정도로 현실적이다. 그는 몽상이 지나치게 깊어지면 〈헛된 망상〉이 된다는 것도 알고 〈누구나 성숙해지면 자신이 과거에 품었던 이상에서 벗어나야 한다〉는 것도 안다. 도피성 인격 장애자도 아니고 무감각한 기계도 아니다. 지극히 〈인간다운 인간〉의 마음으로 그는 나스텐카의 이야기를 재구성하고 자신의 내적인 독백을 아름답고 슬픈 한 편의 로맨스로 변형시킨다. 비록 사랑은 꿈처럼 사라져 버렸지만 그가 기록한 로맨스는 현실로 남아 있다.

아니, 이 모든 설명은 접어 두고 『백야』만큼은 그냥 감상적 소설로 읽고 싶다. 한 편쯤은 인물 분석이나 해석, 이런 것 생각하지 않고 그냥 그대로 슬픈 사랑 이야기로 읽어도 좋지 않을까. 누구나 살다 보면 간직하고 싶은 순수의 추억이 있지 않은가. 마지막에 주인공이 하는 독백은 삶과 사랑과 청춘을 기억하라고 외치는 찬가처럼 들린다.

〈아 나스텐카, 행복과 기쁨의 순간에 축복이 너와 함께하기를! 너는 감사하는 마음으로 가득 찬 어느 외로운 가슴에 행복과 기쁨을 주었으니까. 오, 신이여! 한순간이나마 지속되었던 지극한 행복이여! 일생이 그것이면 족하지 않을까.〉

2부 시베리아, 다시 태어남

9장 상트페테르부르크: 두 번째 생

삶은 선물이고 행복이다

도스토옙스키의 삶에서 일어난 가장 중요한 일을 딱 하나만 꼽으라면, 바로 〈페트라솁스키 서클〉 사건이 될 것이다. 이 사건으로 인해 도스토옙스키는 다시 태어났다. 이 사건이 아니었더라면 오늘날 우리가 알고 있는 도스토옙스키, 즉 〈대문호〉이자 〈예언자〉인 사람은 존재하지 않았을 것이다.

1849년 4월 23일 토요일 새벽 4시. 스물여덟 살의 소설가 도스토옙스키는 내란 음모죄로 체포되어 폰탄카 거리의 〈황제 폐하의 제3부서〉(비밀경찰)로 이송됐다. 곧이어 이름만 대면 다 알만한 엘리트 지식인들이 줄줄이 끌려왔다. 그들은 모두 〈페트라솁스키 서클〉의 일원이었다.

페트라솁스키는 페테르부르크 대학 법대를 졸업하고 외무부에서 통번역 요원으로 근무하던 관리였다. 프랑스의 공상적 사회주의에 매료된 그는 마음이 통하는 몇몇 지인을 집에 불러들여 밤늦게까지 차를 마시고 담배를 피워 대며 토론하기를 즐겼다. 참가자 수가 늘어나자 모임은 매주 금요일 밤의 회합으로 정례화됐다. 회원들은 프랑스의 공상적 사회주의자들인 푸리에, 생시몽, 카베의 저술을 읽으면서

미하일 페트라솁스키의 초상화.
작가 미상.

지상에서 실현될 정의롭고 평등한 천국을 꿈꾸었으며, 사회주의를 성스럽고 도덕적인 이념으로 떠받들었다.

루이 필리프 왕을 폐위시킨 1848년 프랑스 2월 혁명은 러시아 황실을 극도로 긴장시켰다. 정권 유지에 위협을 느낀 니콜라이 1세는 상상을 초월하는 감시와 검열 제도를 도입했다. 서구의 이른바 〈위험한〉 사상이 유입되는 것을 막기 위해 대학의 철학 과목을 아예 폐강시켰고, 논리학과 심리학은 신학과 교수들의 손으로 넘겨 버렸다. 국경에서는 안톤 루빈시테인의 악보를 암호화된 불온 문서로 오인해 압수하는 웃지 못할 사태까지 발생했다. 시국이 이렇다 보니 지식인 회원 수가 30명이 넘는 반체제 서클이 당국의 주목을 받는 것은 당연한 일이었다.

페트라솁스키 사건은 워낙 큰 스캔들이다 보니 꽤 오랫동안 다각도에서 연구가 지속되었다. 1928년에는 전 3권짜리 사건 기록이 출간되기도 했다. 설익은 젊은이들의 한담을 정부가 과대평가했다는 주장부터 실질적인 내란 음모였다는 주장에 이르기까지, 다양한 시각이 개진됐다. 그러나 도스토옙스키가 〈강경파〉였다는 것은 모두가 동의하는 사실이었다.

서클 회원들은 러시아 사회의 변화와 개혁을 열망했지만 실질적인 행동을 하기에는 다분히 낭만적이고 몽상적이었다. 도스토옙스키만 해도 이 모임에 발을 디딘 것은 박애와 평등을 향한 청년다운 열정, 어린 시절 보고 자란 고통에 대한 연민, 독실한 그리스도교적 가정 분위기, 그리고 그의 성격의 한 면을 차지하고 있는 고질적인 낭만주의 때문이었다.

그러나 프랑스의 혁명으로 고무된 일부 적극적인 회원들은 탁상공론을 중단하고 행동을 개시하기로 작정했다. 도스토옙스키도 여기에 동조했다. 시인 두로프를 중심으로 한 소그룹은 해외에서 발간되는 잡지를 직접 인쇄하고 각종 선전물을 유포하기 위한 지하 인쇄소 설립에 동의했다. 그리하여 실제로 인쇄기 부품을 구입하여 조립하기까지 했다. 인쇄기는 도스토옙스키가 체포될 당시 그의 방 다락에 숨겨져 있었다. 놀랍게도 수사관은 온갖 것을 다 압수해 가면서도 정작 인쇄기가 숨겨져 있던 다락은 열어 보지도 않고 그냥 딱지만 한 장 달랑 붙여 놓았다.

페트라솁스키 회원들은 악명 높은 정치범 수용소인 페트로파블롭스크 요새로 이송됐다. 도스토예프스키가 요새 서쪽의 알렉세옙스키 삼각보 감옥 9호 독방에 철저하게 격리되어 있는 동안 나보코프 장군, 두벨트 장군, 로스톱체프 장군으로 구성된 조사 위원회는 치밀하게 신문 준비를 했다.

도스토옙스키가 가장 고결하게 신문에 임했다는 것은 널리 알려진 사실이다. 페트라솁스키도, 조직의 실질적인 리더이자 냉혹한 혁명가

페트로파블롭스크 요새 서쪽에 있는 알렉세옙스키 삼각보 감옥(19세기 말 사진).
도스토옙스키는 이곳 독방에 수감되었다. 지금은 철거된 건물이다.

페트로파블롭스크 요새 남서쪽에 건설된
트루베츠코이 보루 감옥의 독방. 현재는 박물관이다.

인 스페시노프도 거의 모든 사실을 자백했고 심지어 다른 회원들에게 혐의를 전가하기도 했다. 반면 도스토옙스키는 이른바 〈동지들〉에게 불리하게 작용할 만한 발언은 구두로건 서면으로건 단 한 마디도 하지 않았다. 두로프 모임에 대해서도 끝까지 모르쇠로 일관했다. 스스로의 도덕성에 대한 믿음은 먼 훗날까지 역경 속에서 그를 지탱해 주는 힘이었다. 〈그나마 위안이 되는 것은 신문 과정 내내 제가 타인에게 죄를 전가하지 않았다는 사실입니다. 저한테 불리하게 작용할 것을 뻔히 알면서도 친구의 죄를 감싸 줄 기회가 오면 기꺼이 그렇게 했습니다.〉

도스토옙스키는 또한 용의주도했다. 형을 낮추기 위해 가능한 모든 전략을 다 동원했다. 서클은 친목 모임에 불과했다, 회장은 그냥 괴짜에다 허풍쟁이로 진지한 일을 도모할 위인이 못 되었다, 그러므로 〈정치적 음모〉 같은 것은 생각할 수도 없었다, 라는 게 그가 쓴 자술서의 요지였다. 그는 때로는 고집스러운 침묵으로, 때로는 연막작전으로 신문관의 울화통을 북돋았다. 〈당신이 제 영혼을 들여다보기라도 했습니까?〉 같은 순진무구한 질문으로 사태의 본질을 흐려 놓았고 〈그 어떤 혐의도 저를 제가 아닌 다른 사람으로 만들 수는 없습니다〉라는 기이하게 철학적인 주장으로 신문관의 인내심을 시험하기도 했다.

어느 날 로스톱체프 장군은 급기야 폭발했다. 능구렁이 장군은 〈당신 같은 대단한 소설가가 저런 쓰레기들과 엮이다니 유감이오. 알고 있는 것만 다 말하면 내 직권으로 사면해 주겠소〉라며 회유했다. 그러나 도스토옙스키는 꿈쩍도 하지 않았다. 두벨트가 그에게 눈짓으로 말했다. 〈거 보세요, 제가 뭐라고 그랬습니까?〉 로스톱체프는 너무나 화가 나서 고함을 지르고는 문을 박차고 나가 버렸다. 〈저놈 꼴도 보기 싫어!〉 로스톱체프는 그를 〈영리하고 독자적이고 교활하고 완강한

19세기 세묘놉스키 연병장 자리에 조성된 피오네르스카야 광장.
이곳에서 도스토옙스키를 비롯한 페트라솁스키 서클 회원들의
처형극이 집행되었다.

녀석〉이라 부르며 이를 갈았다.

9월 30일부터 11월 16일까지 군법 회의가 열렸고 마침내 형이 확정되었다. 도스토옙스키는 시베리아 유형지에서 4년간의 징역과 사병 복무 형을 언도받았다. 그다음으로 러시아 역사의 부끄러운 한 페이지를 장식한 가짜 처형식이 이어졌다. 황제는 괘씸한 젊은이들에게 법적인 형벌 이외에 따끔한 〈선물〉을 하나 더 주고 싶다는 엉뚱한 생각을 품게 되었다. 일단 죄수들에게 사형을 선고해서 잔뜩 겁을 준 다음 마지막 순간에 감형시켜 주어 황제의 전권과 자비에 감동하도록 만든다는 것이 그의 계획이었다.

12월 22일, 사형 선고를 받은 정치범들은 아무것도 모르는 채 세묘놉스키 연병장의 형장으로 이송되었다. 도스토옙스키는 두 번째 줄에 세워진 세 명의 사형수 중 하나였다. 사형수들을 향해 총을 겨눈 사격 부대가 방아쇠를 당기기 직전, 일촉즉발의 순간에 갑자기 형 집행 정지가 선포되었다. 황제의 시종무관이 전속력으로 달려와 사면 소식을 알리며 진짜 선고문을 낭독했다.

인간의 목숨을 가지고 장난질 치는 이 사악하고 극적이고 반인륜적인 처형 놀이는 엄동설한에 총구를 마주 보고 서 있던 정치범 모두의 운명을 바꿔 놓았다. 도스토옙스키는 이때부터 모든 장난질에 대해 거의 병적인 혐오감을 품기 시작했다. 그의 소설에서 게임, 놀이, 장난질은 여러 가지 변주된 형태로 등장하면서 악을 함축한다.

체포, 독방 수감, 신문, 재판, 가짜 처형, 유형으로 숨 가쁘게 이어진 사건들은 이후 도스토옙스키의 소설 곳곳에 스며들어 다른 작가들은 도저히 흉내 낼 수 없는 강렬한 인물과 장면과 소재로 재생되었다. 체포와 신문은 『죄와 벌』의 유명한 예심 판사(지금의 형사 반장) 포르피리의 탄생에 기여했고, 재판은 『카라마조프 씨네 형제들』의 법정 공방으로 재현되었다. 처형극의 체험은 『백치』에서 사형수가 처형 직전 5분 동안 겪는 심리 변화를 소름 끼치도록 생생하게 기술하는 데 토대가 되었고, 인쇄기 사건은 『악령』의 핵심 소재가 되었다.

그러나 이 모든 사건이 갖는 가장 중요한 의미는 인간 도스토옙스키가 진짜로 다시 태어났다는 사실이다. 감형 직후 형에게 쓴 편지를 읽어 보자.

> 사랑하는 형, 지금 이 순간 과거에 만났던 모든 사람들을 기꺼이 사랑하고 포옹할 수 있을 것 같아. 오늘 죽음과 직면하고 소중한 사람들에게 작별을 고할 때가 되어서야 그런 사실을 깨달았어. 돌이켜 보니 비방과 실수와 나태 속에서 소중한 것을 얼마나 많이 잃어버렸는지 몰라. 내 심장과 영혼에 얼마나 많은 죄를 지었는지 몰라……. 삶은 선물이고 행복이야. 형! 형 앞에서 맹세할게, 나는 희망을 잃지 않을 거야. 내 영혼과 심장을 순결하게 간직할 거야. 나는 더 나은 사람으로 다시 태어날 거야. 이것이 내 희망이자 위안의 전부야!

이 글에 담긴 감사와 환희와 희망은 압도적이다. 종교적 회심에 버금가는 극적인 체험을 통해 그는 실제로 〈더 나은 사람〉으로 다시 태어났고 〈훨씬 더 나은 소설〉을 쓰기 시작했다. 그의 위대한 장편들은 모두 유형 이후 쓰여졌다.

물론 〈삶은 선물이고 행복〉이라는 생각은 무척 감동적으로 들리긴 하지만, 현실에서 유지하는 것은 쉬운 일이 아니다. 어떤 때는 마치 심술궂은 악마가 그를 내려다보면서 〈이래도 삶을 행복이라 생각할 테냐〉라고 조롱하는 것 같았다.

다행스럽게도 살아 있음에서 오는 황홀경은 모든 것을 다 견뎌 낼

만큼 강력했다. 지인들 대부분이 인정하듯, 그는 웬만한 고통이나 어려움에 대해서는 결코 불평하지 않았다. 사소한 기쁨에 대해 늘 감사했으며 인간의 결점에 대해 믿을 수 없이 관대했다.

삶에 대한 이런 태도는 그의 소설로 고스란히 들어왔다. 살인, 범죄, 자살 같은 끔찍한 주제가 그의 소설 대부분에 들어가 있지만 그럼에도 그의 소설이 한결같이 독자에게 전달하는 것은 삶에 대한 긍정과 인간에 대한 믿음이다. 그는 형에게 다짐했던 바 그대로 〈순결한 영혼과 순결한 가슴〉을 간직하려 노력했다. 도덕의 영역에서 글과 행동이 일치하는 작가가 얼마나 될지 모르겠지만 도스토옙스키가 그중 하나인 것만은 틀림없을 것 같다.

10장 옴스크: 사람들 속으로

시베리아 유형지에서 <인간>을 발견하다

모스크바 셰레메티예보 공항을 밤 10시 반에 이륙한 아에로플로트 비행기는 새벽 5시 반에 옴스크 공항에 착륙했다. 아직 4월인데 시베리아라는 게 믿어지지 않을 정도로 포근했다. 이번에는 두 제자 이명현 박사와 홍지인 박사가 의기투합하여 여정에 합류했다. 러시아에 오랫동안 거주한 홍 박사는 아예 가이드를 자처했다. 러시아 문학 사상 가장 심오한 내면 여행의 흔적을 찾아본다는 생각에 우리는 무척 흥분했다.

서시베리아의 중심 도시 옴스크의 역사는 18세기로 올라간다. 표트르 대제는 군사 요지를 확보하기 위해 이 지역으로 원정대를 파견하고 1716년에는 옴강과 이르티시강의 합류 지점에 요새를 구축했다. 요새 안에 세워진 감옥은 러시아 각지에서 징역형을 받고 잡혀 온 죄수들로 채워지기 시작했다. 요새는 1864년 마지막 사령관 드 그라베 대령이 사망한 뒤 폐쇄됐다. 그리고 1983년, 사령관 사택이 있던 자리에 도스토옙스키 기념관이 세워졌다.

기념관은 더할 나위 없이 훌륭했다. 1만 5천 점 가까운 전시물도, 친절하고 유능한 스태프도, 우리를 환대해 준 바이네르만 관장도 먼

길을 온 보람이 있다는 생각이 절로 들게 해주었다. 아홉 개의 홀로 나뉜 전시실은 세련되고 모던했다. 족쇄, 죄수복, 물통 등 당시 감옥에서 사용되던 물건들의 모사품이 작가의 일상을 고통스럽게 환기시켰다. 사진과 그림, 초판본, 데스마스크와 흉상도 있었다. 무엇보다도 레오니트 람의 일러스트 시리즈는 너무 강렬해서 눈을 떼기 어려웠다. 구소련의 유명한 화가 람은 누명을 쓰고 1973년 체포되어 4년간 수용소에서 복역한 뒤 1982년 국외로 망명했다. 기념관에 전시된 작품은 도스토옙스키의 유형지 소설을 재구성한 석판 시리즈로, 소설 일러스트라기보다는 도스토옙스키의 수난에 화가 자신의 수난을 〈덮어쓰기〉한 시각적 고백록 같았다.

1849년 12월 24일, 수도를 출발한 도스토옙스키 일행은 영하 40도에 육박하는 혹독한 추위와 눈보라를 뚫고 우랄산맥을 넘어 토볼스크에 도착했다. 토볼스크는 원래 1825년 12월 당원 봉기 때 붙잡힌 정치범들의 유배지였다. 옥바라지하러 따라온 부인들은 남편이 죽은 뒤에도 끝까지 남아 이송 도중 며칠 묵었다 가는 정치범들을 보살펴 주었다. 그중 한 사람인 폰비지나 부인이 도스토옙스키에게 표지 안쪽에 10루블 지폐를 끼워 넣은 신약 성경을 선물했다. 성경은 감옥에서 읽는 것이 허용된 유일한 책이었다. 도스토옙스키는 유형 생활 내내 이 성경을 달달 외울 정도로 읽었고 눈을 감는 순간까지 지니고 살았다.

죄수들은 1850년 1월 23일 마침내 시베리아 옴스크의 유형지에 도착했다. 이곳에서 도스토옙스키는 1854년 2월 15일 형기를 마칠 때까지 만 4년 동안 살았다. 감옥은 거대한 막사에 가까웠다. 육각형의 드넓은 마당 양쪽 편에 세워진 직사각형의 단층 통나무집이 옥사였다. 여기에 150명에서 2백 명 정도의 죄수를, 정치범과 일반 형사범의 구분 없이 한꺼번에 수용했다.

Leonid Lamm, Portfolio of illustrations to *House of Death* by Fedor Dostoevskii(1978).
Yale University Art Gallery / Gift of Drs. Roman Tabakman and Suzanne Hall.

화가 레오니트 람이 1978년 그린 일러스트.
도스토옙스키의 유형지 소설을 재구성한 석판 시리즈 중 하나다.

ГОСПОДА НАШЕГО
IИСУСА ХРИСТА
НОВЫЙ ЗАВѢТЪ

유형지로 가던 중 토볼스크에 들렀을 때 폰비지나 부인이
도스토옙스키에게 선물한 신약 성경.

형기를 마친 직후 도스토옙스키가 형에게 보낸 편지를 읽어 보자. 〈바닥은 전체가 다 썩었어. 오물이 2.5센티미터나 덮여 있어. 우리는 나무 평상 위에서 자는데 지푸라기 베개가 유일한 지급품이야. 겨울 외투를 이불 대신 덮고 자. 두 발은 항상 외투 밖으로 나와. 밤새도록 오들오들 떨어야 해. 한 치의 빈틈도 없이 이, 벼룩, 바퀴벌레가 바글거려.〉

일과는 항상 똑같았다. 아침 점호와 노역과 저녁 점호. 감시하에서 하루 종일 노역을 하고 저녁때 일단 막사 안으로 들어가면 밖에서 빗장을 질러 다음 날 점호 때까지 나갈 수 없다. 악취, 시비, 키득거리는 소리, 드잡이, 욕설, 소동, 고함 소리와 함께 길고 긴 밤이 지나간다.

당시 그의 모습은 각종 기록과 공문서, 그리고 행정관부터 병원 의사, 초소의 위병에 이르기까지 그를 조금이라도 알았던 사람들이 남긴 회고록을 통해 확인 가능하다. 러시아 제국 국사범 신원 대장은 그의 외모를 〈회색빛 도는 푸른 눈, 금발, 중키, 다부진 체격〉으로 묘사한다. 그를 보았던 사람들은 하나같이 그가 오랜 세월 육체노동과 훈련에 익숙한 노동자나 군인처럼 보였다고 진술한다. 초소의 위병 대장이었던 마르티아노프에 따르면, 도스토옙스키는 항상 음울한 표정을 짓고 있었으며 다른 죄수들은 물론 위병들과도 말을 섞지 않았다. 그는 〈덫에 걸린 한 마리 늑대〉 같았다.

그러면 그의 내면은 어떠했을까. 유형수에게는 일기나 편지 쓰는 것이 금지되어 있었지만 그럼에도 이 시기 도스토옙스키에 관해 알려 주는 자료는 상당히 많다. 가장 직접적인 것은 형기를 채운 후 과거를 회상하며 형에게 써 보낸 여러 통의 편지다. 페테르부르크로 돌아온 후 발표한 자전적 소설 『죽음의 집의 기록』도 중요한 자료다. 유형수인 1인칭 화자를 주인공으로 하여 죄수들의 일상과 감옥의 현실을 묘

막사 안의 모습을 그린 일러스트.
화가 니콜라이 카라진이 1893년 그린 작품.

사하고 있는데, 픽션의 형식을 취하고 있지만 거의 모든 내용이 도스토옙스키 자신의 실제 이야기라 보아도 무리가 없다.

도스토옙스키는 훗날 이 시기를 되돌아보며 〈나의 영혼과 가슴과 마음속에서 어마어마한 변화가 일어났지만 도저히 필설로는 설명할 길이 없다〉고 썼다. 모든 문헌을 종합해 보건대, 가장 근본적인 변화는 인간에 대한 관념에서 일어났다. 굳이 비유를 써서 말하자면 그의 생각은 〈변증법적인〉 궤적을 따르며 변해 갔다. 순수한 믿음은 좌절을 거친 후 더욱 큰 믿음으로 굳혀졌다.

청년기 도스토옙스키는 인간에 대해 거의 낭만적인 믿음을 품고 있었다. 〈삶은 어디에서건 다 삶이야. 삶은 우리들 자신 속에 있는 것이지 결코 외부에 있는 것이 아니야. 내 곁에는 사람들이 있을 거야. 사람들 가운데 한 사람이 되는 것, 그리고 영원히 사람들 중의 한 사람으로 남는 것, 그 어떤 재난이 닥친다 하더라도 좌절하지 않는 것, 흔들리지 않는 것, 그것이 인생이고 거기에 바로 인생의 과제가 있는 것 아닐까.〉

시베리아로 이송되기 직전 허용된 형과의 짧은 면회 때도 그는 〈사람〉 얘기를 했다. 밀류코프의 회고에 의하면 도스토옙스키는 당당하고 침착했으며 내내 형의 안위와 형네 식구들 걱정만 했다. 꺼이꺼이 우는 형을 동생은 다독이며 위로해 주었다. 〈울지 마, 형, 내가 뭐 죽으러 가는 것도 아닌데. 거기도 사람 사는 데야, 어쩌면 나보다 더 괜찮은 사람들이 있을지도 몰라.〉

이 모든 믿음은 옴스크에 도착하자마자 순식간에 뒤집어졌다. 그는 가장 어려운 시험대에 놓여졌다. 그곳은 〈살아 있으나 죽은 집〉이었고 사람 사는 데가 아니라 돼지우리였다. 〈돼지우리 속에서 인간은 돼지처럼 행동할 수밖에 없다.〉

조각가 알렉산드르 카프랄로프의 「십자가를 지고
가는」(2000). 유형지에서 도스토옙스키가 겪은 고통을
종교적 수난으로 승화시켜 형상화했다.

악(惡)이 러시아 전역에서 붙잡혀 온 살인범, 도둑놈, 강간범, 아동 학대범의 모습으로 그를 에워쌌다. 죄수들은 범죄에 무감각했고 동물적인 욕구를 채우기 위해서라면 무슨 짓이라도 서슴없이 했다. 그들은 〈이빨과 위장을 가진 고깃덩어리〉였다. 곱게 자라 온 중산층 귀족 지식인에게 그들과의 공동생활은 그냥 지옥이었다. 정상적이고 합리적인 사고는 불가능했다. 세계가 우리에게 선사하는 저 수많은 기호들에 대한 감각은 정지했고 사물과 인간에 대한 감정은 공포와 혐오로 결빙되었다. 그는 〈또 다른 공기를 가지고 숨 쉬는 법부터 배워야 했다〉.

도스토옙스키는 한동안 말을 잃었다. 심지어 〈동지〉였던 두로프와도 같은 막사에 있으면서 단 한 마디도 나누지 않았다. 웃음도 잃었다. 그저 묵묵히 노역에 임했다. 침묵, 육체노동, 성경 독서 등 종교적 수행과 다를 바 없는 일상 속에서 그는 내면을 돌아보는 여행을 시작했다.

입을 꾹 다문 창백한 사나이의 마음속에서는 거대한 탄생이 소용돌이치고 있었다. 이후 20년 동안 쏟아져 나올 대작들이 꿈틀거리고 있었다. 판에 박힌 듯 똑같은 감옥의 일상, 절대적인 고독과 침묵, 정지된 시간 속에서 그의 내면은 용광로처럼 끓어 넘치고 있었다.

> 정신적으로 고독했던 나는 나의 지난 전 생애를 되돌아보았고 아무리 사소한 것이라도 모든 것을 다시 취해서 과거를 깊이 음미해 보고 용서 없이 엄격하게 스스로를 평가했다. 심지어 어떤 때는 이러한 고독을 나에게 보내 준 운명에 감사했다. 이 고독이 없었더라면 자신에 대한 어떠한 반성도, 지난 삶에 대한 엄격한 비판도 없었을 것이다. 당시 얼마나 커다란 희망으로 나의 심장이 두근거렸던지! 이전에 했던 어떤

실수나 방종도 앞날에는 없을 것이라고 생각하고 결심하고 다짐했다.

내면 여행을 거치며 그는 서서히 소생했다. 감각의 마비가 풀리고 세계를 바라보는 다른 눈을 가지게 되었다. 악의 심연 앞에서도 무너지지 않았고 오물 속에서도 보석을 발견할 수 있었다. 〈그 어떤 낙인도 족쇄도 인간으로 하여금 자신이 인간이라는 사실을 잊게 만들 수 없다〉는 것을 깨달았다.

죄수들 중에서도 그를 좋아하는 사람이 생겨났다. 〈인간은 어디서나 같아. 4년 동안 나는 동물들 사이에서 인간을 가려낼 수 있었어. 깊고 강하고 아름다운 사람들이 거기 있었어.〉

이것은 책에서 배운 이념도 아니고 이론도 아니다. 처절한 자아 성찰 후 마음속에 견고하게 뿌리내린 삶의 방식이다. 이때 이후 그는 과거의 이상주의와 완전히 작별했다.

11장 옴스크: 자유!

본능의 극복이 자유다

문학사 전체를 통해 이보다 더 훌륭한 작품은 없다고 봐요. 서사도 물론 좋지만, 나는 이게 교육적인 책이라 생각해요. 도스토옙스키 씨에게 사랑한다고 전해 줘요.

톨스토이가 『죽음의 집의 기록』을 다시 읽고 1880년 지인에게 쓴 편지다. 톨스토이처럼 까탈스러운 사람이 평생 한 번도 직접 만난 적이 없는 라이벌 작가에게 〈사랑한다〉고 전해 달라니, 정말 이례적인 일이다. 얼마나 감동적이었으면 그랬을까. 아니, 무엇이 그토록 감동적이었을까.

원래 속속들이 실용적이었던 톨스토이는 이즈음에 이르러서는 아예 창작은 접어 두고 자타 공인 〈민중의 교사〉로 나서서 도덕적인 삶을 가르치고 있었다. 그러니까 그가 이 소설을 상찬한 것은 문학적인 완성도 때문이 아니라 그 내용이 인생을 살아가는 데 쓸모가 있다고 여겼기 때문이리라.

소설의 집필을 가능케 해준 정황 자체가 어떤 면에서 대단히 〈교육적〉이다. 도스토옙스키는 유형 생활 동안 육체적인 고통과 불편에 대해서는 그다지 불평하지 않았다. 열악한 급식, 혹한과 혹서, 동상, 빈대와 벼룩 등등 모든 것에 적응했다. 그리고 유명한 말을 남겼다. 〈인간은 불사신이다. 인간은 모든 것에 익숙해질 수 있다. 나는 이것이 인간에 대한 가장 훌륭한 정의라 생각한다.〉

강제 노역도 그에게는 신체 단련의 기회였다. 〈나는 육체를 단련하기로 했다. 건강하고 혈기 왕성하고 쾌활한 사람이 되어 감옥 문을 나서고 싶다. 늙어서 나가지 않을 것이다.〉 요즘 식으로 말해 그는 〈멘탈이 강한〉 사람이었다.

그러나 아무리 강한 정신력을 가졌다 하더라도 주위 사람들의 도움이 없었더라면 무사히 살아남아 5년이나 뒤에 『죽음의 집의 기록』을 쓰는 것은 불가능했을 것이다. 시베리아 시기에 그와 관련된 사람들은 이상하게도 청하지도 않는데 그를 돕고 싶어 안달했다. 사령관 데그라베는 〈이 모범적인 죄수의 형기를 줄여 달라〉는 편지를 중앙 부서에 보냈다. 보리슬랍스키 장군, 그의 부관 이바노프 대위 등 군 관계자들은 교묘하게 서류를 조작해 도스토옙스키의 노역을 바꿔 수선이나 페인트 칠하기 같은 가벼운 일로 바꿔 주었다. 초소의 위병들은 작가인 그가 읽지도 못하고 쓰지도 못하는 상황이 안타까워서 몰래 찰스 디킨스의 『데이비드 코퍼필드』와 『픽윅 페이퍼스』 같은 소설을 가져다주었다. 용의주도한 도스토옙스키는 소중한 선물을 병원에 맡겨 두고 읽었다. 혹시라도 들켜서 압수당하거나 꼬투리를 잡힐까 봐 절대로 막사로 가져가지 않았다.

뭐니 뭐니 해도 〈도스토옙스키 살리기〉의 일등 공신은 병원장 닥터 트로이츠키다. 그는 기회만 닿으면 어떤 구실을 대어서라도 도스토옙스키를 병원에 입원시켰다. 덕분에 죄수는 지옥굴 같은 막사에서 벗어나 청결한 입원실에 머무르며 조용히 사색을 하거나 책을 읽을 수 있었다. 병원 식당이나 닥터 전용 주방에서 조리된 영양가 높은 식사는 물론 차와 커피, 심지어 와인까지 대접받았다.

게다가 병원에서 그는 글을 쓸 수 있었다. 유형수는 읽거나 쓰는 것이 엄격하게 금지되어 있었다. 그러나 병원장 특명으로 도스토옙스키에게는 메모장과 펜이 제공되었고, 막사에서 보고 들은 것들을 생각나는 대로 끄적거릴 수 있었다. 병원 의료진은 그 메모를 몰래 보관해 두었다가 나중에 그가 형기를 마치자 돌려주었다. 오늘날 〈시베리아 노트〉라 알려진 메모장에 수록된 농부들의 방언, 민담, 민요 및 죄수들의 소위 〈무용담〉과 은어와 속어는 『죽음의 집의 기록』의 비옥한 토양이 되었다.

『죽음의 집의 기록』에서 도스토옙스키는 인간 본성에 관한 철학을 정립했다. 보통 사람이라면 상상도 할 수 없는 극한 상황에서 그는 집중해서 강도 높게 인간을 관찰했다. 자기 자신에 대한 가차 없는 분석이 있었기 때문에, 그의 관찰은 〈3인칭의 인간〉이 아닌 〈나〉를 포함하는 〈1인칭 우리 인간〉에 관한 철학으로 굳혀졌다. 그만큼 더 설득력이 있고 개연성이 있다.

그가 유형지에서 발견하고 탐구했고 이후 소설에서 끝없이 발전시키게 될 인간 본성의 출발점은 〈자유〉다. 자유는 정치적이고 사회적인 개념인 동시에 심리적이고 종교적인 개념이다. 그러나 도스토옙스키의 소설로 들어오면서 그것은 한 개인으로 하여금 현실 속에서 도덕적인 삶을 살도록 이끌어 주는 일종의 〈인격 수양〉 비슷한 어떤 것이 된다. 그래서 톨스토이는 그 소설을 〈교육적〉이라고 했다.

도스토옙스키는 자유를 본능과 가치로 나누어 보았다. 자유는 모든 생명체의 본능이다. 강아지도 줄에 묶어 놓으면 낑낑거린다. 식욕이나 성욕처럼 인간이 생물학적으로 존재하기 위해 충족시켜야 하는 가

도스토옙스키가 옴스크 병원에서 기록한
메모장인 〈시베리아 노트〉. 원본은 러시아 국립
도서관에 보존돼 있다.

장 필수적인 조건이다. 이 자유를 획득하기 위해 기를 쓰는 것은 당연한 것이다. 배고픈 사람이 음식을 먹으려 하는 것이 좋은 것도 아니고 나쁜 것도 아닌 것과 같은 맥락이다. 예일 대학교의 로버트 잭슨 교수는 이를 가리켜 〈생명과 생존에 대한 본능의 파토스〉라 불렀다. 자유에의 욕구는 너무나 강렬해서 다른 모든 것을 제압한다. 그러나 오로지 그 자유만을 위해 인간적인 품위, 양심, 도덕, 상식을 넘어설 때 인간은 괴물이 된다. 옴스크 감옥의 가장 추악한 죄수들이 바로 그런 괴물이었다.

다른 한편으로 자유는 본능과 정반대되는 최고의 가치를 향한 지향이다. 자유란 한 인간이 이 세상에 태어나 사는 동안 동물적인 본능과 욕망과 집착, 공포와 불안, 좌절과 절망과 증오와 분노를 딛고 일어서서 자기 자신과 세상에 대한 이해를 거쳐 사랑과 용서와 나눔의 상태에 도달하는 것을 의미한다. 그래서 그는 〈진정한 자유란 궁극에 가서는 언제나, 어느 순간에나 인간이 스스로의 진정한 주인이 되는 도덕적 상태를 획득할 정도로 자아를 극복하고 자신의 의지를 극복하는 데 있다〉고 단언했다.

본능이자 가치로서의 자유는 궁극적으로 인간의 이중성으로 이어진다. 도스토옙스키의 사전에서 악이란 본능으로서의 자유 추구가 극대화된 상태를, 선이란 가치로서의 자유 추구가 극대화된 상태를 의미한다. 인간의 내면에는 선의 가능성과 악의 가능성이 공존한다. 대부분의 인간은 극단적인 본능 충족과 극단적인 가치 추구 사이 어디엔가 존재한다. 단 한 명의 예외도 없이 인간은 모두 선과 악의 중간지대에 위태롭게 서 있다. 〈어떻게 가장 고상한 이상과 극도의 추잡함을 한 영혼 속에 동시에 간직할 수 있을까, 그것도 아주 진지하게?〉

인간인 이상 그 누구도 완벽하게 선할 수 없고 완벽하게 자유로울

옴스크에서 2001년에 도스토옙스키 탄생 180주년을 기념하여
세워진 동상. 조각가 세르게이 골로반체프의 작품이다.

수 없다. 그래서 도스토옙스키는 최고의 가치로서의 자유 그 자체가 아니라 그것에 지향을 둔 삶을 강조한다. 자유를 지향하는 삶은 의식적으로 노력하는 삶, 치열하게 자기 자신을 다스리는 삶이다. 그의 소설들이 보여 주는 것은 자유를 획득한 인간(어차피 그것은 불가능하다)이 아니라 자유라는 궁극의 종착점을 향해 온갖 고난과 좌절을 무릅쓰고 나아가는 인간의 모습이다. 중요한 것은 중단 없는 자유에의 지향, 자유라는 목적에 대한 갈망이다. 유형지에서 도스토옙스키를 지탱해 준 것도 바로 이 갈망이다. 〈단 하나, 부활과 갱생과 새로운 생활에 대한 강렬한 갈망만이 나를 지탱할 수 있게 해준 힘이었다. 그리고 나는 결국 참아 냈다. 나는 기다렸다. 나는 하루하루를 세어 나갔다. 1천 일이나 남아 있음에도 불구하고 스스로를 위로하면서 하루씩 세어 나갔다. 하루를 묻어 버리면서 다음 날이 오면 이제는 1천 일이 아니라 999일이 남았다고 기뻐했다.〉

기념관을 나온 우리 세 사람은 천천히 걸어서 이르티시강으로 갔다. 이르티시강은 알타이산맥에서 발원하여 카자흐스탄을 거쳐 시베리아로 흘러 들어가는 거대한 물줄기다. 도스토옙스키는 강변에 노역을 하러 나올 때면 물끄러미 강 건너 세상을 바라보며 자유를 꿈꾸곤 했다. 〈내가 이르티시강에 대해 그토록 자주 말을 꺼내는 이유는 그 강변에서만이 신의 세계가, 순결하고 투명한 저 먼 곳이, 황량함으로 내게 신비한 인상을 불러일으켰던 인적 없는 자유의 초원이 보이기 때문이다. 죄수들이 감옥의 창을 통해 자유세계를 동경하듯이 나는 끝없이 펼쳐진 황량한 광야를 바라보곤 하였다. 그러다가 문득 푸른 하늘을 나는 이름 모를 새를 보면서 그의 비상을 좇아 시선을 옮기기도 하였다. 새는 수면 위를 살짝 차고 오르며 창공으로 사라져서는 아주 작은 점으로 아른거렸다.〉

도스토옙스키는 노역을 하다가도 이르티시강 저편을
바라보며 자유를 꿈꾸곤 했다.

11장 옴스크: 자유!

우리는 도스토옙스키의 눈으로 건너편을 바라보았다. 강가에는 수양버들이 늘어서 있었고 더 멀리에는 전나무와 소나무 숲이 검은 장막처럼 펼쳐 있었다. 하늘을 뒤덮은 기괴한 구름은 시시각각 형태를 바꾸며 움직였다. 하늘과 구름과 강과 나무가 전부였다. 오래전 러시아 죄수의 가슴을 채웠던 자유에의 갈망이 꿈틀거리며 우리에게 몰려오는 것 같았다. 하염없이 강 건너편을 바라보고 있던 우리의 머릿속을 『죽음의 집의 기록』의 한 대목이 스치고 지나갔다. 〈이 세상의 그 누구도 어떤 목적 없이는, 그리고 그 목적을 향한 지향 없이는 살아갈 수 없다. (……) 우리 모두에게 목적은 자유, 그리고 감옥으로부터의 해방이었다.〉

12장 다로보예: 아, 불쌍한 아버지!

폭력은 폭력을 부른다

1839년 6월 6일, 모스크바에서 남동쪽으로 160킬로미터 떨어진 작은 마을 다로보예와 인근 체레모시냐 마을 사이의 숲길에서 한 중년 남자의 시신이 발견됐다. 남자는 마을 지주이자 전 모스크바 빈민 병원 의사인 미하일 도스토옙스키임이 밝혀졌다. 지역 의사와 경찰이 시신을 면밀히 조사했으나 타살을 의심할 만한 정황이나 흔적은 없었다. 의사는 뇌졸중으로 인한 사망으로 결론을 내렸다. 고인은 평소에 과음을 일삼았던 터라 뇌졸중은 자연스러운 사인처럼 보였다. 그러나 장례 절차가 마무리되기 무섭게 그가 농노들한테 피살당했다는 소문이 일파만파 퍼져 나갔다.

다로보예는 중부 내륙의 요새 도시 자라이스크에서 조금 더 안쪽으로 들어가면 나오는 아주 작은 마을이다. 1831년 도스토옙스키의 아버지는 귀족 명부에 이름을 올리기가 무섭게 그동안 모은 돈에 빚을 더해 이 마을을 구입했다. 척박한 대지에 20여 농가가 전부인 초라한 영지였지만, 아버지에게 그것은 신분 상승의 물적 증거였다. 도스토옙스키 가족은 해마다 여름을 이곳의 통나무집에서 보냈다. 이듬해에 아버지는 무리를 해서 인접한 체레모시냐 마을까지 구입했다.

다로보예로 가는 길.

다로보예 모노가로보 성당 묘지에 있는
도스토옙스키 아버지의 무덤.

가족의 여름 별장으로 사용되던 통나무집은 현재 자라이스크시 역사박물관 산하 도스토옙스키 기념관으로 보존돼 있다. 기념관 방문 절차는 매우 복잡하다. 방문을 원하는 사람은 일단 전화로 역사박물관 직원과 약속을 잡은 뒤 약속 시간에 맞춰 〈자기 차〉를 가지고 간다. 박물관 도착 후 1천5백 루블을 내고 입장권을 사면 배정된 가이드가 현관에 나타난다. 방문객은 가이드를 차에 태우고 함께 다로보예 마을로 간다. 가이드가 통나무집을 열쇠로 열고 들어가 내부를 보여 주며 두어 시간 설명해 준다. 설명이 끝나면 방문객은 다시 가이드를 차에 태워 자라이스크 박물관까지 데려다준다…….

이렇게 초현실적인(!) 절차는 생전 처음이라 당혹스러웠다. 러시아 생활에 익숙해져 웬만한 일에는 끄떡도 하지 않는 홍지인 박사도 내심 놀라는 눈치였다. 딱한 사정을 전해들은 LG전자의 심재우 부장이 흔쾌히 차편을 제공해 주지 않았더라면 다로보예 방문은 무산되었을 것이다.

우여곡절 끝에 자라이스크 박물관에 도착해 필요한 절차를 밟자 어디선가 안드레이란 이름의 중후한 가이드가 백발을 휘날리며 나타났다. 우리는 20분 정도 함께 쏟아지는 비를 가르며 차로 달렸다. 포장 안 된 진흙탕 길을 꼬불꼬불 지나 영지에 도착했다. 인적이 끊긴 황량한 대지 위에 초록색 통나무집 한 채가 덩그마니 서 있었다. 들어가 보니 구석에 낡은 피아노 한 대가 있을 뿐 내부는 텅 비어 있고 벽에 도스토옙스키에 관한 설명문과 사진들이 걸려 있었다.

이 한적한 마을에서 도대체 무슨 일이 있었던 것일까. 아버지는 엄격하고 가부장적이었지만 상냥하고 독실한 어머니 덕분에 가정의 분위기는 화기애애했다. 그러나 1837년 어머니가 폐병으로 사망하자 상황은 급변했다. 두 아들마저 멀리 수도로 떠나고 나자 아버지는 공

자라이스크시에 있는 통나무집은
도스토옙스키 기념관이 됐다.

기념관 내부 모습.

허감을 달랠 길이 없어 술을 마시기 시작했다. 절제와 규율을 중시했던 그는 의심 많고 표독스러운 폭군으로 변해 갔다. 결국 병원에서 은퇴해 영지에 칩거했다. 그의 눈에 비친 농노들은 게으르고 어리석고 반항적이었다. 그는 더욱 술에 의존했고 더욱더 가혹하게 농노들을 처벌했다.

그러나 가장 근본적인 문제는 돈이었다. 교육열이 남달랐던 그는 자식들 뒷바라지에 최선을 다하고 싶었지만 현실은 만만치 않았다. 싸게 구입한 영지의 지질은 형편없었고 쥐꼬리만 한 수익은 대부분이 이자로 나갔다. 그의 고독과 공허와 극심한 불안은 농노들에 대한 잔혹 행위로 이어졌다.

살해설은 여기서 나온다. 농노들은 지주의 폭행을 더 이상 견딜 수가 없었다. 그들은 모두 한패가 되어 〈짐승 같은 나리〉를 숲으로 유인해 영원히 제거하기로 작정했다. 여러 명이 달려들어 제압한 뒤 입에 재갈을 물려 질식사시켰다. 어찌나 교묘하게 죽였는지 살인의 흔적은 전혀 없었고 농노들은 체포되지 않았다. 게다가 그들은 상당한 액수의 돈을 갹출해 의사 두 명과 경찰을 매수했다. 도스토옙스키의 외할머니는 소문을 듣고서도 사건을 덮어 두기로 작정했다. 혹시라도 진실이 밝혀져 농노들이 모두 시베리아 유형지로 보내질 경우 손주들에게 돌아갈 유산은 아무것도 없을 터였다.

이게 교과서 버전인데 여기에는 허점이 많다. 일단, 이게 무슨 『오리엔트 특급 살인 사건』도 아니고 한 마을 주민 전체가 대동단결해 악당 한 사람을 살해한다는 시나리오 자체가 황당하게 들린다. 게다가 러시아 제국에서 지주 살해라는 중범죄가 철저한 조사 없이 흐지부지 넘어간다는 것은 상상하기 어렵다. 뇌물 얘기도 신빙성이 없다. 찢어지게 가난한 농노들이 오랜 가뭄으로 입에 풀칠하기도 어려운 판에 어디서 그 많은 돈을 긁어모아 뇌물을 먹인단 말인가.

살해설이 거짓이라는 정황도 나중에 드러났다. 당시 도스토옙스키의 아버지는 인근 마을의 지주인 어느 소령과 토지 경계선 문제로 소송 중에 있었다. 그가 사망하자 소령은 지인을 시켜 살해설을 유포시켰다. 농노들이 전부 살인 사건의 용의자로 조사 및 처벌을 받도록 하고 그 틈에 그의 토지를 헐값에 사들인다는 계획이었다. 이는 경찰 조사 과정에서 소령의 지인이 실토한 사실이다. 한마디로 아버지의 죽음은 아직 풀리지 않는 미스터리로 남아 있다는 얘기다.

많은 연구자가 이 비극적인 사건에 지대한 관심을 기울였다. 그중 가장 유명한 사람이 프로이트다. 그는 아버지의 죽음을 인간 무의식에 연결시켜 바라보았다. 모든 아들의 내면에는 아버지의 죽음을 바라는 〈오이디푸스 콤플렉스〉라는 게 있다, 도스토옙스키는 아들이다, 그러므로 그의 마음속에도 오이디푸스 콤플렉스가 있다, 그런데 실제로 아버지가 죽자 그는 커다란 죄책감에 사로잡히게 된다, 그래서 그의 소설에는 아들이 아버지를 죽이는 친부 살해 모티프가 등장하게 된다, 대략 이런 식이다. 물론 프로이트의 주장은 오늘날 〈한물간〉 연구로, 여기 동조하는 학자는 거의 없다.

도스토옙스키의 사상에 깊은 영향을 미치게 될 이 사건은 무슨 콤플렉스로 환원될 성질의 것이 아니다. 죄책감이 있긴 했지만 그것은 멀리 무의식으로 갈 것까지 없이 지극히 현실적인 의식의 영역에 속한 것이다.

도스토옙스키는 아버지가 농노들에게 살해당했다는 소문을 조금도 의심하지 않았고 아버지의 죽음이 상당 정도 자신의 탓이라고 생각했다. 그럴 만도 하다. 아버지는 그동안 여러 차례 아들들에게 시골 사정이 얼마나 나쁜지 편지로 알려 주었다. 실제로 다로보에 지역의 작황은 말이 아니었다. 그런데 철딱서니 없는 이 둘째 아들은 수시로 아버지에게 돈을 청하는 편지를 썼다. 그것도 필수품 구매를 위해서가 아니라 부잣집 아들처럼 보이고 싶은 허영심에서 그랬다.

아버지는 그야말로 등골이 휠 지경이었다. 구시렁거리면서도 늘 돈을 부쳐 주었다. 〈봄부터 지금까지 비라고는 한 방울도 안 내렸단다. 이슬 한 방울 본 적이 없어. 강풍과 땡볕이 모든 걸 다 망쳤다. (……) 그냥 농사를 망친 정도가 아니란다. 대기근이 몰려오는 것 같구나.〉 돈을 보내 달라는 아들의 편지에 그는 이렇게 답장을 써서 돈과 함께 부쳤다. 이게 마지막이었다. 이 편지를 쓰고 2주 뒤 그는 죽었다. 도스토옙스키는 편지를 받는 것과 거의 동시에 아버지의 부음을 들었다. 자신의 헤픈 씀씀이가 아버지의 죽음에 일조했다는 자책감은 평생 동안 그를 따라다녔다.

죄의식은 폭력에 대한 깊은 우려로 이어졌다. 농노제는 제국 러시아의 고질적인 병폐 중 하나였다. 농노란 〈노예 같은 농부〉를 의미하는 단어로, 지주는 마음 내키는 대로 농노를 때리거나 학대하거나 가축처럼 내다 팔거나 노름판의 판돈으로 계산할 수 있었다. 농노는 부동산과 똑같이 과세 대상이었다. 아버지의 죽음을 계기로 농노제를 바라보는 그의 시선은 훨씬 복잡해졌다.

당대 지식인들이 순수한 박애주의 차원에서 농노제 철폐를 주장했다면, 도스토옙스키는 거기서 인간의 본성을, 내면에 깊이 새겨진 폭력과 그것의 악순환을 읽었다. 다른 지식인이 지주와 농노의 관계를 가해자-피해자, 갑-을 관계로 보았다면, 도스토옙스키는 양자를 폭력의 순환 고리 속에서 바라보았다. 지주건 농노건 폭력의 수레바퀴 속으로 끌려 들어가면 공멸을 향해 걷잡을 수 없이 굴러가게 된다. 너무 세게 누르면 터지고 너무 세게 치면 더 세게 되받아치는 게 인간이다. 도스토옙스키는 어린 시절 다로보예 마을에서 소름 끼치는 폭력의 현장을 수도 없이 목격했다. 농부들의 삶은 순박하고 목가적인 것이 아니었다. 지주한테 매질당한 농부는 집에 돌아가 아내와 아이들을 구타했다. 아버지한테 매를 맞은 아이들은 말 못하는 동물들을 학대했다. 어떤 아이들은 닭을 잡아 죽였고 또 어떤 아이들은 나무 둥지에서 새끼 새를 꺼내다 모가지를 비틀었다.

폭력의 순환 고리 속에서는 영원한 갑도 영원한 을도 없다. 극도의 불안 속에서, 존재감이 박살 나는 상황에서, 생사의 벼랑 끝에서 인간은 폭력의 주체가 되어 폭력으로 저항한다. 그에게 농노 제도는 제도의 문제이기에 앞서 인간 본성과 관련된 문제였다. 법적인 농노 해방을 넘어 러시아 사회의 근간을 뒤흔들 수 있는 잠재된 폭력의 해결책을 찾아야 했다. 결국 그는 다시 다로보예로 돌아왔고 이곳에서 한 가지 가능성을 발견했다. 이 얘기는 다음 장에서 하기로 하자.

13장 다로보예: 나는 러시아인이다

민중의 내면을 보다

> 농민 죄수들은 거칠고 사악하고 분노로 가득 찬 인간들이야. 귀족에 대한 그들의 증오는 한계를 몰라. 기회만 주어졌다면 우리를 산 채로 잡아먹었을 거야.

도스토옙스키가 옴스크 감옥에서 풀려난 직후 형에게 쓴 편지다. 뉘앙스는 두려움보다 놀라움에 가깝다. 페트라솁스키 단원을 비롯한 당대 거의 모든 반체제 지식인들의 요구 사항 1호는 농노 해방이었다. 그런데 정작 농노들은 자신들의 해방을 위해 목숨 걸고 싸우다 잡혀 온 투사들을 잡아먹을 듯 미워하고 있는 것이다. 도스토옙스키는 기가 탁 막혔다.

증오는 유형지에서 그가 풀어야 할 가장 어려운 숙제였다. 농민 죄수들은 귀족 죄수들을 증오했고, 자기네끼리 증오했고, 정치범들은 그런 죄수들을 증오했다.

도스토옙스키는 『카라마조프 씨네 형제들』에서 지옥을 〈더 이상 아무도 사랑할 수 없는 고통〉이라고 요약했다. 증오는 인간관계를 무너뜨리고 더 나아가 한 사회의 근본까지, 궁극적으로는 인류의 존속까

다보로예의 도스토옙스키 기념관에 있는 동상.
조각가 유리 이바노프의 1993년 작품.

지 흔들리게 할 수 있는 무서운 악이다. 그래서 칸트는 〈증오는 항상 증오스럽다〉고 말했다. 그는 마음속 깊은 곳에 증오를 품은 채 소설을 쓰고 사상을 설파하는 것은 위선임을 자각했다. 러시아 사회가 증오에서 해방되지 않는 한 파국을 향한 질주에서 벗어날 수 없다는 것도 자각했다.

도스토옙스키를 향한 죄수들의 증오에는 이유가 없었다. 이제 비로소 그는 자신 같은 지식인과 농노들 간의 골은 무조건적이고 본능적이고 확고부동한 것임을 깨달았다. 〈비록 평생을 민중과 같이 일한다 하더라도, 혹은 은인이나 아버지와 같은 모습으로 그들과 우호적으로 지낸다고 하더라도, 귀족은 근본적으로 결코 민중과 합치될 수 없다. 모든 것은 단지 시각적인 기만일 뿐이고 그 이상 아무것도 아니다. 나는 책이나 사변을 통해서가 아니라 현실 속에서 이것을 확신했고 이 확신을 검증할 매우 충분한 시간이 있었다. 결국 이것이 얼마나 옳은 지적인가를 뒷날에는 모두가 알게 될 것이다.〉

그는 옳았다. 그가 이 글을 쓴 직후인 1861년 농노제 철폐가 공포되고 지식인들이 열망하던 개혁 정책이 줄줄이 도입되었지만, 러시아 사회의 분열의 늪은 갈수록 깊어져 갔다.

도스토옙스키가 유형 생활 전에는 진보였다가 후에는 보수로 전향했다는 식의 해석이 있는데, 이에 대해서는 훨씬 더 섬세한 고찰이 필요하다. 그가 공상적 사회주의 서클에 가입한 근원에는 고통과 부조리에 대한 예민한 감수성이 있었다. 그러나 농민 죄수들이 정치범을 향해 뿜어 대는 적의 앞에서 그는 자신의 철학을 재점검해야 했다. 현장에서 직접 체험한 단절의 망망대해는 착한 마음이나 이념의 다리로 좁힐 수 있는 게 아니었다. 이 무서운 심리적이고 정신적인 갭에 대한 치유 없이는 그 어떤 사회사상도 러시아를 개선시킬 수 없었다.

그는 사회주의에 작별을 고했다. 아니, 공상적 사회주의의 바닥에 깔린 〈형제애〉의 본질은 간직하고 나머지는 버렸다. 추구하는 이상이 틀려서가 아니라 현실성이 없어서였다. 나중에 토틀레벤 장군에게 쓴 편지에서 그는 잘라 말했다. 〈저는 눈이 멀어 이론과 유토피아를 믿었습니다. 몽상에 대해, 이론에 대해 저는 유죄였습니다.〉

그러나 민중에 대한 환멸 뒤에 도스토옙스키가 돌아온 곳 역시 민중이었다. 그는 『죽음의 집의 기록』을 쓰고 나서도 뭔가 미진했던지, 거의 20년이나 지난 뒤에 동일한 배경과 소재를 가지고 단편 「농부 마레이」를 썼다. 주인공은 도스토옙스키 자신임을 한눈에 알 수 있기 때문에 픽션이라기보다는 에세이처럼 읽힌다. 짧고 단순하지만 증오에서 탈출할 수 있는 한 가지 가능한 출구를 보여 줬다는 점에서 그 의미는 크다. 특히 집필 시점이 농노 해방이 시행되고 15년이나 뒤라는 사실 자체만으로도 시사하는 바가 적지 않다.

주인공은 현재 시베리아 유형지에서 형을 살고 있는 지식인이다. 밀주를 마신 농부 죄수들의 술주정과 추잡한 노래와 드잡이를 보며 속으로 진절머리를 내고 있는데, 폴란드 출신 정치범 M의 혼잣말이 들려온다. 〈저놈의 강도들, 정말 싫다.〉

주인공은 막사 안 자기 자리에 누워 눈을 감는다. 부지불식간 몽롱한 상태가 되어 아홉 살 때의 기억 속으로 빠져들어 간다. 가족과 함께 다로보예 영지에서 여름을 보내던 중이었다. 어쩌다 보니 혼자 떨어져 숲속을 걷고 있는데 갑자기 어디선가 〈늑대다!〉라는 외침이 들려왔다. 그는 혼비백산해 멀리서 밭을 갈고 있는 농부한테로 달려갔다. 기골이 장대하고 덥수룩한 갈색 턱수염을 기른 쉰 살가량의 농노로 이름은 마레이였다. 〈늑대가 와요!〉 주인공은 숨을 헐떡이며 그에게 달려들어 소맷부리를 움켜잡았다. 하얗게 질려 바들바들 떠는 아이를 농노는 포근하게 안아 주었다. 손톱에 새까맣게 흙이 낀 투박한 손으로 아이의 볼을 쓰다듬고는 아이에게 성호를 그어 주었다. 먼발치에서 고개를 끄덕이며 지켜봐 주는 농부 덕분에 아이는 흘끔흘끔 뒤를 돌아보면서 집에 무사히 도착했다. 주인공은 까마득하게 잊고 있다가 20년이나 지나 유형지에서 이 일을 떠올린 것이다.

> 가엾은 농노의 그 어머니같이 부드러운 미소가, 그리고 그가 성호를 긋던 모습이, 머리를 흔들던 모습이 떠올랐다. 그것은 빈 들판에서 이루어진 둘만의 만남이었다. 오로지 신만이 이 일자무식 농노의 가슴을 채우고 있는 깊고도 고상한 인간의 감정을, 그리고 섬세하고 여성스럽기까지 한 그 부드러운 마음을 저 높은 곳에서 보고 있었을 것이다.

회상의 힘 덕분에 주인공의 〈다른 눈〉이 번쩍 뜨였다. 막사 안의 농부 죄수들을 다르게 보기 시작했다. 짐승 같지만 동시에 무한히 불행한 인간이 보이기 시작하자 내면에서 기승을 부리던 증오가 수그러들었다. 〈머리를 깎이고 얼굴에 낙인이 찍힌 이 농부들, 술 냄새를 풍기면서 목쉰 소리로 노래를 부르는 이 저주받은 농부들, 이들 역시 마레이와 똑같은 사람인지도 모른다.〉

그의 눈은 점차 동료 죄수들의 인간적 가치로 돌려졌다. 〈사람은 누구나, 설령 치욕 속에 놓인 사람이라 하더라도, 본능적으로든 아니면 무의식적으로든 자신의 인간적 가치에 대한 존중을 요구한다. 인간적인 대접은 이미 오래전에 신의 형상을 상실한 사람들조차 인간으로 만들 수 있다.〉

그동안 보이지 않던 것들이 보이기 시작했다. 러시아 민중이 가진 강인함, 예술적 재능, 마레이가 보여 주었던 〈깊고도 고상한 인간의

다로보예에서 도스토옙스키가 어린 시절에 마레이를 만난 곳.

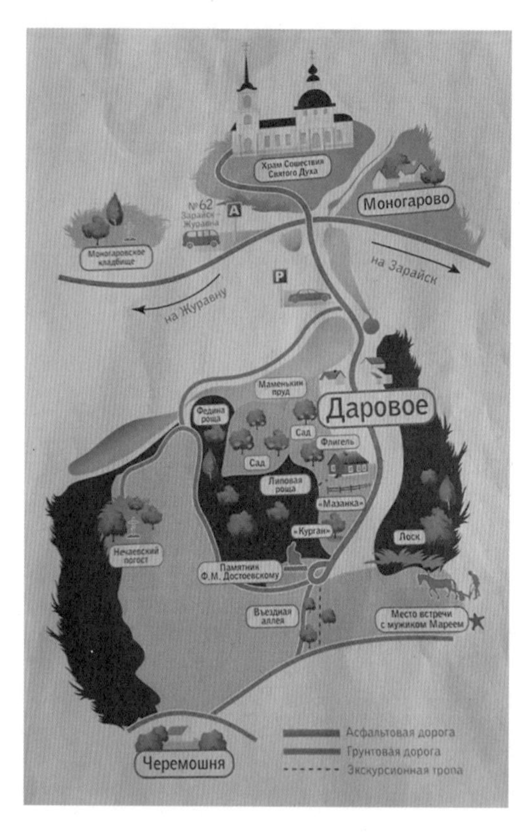

다로보예 지도. 오른쪽 하단에 빨간 별 표시한 곳이 마레이와 만난 곳.

감정〉이 드러나기 시작했다.

이것은 놀라운 개안의 순간이다. 소설은 극적 효과를 위해 순간적인 시각의 변화를 이야기하지만, 실제로 그가 여기 도달하기까지에는 치열한 〈시각 훈련〉이 있었을 것이다. 가장 비천한 자들과 옷과 음식과 막사를 공유하면서 지식인이라면 누구나 가지고 있을 일말의 허영심을 다 버렸을 것이다.

어느 날 노역에 나갔다가 동네 꼬마한테 동전을 적선받은 것은 하나의 전환점이 되었다. 〈불쌍한 아저씨, 그리스도의 이름으로 받으세요!〉 감옥에서 나온 뒤에도 오랫동안 이 동전을 간직했다. 교만이 머리를 들 때마다 동전을 꼭 쥐었다. 실수로 동전을 잃어버렸을 때 보석을 분실한 듯 아쉬워했다.

도스토옙스키가 죄수들을 다른 눈으로 볼 수 있었던 것은 스스로를 다른 눈으로 보기 시작했기 때문이었다. 침묵 속에서 지옥을 응시하는 가운데 자신도 그 지옥의 일부임을 깨달았다. 그도 인정하듯 과거의 그를 바꿔 놓은 것은 잔인한 운명이 아니었다. 무언가 다른 어떤 것이 시각과 신념과 감성을 바꿔 놓았다. 〈공통의 불행 속에서 이상한 유대가 생겼다.〉 인간 보편의 비극이라는 시각에서 볼 때 그와 흉악범들 사이의 벽이 아주 높은 것은 아니었다.

이때부터 그는 한결 자유로워졌다. 「농부 마레이」의 마지막을 읽어 보자. 〈그날 저녁 나는 또 한 번 M을 만났다. 불행한 사람! 그에게는 나의 마레이와 같은 추억이 없었을 것이다. 또한 그는 《나는 강도들이 싫다》라는 시선으로밖에는 이 농부들을 볼 수가 없었을 것이다.〉

변함없는 증오의 시각으로 인간을 바라본 동료 정치범이 극도로 불행한 생활을 한 것과 달리, 도스토옙스키는 증오를 떨쳐 버린 기쁨까지도 경험했다. 〈저는 거기서 건강하고 행복한 삶을 살기 시작했어요.

저 자신을 이해하게 되었어요. 그리스도를 이해하게 되었고 러시아인을 이해하게 되었어요. 그리고 제 자신이 러시아인이라는 것을 이해하게 되었어요.〉 도스토옙스키의 트레이드마크라 할 수 있는 러시아 민중 예찬은 이렇게 그의 내면에 둥지를 틀었다.

다로보예가 도스토옙스키에게 의미하는 두 가지 상반되는 의미, 곧 어린 시절의 행복과 아버지의 비극은 「농부 마레이」에서 화해했다. 부드럽고 강인한 농부의 이미지를 통해 외딴 시골 마을은 사랑과 증오를, 폭력과 추악함과 선량함을, 끝없는 수난과 끝없는 강인함을 다 끌어안는 러시아, 러시아인의 상징으로 재탄생했다. 〈그냥 부질없이 보낸 시간은 아니었어. 유형 생활에서 얼마나 많은 민중의 유형과 성격을 알게 되었는지 몰라. 얼마나 놀라운 민족인가. 러시아 민중에 대해 나만큼 잘 아는 사람은 없을 거야.〉 통나무집 기념관에서 나와 남쪽으로 걷다 보니 멀리 검은 대지와 울창한 숲이 보였다. 역사박물관이 제공하는 다로보예 지도는 이 지점을 〈농부 마레이와 만난 곳〉이라고 명시한다. 기호학자 움베르토 에코는 기억하는 것을 〈같은 공간을 다시 여행하는 것〉이라고 했다. 도스토옙스키는 극한 상황에서 어린 시절 뛰어놀던 옹색한 시골 마을을 다시 여행했다. 덕분에 아무런 특징 없는 황량한 풍경은 의미로 충만한 공간이 되었다. 여행에서 돌아왔을 때 그는 〈러시아인〉이 되어 있었다.

14장 세메이: 한숨 돌리기

시베리아에서 만난 젊은 귀인

노보쿠즈네츠크 기차역에서 오후 5시 45분에 출발하는 비시케크행 완행열차를 탔다. 이번 목적지는 일곱 개의 도스토엡스키 기념관 소재지 중 유일하게 러시아 밖에 있는 카자흐스탄의 도시 세메이다. 19세기에는 러시아 톰스크주에 속한 도시로, 이름도 세미팔라틴스크였다. 도스토엡스키는 1854년 2월 15일 형기를 마치고 시베리아 제7보병 대대에 사병으로 배속되어 1859년 7월 2일 전역할 때까지 5년 반을 이곳에서 살았다. 마침내 그에게 자유가 주어졌다. 완전한 자유는 아니었지만, 한숨 돌리고 몸과 마음을 추스르기엔 충분했다. 〈나는 회복기에 들어선 환자나 마찬가지였다. 사경을 헤매던 환자가 살아났을 때 생명의 환희를 더 강하게 느끼는 것과 비슷했다. 나는 희망으로 넘쳤다. 나는 너무나 살고 싶었다.〉

기차 안은 에어컨이 없어 무척 덥다. 피곤해 보이는 중앙아시아인들이 짐을 이고 지고 계속 올라탄다. 차창 밖으로 끝없이 숲이 이어진다. 밤 9시까지도 해가 남아 전나무 숲과 백양나무 숲, 자작나무 숲 사이로 잔광이 불그스름하게 비친다. 열차 한 량에는 아홉 개의 객실이 있다. 다들 객실 문을 활짝 열고 오순도순 저녁 식사를 한다. 아이는

세메이에 있는 도스토옙스키 기념관.

기념관 내부 모습.

울고, 숲은 장엄하고, 해는 아주 서서히 진다.

새벽에 국경에 도착했다. 로코트라는 낯선 지명의 역에서 검문소 직원들이 들어와 여권 심사를 한다. 밤새 기온이 뚝 떨어져 옷을 여러 벌 겹쳐 입었는데도 냉기가 뼛속까지 스며든다. 기차는 거의 두 시간 가량 정차해 있다. 서 있는 기차가 얼마나 이상한지 비로소 깨닫는다. 객실마다 식사 준비로 분주하다. 옆방 차장들은 아침부터 삶은 달걀과 햄과 닭다리와 흑빵에 보드카를 곁들여 푸짐한 식사를 한다.

다시 기차가 달리고 이제 카자흐스탄 영토다. 역시 낯선 이름의 도시 아울에서 군복 입은 젊은이가 올라타 꼼꼼하게 입국 심사를 한다. 〈도스토옙스키 기념관을 방문하기 위해 왔다〉고 하니 여간 반가워하는 게 아니다. 여기서도 기차는 한 시간 반가량 멈춰 서 있다. 어디선가 화려한 꽃무늬 티셔츠와 딱 붙는 바지를 입고 짙게 화장한 넉넉한 체구의 아주머니들이 올라탄다. 비닐 쇼핑백을 양손에 들고 복도를 오가며 외친다.「코냑 있어요, 보드카 있어요, 차 있어요…….」

세메이는 1990년대에 구소련이 핵 실험을 했던 곳으로 악명이 높다. 여길 꼭 가야 하나 하고 한참 망설였다. 선입견 때문인지 공기는 실제보다 더욱 탁하게 느껴졌다. 햇살은 강하고 먼지바람에 눈이 따가웠다. 사람들은 친절해서 길을 물으면 누구나 성심껏 가르쳐 주었다. 세계적인 대문호가 이곳에서 5년이나 살았다는 사실에 자부심을 느끼는 것 같았다.

모스크바에서 3천 킬로미터 떨어진 중앙아시아 소도시에 이토록 웅장한 기념관이 있으리라고는 기대하지 않았다. 1971년 5월 7일, 도스토옙스키가 신혼 생활을 시작한 통나무집에 기념관이 세워졌고, 5년 뒤에는 별관이 건축됐다. 모스크바 출신의 건축가 블라소프가 지은 별관은 반쯤 펼쳐진 책의 형상을 하고 있어 그 자체가 일종의 거대한 석조 기념비다.

세미팔라틴스크는 반은 도시고 반은 시골인 곳이다. 대부분 목조 건물이고 인구는 주둔군과 중앙아시아인을 다 합쳐서 5천 내지 6천 명이다. 신문을 구독하는 가구는 10~15가구 정도다. 주민들이 하는 일이라고는 보드카를 마시고 카드 게임을 하고 뒷 담화를 즐기고 장사 얘기 하는 것이 고작이다.

가로등도 없고 숙박 시설도 없었다. 마을 전체에 피아노는 딱 한 대 있었다. 지적인 삶은 상상조차 하기 어려운 환경이었다. 사병 도스토옙스키는 부대 막사에 기거했으나 곧 이바노프 장군의 배려로 개인 집에서 하숙을 해도 좋다는 허락을 받았다. 숙박과 세탁을 합쳐 한 달에 5루블을 지불했다. 하숙집은 풀 한 포기 없이 완전 메마른 지대에 있었다. 읍내에서 빠져나가 한참을 걸어 이르티시 강변으로 가야 비로소 침엽수림이 나왔다. 처음에 도스토옙스키는 옴스크나 세미팔라틴스크나 별반 차이가 없다고 생각했다. 〈저는 이제 죄수복이 아닌 군복을 입고 있지만 여전히 제 자신이 죄수 같다는 느낌이 듭니다.〉

그러나 그는 곧 군 생활에도 적응했다. 〈군인이 된다는 것은 보통 일이 아니야. 이 생활에 익숙해지려면 엄청난 노력이 필요해. 하지만 나는 불평하고 싶지 않아. 이것은 내가 마땅히 짊어져야 하는 십자가니까.〉

시간은 흘러갔다. 무엇보다도 특유의 행복관이 생활을 견딜 만하게 해주었다. 〈행복이란 외적인 조건에 있는 게 아니라 삶을 바라보는 맑은 시선 속에, 부끄럼 없는 가슴속에 있는 것이다.〉

막사에서 그의 옆 침대를 사용했던 카츠는 그를 무척 견실하고 부지런한 사병이었다고 기억했다. 〈책임감이 강했으며, 의무를 충실히 이행해 한 번도 지적을 받은 적이 없었다. 동료 군인들에게는 항상 친절했다.〉 군 장성들과 지역 유지들 역시 모두 호의적이었고 그의 처지를 진심으로 동정했다.

도스토옙스키의 생활은 브란겔 남작이 부임해 오면서 다른 차원으로 넘어갔다. 갑자기 도스토옙스키의 인생에 뛰어들어 수호천사 역할을 수행한 브란겔은 이 시절을 회고하며 1912년 『시베리아의 도스토옙스키에 대한 회상』을 출간했다. 대문호와 함께 생활하며 밀착 취재라도 하듯 그의 지극히 개인적인 감정과 행동, 검열 때문에 쓰지는 못하고 마음속에만 담아 두었던 생각, 심지어 인간적 약점까지도 모두 담아낸 소중한 자료다.

유서 깊은 남작 가문의 자제인 브란겔은 귀족 학교를 졸업하고 법무부에 취직했는데, 단조로운 사무실 업무에 싫증이 나서 시베리아 근무를 자원했다. 그는 학창 시절 『가난한 사람들』을 여러 번 독파했으며, 도스토옙스키가 처형대에 세워졌던 그 시간에 우연히 세묘놉스키 연병장 앞을 지나가다가 그 놀라운 광경을 목격했다. 훌륭한 소설가와 소설보다 더 기구한 그의 삶에 대해 청년은 깊은 존경심과 호기심을 품고 있었다. 세미팔라틴스크 지방 검사로 발령을 받은 그는 출발 전 도스토옙스키의 형 미하일과 만났다. 미하일은 편지와 50루블의 돈, 옷가지, 그리고 책을 동생에게 전해 달라고 부탁했다.

1854년 11월 20일, 젊은 검사는 부임지에 도착하기가 무섭게 도스토옙스키의 소재부터 파악했다. 도스토옙스키는 초대를 받고 의심쩍어 하며 검사의 방에 왔다. 남작에 의하면 〈군복이 그렇게 안 어울리는 사람은 한 번도 본 적이 없었다〉.

통성명을 한 뒤 도스토옙스키는 남작이 전해 준 형과 여동생의 편

사병 시절의 도스토옙스키.

도스토옙스키를
충심으로 도운 친구 브란겔.

지를 읽기 시작했다. 그토록 강인한 사람도 혈육의 정 앞에서는 그냥 허물어졌다. 도스토옙스키는 숨죽여 울기 시작했다. 그 모습을 지켜보던 브란겔도 덩달아 슬퍼졌다. 갑자기 수도에 두고 온 아버지와 누나 생각이 나면서 그리움이 사무치게 몰려왔고, 비록 원해서 오긴 했지만 자신의 처지가 처량하게 느껴졌다. 그는 아예 도스토옙스키의 목을 끌어안고 엉엉 울었다. 산전수전 다 겪은 정치범 사병은 스물한 살 먹은 새파란 검사의 등을 두드리며 위로해 주었다. 이 순간 〈착하고 섬세하고 믿을 수 없이 친절한 젊은이〉와 〈무쇠와 같은 의지의 소유자〉는 굳건한 우정으로 엮어졌다.

두 사람은 근무 시간 외에는 거의 함께 살다시피 했다. 브란겔은 인맥과 경제력을 최대한 활용해 도스토옙스키를 백방으로 도왔다. 차와 담배를 비롯한 생필품을 제공했고 진지한 대화 상대가 되어 주는 것은 물론 복무 기간 단축 및 기타 등등을 위해 상부에 청을 넣었다. 심지어 애인과의 밀회도 주선했다. 이 시기의 젊은 검사는 오로지 정치범 소설가의 삶을 풍족하게 해주기 위해 존재하는 것 같았다.

브란겔은 누나에게 〈나는 그분을 친형처럼 사랑하고 아버지처럼 존경해요〉라고 썼다. 아버지에게는 〈운명은 저를 한 비범한 인물과 지적으로, 그리고 정서적으로 가까워질 기회를 주었습니다. 저는 그 인물에게 많은 은혜를 입었습니다. 그의 말과 사상과 조언은 한평생 저를 지탱해 줄 것입니다〉라고 했다. 이에 도스토옙스키는 〈나에게 당신은 모든 것이었습니다. 우리가 가장 진실한 감정을 공유하던 그 시절 당신은 혈육이자 친구였습니다〉라고 화답했다.

이듬해 봄, 브란겔은 이르티시 강변의 작은 오두막을 빌려 도스토옙스키와 함께 썼다. 그들 사이에서 〈카자크 정원〉이라 불린 녹지 공간에서 보낸 두 달간은 도스토옙스키의 시베리아 시절 전체를 통틀어 가장 행복한 시간이었을 것이다. 러시아는 크림 전쟁, 세바스토폴 방어전, 니콜라이 1세의 서거와 새 황제의 등극, 개혁의 열망으로 이어지는 역사의 소용돌이 한가운데 있었다. 그러나 도스토옙스키는 그런 것들과 뚝 떨어진 시베리아의 작은 마을에서 치유와 재충전을 만끽했다. 사막의 오아시스이자 태풍의 눈 같은 시간이었다.

그들은 땀을 뻘뻘 흘리며 함께 잡초를 뽑고 화단에 물을 주었다. 말을 타고 초원을 산책했고 이르티시강에서 수영도 했다. 서늘한 강바람에 땀을 식히며 갓 구운 빵과 신선한 치즈로 맛있는 식사를 했다. 향기로운 차를 마시고 담배를 피우고 끝없이 이야기를 나누었다. 자유와 평화 속에서 희망과 의욕이 점점 강렬해졌다. 도스토옙스키의 얼굴에 미소가 돌아왔다. 정원 일을 하면서 로시니 오페라의 한 소절을 흥얼거리기도 했다. 그는 자기 자신으로 돌아왔고 다시 글쓰기를 시작했다. 〈나의 미래, 앞으로 할 일들이 눈앞에 선명하게 보인다. 나는

내 삶에 만족한다.〉

아쉽게도 평화의 시간은 금방 지나가고 도스토옙스키는 곧 새로운 사건에 휘말리게 된다. 사랑이라는 이름의 예기치 못한 폭풍이었다. 타고난 운명인가 보다.

15장 세메이: 별이 빛나는 밤

신과 화해하고 신의 의지에 복종하다

공병 학교 시절 도스토옙스키의 별명은 〈수도사 포티우스〉였다. 심각한 표정으로 금식과 단식 등 교회 계율을 지키는 모습이 우스꽝스럽게 보였던 것 같다. 말이 씨가 된다더니 그는 나중에 러시아 문학사상 가장 그리스도교적인 작가가 되었다.

도스토옙스키는 대체로 시베리아 유형 이후 독실한 신앙인으로 거듭났다고 알려져 있다. 특히 그의 열광적인 그리스도 경배는 유명하다. 그 증거로 유형지에서 풀려난 직후 폰비지나 부인에게 보낸 편지가 자주 인용된다. 〈저는 이 세상에 구세주보다 더 아름다운 존재는 없다고 믿습니다. 만일 진리가 그리스도와 함께하지 않는다면 저는 진리 대신 그리스도를 따르렵니다.〉 처형대에서의 기사회생, 죄수로 살면서 배운 겸손, 5년 동안 읽은 신약 성경 등 일련의 요인은 그의 거듭나기를 자연스럽게 보이도록 해준다.

그러나 한 작가와 종교의 관계만큼 미묘한 것도 없다. 도스토옙스키와 그리스도교라는 주제는 너무나 광범위하고 심오하고 복잡한 것이어서 섣불리 접근하기 어렵다. 한 가지 피해야 할 것은, 그가 어느 순간 독실한 신앙인으로 다시 태어나 초지일관 〈반석 같은〉 믿음으로 나머지 인생을 살았다는 식의 설명이다. 그것은 약점과 단점투성이의 보통 사람을 성자로 추앙하는 것과 마찬가지로 불합리하게 들린다.

그는 당대 대부분의 지식인처럼 종종 불신과 회의에 사로잡혔다. 〈나의 호산나는 엄청난 의혹의 도가니를 거쳐 나온 것이다.〉 또 세상을 떠나기 바로 얼마 전까지도 〈신이 존재하느냐 안 하느냐는 평생 동안 나를 가장 괴롭힌 문제였다〉고 털어놓았다. 그만큼 그의 종교를 확정적으로 기술하는 것은 문제가 있다는 뜻이다.

반대로 심오한 그리스도교 영성을 배제한 채 도스토옙스키를 읽는다는 것 또한 어불성설이다. 그가 그토록 오랜 시간 탐구했던 선과 악의 문제, 구원의 문제, 그리고 작품 곳곳에 새겨진 성경 구절을 완전히 무시하고서 그를 읽는 것은 중세 가톨릭 코드 없이 단테의 『신곡』을 읽는 것과 마찬가지다.

러시아 정교회와 그의 관계는 문제를 더욱 복잡하게 만든다. 브란겔 남작에 의하면 〈그는 종교 얘기는 거의 하지 않았다. 무척 독실했으나 교회는 거의 가지 않았다. 성직자들, 특히 시베리아 성직자들을 좋아하지 않았다〉. 그런 그를 성직자들도 별로 좋아하지 않았다. 일부 고위 성직자들은 〈도스토옙스키가 소설에서 묘사한 그리스도교는 정교회 교의와 정확하게 일치하지 않는다〉며 불만스러워했다.

그렇다고 해서 그의 신앙을 〈사적〉이라고 하기는 어렵다. 시베리아 시절 이후에는 몇몇 성직자들과 돈독한 관계를 맺었고 정교회 신자로서 종부성사를 받고 눈을 감을 때까지 교회의 의식에도 충실했다. 밤마다 아이들과 감사 기도를 드렸고 개인적인 시련이 닥쳤을 때는 교회를 찾았다. 공식적으로 교회를 비판한 적도 없다. 그는 끝까지 이른바 〈제도권〉 안에 남아 있었다. 그와 함께 러시아 문학의 두 축을 이루었던 톨스토이와는 정반대다. 톨스토이는 자기 마음대로 성경을 고쳐

쓰고 공공연하게 교회와 성직자들을 비난하다가 급기야 파문당했다.

도스토옙스키의 그리스도교는 너무나 많은 것을 함축한다. 인생의 몇몇 순간에 영혼 저 깊은 곳에서 신과의 일체를 체험한 것도, 정교 신앙에 러시아와 인류의 구원이 달려 있다고 주장한 것도, 문학과 삶 속에서 도덕을 추구한 것도, 모두 그의 그리스도교를 구성하는 면면들이다. 중요한 것은 이 모든 면면이 예술과 유기적으로 결합했다는 사실이다. 그의 소설에서 그리스도교의 도그마를 추출해 내거나 분리해 내는 작업은 그래서 지루할 뿐 아니라 불가능하다.

그가 유형지에서 체험한 그리스도교는 무엇보다도 러시아인을 하나로 엮어 줄 수 있는 어떤 깊은 유대였다. 러시아는 988년에 동방 정교를 국교로 정한 이후 1917년 혁명이 일어날 때까지 그리스도교 국가였다. 도스토옙스키가 활동했던 19세기에는 세속화가 많이 진행된 상태였지만 일반 민중은 여전히 그리스도교와 일치된 삶을 살았다. 그리스도교는 러시아인에게 전통이자 관습이자 생활 방식이자 일종의 체질이었다.

그가 시베리아에서 만난 민중들은 그리스도의 가르침인 자비와 용서를 무의식중에 실천하고 있었다. 〈민중들은 아무리 무서운 죄를 지었다 하더라도 죄수를 결코 책망하는 법이 없었다. 그들이 받은 형벌과 그들의 불행을 대개는 용서했다. 러시아 전역에서 모든 민중들이 죄를 불행이라 부르고 죄수를 불행한 사람이라 여기는 것은 바로 이러한 까닭이다.〉

짐승 같은 흉악범들한테 남아 있던 유일한 도덕의 흔적도, 그들을 인간 세상과 연결해 준 마지막 끈도 역시 그리스도교였다. 부활 및 성탄 주간에는 죄수들도 인근 성당에 가서 주민들과 함께 미사를 드릴 수 있었다. 〈죄수들은 열심히 기도를 드렸다. 그들은 모두 성당에 올

세미팔라틴스크 군부대 근처에 있던 정교회 성당.

때마다 가진 돈을 털어 초를 사서 헌납하기도 하고 헌금을 바치기도 했다. 《나도 같은 인간이야. 하느님 앞에서는 모두가 평등해》라고 죄수들은 돈을 내면서 위안하고 있었는지도 모른다.〉

놀랍게도 죄수들은 사순 시기의 금식제도 엄수했다. 〈금식을 지킴으로써 자기가 세상과 접하고 있으며 그래서 자기는 결코 버림받은 사람도 죽어 가는 사람도 빵 부스러기 같은 사람도 아니라는 것을, 감옥에도 다른 사람들이 가진 것과 똑같은 것이 있다는 것을 무의식적으로나마 느끼고 있었다.〉

죄수들이 족쇄를 찬 채 성당 맨 뒤에 서서 일반인과 함께 성찬식에 참여하는 장면에는 무언가 말할 수 없이 슬프고도 감동적인 것이 있다. 사제가 〈우리를 주님 곁에 매달린 강도처럼 여기소서〉라고 기도서의 한 구절을 읽자 〈모든 죄수들은 이것을 말 그대로 자신을 가리키는 것으로 생각하며 족쇄를 쩔그럭거리며 일제히 바닥에 엎드렸다〉.

브란겔 남작의 회고에 의하면 도스토옙스키는 세미팔라틴스크 시절 풀밭에 누워 밤하늘을 바라보는 것을 좋아했다. 검푸른 창공에서 반짝이는 별을 바라보는 것은 그에게 우주와 일체가 되는 심오한 경험이었다. 〈조물주가 창조하신 장엄한 우주, 그리고 전지전능하신 신의 위엄은 우리를 부드럽게 애무해 주었다. 우리 자신이 정말로 보잘것없는 존재라는 생각은 우리에게 위안을 주었다.〉 카를 융의 표현을 빌려 다시 말하자면 그는 〈신과 화해했으며 자신의 의지를 버리고 신의 의지에 복종했다〉.

도스토옙스키는 이때의 체험을 가슴속 깊이 담아 두었다가 24년 뒤 문학의 언어로 풀어냈다. 그가 세미팔라틴스크 셋집의 서재에서 집필한 두 편의 소설 『아저씨의 꿈』과 『스테판치코보 마을 사람들』은 그의 문단 복귀에 경제적·심리적 도움을 주었지만, 걸작이라 하기는 어렵다. 그러나 세미팔라틴스크의 별빛 찬란한 우주는 그의 마지막 대작 속으로 들어와 잊히지 않는 명장면으로 굳어졌다. 『카라마조프 씨네 형제들』에서 저자의 종교적 일면을 대변하는 견습 수도사 알료샤는 위기의 시간에 밤하늘을 바라보며 〈다른 세계〉와의 합일을 체험한다.

그의 머리 위에는 고요히 빛나는 별들로 가득 찬 창공이 무한히 광활하게 펼쳐져 있었다. 아직은 희미한 은하수가 밤하늘 가운데에서 지평선까지 흩어져 있었다. 땅 위에는 미동도 없이 고요하고 신선한 밤이 드리워져 있었다. 지상의 고요가 하늘의 고요와 융합하는 듯했고 지상의 신비가 별들의 신비와 서로 맞닿는 듯했다. 알료샤는 제자리에 서서 그것을 바라보다가 고목이 쓰러지듯 별안간 대지 위에 몸을 던졌다. 그는 오열하면서 눈물로 대지를 적시고 입을 맞추었다. 거대한 심연 속에서 자신을 향해 반짝이는 그 별들 때문에 눈물을 흘렸다. 수많은 신의 세계에서 던져진 실타래들이 단번에 그의 영혼 속에서 하나로 합쳐지기라도 한 것처럼 그의 영혼은 〈다른 세계와 교감하며〉 떨고 있었다. 「그때 누군가 내 영혼 속에 찾아왔던 거야.」 그는 나중에 확신에 차서 말하곤 했다.

도스토옙스키 소설에서는 좀처럼 만나기 어려운 시적인 묘사다. 척박한 시베리아 땅에 뿌려진 종교 체험의 씨앗은 먼 훗날 아름다운 문학으로 꽃을 피운 것이다.

도스토옙스키도 인간인지라 실수와 잘못을 저지르며 살았다. 그러나 그가 그리스도교의 도덕을 실천하려 애쓴 흔적 역시 많이 남아 있다. 자기에게 도움을 청하며 다가오는 사람을 내치지 않으려고 노력했다. 거지를 보면 반드시 동전 한 닢이라도 적선했다. 주머니에 돈이 없으면 집으로 데리고 가서 아내에게 돈을 달라고 해 주었다.

그는 또한 웬만해서는 가까운 사람들의 결점이나 단점을 비난하지 않았다. 항상 그들을 위해 대신 변명해 주었다. 약간은 과장이겠지만 브란겔은 탄성을 질렀다. 〈놀랍게도 그의 내면에는 악이 전혀 없었다!〉

종교학자 카렌 암스트롱은 〈종교는 우리에게 마음의 새로운 능력을 발견하도록 가르치는 실천적 수련이다. 종교도 다른 기술들처럼 인내와 노고와 훈련을 필요로 한다〉고 썼다. 일상 속에서 항상 도덕을 외치며 사는 것은 대단히 힘든 일이다.

그러나 도덕적으로 살려고 노력하는 삶과 도덕을 무시하고, 도덕을 비아냥거리고, 도덕을 초월했다고 생각하며 사는 삶은 천양지차다. 도스토옙스키에게 종교를 갖는다는 것은 〈다르게 사는 법〉을 배우는 것이었다. 그것은 지상에서는 결코 완성되지 않고 끝나지 않는, 그러나 반드시 받아야 하는 도덕 수업이었다.

16장 노보쿠즈네츠크: 미친 사랑

가난한 술꾼의 아내와 늙수그레한 로미오

도스토옙스키의 소설을 읽다 보면 한 가지 의문이 생긴다. 러시아 사람들은 다 이런 식으로 사랑을 하나? 히스테리와 변덕과 오열과 발작, 중세 기사 뺨치는 헌신과 희생과 자기 비하, 그리고 마지막에는 항상 바닥에 몸을 던져 상대방의 발에 입맞춤하기. 다들 조금씩 제정신이 아닌 것 같다.

그런데 그의 삶을 들여다보면 이건 러시아식이라기보다는 도스토옙스키식이라는 생각이 든다. 그는 굳이 스토리를 지어낼 필요가 없었다. 자기 얘기를 그냥 쓰면 그게 소설이었다.

대문호가 남긴 첫사랑의 흔적을 찾아 모스크바에서 밤 10시 반 비행기를 타고 서시베리아의 공업 도시 노보쿠즈네츠크로 갔다. 19세기 이름은 쿠즈네츠크. 모스크바에서 3천 킬로미터, 세미팔라틴스크에서 530킬로미터 떨어진 작은 도시다. 공항은 좁고 허름했다. 날씨는 맑고 쌀쌀한데 공장이 많아서 그런지 공기는 탁하게 느껴졌다.

기념관은 도심에서 벗어난 한적한 마을에 있었다. 인적이 끊긴 거리와 구식 목조 가옥이 눈부시게 파란 하늘과 어울려 기묘하게 비현실적인 분위기를 자아냈다. 기념관은 두 채의 통나무집으로 이루어져 있다. 방문객을 맞이하는 집은 별관으로 행정 업무를 담당하는 곳이다. 문을 열고 들어가니 어두침침한 카운터 뒤에 그린 듯이 앉아 있던 노부인이 반색을 한다. 집 안에는 전시실과 행사장이, 마당에는 흉상이 있다. 길 건너편 통나무집 기념관은 도스토옙스키의 연인이 2년 동안 살았던 집이다. 두 사람의 연애를 환기시키는 소품들, 그리고 아기자기한 살림살이가 전시돼 있다. 도스토옙스키는 세미팔라틴스크에서 복무하는 동안 이곳에 세 번 다녀갔고 머문 시간은 다 합쳐 22일 정도다.

〈저를 비난하지 마세요, 저도 압니다, 제가 제정신이 아니라는 걸요……. 그녀를 볼 수만 있다면, 그녀의 음성을 들을 수만 있다면! 저는 불쌍한 미친놈입니다. 이런 종류의 사랑은 질병입니다.〉 그가 브란겔 남작에게 보낸 편지다. 도대체 누구인가, 이 대단한 작가를 〈불쌍한 미친놈〉으로 만들어 버린 여인은.

도스토옙스키가 마리야 이사예바를 처음 만난 것은 1854년 상관인 벨리호프 중령 집에서였다. 사람 좋은 중령의 집에는 늘 동네 주민들이 드나들었는데, 그중에는 전직 교사 이사예프 부부도 있었다. 이사예프는 재산도 직장도 없는 심한 알코올 중독자로 빚더미에 올라앉아 있었다. 부부 사이에는 파벨이라는 아들이 하나 있었다.

이사예프의 부인 마리야는 중키에 호리호리하고 아름다웠으며, 세미팔라틴스크에서는 보기 드물게 교육 수준이 높고 우아한 여성이었다. 그토록 교양 있는 부인이 빈곤에 시달리는 모습에 도스토옙스키는 울컥했다. 기사도 정신이 발현했고, 가난한 술꾼의 아내는 월터 스콧의 소설에 나오는 〈비탄에 잠긴 아가씨〉로 변신했다. 그는 박봉을 털어 부부를 돕기 시작했고, 그러다가 어느 순간 그녀에게 완전히 빠져 버렸다.

노보쿠즈네츠크의
도스토옙스키 기념관 별관 건물.

기념관 마당의 흉상. 도스토옙스키 탄생
180주년을 기념해 조각가 알렉산드르 브라긴이
2001년 만들었다.

이런 사랑은 생전 처음이었다. 유형 생활 전 수도에서 몇몇 여성에게 느꼈던 연정과는 차원이 달랐다. 연구자들은 어째서 속된 말로 애 딸린 유부녀와 사랑에 빠졌는지 분석하기를 좋아한다. 옴스크 유형지에서 누적된 외로움이 폭발했다, 가정을 이루고 싶은 나이가 되어서 그랬다 등등 여러 의견이 있지만, 별 의미가 없다. 사랑에 빠지는 데는 이유가 없다. 그냥 어느 날 사랑에 빠진다. 이 무렵 그가 형이나 브란겔에게 보낸 편지를 읽다 보면 사랑의 위대한 힘 앞에 새삼 고개가 숙여진다. 그토록 강인한 정치범 소설가가 하루아침에 스무 살 청년으로 돌아간 것이다!

마음 착한 브란겔 남작은 〈늙수그레한 로미오〉의 연애 수발을 들어주느라 동분서주했다. 돈도 많이 썼다.

그런데 1855년 5월, 이사예프가 쿠즈네츠크에 직장을 얻어 떠나갈 것이라는 소식이 들려왔다. 〈그의 절망은 끝을 몰랐다. 생의 모든 것이 사라진 듯했다. 그는 어린애처럼 울었다.〉

브란겔이 마련해 준 송별 술자리가 끝나자 도스토옙스키는 눈물을 주룩주룩 흘리며 부부의 마차가 멀어져 가는 것을 하염없이 바라보고 서 있었다. 〈전송 후 우리는 새벽에 돌아왔다. 그는 먹지도 마시지도 않고 죽은 듯 누워 있었다. 줄담배만 피워 댔다.〉 살이 빠졌고 시도 때도 없이 신경질을 냈다. 〈사랑의 기쁨은 위대합니다. 그러나 그 고통 또한 차라리 사랑하지 않는 편이 낫다고 생각할 정도로 위대합니다.〉

그해 8월, 오랜 세월 술에 찌들어 살던 이사예프가 사망했다. 이제 도스토옙스키는 합법적인 구혼자의 위치에 올랐다. 마리야 역시 그에게 관심을 보이기는 했다. 그러나 사랑은 아니었다. 처음에는 후줄근한 모습이 불쌍해 보여서 측은지심으로 가까이 대했던 것 같다. 가난한 사병의 물질적 도움에 조금쯤은 감동했을 수도 있겠다. 그러나 사

도스토옙스키의 첫 부인
마리야 이사예바.

마리야 이사예바의 집.

랑은 절대 아니었다.

그녀의 시큰둥한 태도에 인내심은 바닥나기 시작했다. 결혼은 사느냐 죽느냐의 문제였다. 결혼을 뜨악해하는 형에게는 이렇게 선언했다. 〈형, 내 인생에서 가장 중요한 것을 빼앗긴다면 나는 더 이상 살고 싶지 않아.〉 마리야에게는 〈당신을 잃느니 차라리 이르티시강에 가서 빠져 죽겠다〉는 유치한 협박성 편지를 보냈다(그녀에게 보낸 편지는 열정과 고통으로 가득했으리라 짐작되지만 훗날 질투에 사로잡힌 두 번째 부인이 훼손시켜 고증할 길이 없다. 중요한 대목들은 검은 잉크로 쫙쫙 지워지고 미적지근한 대목만 남아 있다). 여기에 결혼을 하려면 반드시 베스트셀러 소설을 써서 돈과 명성을 회복해야 한다는 생각, 하루 빨리 수도로 귀환해야 한다는 생각까지, 그의 머릿속은 복잡했다.

그런 상황에서 연적까지 등장했다. 베르구노프라는 이름의 스물네 살짜리 잘생긴 교사, 〈진짜 로미오〉가 그녀에게 구애를 시작한 것이다. 억장이 무너진 그는 부대를 무단이탈해 한달음에 쿠즈네츠크로 달려갔다. 연하남과의 결혼이 가져올 온갖 부작용을 소상하게 나열하며 둘을 갈라놓으려 했고, 당연히 두 사람으로부터 분노와 욕설 세례를 받았다. 3류 소설급의 3자 대면이 이루어지고 히스테리와 눈물, 그리고 바닥에 몸 던지기가 뒤따랐다.

도스토옙스키 입장에서 보면 마리야가 변심한 것이지만, 놀랍게도 그는 거기에 대해 단 한 마디도 원망하지 않았다. 대신 신파조의 편지를 브란겔에게 보냈다. 〈얼마나 천사 같은 여인인가요, 얼마나 고결한 여인인가요! 그녀는 울었어요, 제 손에 입 맞추었어요, 하지만 그녀는 다른 사람을 사랑하고 있어요!〉

여성과 관련, 도스토옙스키가 도달한 해탈의 경지에 대해 브란겔은

도스토옙스키가 결혼식을 올렸던
호데게트리아 성모 성당. 20세기 초 사진.

그저 말없이 고개를 끄덕였다. 〈우리는 사랑하는 여성이 우리에게 베푸는 몇 시간, 혹은 며칠간의 행복과 다정함에 대해 감사해야 해요. 여성에게 평생 나만을 위해 살고 오로지 내 생각만 하라고 요구하는 것은 지나치게 이기적인 거예요.〉

기사도 정신도 다시 발동됐다. 설령 그녀가 다른 남자와 결혼한다 하더라도 그녀를 도와주어야 했다. 〈마리야가 고생하면 안 돼요. 그 애송이와 결혼하더라도, 최소한 돈이 좀 있어야 해요.〉 그는 연인과 연적의 행복을 위해 미친 듯이 머리를 굴렸다. 아무것도 가진 게 없기 때문에 실질적인 일은 브란겔 남작이 다 했다. 경제적 안정을 위해서는 베르구노프의 승진이 급선무였다. 〈가스포르트 장군에게 녀석 칭찬을 많이 해주세요. 그래야 승진할 수 있어요. 이게 다 마리야를 위한 거예요. 그녀가 비참하게 되지 않도록 도와야 해요.〉

그는 브란겔에게 인맥을 활용하여 마리야의 아들 파벨을 옴스크 기숙 학교에 입학시켜 달라고 부탁했다. 또 마리야가 죽은 남편의 연금을 한 푼이라도 더 받도록 여기저기 알아봐 달라고 부탁했다. 그녀를 돕는 것은 일종의 의리였던 것도 같다. 〈그녀는 제 인생의 가장 슬픈 순간에 등장했어요. 그리고 제 영혼을 소생시켜 주었어요.〉

그런데 1856년 10월 1일, 도스토옙스키는 장교로 진급했다. 곧 상부에서 출판 허가도 떨어질 것 같았다. 이것을 기회 삼아 그는 마지막으로 다시 한번 부딪혀 보기로 작정했다. 11월에 장교복을 깔끔하게 차려입고 보무도 당당하게 쿠즈네츠크로 갔다. 미래의 원대한 계획을 풀어놓는 장교는 가난한 젊은 교사보다 듬직해 보였다. 그동안 남자가 베풀어 준 헌신적인 도움도 여인의 마음을 움직였다. 마리야는 마침내 도스토옙스키에게로 돌아섰다.

그때부터 모든 일이 일사천리로 진행됐다. 이듬해 사순절이 시작되기 전에 결혼식을 올리기로 했다. 그는 백방으로 결혼 자금을 구했다. 형과 여동생들, 브란겔 남작, 그리고 모스크바의 부자 친척 쿠마니나 이모까지 돈을 보태 주었다.

마침내 1857년 2월 6일, 쿠즈네츠크 호데게트리아 성모 성당에서 조촐한 식을 올렸다. 놀랍게도 베르구노프가(!) 신랑 들러리를 섰다. 신혼부부는 세미팔라틴스크로 돌아와 현재 기념관이 된 그 집에서 결혼 생활을 시작했다. 그의 〈미친 사랑〉은 결혼과 더불어 해피엔딩으로 마무리되는 듯 보였다.

그토록 시끄럽게 주변 사람들을 들들 볶으며 감행한 결혼이건만, 결혼 생활에 대한 기록은 거의 없다. 마리야가 죽을 때까지 그는 편지나 일기에서 그녀를 언급하지 않는다. 그토록 목메어 부르던 〈천사 같은 그녀〉는 갑자기 투명 인간이 됐다. 결혼 1년 뒤 형에게 쓴 편지는 사태의 심각성을 짐작케 한다. 〈사는 게 너무 힘들어. 한마디도 쓸 수가 없어.〉

도대체 이 부부에게 무슨 일이 있었던 것일까. 결혼식을 마치고 세미팔라틴스크로 돌아오는 길에 일어난 사건은 다음 장에서 이야기하겠다.

17장 노보쿠즈네츠크: 비참한 결혼

이 모든 상실에도 불구하고

나에 대한 아내의 사랑은 무한했어요. 나 역시 아내를 무한히 사랑했어요. 하지만 우리의 삶은 행복하지 않았어요……. 아내와 나는 함께 몹시 불행했어요. 아내의 열정과 신경질, 병적으로 변덕스러운 성격 때문이지요. 그러나 우리는 서로에 대한 사랑을 멈출 수 없었어요. 불행하면 불행할수록 우리는 더욱더 서로에게 집착했어요.

아내 마리야가 세상을 떠난 후 도스토옙스키가 브란겔 남작에게 쓴 편지다. 약간 핵심에서 벗어난 글이다. 그들의 불행은 부인의 성격이 아닌 다른 데서 시작되었다.

신혼부부를 실은 마차는 노보쿠즈네츠크를 떠나 2월의 삭풍을 가르며 스산한 서시베리아의 초원을 달렸다. 도스토옙스키는 공병 학교 동창인 세묘노프 백작의 초대를 받아 바르나울에 며칠 들러 가기로 했다. 거기서 그만 일이 터졌다.

갑자기 짐승 같은 괴성을 지르며 마룻바닥에 나가자빠진 신랑의 눈동자는 하얗게 돌아가고 입에서는 부글부글 거품이 일었다. 사지를 비틀며 경련을 일으키던 신랑은 의식을 잃었다. 그는 인생 최악의 간

노보쿠즈네츠크 도스토옙스키 기념관 내부.

질 발작을 일으켰던 것이다! 신부는 경악과 공포와 혐오감으로 이 광경을 바라보았다.

남편의 발작 앞에서 그녀가 느낀 절망감은 설명할 길이 없다. 가난뱅이 술꾼한테서 간신히 벗어났다고 생각했더니 이제는 듣도 보도 못한 기괴한 병명의 환자와 엮인 것이다.

그 뒤 어떻게 되었는가에 대해서는 기록된 것이 거의 없다. 이 순간부터 아내가 폐병으로 앓아 누울 때까지 도스토옙스키는 편지와 메모에서 그녀의 이름을 언급하지 않는다. 결혼 생활의 고통이 어느 정도였는지 가히 상상이 된다.

몇 가지 간접적인 정황 자료를 가지고 상황을 추측해 보자. 마리야는 속았다고 생각했을 것이다. 그래서 펄펄 뛰며 결혼을 취소하자고 외쳤을 것이다. 도스토옙스키는 속인 게 아니라고 펄펄 뛰며 우겼을 것이다. 실제로 도스토옙스키는 자신이 〈진짜 간질〉 환자라는 것을 그때서야 처음 알게 되었다고 주장한다. 〈전에 의사들은 내 증상이 그냥 신경 쇠약에서 오는 거라고 했어. 환경이 바뀌면 없어질 거라 했고 나는 그걸 믿었어. 내가 진짜 간질 환자라는 걸 알았더라면 결코 결혼 같은 건 하지 않았을 거야.〉

빈곤은 마리야의 절망을 부채질했다. 장교라고 했지만 남편의 월급은 쥐꼬리만 했고, 시베리아 주둔지의 삶은 따분했다. 남편은 수도로 가면 문단에 복귀해서 돈을 많이 벌 것이라고 호언장담했다. 그러나 전역은 쉽지 않았고 세미팔라틴스크에 기거하는 동안 쓴 『아저씨의 꿈』과 『스테판치코보 마을 사람들』은 베스트셀러가 되기에는 역부족이었다. 빈곤과 욕구 불만과 남편의 불치병은 젊은 여인의 건강을 좀먹기 시작했다.

불행한 여인 마리야를 위한 변명이 필요할 때다. 어떤 전기 작가는 그녀가 도스토옙스키와 결혼한 것은 계산 때문이라고 비난한다. 일리가 있는 말이지만 그렇다고 그녀를 비난하고 싶지는 않다. 그녀의 소위 〈계산〉이라는 것이 무엇인가. 도스토옙스키의 장래가 더 밝았기 때문에 베르구노프 대신 그를 택했다고 해서 그게 그토록 비난받을 일인가. 어린 아들을 키워야 하는 가난한 과부라면 누구라도 계산을 할 수밖에 없을 것이다. 돈을 노려 간교한 거짓말로 남자를 유혹한 게 아니다. 도스토옙스키에게는 돈도 없었을 뿐만 아니라 온갖 감언이설로 결혼을 졸라 댄 것은 도스토옙스키였다.

게다가 간교한 여성이라면 도스토옙스키가 애초에 사랑에 빠질 일도 없었을 것이다. 마리야는 자존심이 강하고 예민하고 변덕스러운 여성이었다. 그러나 동시에 강직하고 직선적이고 정직한 인간이었다. 이런 점에 도스토옙스키는 끌렸고 언제나, 심지어 그녀가 변심했을 때조차, 그녀의 〈고결함〉을 입에 달고 살았다. 마리야가 결혼 후에도 젊은 베르구노프와 밀회를 가졌다는 얘기도 있지만, 신빙성이 없다. 도스토옙스키 전기 작가 중에서 가장 신뢰도가 떨어지는 딸이 한 말이라 별로 믿기지 않는다.

두 사람의 비참하고 슬픈 결혼 생활은 7년간 지속되었다. 시베리아 시절부터 결핵의 징후를 보이던 마리야는 페테르부르크로 오면서 더욱 병약해졌다. 남편과의 사이는 돌이킬 수 없이 멀어져 갔다. 둘은 1861년부터 별거 상태였고 마리야는 한동안 기후가 온화한 블라디미르에서 홀로 요양 생활을 했다.

마리야가 병마에 시달리는 동안 도스토옙스키는 〈너무 외로운 나머지〉 그녀 모르게 다른 여성과 연애를 했다. 1863년 아내를 모스크바로 데려와 마지막 순간까지 정성껏 병구완을 했지만, 죄책감은 꽤 오랫동안 가슴 한편에 남아 있었다. 〈집사람이 너무 불쌍해……. 성냥

개비처럼 바싹 마른 모습이 너무 끔찍해. 그냥 바라보는 것만도 괴로워.〉 불쌍하고 불행한 여인 마리야는 1864년 4월 15일 모스크바에서 마침내 피곤한 생을 마감했다.

도스토옙스키는 마리야를 모델로 여러 명의 등장인물을 창조했다. 대표적인 예가 『죄와 벌』에 나오는 술주정뱅이 마르멜라도프의 아내 카테리나 이바노브나다. 자존심 강하고 고결한 여성이 극빈으로 인해 파멸해 가는 모습을 어찌나 생생하게 그렸던지 문학사에 하나의 전형으로 남아 있다.

도스토옙스키의 간질이 정확하게 언제 시작되었는가에 대해서는 아직도 학자들 간에 의견이 분분하다. 다만 소년 시절부터 건강한 체질이 아니었다는 것은 잘 알려져 있다. 너무 예민했고 가끔씩 신경 쇠약 증상을 보였다. 유배 이전 그의 룸메이트였던 닥터 리젠캄프와 나중에 그의 주치의가 된 닥터 야놉스키의 회고에 따르면, 그는 이를테면 〈걸어다니는 종합 병원〉이었다. 턱밑샘이 부어올라 고생했으며, 기침을 많이 했고, 불면증에 시달렸다. 고혈압과 부정맥의 기미도 보였으며, 현기증으로 인해 기절도 종종 했다. 그러나 옴스크 유형지에서 그는 오히려 신경 쇠약은 완쾌되었고 신체적으로 더 건강해졌다고 생각했다. 실제로 그런 면도 없지 않았다. 그런데 다른 증상이 나타났다. 기억이 가물가물해지고 전신에 힘이 빠지면서 신체 기능이 현저하게 떨어지는 일이 생기기 시작했다. 나중에 밝혀진 바에 의하면, 이 모든 증상은 간질의 전조였다. 바르나울에서 일어난 발작은 그가 간질병 환자임을 의학적으로 확증해 주었다. 〈의사의 말이 이건 진짜 간질이래. 발작 중에 인후 마비로 질식사할 수도 있다고 해.〉

그는 페테르부르크의 유명한 의료진에게 진료를 받았지만 저마다 말이 달라 크게 낙심했다. 1863년에는 베를린의 신경과 전문의인 닥터 모리츠 롬베르크와의 상담을 계획하기도 했다. 여권 신청 기록은 남아 있지만 진료 기록은 남아 있지 않다.

도스토옙스키의 간질은 정신 의학계의 비상한 관심을 끌었다. 현재까지 수없이 많은 저술과 논문이 씌어졌다. 일부 학자들은 그의 간질과 창작 사이에 모종의 긴밀한 관계가 있다고 주장했다. 확인할 방도가 없을 뿐만 아니라 대부분이 환원주의적 논리라서 단조롭게 들린다.

그보다는 그가 간질을 가지고 이야기를 만들어 낸 방식과 결과물이 훨씬 흥미롭고 구체적이다. 간질은 그의 소설 속으로 들어와 다른 작가와는 비교 불가한 독자적 영역을 구축해 놓았다. 그의 작품에는 간질 환자가 여럿 등장하는데, 그중 『백치』의 주인공 미시킨과 『카라마조프 씨네 형제들』의 스메르자코프는 세계 문학사에 지워지지 않는 족적을 남겼다. 그가 『백치』에서 묘사한 미시킨의 발작 대목은 전문가들도 자주 인용하곤 한다.

> 간질병 발작은 순간적으로 온다. 이 순간에는 갑자기 얼굴, 특히 시선이 유난히 일그러진다. 전신과 모든 안면 근육이 경련을 일으킨다. 그 무엇과도 견줄 수 없는 상상 불가능한 무서운 비명이, 인간적인 모든 것을 일순간에 토해 버리려는 듯 한꺼번에 가슴속에서 터져 나온다. 그래서 이 광경을 지켜보고 있는 사람조차 그것이 바로 이 사람의 비명이라는 것을 상상하지 못한다. 간질 발작은 어딘지 신비스러운, 지독한 공포감을 불러일으킨다.

도스토옙스키는 오랜 세월 간질로 고통당했다. 너무 피곤해도, 너무 기뻐도, 너무 슬퍼도 발작이 일어났다. 결혼식이라든가 아이의 탄생 같은 인생의 중요한 사건 때는 어김없이 발작이 찾아왔다. 간질뿐만이 아니다. 만성 기침을 비롯한 호흡기 질환에 평생 시달렸고, 때로는 치질 때문에 앉지도 못했다. 이렇게 질병으로 고생을 하면서도 그는 오히려 〈완벽하게〉 건강한 사람들이 비정상이라고 생각했다. 〈많은 사람들에게 질병은 바로 그들의 완벽한 건강이다. 건강에 대한 확신은 인간으로 하여금 끔찍한 허영심과 파렴치한 자기애에 빠지게 한다. 그런 인간은 자기만이 절대적으로 옳다고 확신한다. 그렇게 건강한 인간들이야말로 치료를 받아 마땅하다.〉

도스토옙스키의 활력은 육체의 질병과는 별 상관이 없었다. 삶에 대한 사랑이 그를 어떤 상황에서도 다시 일어서게 해주었다. 그는 살아 있음, 그 자체를 사랑했다. 〈이 모든 상실에도 불구하고 나는 삶을 사랑한다, 열렬히 사랑한다. 삶을 위한 삶을 사랑한다. 나는 지금도 내 삶을 다시 시작할 준비가 되어 있다. 내 나이 벌써 쉰이다. 그러나 내가 지금 내 인생을 마무리 짓고 있는 건지 아니면 다시 시작하고 있는 건지 모르겠다. 이 점이 내 성격의 가장 두드러진 특징이다.〉

그는 생에 대한 자신의 끝없는 열정을 〈고양이의 생명력〉이라 불렀다. 이 생명력이야말로 그에게 닥친 모든 불행을 문학으로 변형시킨 주역인 것 같다.

3부 러시아와 유럽, 나의 〈정신〉과 남의 〈이론〉의 교차로에서

18장 상트페테르부르크: 저널리즘의 시대

더 빨리! 많이! 재미있게!

마침내 도스토옙스키는 시베리아를 떠났다. 간질로 인해 군 복무가 불가능하다는 의사의 소견서가 인정되어 상부에서 전역을 허가한 것이다. 모스크바와 상트페테르부르크 사이에 있는 트베리가 거주지로 정해졌다.

도스토옙스키 부부는 1859년 7월 2일 4륜 마차를 타고 세미팔라틴스크를 떠나 한 달 반의 여행 끝에 트베리에 도착했다. 우랄산맥을 넘을 때는 감정이 복받쳐 올라 성호를 그으며 〈신이여, 당신은 약속의 땅을 보게 해주셨나이다!〉라고 외쳤다.

시베리아에서 벗어난 것은 좋았지만, 지방 소도시 트베리는 세미팔라틴스크보다 별로 나을 게 없었다. 온갖 인맥을 다 동원하여 넉 달 만에 수도 거주권을 따냈다. 1859년 12월 20일, 그는 만 10년 만에 수도의 땅을 다시 밟았다. 니콜라옙스키 역에서 초초하게 기다리던 형 미하일의 품 안으로 뛰어든 그 순간 대문호의 삶은 새 챕터로 넘어갔다.

페테르부르크는 10년 전과 판이했다. 사람들은 1855년 제위에 오른 황제 알렉산드르 2세의 대개혁 무드에 취해 있었다. 농노 해방, 사법 개혁, 지방 자치 기구의 창설이 코앞에 있었다. 도스토옙스키는 사회 모든 부문을 달구고 있는 변화의 도가니 속으로 뛰어든 것이다.

니콜라이 1세 시대에 형을 선고받았던 정치범들이 속속 시베리아에서 수도로 귀환했다. 연일 뜨거운 악수와 눈물과 포옹과 환영 만찬이 이어졌다. 돌아온 지식인들은 남아 있던 지식인들과 연합하여 새로운 지적 서클을 만들어 냈다. 도스토옙스키는 형이 마련해 준 작은 셋집에서 새 삶을 시작하면서 유형 전에 알았던 문우들과 만나고 새로운 사람들과 알음알이를 텄다. 옛 친구 밀류코프는 그가 〈생각보다 멀쩡했으며 오히려 유형 전보다 더 건강해 보였다〉고 회상했다.

개혁 분위기와 맞물려 저널리즘의 봇물이 터졌다. 정치, 경제, 문학 등 모든 것을 다 다루는 러시아 특유의 이른바 〈두꺼운 잡지〉는 초유의 활황기를 맞이했다. 1856년부터 1864년 사이에 정부가 발표한 출판 허가는 열 배로 늘어났고 발행 부수도 열 배나 증가했다. 증가세는 이후 더욱 가속화되었다. 신문을 포함한 정기 간행물 수는 1880년에 485종으로 늘어났다. 발행 부수가 증가했을 뿐 아니라 출간 속도도 빨라졌다. 독자들은 불평 아닌 불평을 해댔다. 〈너무 많아서 다 읽을 시간이 없어.〉 어떤 비평가는 〈19세기 러시아 문학의 역사는 전체가 다 저널리즘의 역사였다〉라고 단언했다.

무엇보다 신문의 약진이 놀라웠다. 1864년을 기점으로 사회적 파급 효과 면에서 신문이 잡지를 앞서기 시작했다. 주요 일간지 『모스크바 뉴스』와 『상트페테르부르크 뉴스』의 발행 부수는 잡지의 두 배였다. 사람들은 신문을 통해 사회생활을 영위했고 신문 기사를 읽으며 생각을 정리했다. 지식층의 전유물인 두꺼운 잡지보다 신문은 훨씬 다양한 계층의 독자에게 어필할 수 있었고 빠르게 돌아가는 도시의 삶에도 걸맞았다. 1863년 크라옙스키가 창간한 일간지 『목소리』는 무슨 일이 있어도 아침 8시 전에 배달한다는 원칙을 고수했다. 덕분에 가게 주인들은 영업 시작 전에 여유롭게 조간신문을 즐길 수 있었다.

저널리즘의 확산으로 문학 시장의 판도도 바뀌었다. 〈푀이통〉이라 통칭되는 가벼운 읽을거리가 점점 더 독자의 흥미를 자극했고, 신문이나 잡지에 소설을 연재하는 것은 일상적인 일이 되었다. 연재의 장점은 독자가 이야기를 〈진행형〉으로 소비할 수 있다는 것이었다. 소설이 뉴스처럼 실시간으로 독자를 찾아왔다.

가벼운 소설, 연재소설의 확산은 작가가 전업으로 창작을 해도 먹고살 수 있다는 것을 의미했다. 문학의 상업화가 불가피해졌다. 투르게네프나 톨스토이처럼 부유한 작가는 예외겠지만, 가난한 작가들에게 상업화는 호재로 작용했다. 잘 쓰고 많이 쓰면 물려받은 재산 없이도 살아갈 수 있게 되었다. 신문 잡지의 발행 부수와 구독자 수, 원고료, 직원의 급료 등이 노출되면서 자연스럽게 작가의 서열도 드러났다. 내용이나 문체가 아닌, 〈얼마나 많이, 얼마나 빨리, 얼마나 재미있게〉 쓰느냐가 척도였다.

〈퍼나르기〉 식의 글이 다반사가 된 것도 상업화와 관련된다. 저술가들과 저널리스트들은 이미 출간된 텍스트에서 광범위하게 아이디어와 문구를 차용했다. 잡지와 신문이 우후죽순처럼 생겨나는 상황에서 일단 빨리, 그리고 많이 지면을 채워야 했기 때문에 편집자는 이른바 〈재탕〉을 권장하기까지 했다. 여기저기서 잘라 낸 글들이 마구 섞였고 그러는 와중에 적지 않은 〈가짜 뉴스〉가 탄생했다. 익명의 어느 저널리스트는 〈거짓말이 판을 친다. 사실과 진실에 대한 파렴치한 왜곡이 판을 친다. 거짓이 체계적으로 대량으로 생산되고 있다〉며 개탄했다.

저널리즘의 호황을 가장 철저하게 이용한 작가는 도스토옙스키였다. 그는 거의 동물적인 촉각으로 시대의 조류를 읽었고 재빨리 저널

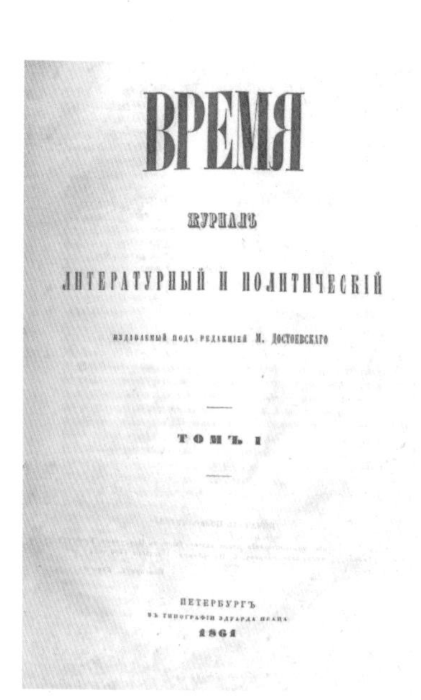

ВРЕМЯ

ЖУРНАЛЪ

ЛИТЕРАТУРНЫЙ И ПОЛИТИЧЕСКІЙ

ИЗДАВАЕМЫЙ ПОДЪ РЕДАКЦІЕЙ М. ДОСТОЕВСКАГО

ТОМЪ I

ПЕТЕРБУРГЪ
ВЪ ТИПОГРАФІИ ЭДУАРДА ПРАЦА
1861

잡지 『시간』의 창간호 표지.

잡지사 『시간』을 경영할 당시 세 들어 살던 건물.
2009년 8월 1일 〈도스토옙스키의 집〉 게스트하우스가 문을 열었다.

리즘의 등에 올라탔다. 잡지사를 열었고 편집자로 활동했으며 잡지에 칼럼과 소설을 연재했다. 그는 또한 열광적인 신문 구독자였다. 신문은 그에게 세상을 읽고 인간을 읽을 수 있는 가장 중요한 창구였다. 그는 하루도 거르지 않고 열심히 신문을 읽었고 신문과 호흡을 맞춰 가며, 신문 구독자의 입맛을 고려하여 소설을 썼다. 러시아 사회의 〈지금 이곳〉에서 일어나고 있는 사건은 모조리 소설의 재료가 되었다. 그는 저널리스트이자 저널리즘의 소비자였다.

저널리즘은 10년 동안 러시아 역사의 흐름에서 소외되어 있던 그에게 모든 면에서 대단히 매력적인 영역이었다. 귀환 당시 그는 빈털터리에 부양해야 할 가족이 둘이나 딸려 있었다. 언제까지나 형에게 신세를 질 수만도 없는 상황에서 생존 본능은 그의 눈을 잡지로 향하게 했다. 잡지는 한마디로 돈이 되는 사업이었다.

도스토옙스키는 형과 힘을 합쳐 잡지 『시간』을 창간했다. 미하일은 그동안 해왔던 담배 사업을 접고 빚까지 얻어 뛰어들었다. 1861년 1월에 창간호가 나왔다. 잡지는 4인 체제로 운영되었다. 미하일은 재정 부분을, 젊은 사상가 스트라호프와 유능한 문학 평론가 그리고리예프가 기고를 담당했다. 도스토옙스키는 모든 것을 총괄했다. 스트라호프와 그리고리예프는 기꺼이 도스토옙스키의 멘토 역할을 했다. 두 사람은 도스토옙스키를 보좌하면서 작가의 지적 공백을 철학과 문학으로 메워 주고 10년이나 뒤떨어진 〈감〉을 업데이트시켜 주었다.

『시간』의 반응은 상당히 좋았다. 잡지에 연재한 도스토옙스키의 소설 『상처받은 사람들』과 『죽음의 집의 기록』은 잡지의 평판을 단박에 상위권에 올려놓았다. 구독자 수 2천5백이 손익 분기점인데 『시간』의 구독자 수는 4천이었다.

하지만 아쉽게도 『시간』은 2년 4개월 만에 폐간됐다. 1863년 일어

도스토옙스키가 창간한 잡지『시간』에서 기고를 담당한 문학 평론가 아폴론 그리고리예프.

난 폴란드 봉기에 관해 스트라호프가 쓴 사설이 당국의 심기를 건드렸기 때문이었다. 도스토옙스키는 뜻하지 않은 악재에도 굴하지 않고 〈시대〉라는 제목의 두 번째 잡지를 창간했다. 1864년 1월 창간호가 발행됐다. 그동안 다른 데로 가버린 구독자를 되찾기 위해 과거의『시간』구독자에게는 할인 혜택을 주는 등 마케팅에 온갖 노력을 다 기울였다.

그러나 허사였다. 1864년은 도스토옙스키에게 가장 잔인한 해였다. 4월에 부인 마리야가 눈을 감았다. 7월에는 가장 친한 친구이자 든든한 동업자인 형이 간 질환으로 세상을 하직했다. 그것이 끝이 아니었다. 9월에는 잡지사의 문학적 기둥이었던 그리고리예프가 뇌졸중으로 사망했다.

연이은 상실로 도스토옙스키는 얼이 빠졌지만 슬퍼할 겨를조차 없었다. 형은 무려 2만 5천 루블의 빚과 부양해야 할 가족을 동생에게 남기고 갔다. 형의 명예를 더럽히고 싶지 않았던 그는 눈물을 닦을 새도 없이 잡지사 회생에 전력투구했다. 〈저는 돈과 건강과 활력 모두를 아낌없이 잡지에 쏟아부었어요. 제가 유일한 편집자였어요. 저 혼자서 교정을 보고 저자를 섭외하고 검열관의 요구에 대응하고 모금을 했어요. 하루에 다섯 시간만 자며 새벽 6시까지 일했어요.〉 그러나 1천3백 명의 구독자로는 잡지사를 유지할 수 없었고, 결국 1865년 2월에 문을 닫았다.

잡지사 경영이 도스토옙스키의 성장에 끼친 영향은 돈으로 환산할 수 없을 정도다. 예술적 안목이 탁월했던 그리고리예프의 눈에 『시간』에 연재된 도스토옙스키의 『상처받은 사람들』은 너무 통속적이었다. 그는 〈미하일이 장삿속에서 동생의 재능을 썩게 한다〉고 비난했다.

그리고리예프의 지적은 절반만 옳다. 『상처받은 사람들』이 통속적인 것은 사실이지만, 통속성이 도스토옙스키의 재능을 썩게 한 것은 아니다. 그의 천재는 통속성과 융합하여 지극히 멜로드라마적이면서 동시에 지극히 심오한, 극도로 독창적인 소설을 만들어 냈다. 그의 목적은 인간을 그리는 것이었지 고결한 인간을 그리는 게 아니었다. 인간은 누구나 정도의 차이는 있지만 통속적이다. 도스토옙스키는 바로 그 통속적인 부분을 고도의 문학성으로 공략한 것이다.

흘러가는 시간 속에서 매 순간 〈소식〉을 만들어 내는 신문의 역동성은 도스토옙스키의 천재성과 화학적으로 결합했다. 덕분에 무상한 현실은 불변의 문학으로 응축되었다. 시사적인 모든 것은 초시간적인 것이 되었다. 저널리즘이 아니었더라면 그의 유명한 예술론도 없었을 것이다. 〈예술은 항상 동시대적이고 현실적이다. 그 외의 다른 방식으로는 존재해 본 적도 없고 존재할 수조차 없다.〉

19장 유럽: 최악의 여행기

인간의 물질화를 거부하다

> 어린 시절부터 이탈리아에 가는 꿈을 얼마나 많이 꾸었는지 모릅니다. 여덟 살 때 래드클리프의 소설을 읽은 뒤부터 온갖 카타리나와 알폰소와 루치아들이 제 머릿속을 헤집고 다녔지요……. 아, 이탈리아! 이탈리아! 하지만 이탈리아 대신 저는 죽음의 집에 도착했고, 그다음에는 세미팔라틴스크에 갔습니다. 저도 언젠가, 아직 기운과 열정과 시혼이 남아 있을 때, 유럽에 갈 수 있을까요?

도스토옙스키가 1861년 시인 폴론스키에게 쓴 편지다. 우습기도 하고 불쌍하기도 하다. 그의 유럽행 꿈은 1862년에 결국 실현된다. 해외 간질 치료 명목으로 신청한 여권이 나와 6월 7일 수도를 출발, 두 달 반 동안 피렌체, 밀라노, 베네치아는 물론, 베를린, 드레스덴, 비스바덴, 바덴바덴, 쾰른, 빈, 파리, 런던, 루체른, 제네바를 돌아보고 온 것이다. 이듬해에는 이 여행을 기록한 「겨울에 쓴 유럽의 여름 인상기」(이하 「유럽 인상기」)를 잡지 『시간』에 연재했다.

정치범 도스토옙스키에게 여권이 발행된 것은 당시의 이완된 분위기와 무관하지 않다. 크림 전쟁이 끝난 1856년부터 해외여행이 자율

화되면서 러시아에서는 본격적인 여행의 시대가 열렸다. 비평가 니콜라이 멜구노프는 「여행자 일반, 특히 러시아 여행자에 관하여」라는 수필에서 〈관광은 현대의 현상이다〉라고 단언했다. 여름휴가가 끝나면 수없이 많은 여행 후기가 신문과 잡지 지면을 메웠다. 1858년 러시아 제국에서 발행된 여권이 4만 3천 건이었다면 5년 뒤인 1863년에는 여섯 배가 넘는 27만 5천 건이었다.

러시아 지식인에게 유럽 여행은 기본적으로 자기 계발을 위한 〈그랜드 투어〉였다. 소설가 카람진은 유럽 견문록 『러시아 여행자의 편지』에서 〈나는 세계 시민이다〉라고 자랑스럽게 외쳤다. 카람진의 뒤를 이어 많은 러시아인들이 교양을 높이기 위해 유럽을 다녀왔다. 지식인이라면 이른바 〈성스러운 기적의 땅〉을 밟고 와야 명함이라도 내밀 수 있었다.

낭만주의 시대에는 자아를 발견하기 위해, 혹은 요즘 식으로 말하면 〈힐링〉을 위해 이국적 풍광과 풍습 속으로 도피하는 것이 한동안 트렌드였다. 남부의 베사라비아, 캅카스, 크림 등이 러시아 여행객의 필수 코스가 됐다. 1831년에 처음으로 러시아 사전에 등장한 〈투리스트〉는 〈우울증을 치료하기 위해 여행하는 영국인〉이라는 뜻이었는데, 1840년대에 들어오면서 〈여행을 사랑하는 러시아인〉으로 의미가 넓어졌다. 1850년대 러시아 〈투리스트〉들은 유럽의 위대한 예술을 만끽하기 위해 프랑스와 이탈리아의 미술관을 찾았다. 당대를 대표하는 지식인 투르게네프나 게르첸은 유럽에서 예술에 대한 갈증을 해소했다.

도스토옙스키는 이들보다 훨씬 늦게, 그러나 관광 붐이 지속되는 상황에서 유럽행 기차를 탔다. 〈마흔이나 되어 생전 처음 외국 여행을 하게 되었기에 모든 것을 다 보려고 마음먹었다.〉

도스토옙스키가 유럽 여행 시 들렀던 독일 쾰른 대성당. 그는 이 성당의 건축학적 아름다움을 폄하했다.

쾰른의 유명한 향수 가게 〈파리나〉. 여기서 도스토옙스키는 향수 한 병을 샀다.

그러나 그가 돌아와서 쓴 「유럽 인상기」는 도저히 여행기라 하기 어렵다. 일단, 그토록 가고 싶어 목이 메었다는 이탈리아에 대해서는 일언반구도 없다. 스위스의 아름다운 풍경에 대해서도 마찬가지다. 제네바는 〈사람 우울하게 하는 지겨운 도시〉라고 한 줄로 요약했다. 베를린에서는 24시간 머물렀는데 〈떨떠름한 인상을 받았다〉고 썼으며 쾰른에서는 〈건방진 독일인 때문에 기분을 잡쳤다〉며 화를 냈다. 런던에서는 8일간을 머물면서도 그 유명한 〈세인트 폴 대성당을 구경하지 않았다〉고 자랑 삼아 떠벌렸다. 파리에서는 꼬박 한 달을 머물렀지만 본 게 거의 없다고 했다. 조금 미안했던지 〈나는 관광 안내서에 적힌 대로, 법칙대로, 혹은 관광객의 의무에 따라 구경하는 성격이 아니다. 따라서 어떤 곳에서는 꼭 보아야 하는 것까지 빠뜨렸으므로 말하기가 민망할 정도다〉라며 너스레를 떨었다. 도대체 이럴 거면 왜 갔는가!

아니다. 두 달 반 동안 유럽 땅을 밟으며 그의 눈은 유럽의 정신을 〈매핑〉하고 있었다. 인간이 만들어 낸 사상과 제도를 분석하고 있었다. 스위스와 이탈리아 여행에 도스토옙스키와 동행했던 스트라호프는 회고한다. 〈그는 훌륭한 여행자가 아니었다. 풍경도, 역사적 기념물도, 예술품도 안중에 없었다. 그의 모든 관심은 사람들, 그들의 본질과 성격, 그리고 길거리에서 진행 중인 삶에 대한 보편적인 인상에 초점이 맞추어져 있었다.〉

괴상한 여행기에의 의문은 도스토옙스키를 여행자가 아닌 논객으로 바라보면 풀린다. 그는 기행문이 아닌, 러시아가 나아갈 길에 대한 논설문을 썼다. 런던과 파리의 몇 군데 장소는 논지를 뒷받침하기 위해 선택된 공간이었다.

19세기 러시아 지식층은 〈러시아는 무엇이며 어디로 가고 있는가〉

런던의 화이트채플.
도스토옙스키가 방문할 당시에는
악명 높은 빈민가였으나 지금은
문화 예술 중심지로 거듭나고
있다.

런던의 헤이마켓. 도스토옙스키는 이곳에서 흥청거리는
사람들을 물질문명에 길들여진 군중이라 불렀다.

라는 의문 앞에서 둘로 나뉘었다. 〈서구파〉는 유럽의 앞선 문물을 받아들이고 유럽의 일원이 되는 것이 러시아가 나아갈 길이라 생각했다. 반면 〈슬라브주의〉 지지자들은 러시아가 당면한 모든 문제는 표트르 대제의 개혁 때문에 비롯되었으므로 개혁으로 오염되지 않은 순수하게 슬라브적인 가치를 회복하는 것이 급선무라 주장했다. 서구파는 급진적이고 사회주의적이고 무신론적이고 진보적이었다. 슬라브파는 종교적이고 보수적이고 민족주의적이었다. 도스토옙스키 형제가 창간한 『시간』은 이념적으로 중립을 표방했다. 〈우리는 슬라브주의나 서구파 얘기는 하지 않는다. 우리는 그들의 논쟁에 완벽하게 무관심한 시대에 살고 있다.〉

『시간』의 편집진은 잡지의 중도적인 경향을 〈대지주의〉라 불렀다. 러시아적인 토양, 러시아 민중, 러시아의 대지에 깊이 뿌리내린 〈정신적인 것〉의 부흥이 러시아의 미래를 선도할 것이라는 뜻이었다. 대지주의는 좌우를 끌어안는 동시에 좌우를 초월하는 제3의 이념이라는 게 그들의 주장이었다.

도스토옙스키가 내세운 이념적 중립은 상당히 모호했으며, 자신이 인정한 것보다 훨씬 자주 진보와 보수 사이를 왔다 갔다 했다. 중도는 양쪽 모두로부터 얻어맞기 십상이다. 하여 진보 진영의 원성을 샀고, 훨씬 보수적인 동료들로부터는 지나치게 진보적이라는 지탄을 받았다. 대지주의 또한 대안 이념으로서는 그다지 어필하지 못했다. 구체적인 〈콘텐츠〉를 결여했을 뿐만 아니라 대지니 민중이니 하는 것은 나이브한 민족주의로 오해받을 소지가 많았다.

대지주의의 임팩트는 다른 데 있었다. 도스토옙스키는 대지주의를 앞세워 물질 만능주의를 거세게 비판했다. 그의 눈에 비친 유럽은 물질의 노예였다. 물질과 수와 양이 부르주아 마인드와 사회주의 셈법

1863년 파리 안내서에 실린 팔레 루아얄의 정원 일러스트.

오늘날의 파리 팔레 루아얄.

모두를 장악했다. 자유도 평등도 돈이라는 이름의 〈바알 신〉 앞에 무릎을 꿇었다. 러시아 서구파는 물질주의에 물든 유럽 사상을 그대로 수용했다. 「유럽 인상기」 전체는 바로 이 위험한 물질주의에 대한 통렬한 비판이자 경고였다. 러시아적인 것, 그 정신적인 뿌리의 회복만이 대안이었다.

> 자유란 도대체 무엇인가? 법률의 범위 내에서 누구나 동등하게 무엇이든 자기 좋은 짓을 할 수 있는 것이다. 그러면 무엇이든 하고 싶은 것을 할 수 있는 시기는 언제인가? 1백만 프랑의 재산을 갖고 있을 때다. 1백만 프랑을 가지지 못한 사람은 무엇이든 하고 싶은 일을 할 수 있는 인간이 아니고 그 돈을 가진 사람이 하고 싶은 일에 부림을 당하는 인간이다.

그가 런던에서 본 것은 자유가 아닌 부림을 당하는 인간이었다. 〈독으로 가득 찬 템스강, 석탄 연기를 머금은 공기, 벌거숭이 야만인 같은 빈민으로 가득 찬 화이트채플의 끔찍한 뒷골목〉에 자유는 없었다.

런던에는 평등도 없다. 밤마다 헤이마켓에 운집하는 〈수천 명의 매춘부와 먹이를 갈망하는 군중〉, 〈번화가로 쏟아져 나와 밤새도록 먹고 마시는 50만의 남녀 노동자〉는 평등을 조롱한다. 거기 존재하는 것은 평등한 민중이 아니라 〈조직적으로 순치되고 길들여진 의식을 잃은 군중〉이다.

파리에서 그가 언급하는 지명은 오로지 팔레 루아얄뿐인데, 이곳은 중산층 물질 숭배가 완전히 정착한 곳이다. 〈팔레 루아얄의 넓은 마당을 본다면 감격의 눈물을 흘리지 않을 수 없을 것이다. 무수한 남편들이 수많은 아내들과 팔짱을 끼고 산책을 한다. 주변에서는 귀엽고 착한 어린이들이 뛰어놀고 분수의 물소리는 단조롭고 잔잔하다.〉 모든 사람이 만족하고 모든 사람이 행복한 파리에서는 〈행운을 잡아 저축해서 가능한 많은 물건을 가지는 것, 이것이 가장 보편적인 도덕 법전이 되었고 교리 문답이 되었다〉.

기행문을 기대하는 독자에게 「유럽 인상기」는 최악의 여행기일 것이다. 반어법과 편견과 아이러니가 독서를 방해한다. 입에 거품을 물고 독설을 쏟아 내는 작가의 이미지도 불편하다. 그러나 물질주의에 대한 도스토옙스키의 우려만큼은 되새겨 들을 만하다. 물질 만능주의는 어제오늘의 일이 아니고, 배금사상 또한 거의 모든 시대의 문제였다. 도스토옙스키는 한 걸음 더 나아가 물질 숭배가 결국 인간 자신을 물질화시킬 것이라 내다보았다. 바흐친의 지적처럼 그는 놀라운 혜안으로 인간을 물질화하는 경향이 인간 사고의 토대까지 파고들어 가는 모습을 발견했다. 〈영혼이란 백지 혹은 한 덩어리의 납과 같은 것이다. 이것으로 지금이라도 당장 인간을 만들어 낼 수도 있다. 그렇게 하기 위해서 서구 문명의 결실을 응용하고 두세 권의 책만 보면 된다〉는 생각에 그는 경악했다. 그의 창작의 핵심이 〈모든 인간적 가치의 물질화와 벌이는 투쟁〉인 이유다.

20장 런던: 디스토피아의 비전

기술이 권력을 넘어 종교가 될 때

도스토옙스키의 런던 체류가 문학사에 긴 그림자를 드리우게 된 것은 무엇보다 〈수정궁Crystal Palace〉 덕분이었다. 수정궁은 유리와 주철로 건축된 런던 만국 박람회장을 부르는 이름이다. 도스토옙스키는 1862년 런던 방문 당시 근교의 시드넘에 재개장한 수정궁을 보고 와서 여행기에 그 감상을 남겼다. 1864년 발표한 소설 『지하로부터의 수기』에서는 디스토피아의 상징으로, 『죄와 벌』에서는 선술집 이름으로 수정궁을 사용했다. 20세기 작가 자먀틴은 도스토옙스키의 수정궁에서 영감을 얻어 SF 소설 『우리들』의 미래 세계를 창조했다. 영국 작가들보다 러시아 작가들이 영국에서 열린 행사를 훨씬 더 의미심장하게 받아들인 것 같다.

1851년 런던 만국 박람회는 당초 장소 문제로 난항을 겪었다. 공모전에 2백 개가 넘는 설계안이 제출됐지만 당선작이 없었다. 벽돌 건물을 세우려던 애초의 계획은 접어야 했다. 교통 혼잡과 자연 훼손 등 문제가 많았고, 무엇보다도 건축에 소요되는 1천9백만 장의 벽돌을 구울 시간이 없었다. 그때 데본셔 공작의 책임 정원사로 일하던 조경 전문가 조지프 팩스턴이 기발한 아이디어를 내놓았다. 규격화된 판유리

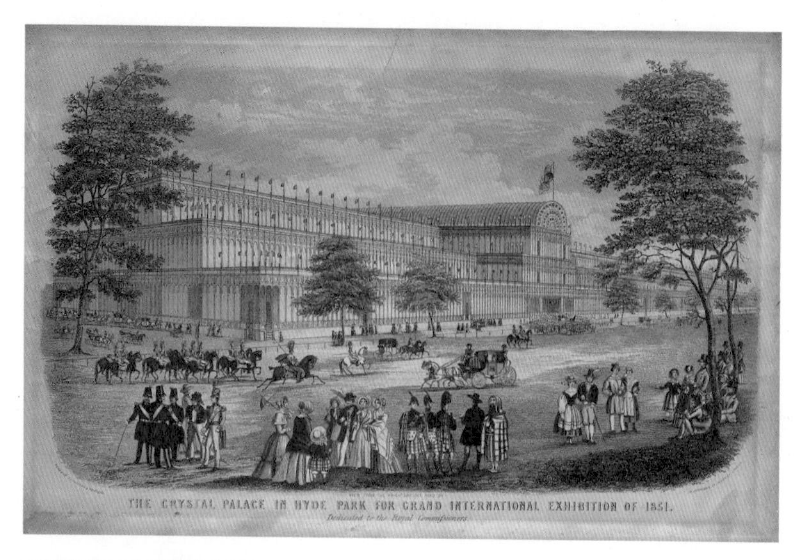

1851년 런던 만국 박람회가 열린
하이드파크의 수정궁 외관.

만국 박람회가 열린 수정궁의 내부 풍경. 영국 판화가
윌리엄 심슨이 1851년에 그린 동판화.

로 초대형 온실을 건축해 박람회를 유치한 후 해체하자는 제안이었다. 유리는 비용과 제작 시간 면에서 시쳇말로 신의 한 수였고, 제안은 즉각 수용됐다.

총 9만 2천 제곱미터에 달하는 하이드파크 공원 부지에 길이 564미터, 최고 높이 33미터, 넓이 124미터의 거대한 건축물이 들어섰다. 4천5백 톤의 주철을 사용한 3천3백 개의 기둥과 29만 3,655장의 판유리로 조립된 건물은 눈부시게 찬란했다. 세인트폴 대성당이 35년 만에 완공되었다면 수정궁은 성당보다 세 배나 컸지만 불과 7개월 만에 완공됐다.

1851년 5월 1일부터 10월 15일까지 수정궁에서 만국 박람회가 열렸고, 6개월이 채 못 되는 기간 동안 전 세계에서 6백만 인파가 몰려들었다. 박람회가 끝난 후 수정궁은 해체되었다가 1854년 런던 남쪽 시드넘에 다시 조립되어 세워졌다.

그즈음 설립된 〈수정궁 회사〉는 수익을 내기 위해 엔터테인먼트를 도입했다. 온실, 박물관, 서커스, 극장, 공장 등 무엇이든 다 수용했고, 중산층뿐 아니라 노동 계급도 끌어들여 볼거리와 즐길 거리를 소비하게 했다. 1936년 11월 30일 화재로 전소될 때까지 시드넘의 수정궁은 근대 상업주의의 산실이었다. 수정궁이 있던 자리에는 현재 〈크리스털 팰리스 공원〉이 조성되고 입구에는 팩스턴의 동상이 세워졌다.

논란과 비판도 없지 않았지만, 만국 박람회는 개장 순간부터 흥분과 감동을 불러일으켰다. 태양빛을 반사하며 휘황찬란하게 반짝이는 초대형 유리 건물과 투명한 빛으로 가득 찬 공간에 전시된 최첨단 발명품들 앞에서 방문객들은 입을 다물지 못했다. 개막식에 등장한 빅토리아 여왕은 〈동화처럼 믿을 수 없이 영광스러운 광경〉이라 상찬했다. 디킨스는 〈불가능한 건축을 가능케 한 과학 발전을 자축하자〉고

수정궁이 있던 자리에 조성된 현재의 크리스털 팰리스 공원.

셨다.

러시아도 수정궁 찬양대에 합류했다. 1851년 8월 잡지 『현대인』에는 수정궁과 관련하여 〈미와 조화의 꿈이 실현되었다〉는 기사가 실렸다. 진보적 지식인 체르니솁스키는 1854년 『조국 통보』지에서 시드넘의 수정궁을 〈예술과 아름다움과 찬란함의 기적〉이라며 침이 마르게 칭찬했다.

도스토옙스키가 런던을 방문했을 당시 수정궁의 명성은 이미 절정을 지나 있었다. 1853년 발발한 크림 전쟁은 만국 박람회에서 인류의 공동선과 평화를 읽어 내려 했던 사람들의 성급함에 찬물을 끼얹었다. 그러나 수정궁의 〈관념〉은 여전히 막강했다.

도스토옙스키는 러시아 최고의 공학 교육 기관인 페테르부르크 공병 학교에서 5년 동안 지리, 물리, 수학, 토목공학, 건축학을 공부한 공학도였다. 그런데 수정궁에 대한 그의 인상은 건축학이나 공학과는 별 관련이 없었다. 최첨단 공법도 신소재도 안중에 없었다. 대신 그는 수정궁과 만국 박람회의 〈관념〉을 해석했고, 그 관념의 미래를 예측했다. 훗날 연구자들이 그를 〈예언자〉라 부르는 또 하나의 이유다.

만국 박람회 개막의 주역인 앨버트 공작은 박람회가 〈전 인류의 화합이라고 하는 위대한 목표〉를 달성할 것이라 장담했다. 그러나 도스토옙스키는 거기서 기이하게 불편한 〈획일화〉를 발견했다. 모든 사람이 똑같은 목소리로 찬양한다는 사실에서 전체주의의 악몽을 미리 읽었다. 〈만국 박람회…… 사실 이 박람회는 놀랄 만하다. 당신들은 전 세계에서 몰려온 이 무수한 사람들을 하나의 무리로 통일한 무서운 힘을 느낄 수 있을 것이다.〉 〈지구 전역에서 단 한 가지 생각을 가지고 온 수십만 수백만 사람들이 거대한 궁전에서 조용히 끈기 있게 입을 다물고 모여 있는 모습〉은 그에게 〈하나가 된 양 떼〉처럼 비춰졌다.

만국 박람회 개막식. 프랑스 화가 외젠 라미의 1851년 작품.

마셜 버먼은 도스토옙스키가 수정궁을 비판한 것은 〈서구의 건설적인 업적에 대한 방어 심리와 질투 때문이었다〉고 지적했다. 설령 그런 면이 조금 있었다 하더라도, 그가 보여 준 것은 개인감정과는 완전히 다른 차원의 예언적 성찰이었다. 도스토옙스키는 그 거대한 장치를 만들어 낸 〈정신의 오만함〉과 그것을 추종하는 무리들의 〈맹목〉에 경악했다. 수정궁은 과거의 신을 밟고 등장한 새로운 신이었다. 그런 위대한 힘에 복종하거나 감화되지 않기 위해서는 〈장구한 세월에 걸친 수많은 저항과 부정의 정신〉이 필요했다.

실제로 만국 박람회 개막식은 종교 예식을 방불케 했다. 성직자들이 도열한 가운데 대규모 합창단은 오르간 반주에 맞춰 산업의 승리를 찬양하는 거룩한 송가를 불렀다. 사람들은 수정궁을 기점으로 〈신 예루살렘〉이 도래할 것으로 예측했다. 기술 덕분에 모든 문제가 해결되고 모든 사람이 하나가 되어 번영과 평화를 누리는 낙원이 곧 실현될 것이라 기대했다.

체르니셉스키는 소설 『무엇을 할 것인가』에서 수정궁의 이미지를 토대로 사회주의 지상 낙원을 구상했다. 〈저런 건물은 어디에도 없어. 아니 저런 비슷한 건물이 하나 있어. 시드넘 언덕에 세워져 있다는 궁전 말이야. 철근과 유리로 지어졌다지.〉 이 대형 건물 안에는 동일한 크기의 편리한 집들이 들어서 있고 남녀노소 거주민들은 모두 적절한 노동과 여가를 즐기며 행복하게 살아간다. 기계가 많은 것을 대신해 주기 때문에 사람들은 아프지도 않고 늙지도 않는다.

도스토옙스키는 『지하로부터의 수기』에서 수정궁을 기술이 권력을 넘어 종교가 되는 미래 사회의 축소판으로 바라본다. 모든 것이 다 들여다보이는 유리, 그 완벽한 투명함과 절대적인 명료함은 모든 문제의 완벽한 해결과 모든 행동의 완전한 예측 가능성, 확고부동한 논리의 승리를 상징한다.

> 인간의 모든 행동은 이런 법칙들에 따라 수학적으로 마치 로그표처럼 10만 8천까지 계산되어 달력에 기입될 것이다. (……) 모든 것들이 대단히 정확하게 계산되고 표시되어 행동도 모험도 더 이상 지구상에 존재하지 않을 것이다. 수학적 정밀함으로 계산된 새로운 경제 관계가 수립될 것이다. 그래서 순식간에 모든 가능한 문제들이 사라지게 될 것이다. 그때는 수정궁이 완성될 것이다.

수정궁의 문제는 무엇인가? 아무런 문제가 없다는 게 문제다. 문제가 없으므로 고통도 없다는 게 문제다. 〈고통은 의혹이며 부정이다.〉 그러므로 수정궁처럼 완벽한 낙원에서는 생각조차 할 수 없는 것이다. 인간의 모든 필요가 충족되고 욕구가 합리적으로 조종되는 사회에서는 의혹도 부정도 불가능하다.

아이러니하게도 부정의 불가능은 인간 자체의 불가능을 의미한다. 인류의 꿈이 최종적으로 실현되고 모든 문제가 해결되고 더 이상의 갈등도 도전도 없어질 때, 인간의 실존도 끝날 것이다. 인간은 결국 〈피아노 건반 중의 하나이며 오르간의 작은 나사못 이상은 아닌〉 어떤 것이 될 것이다.

수정궁 앞에서 도스토옙스키가 경험한 〈무언가 최종적인 것이 성취되어 마무리되었다는 두려운 느낌〉, 어딘지 모르게 〈종말론적인〉 느낌은 여기에서 온 것이다. 도스토옙스키는 격렬하게 난공불락의 최종성과 완결성에 반항한다. 〈내가 아직 살아 있고, 욕망을 가지고 있는 한, 내가 만일 그런 종류의 건축 계획을 위해 벽돌 한 장이라도 운반한다면, 내 팔들이여 차라리 불구가 되라.〉

지난 세기만 해도 도스토옙스키의 수정궁은 체르니솁스키와의 이념 논쟁 측면에서 언급되곤 했다. 그러나 오늘날 그것은 이념 논쟁보다 훨씬 거대한 사유의 세계로 우리를 초대한다. 『지하로부터의 수기』가 출간되고 150년이 흐른 뒤, 이스라엘 역사학자 유발 하라리는 기술 종교*techno-religion*를 성찰하는 『호모 데우스』를 집필했다. 종교를 대신한 기술이 위대한 알고리즘과 유전자를 통해 행복과 번영, 그리고 심지어 영생까지도 약속할 때 이제까지 우리가 알아 온 인간의 존속이 위협받게 된다는 취지를 함축한다. 〈시간이 갈수록 데이터베이스는 커질 것이고 통계는 더 정확해질 것이고 알고리즘은 더 개선될 것이다. 그 시스템이 나보다 나를 더 잘 알기만 하면 그날로 자유주의는 붕괴될 것이다.〉

개인은 점점 〈누구도 이해하지 못하는 거대한 시스템의 작은 칩〉으로, 그런 다음에는 〈데이터〉로 전락할 것이고 결국 〈데이터 급류에 휩쓸려 흩어질 것〉이다. 도스토옙스키의 〈오르간의 작은 나사못〉이 하라리의 〈시스템의 칩〉에 슬그머니 중첩됨을 인정하지 않기란 불가능한 것 같다.

21장 상트페테르부르크: 반역

냄새나는 〈지하실〉은 당신에게도 있다

도스토옙스키는 폐결핵 말기의 부인을 보살피며 틈틈이 쓴 『지하로부터의 수기』를 1864년 『시대』지에 연재했다. 1부는 주인공(제목 때문에 흔히 〈지하 생활자〉라 불린다)이 당대 유행하는 사상을 공박하는 논쟁 형식을, 2부는 1인칭 소설의 형식을 취한다. 잡지 연재 당시나 단행본 출간 후에나 소설은 크게 주목받지 못했다. 논설문과 스토리텔링의 〈콜라보〉 형식도 파격적이었지만, 무엇보다 내용이 너무 어려워 도대체 저자가 무슨 말을 하려는 건지 모르겠다는 반응이 많았다.

그러나 20세기에 들어오면서 수많은 작가와 사상가들, 특히 실존주의 계열의 저자들이 이 소설에 열광했다. 도스토옙스키가 지하 생활자에게 이름을 붙여 주지 않은 것이 아쉬울 따름이다. 그랬더라면 그 이름은 햄릿, 돈키호테, 파우스트처럼 수시로 독자의 입에 오르내렸을 것이다.

도스토옙스키는 부인의 병구완을 하고, 의붓아들을 키우고, 잡지사 운영까지 해야 하는 와중에도 작품의 완성도에 끈질기게 매달렸다. 〈생각보다 쓰는 게 어려워. 하지만 반드시 훌륭하게 써야 해. 나를 위해서 반드시 그래야만 해.〉 그는 이 소설이 〈기이하고 거칠지만 강력하고 솔직한 것〉이며 〈진실이 될 것〉이라고 장담했다.

소설은 시작부터 도발적이다. 〈나는 병든 인간이다. 나는 사악한 인간이다. 사람들은 나를 싫어한다.〉 주인공의 자기소개는 일단 직설적이다. 그는 젊은 시절에는 하급 관리였으나 약간의 유산을 물려받은 덕에 직장을 그만두고 지금은 작은 지하 셋방에 칩거한 채 책만 읽으며 살고 있다. 소설을 조금만 읽어 보아도 그가 얼마나 뒤틀리고 비비꼬인 인간인지 금방 알 수 있다. 소심하고, 지나치게 예민하고, 심술궂고, 쩨쩨하고, 자존심만 강하고, 자존감은 최저 수준이고, 뒤끝 길고, 앞뒤가 안 맞고, 대인 관계는 엉망이다. 시쳇말로 〈비호감〉이다.

그런데 만일 우리 곁의 누군가가 〈나는 건강한 인간이다, 나는 착한 인간이다, 사람들은 모두 나를 좋아한다〉라고 말한다면 어떨까? 누가 더 비호감일까? 왜 선뜻 대답이 안 나올까? 자기가 매력적이고 선량한 인간이라고 철석같이 믿는 사람? 노력하면 누구나 선하고 행복하게 될 수 있다고 주장하는 이론? 끔찍하다. 지하 생활자는 바로 그런 사람, 그런 생각이 판치는 세상에 맞서는 외로운 반역자다. 그래서 독일 연구자 발터 카우프만은 그의 이야기를 〈세계 문학에서 가장 혁명적인 소설〉이라 불렀다.

주인공의 모든 혐오스러운 면면은 우리 대부분이 조금씩은 가지고 있는 성질이다. 이 기질적인 공감대 때문에 우리는 서서히 그의 언변에 휘말려 고개를 끄덕이게 된다. 그러다가 주인공의 지하실이 무질서하고 누추하고 악취 풍기는 본성에 대한 은유라는 생각이 들기 시작하면서, 불현듯 우리 마음속에 있는 지하실에 눈을 돌리게 된다. 그는 우리가 의식 저편으로 팽개쳐 버린 것, 우리 모두가 가지고 있지만 안 가진 척하고 사는 것을 다 드러내 보인다. 지하실 문을 연 것이다.

『지하로부터의 수기』를 구상할 무렵의 도스토옙스키(1863).

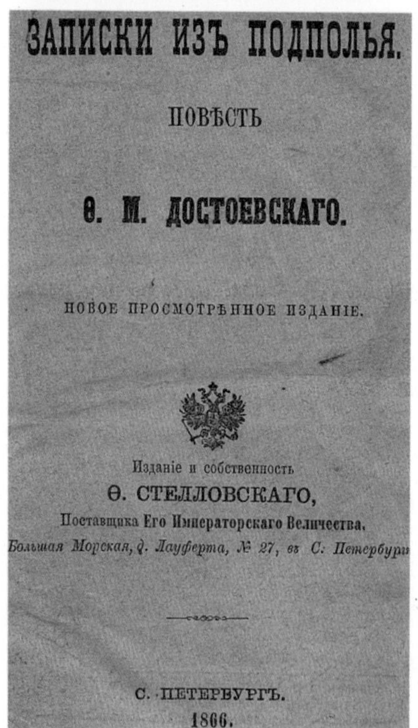

ЗАПИСКИ ИЗЪ ПОДПОЛЬЯ.

ПОВѢСТЬ

Ѳ. М. ДОСТОЕВСКАГО.

НОВОЕ ПРОСМОТРѢННОЕ ИЗДАНІЕ.

Изданіе и собственность
Ѳ. СТЕЛЛОВСКАГО,
Поставщика Его Императорскаго Величества,
Большая Морская, д. Лауферта, № 27, въ С. Петербург

С. ПЕТЕРБУРГЪ.
1866.

1866년 출간된 『지하로부터의 수기』 단행본 표지.

지하실 가장 깊은 곳에 있는 것은 〈마이너스 자존감〉이다. 〈나는 내 얼굴을 싫어했다. 나는 내 얼굴이 소름 끼치게 생겼다고 생각했고 심지어 얼굴에 비굴한 표정 같은 것이 있다고까지 의심했다. 그러한 이유로 나는 직장에 도착할 때마다 아무도 나한테서 노예 같은 표정을 감지할 수 없도록 가능한 한 당당하게 행동하려고 무던히 애를 썼으며 최대한 고상한 표정을 지으려고 노력했다. 나는 못생긴 대신에 고상하고 인상적이며 무엇보다도 대단히 지적인 표정을 지어야 한다고 생각했다.〉

자격지심은 소외로 이어진다. 〈나는 하나고 그들은 전부다.〉 그는 자기만의 방에 들어앉아 세상에 조소를 보낸다. 〈나는 내 모든 동료들을 싫어했다. 그들을 모두 경멸했다.〉

그러나 세상을 향한 경멸은 그들 세계에 소속되고 그들의 인정을 받고 싶은 욕구의 이면일 뿐이다. 그는 멋지고 당당한 아웃사이더가 결코 아니다. 〈그들을 경멸했건, 혹은 나보다 더 높이 평가했건 나는 내가 만났던 모든 이들 앞에서 눈을 내리깔았다.〉

오만과 비굴, 독립과 소속 사이에서 갈팡질팡하는 사이, 그의 자아 이미지는 더욱더 추락한다. 그는 자신이 〈더럽고 냄새나는 지하에서 모욕당하고 얻어맞고 조롱당하는 한 마리 쥐〉에 불과하다는 생각에 분노한다.

그러나 역설적이게도 내면의 지하실을 의식한다는 것 자체가 그를 쥐가 아닌 인간으로 만들어 준다. 그는 당대 합리주의자들의 행복론에 거세게 반발한다. 그들은 〈통계적인 숫자와 법칙들로부터 얻어 낸 평균치에 근거하여 인간의 이익에 관한 전체 목록을 만들었고〉 〈인간이 몇 가지 나쁜 습관을 치료받고 상식과 과학이 인성을 완전히 재교육시켜 올바른 방향으로 바꾸어 놓기만 하면 전 인류의 이익이 보장

될 것〉이라 믿었다. 한마디로 지하실의 카오스를 간과한 것이다.

지하 생활자는 상식적인 〈이익〉의 의미를 전복시킨다. 〈인간의 이익이 절대적인 정확성으로 계산되어 본 적이 있는가? 어느 범주에도 포함되지 않는 것들이 있지 않은가? 왜 이 모든 통계학자들과 현자들과 박애주의자들이 인간의 이익을 나열하면서 한 가지는 생략하는가?〉

자유 의지, 변덕, 멋대로 하고 싶은 욕구야말로 〈지하실〉에 존재하는 최고의 이익이다. 자유 의지는 〈이성, 명예, 평안, 행복에 반대되는, 그러면서도 그것을 얻기 위해 인간이 다른 모든 것을 희생하는 이익〉이다. 〈자유로운 욕구, 마음대로 날뛰는 변덕, 심지어 광기에 달하는 당신의 몽상, 바로 이것이야말로 모든 이들이 간과하고 있는, 어떤 범주에도 속하지 않는 이익 중의 이익이며 이것 때문에 모든 체계들과 이론들은 끊임없이 와해되어 버린다.〉

개인의 자유 의지에 반대되는 모든 것을 지하 생활자는 〈2×2=4〉라 명명한다. 그것은 인간이 도저히 어찌해 볼 수 없는, 변하지 않고 변할 수도 없고 사라지지 않는 영원한 법칙이다. 그것은 누군가에게는 진리를, 또 다른 누군가에게는 운명, 혹은 자연의 법칙을 의미할 수 있다. 생로병사일 수도 있고 생물학적 결정론일 수도 있다. 그것은 철옹성이다. 이 철옹성을 향해 지하 생활자는 인간의 불합리한 욕망을 가지고 돌진한다. 〈모든 게 도표와 수학에 따라 진행되고 오직 2×2=4만이 주위에 있을 때 인간 자신의 의지라는 것은 어디 있는가?〉

인간은 때로 자유 의지가 있음을 증명하기 위해 자신의 이익에 반대되는 일을 저지른다. 오로지 개미들만이 영원히 파괴되지 않는 대사원, 즉 개미집을 가지고 있다. 인간은 자신이 개미가 아니라 인간임을 입증하기 위해 멀쩡한 건물을 허물기도 한다. 자기가 톱니바퀴가 아니라 인간임을 보여 주기 위해 〈환상적인 꿈과 가장 뻔뻔스러운 어리석음을 유지하려 든다. 그에게 2×2=4는 이미 삶이 아니라 죽음의 시작이다.〉

도스토옙스키는 지하 생활자를 통해 무슨 말을 하고자 한 것일까? 〈인간은 자유로운 존재이고 인간에게는 자유 의지가 있으며, 인간은 이 자유 의지에 따라 자신의 인생을 만들어 간다〉 같은 얘기를 하려는 것은 아니다. 〈나는 내 인생의 주인이다, 나는 운명과 싸워 이겼다, 미래는 내가 창조한다〉 같은 얘기를 하고자 하는 것도 아니다.

인생은 인간의 의지대로 풀리지 않는다. 뜻밖의 사고와 파산, 재난과 질병과 천재지변은 인간의 의지와 별 관계가 없다. 자신이 〈자연의 법칙〉으로부터 자유롭다는 것을 입증하려는 지하 생활자의 모든 시도는 실패한다. 그는 아무것도 의지대로 하지 못한다. 〈나는 사악했을 뿐 아니라 그 무엇도 될 수 없었다. 악한 자도, 선한 자도, 비열한 자도, 정직한 자도, 영웅도, 벌레도 될 수 없었다.〉

『지하로부터의 수기』의 의미는 주인공의 반항 그 자체에 있다. 그는 반역을 위해 반역한다. 살아 있음을 확인하기 위해 반역한다. 그의 반역은 비장하고 처절하다.

도스토옙스키는 삶을 그냥 삶과 〈살아 있는 삶〉으로 나누어 보았다. 오로지 스스로를 인간으로 의식하는 인간만이 〈살아 있는 삶〉을 산다. 의식과 고통은 맞물려 있다. 매 순간 의식하며 산다는 것은 고통이다. 그러나 의식을 중단할 때 〈살아 있는 삶〉은 사라지고 인간은 행복한 숫자로 축소된다. 〈나는 인간이 고통을, 즉 파괴와 혼돈을 결코 거부하지 않을 것이라고 확신한다. 왜냐하면 고통은 의식의 유일한 원인이기 때문이다. 의식은 2x2=4보다 〈무한하게 우월하기 때문이다〉.

의식이 없으면 반역도 없다. 그 점에서 지하 생활자의 삶은 〈살아 있는 삶〉이다. 그래서 그는 주인공이고 위대하다. 그래서 도스토옙스키는 그가 〈우리 사회에 존재할 수 있을 뿐만 아니라 반드시 존재해야 하는 인간〉이라고 단언했는지도 모른다. 〈나는 당신들이 감히 절반도 실행할 엄두조차 못낸 것을 극단까지 밀고 나갔다. 당신들은 비겁함을 상식으로 간주했고 거짓으로 스스로를 위로해 왔다. 그래서 당신들에 비하면 내가 더 살아 있다는 결론이 나온다. 자세히 봐라! 결국 오늘날 우리는 정확하게 이 《살아 있는 삶》이 어디에 있는지도 모르고 있고 그것이 어떤 것인지도 모르며 그것을 어떻게 불러야 할지도 모르고 있지 않은가.〉

『지하로부터의 수기』를 읽고 나면 이상하게 눈물이 난다. 니체를 읽으며 눈물을 흘린 적이 있는 독자라면 공감할까. 헤세는 우리가 더 이상 견뎌 낼 수 없는 지경까지 고통받을 때, 삶 전체가 타오르는 상처처럼 느껴질 때, 〈이 무시무시하고 위대한 작가의 음악에 마음을 열게 된다〉고 썼다. 『지하로부터의 수기』는 가장 시끄럽고 신랄한 방식으로 우리에게 위로를 주는 책이 아닌가 싶다.

22장 상트페테르부르크: 더 미친 사랑

열여덟 살 연하의 〈팜파탈〉

도스토옙스키가 〈또〉 미친 사랑에 빠졌다. 이번에는 〈더 미친〉 사랑이다.

1860년대 상트페테르부르크에서는 문학 낭송회가 유행이었다. 유명 작가가 일반인과 대학생들을 대상으로 자기 소설을 낭송하는 모임으로, 요즈음의 〈북 콘서트〉와 비슷했다. 도스토옙스키는 다양한 모임에 등장하여 『죽음의 집의 기록』을 읽었는데, 대학생들 사이에서 인기가 꽤 높았다.

그날도 도스토옙스키의 발표는 성황리에 끝났다. 박수갈채에 도취된 작가에게 늘씬한 키의 아름다운 여성이 다가와 인사를 했다. 폴리나 수슬로바라고 자신을 소개했다. 어깨를 뒤로 젖히고 고개를 꼿꼿이 세운 아가씨는 깊고 푸른 눈으로 작가를 뚫어지게 바라보았다. 얼마 후 작가는 그 여성한테서 〈팬레터〉 이상의 〈진지한〉 편지를 받았다. 외로움에 지쳐 있던 도스토옙스키는 감동했고, 둘은 애인 사이가 되었다.

수슬로바는 셰레메테프 백작 가문 농노의 딸이었다. 영리하고 부지런한 아버지는 농노 해방 전에 이미 자유를 얻어 수도로 이주했다. 가게를 열어 번 돈은 모두 두 딸과 아들의 교육에 쏟아부었다. 두 딸은

폴리나 수슬로바. 유부남 도스토옙스키와 열여덟 살 연하의 아가씨 수슬로바는 극단적인 사랑과 증오 사이를 오갔다.

1928년 출간된 수슬로바의 회고록 『도스토옙스키와 가까웠던 나날들』의 표지.

각기 다른 이유에서 러시아 역사에 이름을 남겼다. 작은딸 나데즈다는 러시아 최초의 여의사로 명성을 날렸다. 큰딸 폴리나는 대문호의 연인이었다는 사실 하나로 그 못지않게 유명해졌다.

마흔한 살 먹은 소설가와 스물세 살 먹은 아가씨의 연애라니 썩 온당해 보이지는 않는다. 나이 차이도 그렇지만 무엇보다도 도스토옙스키는 투병 중의 아내가 있는 유부남이었다. 그런데 전기 작가들은 이들의 사랑을 기술할 때 불륜은 들먹이지 않는다. 가진 것 없고, 생긴 것도 보잘것없고, 간질에 치질까지 앓고 있는 중년 남자가 너무 불쌍해 보여서 그랬던 것 같다. 게다가 아가씨는 보통내기가 아니었다. 나이 지긋한 작가는 열여덟 살이나 연하인 여성에게 완전히 휘어잡힌 채 몇 년 동안이나 질질 끌려다녔다. 그녀는 청혼은 거절하면서도 작가를 놓아주지 않았다. 누가 보더라도 그녀가 우위에서 도스토옙스키를 심리적으로 지배하고 착취하는 관계였다.

두 사람의 관계는 수슬로바의 일기와 메모, 단편, 그리고 도스토옙스키와 주고받은 편지를 모아 후대 연구자들이 출간한 회고록 『도스토옙스키와 가까웠던 나날들』에서 엿볼 수 있다. 남녀 문제란 당사자들 외에는 아무도 뭐라 말할 수 없는 것이지만, 드러난 사실만 가지고 볼 때 그들의 연애는 강렬한 두 개성의 결합과 충돌이라 설명할 수 있을 것 같다. 천재 작가를 사로잡은 수슬로바는 불꽃처럼 활활 타오르는 성격의 소유자였다. 그녀의 일기는 청춘의 반항과 객기, 독선으로 가득 차 있다. 〈나는 말과 행동이 다른 인간을 존경할 수 없다. 그건 범죄다.〉 〈무가치하고 허접한 것과 타협하느니 신께 영혼을 되돌려 주는 게 낫다.〉 둘의 사랑은 광기에 가까운 열정의 폭발에서 질투와 살벌한 상호 비방과 이별, 그리고 더욱 뜨거운 재결합으로 이어지곤 했다.

갈등의 원인은 무엇보다도 두 사람의 성숙도 차이에 있었다. 수슬로바는 젊고 오만하고 무모하고 용감했다. 그녀에게 사랑은 〈전부 아니면 무〉였다. 반면 도스토옙스키는 열정적이긴 했지만 이미 중년 고개를 넘어선, 인생을 어지간히 아는 남자였다. 그는 가난한 집안의 가장이었고 영세 잡지사의 발행인이었다. 그녀에게 완전히 빠져 있었지만 그녀가 원하는 〈전부〉를 줄 수 있는 형편이 아니었다. 그녀는 이혼을 종용했다. 그러나 도스토옙스키는 차마 폐병으로 죽어 가는 부인과 이혼할 수 없었다. 이혼은커녕 외도에 대한 미안한 마음에서 마지막 몇 달은 지극정성으로 부인을 보살폈다. 〈나는 더 이상 그 사람을 사랑할 수 없었어. 그는 이혼할 생각이 없더라고. 나는 사랑하기 때문에 아무것도 따지지 않고 모든 걸 다 주었어. 그 사람도 똑같이 했어야 해. 하지만 그는 그렇게 하지 않았지.〉

수슬로바의 변덕도 관계를 복잡하게 만들었다. 1863년 그들은 파리에서 밀회를 약속했다. 그녀가 먼저 떠나 그를 기다리기로 했다. 그러나 도스토옙스키가 도착해 보니 그녀는 피부색이 거무스름한 스페인계 의대생 살바도르와 뜨거운 관계였다. 도스토옙스키는 절규했다. 〈내 이럴 줄 알았어! 그놈은 잘생겼겠지, 젊겠지, 말도 번지르르하게 잘하겠지! 하지만 너는 결코 나 같은 마음을 가진 사람은 못 찾을 거야!〉 연인을 찾아가 보니 젊은 남자와 열애 중인 상황은 몇 년 전 이미 한 번 겪은 적이 있는지라 도스토옙스키는 곧 마음을 추스르고 침착하게 대처했다.

사태를 관망하기로 한 그의 전략은 주효했다. 얼마 후 살바도르는 사랑에 목숨을 거는 러시아 여자가 무섭고 지긋지긋해서 문자 그대로 줄행랑을 쳤다. 충격을 받은 수슬로바는 며칠 동안 울고불고하다가 결국 도스토옙스키의 너그러운 품으로 돌아갔다. 두 사람은 관계를 회복하고 〈오누이처럼 다정하게〉 유럽을 여행했다. 〈얼마나 관대하고

얼마나 고상한 인간인가! 저 지성! 저 영혼!〉

그러나 그것도 잠시, 그들은 여행하면서 계속해서 싸우다 화해하다를 반복했다. 도스토옙스키는 지쳐 갔다. 〈너는 한 남자를 이토록 오래 괴롭힐 수는 없다는 걸 알게 될 거야. 결국 남자는 널 단념하게 될 거라고.〉

부인이 죽자 도스토옙스키는 합법적인 구혼자의 위치에 올랐다. 그는 하루빨리 재혼해서 가정을 이루고 싶었지만 수슬로바는 초지일관 〈완벽한 사랑〉에 집착했다. 그들은 만나고 싸우고 헤어지고 다시 만났다. 냉각기 동안에 그는 호시탐탐 다른 여성과의 재혼 기회를 노렸다. 그러나 여전히 심리적으로 수슬로바에게 붙들려 있었다. 〈나는 아직도 그녀를 너무나 사랑합니다. 하지만 지금은 그녀를 사랑하지 않았더라면 하고 바랄 뿐입니다.〉

둘의 관계는 1866년에 이르러서야 얼추 종결되었다. 수슬로바는 1880년에 중학교 교사이자 미래의 평론가 바실리 로자노프와 결혼했다. 그녀는 40세, 로자노프는 24세였다. 그들의 결혼 생활은 폭풍 같았다. 6년 후 수슬로바는 로자노프의 외도와 거짓말에 지쳤다며 지인 골돕스키와 야반도주했다.

그들의 결혼 생활이 파탄에 이른 것이 누구 책임인지는 판단하기 어렵다. 그러나 수슬로바는 분명 사악했다. 돌아와 달라고 애원하는 로자노프를 그녀는 조롱했다. 〈너 같은 처지에 놓인 사람이 수천 명이지만 모두가 너처럼 짖어 대진 않아. 사람은 개가 아니잖아.〉 얼마 후 로자노프는 다른 여자와 살림을 차렸으나 수슬로바가 20년 동안이나 이혼을 안 해주는 바람에 사실혼 관계에 머물러야 했다. 다섯 명이나 되는 아이들을 호적에 올릴 수도 없었다. 수슬로바는 고독하게 살다가 1918년 세바스토폴에서 78세로 생을 마감했다.

수슬로바의 남편 로자노프. 로자노프는 도스토옙스키 작품의 열혈 독자로, 후일 평론가가 되어 그에 대한 평론을 썼다.

수슬로바의 동생이며 러시아 최초의 여의사인 나데즈다 수슬로바.

1860년대 상트페테르부르크는 여성 해방 분위기로 들떠 있었다. 1860년에서 1865년 사이에 수도의 여성 인구는 4만 5천 명이나 증가했다. 여성의 사회 참여와 자주독립이 공공연하게 언급됐다. 여성 독자의 증가와 더불어 여성 저술가와 여성 전용 정기 간행물이 문화의 전면에 등장했다. 소설가 흐보신스카야는 전국의 여성들을 향해 외쳤다. 〈일, 지식, 자유, 이것이 인생의 전부입니다!〉

이른바 〈신여성〉들은 머리를 짧게 자르고 시내를 활보했다. 공공장소에서 여봐란 듯이 담배를 피웠고, 페티코트를 거부했고, 신사가 문을 열어 주면 촌스럽다며 손사래를 쳤다. 충분히 교육받고 돈과 의지를 갖춘 여성들이 독립적인 삶의 모범을 보이기 시작했다. 수슬로바의 동생 나데즈다는 당대를 대표하는 신여성으로 20세기까지도 많은 사람들로부터 깊은 존경을 받았다. 도스토옙스키는 훗날 질녀에게 인생 상담을 해주는 편지에서 옛 애인의 동생인 나데즈다를 〈지인〉이라

부르며 현대 여성의 귀감이 되는 인물로 소개했다. 〈며칠 전 신문에서 내 지인인 나데즈다 수슬로바가 취리히 대학에서 의학 박사 학위 시험을 통과하고 논문 방어를 성공리에 마쳤다는 기사를 읽었단다. 아직 무척 젊은 여성인데 말이다. 보기 드문 인물이야. 관대하고 명예롭고 고결하지.〉

반면 폴리나는 존경과는 거리가 먼 길을 걸어갔다. 〈팜파탈〉의 면모에도 30대 이후 그녀의 삶은 그다지 화려하지도 극적이지도 않았다. 흔히 지적되는 그녀의 드세고 지배적이고 불같은 성격은 〈신여성〉의 역할 모델로 이어지지 못했다. 일단 그녀에겐 뚝심이 없었다. 1868년에 교사 자격증을 딴 후 이바노보 마을에 농촌 학교를 열었다. 그러나 곧 싫증이 나서 팽개치고 공부를 더 하겠다며 상트페테르부르크로 왔다. 그러나 공부 역시 지겨워서 오래 계속하지 못했다. 문학적 재능 또한 부족했다. 연애 초기에 도스토옙스키의 잡지에 단편을 기고하기도 했지만, 신통치 않았다. 어떻게 보면 그녀는 결코 〈센 여성〉이 아니었던 것도 같다. 사실 도스토옙스키 인생에서 〈진짜 센 여성〉은 조금 더 있다가 등장한다.

그러나 수슬로바로부터 도스토옙스키가 만들어 낸 문학은 강렬하고 거대했다. 그가 훗날 창조한 강한 여주인공 대부분이 수슬로바를 모델로 했다는 것은 널리 알려진 사실이다. 『도박꾼』의 폴리나에서 『백치』의 나스타샤와 아글라야, 『카라마조프 씨네 형제들』의 카테리나와 그루셴카에 이르는, 오만하고 아름답고 비극적인 여성들은 모두 수슬로바의 후예들이었다. 도스토옙스키는 수슬로바의 이기주의와 자존심과 변덕, 청춘의 열정과 상처와 다듬어지지 않은 용기를 문학으로 변형시켰다. 하지만 그게 다는 아니다. 수슬로바는 다른 이유에서 도스토옙스키의 운명을 바꾸었다. 그 얘기는 다음 장에서 하자.

23장 비스바덴: 중독

그때 돈을 따지 말았어야 했다

도스토옙스키는 1863년 8월 9일 파리로 수슬로바를 만나러 가는 길에 독일 비스바덴 카지노에 들렀다. 비스바덴은 유럽 상류층 사이에서 가장 인기 있는 온천 휴양 도시 중 하나였다. 온천장에 성인병을 치료하러 온 귀족들은 남아도는 시간을 도박장에서 보냈다. 도스토옙스키도 〈잠깐 머리를 식힐 겸〉 룰렛 테이블을 기웃거렸다. 그러다가 단박에 1만 프랑이 넘는 돈을 땄다.

그때 돈을 잃었더라면, 그의 운명은 분명 달라졌을 것이다. 거액의 현찰을 거머쥔 그 순간부터 1871년 4월까지 그는 만 8년 동안을 비스바덴, 바덴바덴, 홈부르크의 도박판을 전전하며 강박적으로 도박에 매달렸다. 모든 것을, 심지어 외투와 아내의 패물까지 전당포에 잡히고 굶기를 밥 먹듯 하면서 인생 역전을 꿈꿨다.

저녁 6시 30분에 프랑크푸르트 공항에 도착, 다시 열차를 타고 비스바덴에 도착해 중앙역 근처 호텔에 여장을 풀었다. 다음 날 쿠어하우스 카지노를 방문해 카운터 직원에게 도스토옙스키 흉상에 대해 물었더니 건물 바깥쪽 공원을 가리킨다. 그러면서 건물 안에는 대문호의 도박을 기념(?)하는 〈도스토옙스키 홀〉이 있다며 직접 안내해 준다. 카지노와 대문호의 결합이 재미있는지 사뭇 히죽거린다. 기념 홀은 평소에는 비워 두고 특별한 행사 때만 사용한단다. 도박장 내부는 천정이 높고 벽면마다 장방형의 거울이 붙어 있어 분위기가 몽환적이다. 아직 시간이 일러서 사람은 많지 않다. 안색이 백지장 같고 배가 많이 나온 몇몇 도박사들이 19세기 소설책에서 빠져나온 유령처럼 무표정하게 룰렛 판을 응시하고 있다.

얼마나 도박을 했으면 유명 카지노에 흉상과 〈기념 홀〉까지 남기게 되었을까. 두 번째 부인의 회고를 들어 보자. 〈그는 창백한 얼굴에 간신히 몸을 가눌 정도로 녹초가 되어 도박장에서 돌아왔다. 그러고는 내게 돈을 달라고 애원했다. 다시 나갔다가 30분 만에 더욱더 낙망한 모습으로 돈을 가지러 돌아왔다. 이런 일은 우리가 가진 돈을 다 잃을 때까지 계속되었다. 룰렛을 하러 갈 돈이 바닥나고 어디서도 돈을 구할 수 없게 되자 표도르 미하일로비치는 비탄에 잠겨 울부짖기 시작했다. 그는 내 앞에 무릎을 꿇고 자신의 비행으로 나를 고통스럽게 한 것을 용서해 달라고 빌었다.〉

그가 도박으로 마지막 한 푼까지 탕진하고 지인들에게 돈을 빌려 달라고 쓴 편지는 너무 많아 셀 수도 없다. 〈내 수중엔 한 푼도 없소. 계속 점심을 못 먹었고, 아침과 저녁을 차로 때우며 지낸 지 벌써 사흘 되었소. 이상한 것은 먹고 싶은 욕구도 없다는 것이오. 매일 3시에 호텔을 떠나 6시에 돌아온다오. 점심을 굶는다는 걸 보이지 않기 위해서요.〉 어떤 편지에는 〈움직이면 배가 고파질까 봐 앉아서 내내 책만 읽고 있다〉는 슬픈 내용도 들어 있다.

도박은 도스토옙스키의 전기 작가와 애독자를 당혹스럽게 한다. 그토록 모진 시련을 다 이겨 낸 사람, 신과 화해한 사람, 자유와 도덕을 외친 바로 그 사람이 억제할 길 없는 도박에 빠졌다는 것은 받아들이

도스토옙스키가 자주 다녔던 비스바덴 쿠어하우스 카지노.

카지노 정원에 있는 도스토옙스키 흉상.

카지노 건물 안의 도스토옙스키 홀.

기 어렵다. 그동안 문학뿐만 아니라 심리학, 정신 분석학, 신경 과학 연구자들이 그가 도박에 빠진 이유, 도박과 그의 문학과의 관계 등을 꼼꼼하게 파헤치면서 여러 가지 흥미로운 의견을 개진했다.

가장 권위 있는 전기 작가 중 한 사람인 조지프 프랭크에 의하면, 19세기 러시아 지식인은 누구나 다 어느 정도 도박꾼이었다. 민중의 스승 톨스토이도, 진보적 지식인 네크라소프도 상습적인 도박꾼이었다. 톨스토이는 백작 가문 출신이라 거액을 잃으면 농노를 팔아 노름빚을 충당했다. 네크라소프는 이상하게 운이 좋아 매번 따기만 해서 도박으로 한 재산 마련했다. 반면 도스토옙스키는 돈도 없고 운도 없었다. 잃은 돈을 만회하려다 보니 도박판을 떠날 수가 없었다.

도박에 빠져드는 데는 여러 가지 복합적인 요인이 작용한다. 대부분의 전문가는 가장 큰 두 가지 요인으로 〈심리적 요인〉과 〈경제적 요인〉을 꼽는다. 도스토옙스키도 비슷한 맥락에서 두 종류의 도박을 이야기한다. 하나는 〈신사의 도박〉이라 불리는 순수하게 오락이자 취미인 도박이고, 다른 하나는 돈을 벌기 위해 하는 〈천박하고 탐욕스러운 도박〉, 요컨대 〈생계형〉 도박이다. 〈이 두 가지는 엄격하게 구별되어 있다. 하지만 그 구별은 본질에 있어 얼마나 비열한 것인가!〉

도스토옙스키가 〈취미형〉 도박과 〈생계형〉 도박의 분류에 분노한 이유는 자신이 〈생계형〉 도박꾼이기 때문이었다. 도박은 가난뱅이 전업 작가가 상상할 수 있는 가장 매혹적인 기사회생의 기회였다. 글쓰기 외에 그가 할 수 있는 유일한 〈아르바이트〉였다. 〈일확천금을 공짜로 벌 수 있다는 것에는 짜릿하고 넋을 빼앗는 무엇인가가 있소. 빚은 물론이고, 나 자신, 그리고 돈이 필요한 다른 사람들을 생각하면 도저히 그냥 지나칠 수가 없소.〉 〈나는 돈을 벌 절호의 기회를 놓칠 수 없었어요. 더 많이 벌어 단번에 빚쟁이한테서 벗어나고 나 자신과 식솔

도스토옙스키가 도박에 빠져 살던 카지노 내부 풍경.
아래는 비스바덴 카지노 홈페이지에 게재된 사진.

들, 즉 에밀리야 표도로브나, 파샤 등등을 한꺼번에 먹여 살릴 수 있다는 유혹을 뿌리칠 수 없었던 거예요.〉

그러나 여러 가지 정황에 미루어 볼 때 그의 심리 깊은 곳에 있는 승부욕과 사행심도 무시할 수 없다. 그는 어렸을 때부터 게임에 이끌렸다. 유산으로 받은 1천 루블(대략 1천7백만 원 정도)을 내기 당구에서 잃어버린 적도 있다. 세미팔라틴스크에서 복무할 때는 군인들이 하는 카드 게임을 넋을 잃고 구경했다. 돈이 없어서 바라만 보았지만 〈괴물 같은 열정〉에 〈끝없이 빨려들어 갔다〉고 회상했다.

모든 중독이 가지고 있는 측면이겠지만, 과도한 스트레스도 강박적인 도박을 유발했을 것이다. 잘살고 싶다는 욕망과 베스트셀러를 쓰지 못하면 소멸할 수밖에 없다는 불안의 하중에 지속적인 빚 독촉과 원고 독촉이 더해지자, 그는 더 이상 견뎌 낼 수가 없어 도박의 늪으로 빠져들어 갔다.

수슬로바를 만나러 가는 길에 도박이 시작되었기 때문에, 도박에 대한 열정은 수슬로바에 대한 열정의 이면이라는 해석도 있다. 사랑에 중독되었듯 도박에 중독되었다는 얘기다.

그러나 결혼 후에도 도박 중독이 지속되었기 때문에 이런 해석에는 한계가 있다. 프랑스 학자 자크 카토는 도박을 창의력의 분출과 연결시켜 보기도 한다. 룰렛과 창작은 부자의 꿈을 공통적인 동기로 갖고 있으며 위험을 무릅쓰는 것에 대한 열정을 공유한다. 룰렛에서 몽땅 날리고 난 뒤 도스토옙스키가 언제나 왕성한 창작욕에 불탔다는 사실이 이를 뒷받침해 준다. 그러나 이 경우 거창한 창작욕보다는 무일푼의 상황에서 어떻게든 살아남으려는 생존 본능으로 보는 게 더 적절한 게 아닐까 하는 생각이 든다.

오늘날의 기준에서 볼 때 그가 도박 중독자였다는 것은 틀림없는 사실인 것 같다. 중독은 초기에 큰돈을 따는 경험에서 시작되는 경우가 많다. 비스바덴 카지노에서 댓바람에 1만 프랑의 돈을 딴 것은 그 자체가 주의를 요하는 사안이었다. 이 놀라운 경험이 뇌리에 남아 있는 바람에 그는 언젠가 또 거액을 쥐게 될 것이라는 망상에서 벗어나지 못했다.

도박의 승률이 실력으로 결정된다는 착각, 스스로를 통제할 수 있다는 착각도 중독자의 공통적인 증상이다. 〈형, 나는 비스바덴에서 배팅 요령을 터득해서 그것을 활용해 한 번에 1만 프랑을 땄어. 그러곤 그다음 날 아침에 흥분하여 이 시스템을 잊어버리고 그 자리에서 돈을 잃었지. 저녁때 다시 이 시스템을 회복하여 추호의 흔들림 없이 게임에 임하여 곧 어려움 없이 다시 3천 프랑을 땄어.〉

그는 이른바 〈시스템〉을 터득하면, 그다음으로 심리적인 평정심만 유지하면 반드시 이기게 된다고 주장한다. 〈나는 결국 이런 것을 터득했소. 만일 극도로 신중해진다면, 즉 대리석처럼 냉철하고 비인간적일 정도로 의연해진다면, 누구나 반드시 의심의 여지없이 얼마든지 돈을 딸 수 있다는 것이오.〉

『도박』의 저자 거다 리스는 잘라 말한다. 〈도스토옙스키의 이러한 태도는 기술을 요하는 게임을 하는 사람들에게는 유용한 조언이 될 수도 있을 것이다. 하지만 그는 이런 전략이 게임 결과에 아무 영향도 끼칠 수 없는 룰렛 게임을 했다.〉 철저하게 우연의 지배를 받는 게임에 〈룰〉을 적용시킨 도스토옙스키는 간단히 말해서 〈도박사의 오류〉를 범하고 있는 셈이다.

결국 두 번째 부인의 지적은 옳았다. 도박 중독은 질병이며 도스토옙스키는 그 병에 걸려 있었다. 〈나는 곧 깨달았다. 그것은 단순히 의지박약의 문제가 아니라 인간을 완전히 집어삼키는 욕망이며 통제 불가능한 어떤 것이어서 아무리 강한 성격의 소유자라 할지라도 그에 맞서 싸울 수는 없다는 것을 말이다. 도박에 빠지는 것은 병으로 보아야 하며 그것을 막을 방법은 없다. 유일한 투쟁 방법은 도망치는 것이다.〉

도스토옙스키가 어떻게 이 질병을 치료했는가는 나중에 기회가 되면 살펴보기로 하자. 그보다 더 중요한 것은 모든 고통과 질병을 문학으로 바꾸는 데 천재적이었던 작가가 이번에도 도박 중독이라는 질병을 문학으로 변형시켰다는 사실이다. 소설의 제목은 『도박꾼』이다. 도스토옙스키의 이른바 〈위대한 장편〉에는 끼지 못하지만, 도박장의 탐욕과 공포를 박진감 있게 파헤친 흥미진진하고 심오한 소설이다. 도박꾼의 광기를 이보다 더 잘 묘사한 소설은 없을 것 같다. 『도박꾼』 얘기는 다음 장에서 하겠다.

24장 비스바덴: 감각의 지옥

도박장에서 인간 본성을 읽다

이번에는 룰렛 도박을 생생하고 자세하게 기술할 예정이에요. 분명 독자의 관심을 끌게 될 거예요. 어쩌면 꽤 괜찮은 소설이 될지도 몰라요.

도스토옙스키가 1863년 『도박꾼』을 구상하며 스트라호프에게 쓴 편지다. 비스바덴 카지노에서 극도의 흥분을 맛본 저자는 벌써부터 그 체험을 소설에 집어넣을 궁리를 하고 있었다. 소설은 몇 년간 그의 머릿속을 떠돌다가 1866년에 완성됐다. 돈, 베팅, 광기, 도전, 열정, 운명의 시험 같은 소재가 워낙 흥미진진하다 보니, 소설은 두고두고 독자와 작곡가와 영화감독과 드라마 제작자들의 관심을 끌었다. 프로코피예프의 오페라 「도박꾼」을 필두로 러시아, 영국, 미국, 독일, 프랑스, 헝가리 등에서 동명의 영화와 미니시리즈와 라디오 드라마가 지속적으로 만들어졌다.

『도박꾼』의 배경은 룰레텐부르크, 라인 강변에 위치하는 가상의 도시다. 알렉세이는 모 장군의 가정 교사로, 장군의 양녀인 폴리나를 죽도록 사랑한다. 하지만 경쟁자인 영국인 사업가 에이슬리와 프랑스인 드 그리외 후작에 비하면 알렉세이는 재산도, 신분도, 초라하기 짝이 없다. 그는 가정 교사라는 〈모욕적인 신분〉에서 벗어나 폴리나의 사랑을 얻기 위해 일확천금을 꿈꾼다.

장군에게는 모스크바에 사는 부자 친척 아주머니가 있다. 노환으로 다 죽어 가는 아주머니의 막대한 재산을 상속받으면 장군은 그동안 드 그리외에게 진 거액의 빚을 다 갚을 수 있다. 게다가 고급 매춘부 블랑슈 양과 결혼도 할 수 있다. 그는 수시로 모스크바에 전보를 쳐가며 아주머니의 사망 소식을 애타게 기다린다. 〈죽었어?〉 〈아직도 안 죽었어?〉

그러던 차에 사망 전보 대신 휠체어를 탄 노마님 자신이 하인들을 거느리고 위풍당당하게 룰레텐부르크에 들이닥친다. 소문과는 달리 원기 왕성한 할머니는 주위 사람들에게 불호령을 내려 가며 룰렛 판으로 돌진, 미친 듯이 베팅한다. 〈이런 할머니가 관 속에 들어가 매장되기를 기다렸다니! 유산을 남기기를 기다렸다니! 우리 모두보다도 오래 버티겠어!〉

할머니는 일고여덟 시간을 꼼짝 않고 룰렛 판에 눌어붙어 있다가 결국 파산한다. 만 하루 만에 가지고 있던 유가 증권을 모두 날리고 영국인에게 돈을 꾸어 귀국한다. 장군은 절망의 구렁텅이로 떨어진다.

알렉세이는 〈폴리나를 위해〉 도박장에 간다. 신들린 사람처럼 베팅을 해서 몇 시간 만에 20만 프랑을 딴다. 전대미문의 사건으로 카지노는 발칵 뒤집히고 알렉세이는 전설의 도박꾼 명부에 이름을 올린다. 금화와 화폐 뭉치를 모자와 주머니에 쑤셔 넣고 호텔방에 돌아온 그는 폴리나에게 5만 프랑을 준다. 날이 밝자 폴리나는 그의 얼굴에 그가 준 돈 5만 프랑을 던지고 사라진다. 거부가 된 알렉세이에게 이제 블랑슈 양이 접근한다. 〈우리 파리로 가서 같이 사는 거야. 나랑 있는 동안 당신은 환한 대낮에도 별을 보게 될 거야. 그렇게 한 달 사는 것

비스바덴 카지노 내부를 묘사한 작자 미상의 목판화.
1871년경 작품으로 추정된다.

세르게이 프로코피예프의 오페라 「도박꾼」(1929)의 공연 장면.
도스토옙스키의 『도박꾼』을 무대로 옮겼다.

이 당신 인생 전부보다 더 멋지다는 걸 모르겠어?〉 알렉세이는 블랑슈 양과 파리에 가서 3주 만에 전 재산을 탕진하고 구제불능의 도박꾼으로 전락한다.

스트라호프에게 쓴 편지를 조금 더 읽어 보자. 〈내 소설은 특별한 지옥, 감옥 목욕탕과 같은 그런 특별한 지옥을 묘사할 겁니다.〉

〈감옥 목욕탕〉은 『죽음의 집의 기록』에 나오는 한 장면이다. 〈앞을 가리는 증기, 그을음, 지옥 불 같은 열기, 바닥을 질질 끄는 백 개의 쇠사슬 소리, 욕설, 드잡이, 더러운 물, 뒤엉켜 어른거리는 벌거숭이 팔다리와 빡빡 깎은 머리, 비명과 고함 소리〉로 가득 찬 죄수들의 공용 욕장은 지옥이었다. 도박에 관한 소설을 구상하면서 죄수들로 바글거리는 목욕탕을 떠올렸다는 것은 그의 창작 의도를 분명하게 보여 준다.

도스토옙스키의 도박판은 무엇보다도 자본주의 시장의 축소판처럼 보인다. 룰레텐부르크는 어디에도 존재하지 않는 가상의 도시이지만 동시에 모든 곳에 존재하는 시장이다. 이곳에서는 누구나 언제나 계산하고, 베팅하고, 사고 판다. 본질적인 것도 없고 절대적인 것도 없다. 기차역 근처의 이 도시에서는 날마다 사람들이 도착하고 사람들이 떠나간다. 모든 것이 유동적이다. 사람들의 재산도, 신분도, 관계도, 심지어 이름까지도 수시로 변한다. 영국인, 프랑스인, 러시아인, 독일인이 영어, 프랑스어, 러시아어, 독일어로 말한다. 화폐 역시 굴덴, 프랑, 루블 등 온갖 단위가 다 사용된다. 하지만 아무런 불편도 없다. 오직 한 가지, 돈의 소통만 확실하면 된다. 다른 종류의 소통은 불가능하고 불필요하다.

이곳에서 도덕적 잣대는 무의미하다. 〈도박이 다른 돈벌이 수단들보다, 예를 들어 장사보다 더 나쁘다는 것은 도대체 어떤 이유에서인

헝가리 카로이 머크 감독의
1997년 영화 「도박꾼」 포스터.

가? 보다 빨리, 그리고 보다 많은 돈을 따려는 바람이 결코 추악하다고 보지 않는다. 내기로 돈을 따서 이익을 남기는 것에 관해 말하자면, 사람들은 룰렛 판이 아니더라도 곳곳에서 그런 식으로 돈을 벌고 있다. 다시 말하면 서로가 서로에게서 무언가를 빼앗고 따내고 하는 셈이다.〉

〈돈이면 다〉라는 생각이 가장 단순하고 무지하고 뻔뻔스럽게 드러나는 곳이기에 알렉세이는 오히려 거기서 편안함을 느낀다. 〈내 스스로가 돈을 따려는 소망에 사로잡혀 있었던 탓인지 몰라도, 도박장으로 들어섰을 때 내게는 그 모든 탐욕과 탐욕의 모든 추악함이 왠지 더 편하고 친근하게 느껴졌다. 서로가 격식을 차리지 않고 흉금을 털어놓고 솔직하게 대할 때가 가장 기분 좋은 법이다.〉

소설은 자본주의 비판에서 인간 본성 분석으로 이어진다. 〈저는 돈을 필요로 합니다. 하지만 제가 자본을 위해서 필요한 존재라든가 아니면 자본에 종속되는 존재라고 생각지는 않습니다.〉

사실 그는 다른 것에 종속되어 있다. 처음에 그것은 폴리나에 대한 열정처럼 보인다. 〈나는 당신을 매일매일 점점 더 사랑해요. 그건 거의 불가능한 일이지요.〉 그는 폴리나의 노예를 자처한다. 그녀가 만일 슐랑겐베르크 산봉우리에서 뛰어내리라고 하면 그는 그렇게 할 것이다. 그녀의 명령이라면 살인까지도 저지를 것이다.

그러나 이 철저한 굴종의 이면에 있는 것은 철저한 지배욕이다. 〈돈만 있다면〉 그는 노예가 아닌 다른 사람이 될 수 있다. 그녀가 그를 사랑하는가 아닌가는 문제가 되지 않는다. 일확천금을 거머쥐고 그녀의 마음을 사느냐 마느냐, 궁극적으로는 그녀를 지배하느냐 마느냐, 이것만이 문제다. 그에게 사랑은 노예처럼 굴종하느냐 아니면 상대를 노예처럼 부리느냐, 둘 중의 하나다. 모출스키의 지적처럼 그의 열정은 〈결코 미에 대한 숭배, 인격에 대한 존중이 아니다. 그것은 비이성적이고 악마적이고 파괴적이다. 살인적이며 자멸적인 어두운 고통이다.〉

알렉세이의 본심은 그가 카지노 측이 지불을 감당하지 못할 정도로 돈을 많이 딴 그 순간 드러난다. 〈어제 내가 돈다발을 긁어모으던 그 순간부터 어쩐 일인지 나의 사랑은 뒷전으로 밀려났다.〉 그에게 소중한 것은 폴리나가 아니라, 〈사람들이 나에 관한 이야기를 하고, 내게 감탄하고, 그 일에 대해 찬사를 보내고, 고개를 숙이는 것〉이다. 그래서 그는 도박장에 가면 가슴이 죄어드는 듯한 전율을 느끼고 무더기로 쏟아져 내리는 금화 소리를 듣기만 해도 거의 경련을 일으킬 지경이 된다.

산꼭대기에 서서 아래를 내려다볼 때 느끼는 것과 같은 현기증, 그 아찔한 느낌, 모든 것을 다 거머쥔 느낌, 그 짜릿한 지배의 감각에 그는 중독된다. 여기에 사랑은 없다. 성공, 승리, 권력의 감각에 대한 끝없는 탐닉과 채워지지 않는 갈증만이 있을 뿐이다.

지배를 향한 눈 먼 추구는 책임 회피의 다른 말이다. 〈운명에 반항하고 싶다는 이상한 생각이 내 안에서 솟아올랐다.〉 운명을 시험한다는 것은 멋지게 들릴 수 있다. 그러나 그는 운명을 시험한 게 아니라 무책임하게 자신의 모든 것을 운명에 떠맡겼다. 운명의 수레바퀴에 말려들어 간 채 도전의 환상, 부풀려진 자기 이미지가 주는 쾌락에 끝없이 빨려들어 간 것이다.

권력의 감각만 탐닉한 결과 그는 다른 감각은 다 잃어버렸다. 〈당신은 삶도 거부했고 자신과 사회의 이익도 거부했고 시민과 인간으로서 해야 할 의무도 거부했고 친구도 거부했습니다. 돈을 따는 것 말고는 그 어떤 목표도 단념했고 심지어 추억마저 단념했어요.〉

알렉세이가 룰레텐부르크에서 도박을 시작하고 여기저기 떠돌아다니다가 결국 다시 룰레텐부르크로 돌아오는 것은 그 자체가 출구 없는 감옥을 상징한다. 그는 아무 데도 가지 못한다. 룰레텐부르크라는 환영의 공간에서 빙빙 돌고 있을 뿐이다. 이곳에서 그는 평생 동안 인생 역전을 꿈꾸면서 소멸해 갈 것이다. 따고 잃고, 또 따고 또 잃으면서, 오지 않을 어떤 것을 기대하며, 매번 이번이 마지막이라고 자신을 속여 가며, 점점 깊숙이 수렁으로 빠져들어 갈 것이다. 그는 끝까지 도박이 〈유일한 탈출구이자 구원〉이라 믿는다. 그러나 그는 도박을 통해 탈출할 수 없다. 중독은 구원이 아니라 탈출해야 할 감옥이다.

25장 상트페테르부르크: 인생 역전

26일 만에 완성한 소설과 결혼

도스토옙스키가 도박판을 기웃거리며 그토록 꿈꾸던 인생 역전이 드디어 실현됐다. 행운의 여신은 실제로, 그러나 도박판이 아닌 매우 기묘한 다른 경로를 통해 그를 찾아왔다.

1866년 10월 4일 오전 11시 30분, 젊은 속기사 안나 스닛키나는 새로 산 서류 가방을 들고 알론킨 주택 13호의 벨을 눌렀다. 상인과 수공업자들이 주로 사는 허름한 셋집이었다. 잠시 후 나타난 유명 작가는 몹시 창백하고 늙어 보였지만, 대화가 시작되자 금방 활기를 되찾았다. 작가는 앳된 속기사가 영 미덥지 않아 보였던지 시큰둥한 태도로 잡지의 한 대목을 구술했다. 속기사는 무뚝뚝하지만 어딘지 따뜻하고 진솔한 작가가 마음에 들었다. 도스토옙스키와 안나의 역사적인 만남은 이렇게 소소하게 시작됐다.

두 사람은 다음 날부터 매일 정오에 만나 오후 4시까지 작업했다. 작가가 줄담배를 피워 가며 머릿속의 내용을 구술하면 속기사가 속기로 받아 적고 집에 돌아가 인쇄 전지에 정서해 다음 날 가져오는 식이었다. 쉬는 시간이면 작가는 속기사에게 자신의 인생 스토리를 들려주었다.

도스토옙스키가 속기사와 작업을 하게 된 데는 피치 못할 사정이 있다. 이야기는 1년 전으로 거슬러 올라간다. 1865년에 도스토옙스키는 형한테 물려받은 빚 중 3천 루블을 당장 갚아야만 할 처지에 놓여 있었다. 채권자들은 그를 감옥에 처넣겠다고 협박했다.

하는 수 없이 야비하기로 이름 높은 출판업자 스텔롭스키와 계약을 맺었다. 1866년 11월 1일까지 새 장편소설 원고를 출판사에 넘기면 출판사는 작가에게 3천 루블을 지불하고 그동안 발표한 작품들을 모아 전집으로 출간해 준다는 내용이었다. 계약 불이행시 향후 9년간 작가가 쓰는 모든 것의 판권을 인세 지불 없이 출판사가 소유한다는 조항이 붙어 있었다.

도스토옙스키는 선불로 받은 3천 루블 대부분을 빚 갚는 데 쓰고, 조금 남은 돈은 비스바덴 도박장에서 다 날려 버렸다. 해가 바뀌고 마감 날짜는 다가오는데, 그사이 연재가 시작된 『죄와 벌』에 완전히 얽매여서 계약한 소설은 구상만 했을 뿐, 한 줄도 쓰지 못했다. 달력은 이미 10월로 넘어갔다.

친구의 절망적 상황에 경악한 밀류코프가 마음씨 착한 문우들을 소집했다. 밀류코프 자신과 마이코프, 그리고 돌고모스티예프가 한 챕터씩 쓰면 도스토옙스키가 문장을 다듬고 수정 보완한다는 심산이었다. 그러나 이 실용적인 계획은 도스토옙스키의 단호한 거절로 무산됐다. 〈절대로 다른 사람이 쓴 글에 내 이름을 올릴 수는 없어!〉

속이 탄 밀류코프는 지푸라기라도 잡는 심정으로 속기사 고용을 제안했다. 유명한 올힌 교수의 수제자 안나 스닛키나 양이 중차대한 작전의 주역으로 발탁되어 즉시 작가의 집을 방문했다. 처음에는 이런 식의 작업 방식에 반신반의했던 도스토옙스키도 인쇄 전지가 쌓여 가자 차츰 자신감을 찾아갔다. 10월 29일에 그들은 마지막 구술 작업을

속기사 안나가 방문할 당시
도스토옙스키가 살던 셋집.

했다. 장편소설 한 권이 26일 만에 완성됐다. 집필 과정이 얼마나 드라마틱했던지 「도스토옙스키 인생의 26일」이란 제목의 영화까지 만들어졌다.

하지만 사악한 계약서는 끝까지 작가의 속을 태웠다. 작가는 마감날인 11월 1일 최종 원고를 가지고 출판사를 찾아갔다. 그러나 사장은 〈출장 중〉이어서 만날 수가 없었고, 직원은 〈사장에게 지시받은 일이 없다〉며 원고 접수를 거부했다. 뛰다시피 지구 경찰서를 찾아갔더니 서류 담당자는 외근 중이었다. 도스토옙스키는 식은땀을 줄줄 흘리며 밤 10시까지 대기실에서 기다렸다. 마침내 담당자가 오고 원고는 계약 만료 두 시간 전에 공식적으로 접수됐다.

이렇게 작가의 피를 말려 가며 빛을 본 소설이 바로 『도박꾼』이다. 생생한 현장 체험이 없었더라면 불가능했을 소설이다. 문학사상 가장 졸속으로 쓰인 장편이라지만, 완성도는 그다지 떨어지지 않는다. 『도박꾼』 얘기는 지난 장에서 했다.

독자도 이쯤 해서 예상했겠지만, 속기사 스토리의 핵심은 계약 이행이 아니다. 바로 도스토옙스키와 속기사의 결혼이다! 도스토옙스키는 원고를 넘기고 1주일 후 안나에게 청혼했고, 안나는 기다렸다는 듯 이를 승낙했다. 이듬해 2월 15일, 46세 소설가와 21세 속기사는 시내 트로이츠키 성당에서 조촐하면서도 성대한 결혼식을 올렸다.

이 결혼은 도스토옙스키 인생에서 일어난 가장 행복한 사건이었다. 아니, 조금 과장을 보탠다면 인류 역사상 가장 행복한 결혼 중 하나였다. 그들은 부부이자 연인이자 친구였고, 고단한 인생 전투의 투쟁 동지였다. 빈곤도 질병도 중독도 그 밖의 온갖 시련도, 그들은 함께 이겨냈다.

도스토옙스키는 원래 가정 지상주의자(!)였다. 그의 이상은 언제나

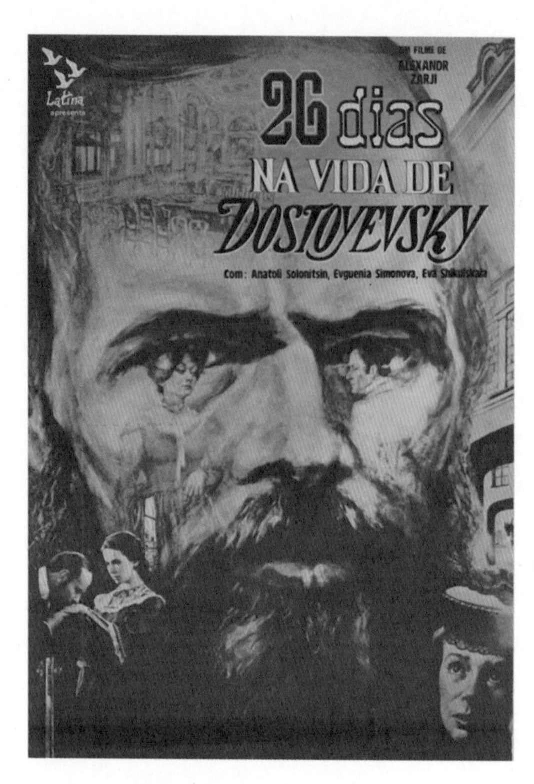

구 소련 영화감독 알렉산드르 자르히의 영화 「도스토옙스키 인생의 26일」(1980) 포스터. 도스토옙스키가 속기사 안나 스닛키나의 도움으로 26일 만에 소설 『도박꾼』을 완성하고 결혼에 이르는 과정을 담은 영화로 1981년 베를린 국제 영화제에서 은곰상을 수상했다.

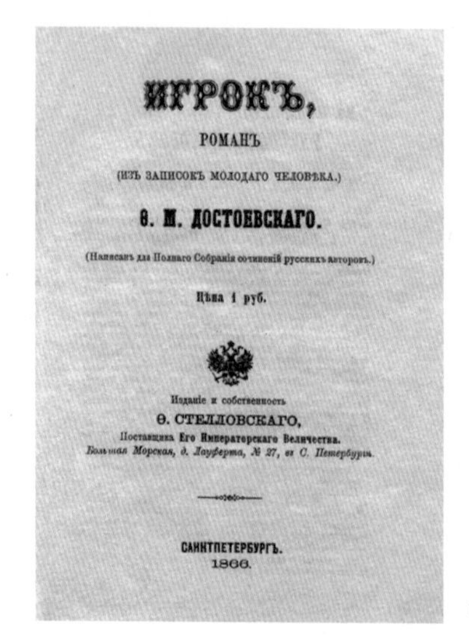

ИГРОКЪ,

РОМАНЪ

(ИЗЪ ЗАПИСОКЪ МОЛОДАГО ЧЕЛОВѢКА.)

Ѳ. М. ДОСТОЕВСКАГО.

(Написанъ для Полнаго Собранія сочиненій русскихъ авторовъ.)

Цѣна 1 руб.

Изданіе и собственность

Ѳ. СТЕЛЛОВСКАГО,

Поставщика Его Императорскаго Величества.

Большая Морская, д. Лауферта, № 27, въ С. Петербургѣ.

САНКТПЕТЕРБУРГЪ.

1866.

1866년 스텔롭스키 출판사에서 출간된 『도박꾼』 초판 표지.

결혼해서 가정을 이루고 아내와 함께 아이들을 키우며 오순도순 사는 소박한 삶이었다. 안나와의 결혼은 그가 갈망했던 〈인생 최대의 행복이자 유일한 행복〉을 실현시켜 주었다. 그는 상대적으로 안정된 환경에서 〈위대한 장편의 시대〉로 들어갔다. 세상을 떠나기 얼마 전에는 빚을 다 청산하고 심지어 시골에 조그마한 전원주택도 한 채 장만했다. 도박 중독은 4년 후 완치되었고 간질 발작도 말년에는 거의 일어나지 않았다.

도스토옙스키가 세상을 하직하자 부인은 37년의 여생을 오로지 남편의 문학을 기리는 일에 투신했다. 그녀가 남편 생전에 속기로 써두었던 메모를 정리하여 펴낸 회고록 『회상』(우리말 번역본 『도스또예프스끼와 함께한 나날들』)은 도스토옙스키의 사생활에 대한 가장 소중한 자료다.

안나 스닛키나는 화목한 중산층 가정에서 태어난 평범한 아가씨였다. 아버지를 비롯한 온 가족이 도스토옙스키의 애독자라는 것 외에 그녀가 대문호의 부인이 될 징후는 조금도 없어 보였다. 그런데도 천재 작가는 그녀를 언제나 〈나의 천사, 나의 유일한 행복이자 기쁨〉이라고 불렀다. 〈나의 모든 미래이자 희망과 신념, 그리고 행복과 축복, 그 모든 것〉이라 불렀다.

부인 또한 남편을 〈세상에서 가장 좋은 사람, 내 생의 행복과 기쁨과 자랑이 되었던 사람, 나의 태양이요 나의 신인 그런 사람〉이라고 불렀다. 〈14년간의 결혼 생활 내내 우리 두 사람은 지상에서 가능한 최고의 행복을 누리며 살았다.〉 시쳇말로 〈닭살 부부〉다.

무엇을 어떻게 하면 이런 관계가 가능할까. 안나 자신도 의아해했다. 〈나는 특출한 미인도 아닌 데다가 천부적인 재능도 없고 지적 수준도 특별하지 않았다. 그런데 너무나 지적이고 천재적인 사람으로부

도스토옙스키의 두 번째 부인
안나 스닛키나. 그녀와의 결혼은
도스토옙스키의 인생에서 일어난
가장 행복한 사건이었다.

도스토옙스키와 안나가
결혼식을 올린 트로이츠키 성당.

터 깊은 존경과 거의 숭배에 가까운 대접을 받았다.〉

결혼의 행복과 불행은 부부 모두의 책임이다. 그러나 도스토옙스키의 경우, 연구자 거의 전원이 부인 안나에게 공로를 돌린다. 안나는 도스토옙스키 인생에서 가장 〈센 여성〉이었다. 나이도 성별도 교육도 다 초월하는 타고난 어떤 우직함으로, 그녀는 자기보다 나이가 25살이나 많은 천재 작가의 인생을 단박에 〈평정〉했다. 그녀는 그의 마지막 사랑이자 궁극의 사랑이었다. 어디서 그런 힘이 나왔는지 모르겠지만, 안나는 웬만한 일에는 끄떡도 하지 않았다. 삶에서 일어나는 온갖 변화와 불행을 꿋꿋하게 견뎌 냈다. 대문호는 이 착하고 강인한 여성에게 언제나 〈충성〉을 다짐하며 행복하게 살다가 죽었다.

안나 부인은 자신이 지적으로 많이 뒤처진다며 겸손해했지만, 다른 의미에서 대단히 현명했다. 섣불리 남편의 영역에 밀치고 들어가지 않는 게 답이라는 것을 알 만큼 현명했다. 그녀는 남편의 천재성과는 다른 자기만의 영역, 자기만의 장점을 일관되게 유지했다. 〈인간 정신의 심오한 문제들에 관해 혼자서 오랫동안 생각하곤 했던 표도르 미하일로비치는 내가 자신의 정신세계에 개입하지 않는 점을 높이 샀다. 그래서 가끔씩 내게 《당신은 여자들 중에서 나를 이해한 유일한 사람이야!》라는 말을 하곤 했다.〉

두 사람은 이를테면 〈벽〉을 가운데 두고 함께 살았다. 다른 커플에게 벽은 불통의 상징이었을 것이다. 그러나 아이러니하게도 바로 그 벽이 두 사람에게는 한 차원 높은 소통이었다. 〈나는 언제나 그 벽에 기댈 수 있다고, 아니 더 정확하게 의지할 수 있다고 느꼈다. 그리고 그 벽은 나를 무너뜨리는 것이 아니라 나를 살아나게 했다.〉 이는 〈부부 일심동체〉를 외치면서도 평생 싸움만 했던 톨스토이 부부와 비교된다.

안나 부인의 연민도 행복한 결혼의 원동력이었다. 도스토옙스키는 직관적으로 부인의 본성을 꿰뚫어 보았다. 〈안나는 따뜻한 마음을 갖고 있고 사람을 사랑할 줄 알고 있소.〉 부인은 그와 구술 작업을 할 때부터 〈지적이고 선량하지만 모든 이에게 버림받은 것 같은 불행한 사람〉에게 〈깊은 연민과 동정의 감정〉을 느꼈다.

한 가지 에피소드만 예로 들어 보자. 결혼식을 치른 후 도스토옙스키는 첫 번째 결혼 때처럼 심한 간질 발작을 일으켰다. 이번에는 하루에 두 번이나 그랬다. 너무 흥분한 데다 분위기에 휩쓸려 샴페인을 몇 잔 거푸 마신 것이 원인이었다. 안나 부인의 태도는 놀라웠다. 〈난생처음 간질 발작을 보았음에도 하나도 무섭지 않았다.〉 나이 어린 신부는 비명을 지르며 도망가는 대신 쓰러져 입에 거품을 물고 경련을 일으키는 늙은 남편을 끌어안았다. 더 말이 필요 없을 것이다.

도스토옙스키의 소설에 나오는 여성은 대개 첫 부인 마리야 아니면 수슬로바를 모델로 한다. 그러나 안나 부인을 모델로 하는 여성 주인공은 없다. 상관없다. 그녀는 〈도스토옙스키의 삶〉, 그 가장 극적인 드라마 속 여주인공이었으니까.

26장 모스크바: 범죄 소설의 태동

『죄와 벌』로 살인 사건을 예언하다

1866년 1월 12일 모스크바에서 대학 휴학생 다닐로프가 고리대금업자 포포프와 그의 하인을 잔혹하게 칼로 찔러 살해하고 금품을 강탈하는 사건이 일어났다. 러시아 주요 일간지는 이 사건을 대서특필했고, 이듬해 2월 다닐로프의 형이 확정될 때까지 심리 과정을 상세하게 보도했다.

다닐로프 사건의 최대 수혜자는 도스토옙스키였다. 그는 1866년 1월부터 『러시아 통보』지에 『죄와 벌』을 연재하기 시작했다. 가난한 휴학생이 전당포 노파와 그녀의 여동생을 살해하고 금품을 강탈한다는 내용을 축으로 하는 소설이었다. 도스토옙스키는 다닐로프가 범죄를 저지르기 전에 소설을 써서 원고를 넘겼고, 다닐로프는 잡지에 게재된 1회분 소설을 읽지 않은 상태에서 범죄를 저질렀다. 놀라운 우연의 일치였다.

독자의 호기심과 관심은 폭발적이었다. 갑자기 도스토옙스키는 살인을 예고한 선지적 작가가 되었다. 이때부터 『죄와 벌』은 『러시아 통보』의 간판스타가 되었다. 사건 이후 단박에 구독자 수가 5백 명이나 증가했다. 독자들은 다닐로프 사건의 추이를 지켜보면서 『죄와 벌』을

1866년 4월 4일 러시아 황제 암살을 시도한
모스크바대 휴학생 카라코조프의 얼굴.
화가 일리야 레핀이 1866년에 그린 작품이다.

읽었다. 다닐로프 사건과 『죄와 벌』은 내용이 많이 달랐지만 이미 그런 것은 문제가 안 되었다. 연재소설의 장점이 이때만큼 부각된 적도 없다. 독자는 매회 실리는 소설을 이른바 〈트루 크라임〉처럼 받아들였고 현실과 소설이 앞서거니 뒤서거니 서로를 반영하는 기현상이 일어났다.

시대의 흐름에 올라탄 작가에게 운명의 여신은 계속해서 미소를 보냈다. 『죄와 벌』이 연재 중이던 1866년 4월 4일, 모스크바 대학을 중퇴한 카라코조프가 여름 정원 입구에서 황제를 향해 피스톨을 쏘았다. 총알은 빗나갔고 카라코조프는 현장에서 체포되었다. 대학 휴학생이 시도한 황제 암살 사건으로 러시아는 발칵 뒤집혔다. 도스토옙스키가 연재하는 소설에 대한 관심이 더욱 증폭되었다. 독자들은 카라코조프와 소설의 주인공 라스콜니코프 모두 휴학생에다 급진적 사상을 가졌다는 사실에 흥분했다. 카페와 살롱과 대학 강의실에서 사람들은 『죄와 벌』 얘기로 꽃을 피웠다. 훗날 스트라호프는 당시를 이렇게 기억한다. 〈1866년 한 해 동안 독자들은 오로지 하나, 『죄와 벌』만 읽었다.〉

이 소설로 마침내 도스토옙스키는 최고 자리에 올랐다. 모든 걸작이 다 그렇겠지만 『죄와 벌』은 오랜 시간 우여곡절을 거치며 숙성된 후에야 탄생할 수 있었다. 소설의 구상은 유형지 시절로 거슬러 올라간다. 그때, 그 고독한 시간에 그는 〈어느 범죄자의 고백〉에 관한 글을 쓰기로 작정했다. 〈형, 기억나? 내게 앞으로 살아갈 날들이 많이 남았다면, 형기를 마친 후 쓰고 싶다고 했던 소설 말이야, 내 가슴과 영혼을 모두 이 소설에 쏟아부을 거야. 고뇌 속에서, 나 자신이 둘로 갈라지는 것 같은 고통스러운 순간에, 나무 판때기에 누워 형기를 채우며, 그 소설을 생각했어. 그 소설은 결정적으로 내 명성을 높여 줄 거야.〉 아직 형이 살아 있을 때인 1859년에 쓴 편지다.

그는 사실 〈결정적으로 명성을 높여 줄〉 소설을 반드시 써야만 했다. 『죽음의 집의 기록』이 훌륭하긴 했지만, 언제까지 유형지 회고담을 우려먹으며 살 수는 없었다. 『상처받은 사람들』은 평이 좋았지만, 너무 통속적이어서 걸작으로 남을 가능성은 별로 없었다. 『지하로부터의 수기』는 대단한 작품이었지만, 너무 시대를 앞서가는 바람에 독자들이 어려워했다. 그러니 이제는 정말 무언가 결정적인 한 방, 〈홈런〉이 나와야 했다. 그의 나이 벌써 45세였다.

집필을 시작한 것은 1865년 비스바덴에서였다. 비스바덴 도박장을 문턱이 닳도록 들락거리면서도 그는 꽤 많은 분량을 썼다. 1865년 9월 28일 캇코프에게 보낸 편지에서는 상당한 자신감을 내보였다. 〈지금 쓰고 있는 것은 이제까지 쓴 어떤 작품보다 훌륭할 것입니다. 마무리 지을 시간만 충분하다면요.〉

모스크바 정도 850주년을 기념하는 행사의 일환으로
1997년에 러시아 국립 도서관 앞에 세워진 도스토옙스키 동상.
조각가 알렉산드르 루카비시니코프의 작품이다.

그러나 범죄자 자신의 1인칭 고백 형식은 문제가 많았다. 무엇보다도 범죄 소설의 핵심인 서스펜스가 희석되었다. 그에게 독자의 흥미를 유지시킬 서스펜스는 생명과 같았다. 11월에 그는 절반 가까이 쓴 원고를 소각하고 완전히 새로 쓰기 시작했다.

도스토옙스키는 졸속으로 쓰는 데 이골이 난 작가로 알려져 있다. 돈 때문에 서둘러 쓰다 보니 제대로 원고를 다듬을 시간이 없었다. 부인의 회고처럼 〈그는 기한 내에 원고를 보낼 수 있도록 최소한의 선에서 필사본을 검토했다. 그래야만 고료를 조금이라도 빨리 받을 수 있었으니까.〉 도스토옙스키 자신도 종종 자기는 〈언제나 서둘러 써야 했다〉며 충분한 시간을 가지고 원고를 다듬을 수 있는 다른 작가들이 부럽다고 구시렁거렸다.

그러나 『죄와 벌』 원고 소각은 다른 얘기를 한다. 그는 스스로의 글에 최고의 잣대를 들이댔고 조금이라도 미흡하면 가차 없이 파기했다. 서둘러 쓰긴 했지만 절대로 타협할 수 없는 다른 기준은 엄격하게 고수했다. 그래서 일부 연구자는 도스토옙스키의 졸속 집필 스토리를 소심한 작가의 〈발뺌 전략〉이라 보기도 한다. 독자와 평론가의 평가에 극도로 예민했던 그에게 〈서둘러 쓸 수밖에 없었다〉는 것은 언제나 편리한 도피구였다는 얘기다.

다닐로프 사건으로 촉발된 독자의 호응 덕분에 도스토옙스키는 다시 희망으로 불탔다. 〈이번 소설은 대단한 평가를 받고 있어요. 작가로서의 명성이 급상승했어요.〉 그러나 호평을 유지해야 한다는 중압감 역시 만만치 않았다. 『죄와 벌』의 연재가 끝나면 당대 최고의 작가가 되느냐 아니냐가 결정될 터였다. 〈내 미래는 전적으로 이 소설의 성공적인 마무리에 달려 있어요.〉

1866년 여름은 유난히 더웠다. 지인들 대부분이 피서를 떠나 텅 빈

류블리노의 오솔길.
1866년 여름
도스토옙스키는 모스크바
인근 류블리노에 있는
여동생의 별장에서 휴가를
함께 보내며 『죄와 벌』을
썼다.

1148호 학교 교정에 세워진
도스토옙스키 흉상.
조각가 예브게니 시시코프의
2007년 작품이다.

페테르부르크에 혼자 남아 있자니 외로웠다. 스트레스는 쌓여 가고 치질은 더 악화되었다. 모스크바로 갔지만 그곳 역시 텅 비긴 마찬가지였다. 사람이 너무 그리운 작가는 인근 류블리노에서 여름 한 철을 보내는 여동생을 방문했다. 여동생 베라 부부의 별장은 여덟이나 되는 아이들과 하인들, 그리고 인근 별장에서 놀러 온 사람들로 늘 북적거리고 활기가 넘쳤다. 도스토옙스키는 근처 셋집에서 두 달 동안 지내면서 소생했다.

도스토옙스키는 느지막하게 일어나 여동생네 별장에 가서 식구들과 함께 점심 식사를 한 후 아이들과 문자 그대로 〈뛰어놀았다〉. 조카와 질녀, 그리고 그들을 방문한 친구들의 회고에 의하면, 그는 마흔다섯이라는 나이가 무색할 정도로 청소년들과 스스럼없이 어울렸다. 온갖 여흥과 장난을 시작하는 것은 으레 도스토옙스키였다. 술래잡기를 비롯한 바깥 놀이를 즐겼고, 아이들과 밤늦도록 산책을 하며 이야기를 나누었다. 마당에 설치한 자그마한 가설무대에서 가족 공연을 하기도 했다. 〈내 남편은 아이들과 이야기할 수 있는 특별한 재능을 지녔다. 그들의 세계로 들어가 그들의 신뢰를 얻을 수 있는 재능을.〉

류블리노의 낮이 힐링의 시간이었다면 밤은 치열한 집필의 시간이었다. 원래 그는 『죄와 벌』을 쓰면서 스텔롭스키와 계약한 소설도 함께 쓸 예정이었다. 안나 코르빈크루콥스카야에게 보낸 편지에서 그는 〈4개월 동안 두 편의 소설을 동시에 쓴다는 전대미문의 계획〉에 대해 떠벌렸다. 한 편은 오전에, 다른 한 편은 오후에 쓸 계획이라고 자랑했다. 〈확신하건대 우리 나라 문인들 중 아무도, 살았거나 죽었거나, 나와 같은 조건에서 글을 쓴 사람은 없을 겁니다. 투르게네프 같은 작가는 그런 생각만으로도 아마 죽어 버릴 겁니다.〉

그 〈전대미문의 계획〉은 실현되지 못했다. 그는 악덕 출판업자와 계약한 다른 한 권, 훗날 『도박꾼』으로 출간될 소설은 단 한 줄도 쓰지 못했다. 그가 『죄와 벌』에 얼마나 깊이 빠져 있었는가를 말해 주는 에피소드가 있다. 여동생은 소설가 오빠가 혼자 셋집에 머무는 동안 간질 발작을 일으킬까 봐 걱정이 되어 하인 한 사람을 딸려 보내 주었다. 하인은 며칠 뒤 무서워서 그 집에 더 이상 못 있겠다며 돌아와 몸서리를 쳤다. 주인 나리가 아무래도 살인을 저지를 것 같다는 게 이유였다. 밤새도록 방 안을 왔다 갔다 하며 큰 소리로 무슨 살인이니, 도끼니 하는 얘기만 떠들어 댄다는 것이었다.

『죄와 벌』의 흔적을 찾아 2017년 10월에 류블리노에 가보았다. 19세기에는 모스크바 근교였지만 현재는 모스크바에 속한 행정 구역이다. 가을의 류블리노는 눈부시게 아름다웠다. 황금빛으로 물들기 시작한 숲도, 거울 같은 호수도, 인적이 끊긴 호젓한 오솔길도, 지금은 박물관이 된 모스크바 귀족 두라소프 장원도 모두 도스토옙스키의 추억을 간직하고 있는 듯하다. 무엇보다도 〈도스토옙스키〉라는 이름이 붙은 〈1148호 학교〉가 인상적이다. 수업 중이라 학교 안은 조용하다. 학교 마당에 세워진 도스토옙스키의 흉상이 곧 교실에서 뛰어나와 조잘거릴 아이들을 기다리는 것 같다.

1860년대 중반부터 러시아 신문에는 〈범죄 연대기〉 섹션이 따로 마련되었다. 그만큼 범죄가 차지하는 지면이 점점 확대되었다는 얘기다. 1866년 10월에는 범죄 기사만 전문적으로 다루는 일간지 『공개 법정』이 창간되었다. 도스토옙스키는 사회 트렌드를 반영하면서 범죄 소설의 새로운 시대를 열었다. 류블리노 레트냐야 거리 8번지의 허름한 목조 건물 앞에는 『죄와 벌』을 집필한 장소임을 명시하는 작은 표지판이 세워져 있다. 그럴 만도 하다. 이 건물 1층에 세 들어 살던 작가 덕분에 세상에서 가장 심오한 범죄 소설이 탄생했으니까.

27장 상트페테르부르크: 죄와 벌, 그리고 정의

라스콜니코프는 정의로웠나?

우선 『죄와 벌』의 내용을 살펴보자. 라스콜니코프는 잘생기고 똑똑한 청년이다. 법대에 다니다가 학비가 없어 얼마 전에 휴학했다. 시골에서 여동생과 함께 연금으로 근근이 살아가는 어머니가 부쳐 주는 쥐꼬리만 한 용돈으로 간신히 끼니를 해결한다. 방세는 몇 달이나 밀려 있다.

그가 거주하는 슬럼 지역에는 조그마한 전당포가 있는데, 인색하기로 악명 높은 노파가 주인이다. 노파는 빈곤에 찌든 서민들이 가져오는 자질구레한 물건에 푼돈을 쥐여 주며 과도한 이자를 매긴다. 원금 상환이 하루만 늦어도 저당물은 처분해 버린다. 평생 이런 식으로 빈민의 고혈을 빨아먹으며 막대한 부를 축적했다. 어찌나 인색한지 하인 쓰는 돈이 아까워서 지적 장애인인 여동생을 노예처럼 부려 먹는다.

젊고 착하고 똑똑한 사람들은 돈이 없어 죽어 가고 있는데, 이렇게 늙고 사악한 인간이 그 많은 돈을 움켜쥐고 있다는 게 말이 되는가? 노파를 죽이고 돈을 빼앗아 불쌍한 사람들을 도와주면 어떨까? 〈어쩌면 수백, 수천 명의 사람들이 올바른 길로 갈 수도 있고 수십 가정들이

소설 『죄와 벌』에서 노파를 살해한 라스콜니코프가
현장에서 노파의 여동생과 마주치는 장면.
화가 니콜라이 카라진이 1893년에 그린 작품이다.

극빈과 분열, 파멸, 타락, 성병 치료원에서 구원받을 수도 있어. 이 모든 일이 노파의 돈으로 이루어질 수도 있단 말이야.〉 딱 한 사람, 그것도 사악하기 그지없는 인간을 제거하고 수백, 수천 명을 살릴 수 있다면 그 살인은 인류를 위해 눈감아주어도 되지 않을까. 당시 대학생들 사이에서 유행하던 사고 실험이다.

〈이 공중에 떠도는 이상하고 불온한 생각〉은 라스콜니코프의 머릿속에서 뛰쳐나와 살인의 실행으로 돌진한다. 너무나도 사랑하는 여동생 두냐가 겪은 수난 때문이다. 어머니가 보낸 편지에 의하면 두냐는 부잣집 가정 교사로 들어갔는데 변태 성욕자인 주인 남자가 스토커 수준으로 추근거리는 바람에 곤욕을 치렀다. 간신히 최악의 상황을 모면한 두냐는 중년 변호사 루진과 약혼한다. 야비하고 인색한 인간이라는 걸 알지만 선택의 여지가 별로 없다. 간신히 입에 풀칠이나 하는 늙은 어머니와 학업을 중단한 오빠를 위해서 그녀는 자신을 희생하기로 결심한다.

책에서 읽은 이론, 무더운 날씨, 영양 부족, 여기에 활활 타오르는 분노가 더해지면서 라스콜니코프는 폭발한다. 두냐의 변태 고용주와 야비한 약혼자에 대한 증오가 전당포 노파에게 투사된다. 그는 하숙집 부엌에서 장작 패는 도끼를 훔쳐 품에 넣고 전당포에 간다. 물건을 잡히러 온 척하며 안으로 들어가 도끼를 마구 휘둘러 노파를 살해한다. 하필이면 이때 노파의 여동생이 들어와 유혈이 낭자한 살인 현장을 목격한다. 지적 장애인이지만 목격자는 어디까지나 목격자다. 라스콜니코프는 비명을 지를 생각조차 못 하고 멍하니 서서 바라보는 백치 여인의 머리를 도끼로 내리친다.

이후 라스콜니코프는 예상치 못했던 감정의 소용돌이에 휘말린다. 노파를 향해 폭발했던 증오가 이상하게도 그 자신을 향해 되돌아온다. 후회와는 다른 기이한 자괴감, 그리고 전 인류로부터 단절되었다는 섬뜩한 느낌에 짓눌려 폐인처럼 된다. 〈끝없는 고독감과 음울한 소외감이 갑자기 뚜렷하게 그의 영혼 속으로 파고들었다.〉 불안의 하중을 견디다 못해 그는 우연히 알게 된 마음씨 착한 매춘부 소냐를 찾아가 모든 것을 털어놓는다. 독실한 그리스도교인인 소냐는 〈종교적 차원에서〉 그에게 자백을 종용한다. 처음부터 라스콜니코프가 범인이라는 심증을 굳히고 있던 예심 판사 포르피리는 〈법적 차원에서〉 자수를 권유한다. 〈자수하세요. 그게 당신에게 유리합니다.〉

라스콜니코프는 살인죄로 형을 선고받고 시베리아 유형지로 이송된다. 소냐는 시베리아까지 그를 따라간다. 〈언제까지나, 그 어느 곳에서도 버리지 않을 거예요.〉 시베리아에서 그는 진심으로 죄를 뉘우치고 새로운 삶에 눈을 뜬다.

1860년대 러시아 사회의 가장 큰 특징 중 하나는 강도, 살인, 사기, 강간 등 강력 범죄의 증가다. 무엇보다도 수도의 팽창이 원인이었다. 페테르부르크 인구는 1850년부터 1890년대 말까지 약 반세기 동안 50만에서 126만 명으로 크게 증가했다. 농노 해방과 함께 도시로 밀려든 유휴 인력 덕분에 뒷골목에는 악취 풍기는 선술집과 매음굴과 싸구려 셋집과 전당포가 빼곡하게 들어찼다. 뒷골목 문화의 팽창과 더불어 범죄도 폭증했다.

도스토옙스키는 당대 독자들에게 잘 알려진 범죄 사건이나 범죄 관련 글을 소설로 들여왔다. 〈죄와 벌〉이라는 제목은 1863년 『시간』지에 실린 포포프의 칼럼 「죄와 벌, 형법의 역사에 관한 소고」에서 차용해 왔다. 라스콜니코프의 살인 또한 실제 살인 사건을 토대로 한다. 1865년 1월 『목소리』지는 가게 점원 치스토프가 노파 두 명을 도끼로 살해하고 금품을 강탈한 사건을 보도했다.

도스토옙스키는 재판 기록도 꼼꼼하게 살폈다. 〈재판 기록은 그 어떤 소설보다도 더 흥미롭다. 예술이 다루고자 하지 않는 인간 영혼의 어두운 측면을 조망해 주기 때문이다.〉

1864년 공포된 사법 개혁은 범죄에 대한 도스토옙스키의 관심에 부채질을 했다. 황제 알렉산드르 2세의 대개혁 과제 중 하나인 사법 개혁은 낙후된 러시아 법 제도를 뜯어고쳐 〈정의와 자비가 지배하는 법정〉을 조성하고 〈모두가 인권을 향유하는 시민 사회〉를 이룩하는 것이 목표였다. 사법권과 행정권의 완전한 분리, 재판 절차 공개, 구두주의, 대심주의가 개혁의 세부 내용이었다.

도스토옙스키는 쌍수를 들어 개혁을 환영했고, 개혁 과정에 비상한 관심을 기울였다. 수시로 법정을 방문하고, 유명한 재판을 참관하고, 열심히 공판 속기록을 읽었다. 체포, 투옥, 신문, 형 집행을 모두 거친 노련한 〈전과자〉로서, 그는 당대 그 어떤 소설가보다 자세하게 범죄와 사법 제도를 소설에 반영시켰다. 라스콜니코프가 법학도이고 여동생의 약혼자가 변호사라는 것은 우연이 아니다.

사법 개혁의 추이에 주목하는 동안 도스토옙스키는 정의의 문제를 성찰했다. 가난한 사람들, 소외당한 사람들, 〈학대받고 모욕받은 사람들〉에 대한 연민에 법과 정의의 차원이 더해졌다. 『죄와 벌』을 시작으로 쏟아져 나온 일련의 대작들에서 그가 제기하는 가장 근원적인 질문 중의 하나는 〈정의란 무엇인가〉이다.

도스토옙스키는 이 질문에 직접적인 답은 제시하지 않는다. 정의라는 단어조차 많이 언급하지 않는다. 그는 정의를 분석하고 논의하는 대신 다각도에서 정의를 〈보여 준다〉. 상식적으로 정의는 의롭고 공정한 것을 의미한다. 공적인 영역에서 정의는 분배와 처벌을 수반한다. 공정하다는 것은 물질적인 나눔을 배제할 수 없으며, 의롭다는 것

도스토옙스키는 소설을 구상하며 주인공과 배경을 스케치하곤 했다. 『죄와 벌』 초고에도 스케치가 여러 장 남아 있다. 작가가 생각한 주인공 라스콜니코프의 얼굴.

상트페테르부르크 도스토옙스키 기념관에서 2016년 1월 15일부터 3월 20일까지 개최된 『죄와 벌』 출간 150주년 기념 특별 전시회.

은 악에 대한 처벌을 간과할 수 없다. 이 모든 나눔과 처벌은 어느 정도 양적인 계산을 피할 수 없다. 라스콜니코프의 살인은 단적인 예다. 〈한 마리의 벌레 같은 전당포 노파를 죽이고 돈을 빼앗아 빈곤에 처한 백 명, 천 명의 사람들에게 나누어 주어 그들을 구해 줄 수 있다면 그 살인은 정당화될 수 있지 않을까.〉

이 한 문장에 도스토옙스키는 분배와 처벌과 계산 모두를 담아냈다. 〈1 대 1백〉(한 마리 대 1백 명)의 계산에 입각해서 악당(벌레 같은 노파)을 처벌하고 재화를 분배한다(돈을 빼앗아 나누어 준다)는 셈법이다. 주인공의 살인에는 여러 가지 동기가 작동하지만, 최소한 정의에 대한 갈증도 그중 하나다. 그렇다면 라스콜니코프의 살인은 정의로운 것인가? 정의를 구현했는가? 이제까지 내가 가르쳐 온 학생들 중 정의가 구현되었다고 대답한 학생은 단 한 명도 없다.

도스토옙스키는 만에 하나 그런 독자가 나올까 봐 그랬던지 이중 살인이라는 복선을 깔아 놓는다. 사악한 노파를 처벌하러 간 라스콜니코프는 노파뿐 아니라 노파의 여동생까지 죽이게 된다. 여동생은 짓밟힌 사람들을 대표한다. 한없이 착하고 가난하고 무기력하고 불쌍하다. 지적 장애를 타고나 언니한테 부림을 당하며 심지어 동네 한량들한테 수시로 성폭행까지 당한다. 바로 그런 사람을 위해서 라스콜니코프는 도끼를 집어 든 것이지만, 살인 과정에서 그 사람까지 죽이고 말았다. 〈타격은 정확하게 두개골에 가해졌다. 도끼날은 금방 윗이마를 지나 거의 정수리까지 그녀의 머리를 쪼개 버렸다.〉 웬만한 호러 무비 뺨치게 잔인한 장면이다. 정의가 무엇인지 딱 부러지게 대답할 수 없는 독자라 할지라도 이것이 정의가 아니라는 데 공감할 것이다.

이중 살인 덕분에 도스토옙스키의 메시지는 분명해진다. 처벌과 분배는 정의 실현의 조건이지만 충분조건은 아니다. 분노는 정의를 촉발시킬 수 있지만 정의 자체는 아니다. 도스토옙스키는 훗날 여기서 한 걸음 더 나아가 정의를 완성시키는 것은 용서와 화해와 사랑이라는 사상을 발전시킨다. 라스콜니코프의 이론은 바로 그것, 용서와 사랑을 결여하기 때문에 정의가 될 수 없는 것이다.

프랑스 철학자 시몬 베유의 지적은 이 점에서 도스토옙스키의 사상을 계승한다. 〈정의에 헌신하는 사람들은 사랑하는 것 외에 다른 선택의 여지가 없다. 개인적으로 아무리 엄청난 대가를 치러야 한다 해도 그렇게 해야 한다.〉

28장 상트페테르부르크: 이 세상에서 가장 〈무거운〉 첫 문장

청년은 〈작은 방〉을 〈나왔다〉

찌는 듯이 무더운 7월 초의 어느 날 해 질 무렵, S 골목의 하숙집에 살고 있는 한 청년이 자신의 작은 방에서 거리로 나와 왠지 망설이는 듯한 모습으로 K 다리를 향해 천천히 발걸음을 옮기고 있었다.

어려운 단어도 없고, 현란한 비유도 없고, 주술의 뒤틀림도 없다. 철저하게 육하원칙을 따르고 있어 작가의 저널리스트적인 면면이 그대로 묻어 나온다. 그러나 각각 다른 차원의 의미가 켜켜이 쌓여 있어 이 문장은 몹시 〈무겁다〉. 이 한 문장으로 소설 전체를 이해할 수 있다는 과감한 주장도 있다.

첫 문장은 우선 픽션과 리얼리티의 경계를 허문다. 당대 러시아 독자들에게 도입부는 현실 그 자체다. 〈찌는 듯이 무더운 7월〉은 특히 1865년 여름을 넘긴 독자에겐 생생한 악몽으로 다가온다. 1865년 7월 18일 자 『상트페테르부르크 뉴스』는 〈열기, 참을 수 없는 무더위! 그늘에서조차 수은주는 24, 25, 26도로 쭉쭉 올라간다! 바람이라고는 한 점도 불지 않는다! 밤 1시, 2시가 되면 거의 숨도 쉬기 어렵다〉고 보도했다. 같은 날짜의 유력 일간지 『목소리』도 〈땡볕 아래 최고 기온

코쿠시킨 다리는 상트페테르부르크 그리보예도프 운하에 놓인 21개
다리 중 하나로, 길이가 20미터도 채 안 되는 짧은 다리다.
라스콜니코프는 이 다리를 건너 노파의 전당포로 간다.

스톨랴르니 골목. 라스콜리니코프는
이 골목의 하숙집에 세 들어 살았다.

은 40도를 기록했다〉며 흥분했다.

S(스톨랴르니) 골목과 K(코쿠시킨) 다리는 현재까지 상트페테르부르크 그리보예도프(당시 이름은 예카테리나) 운하 근처에 남아 있는 지명이다. 도스토옙스키는 소설을 쓸 당시 스톨랴르니 골목 끝자락의 셋집에 살았기에 근방 지리를 샅샅이 알고 있었다.

운하 인근은 수도에서 인구 밀도가 가장 조밀한 악명 높은 슬럼이었다. 시민들은 운하를 아예 〈도랑〉 혹은 〈시궁창〉이라 불렀다. 닥지닥지 붙은 셋집 입주자들이 운하로 흐르는 폰탄카 샛강에 쓰레기와 오물을 마구 투척했고, 신문은 연일 〈폰탄카에서 풍기는 악취〉를 규탄했다. 대기 오염과 식수 부족과 악취는 실업과 함께 수도의 고질적인 병폐였다. 1848년과 1866년 두 차례나 콜레라가 창궐한 것은 당시의 위생 상태가 어땠는지 단적으로 보여 준다.

여기에 알코올 문제도 가세했다. 스톨랴르니 골목에만 약 20개나 되는 술집이 있었다. 〈이 지역에 특히 많은 선술집에서 풍기는 역겨운 냄새와 대낮인데도 끊임없이 쏟아져 나오는 취객들이 거리의 모습을 더욱 혐오스럽고 음울하게 만들었다.〉 한마디로 〈숨 쉬기조차 어려운〉 환경이었다.

현실과 밀착된 시공간 덕분에 주인공 라스콜니코프는 소설의 경계를 뚫고 나온다. 후대의 열혈 연구자들은 스톨랴르니 골목과 스레드냐야 메샨스카야 거리가 만나는 지점의 한 건물을 〈라스콜니코프의 집〉이라 지명했다. 도스토옙스키 〈순례자〉들이 반드시 들렀다 가는 곳이다. 건물 외벽에는 도스토옙스키의 부조가 붙어 있고, 표석에는 〈이 지역 거주민의 비극적인 운명은 도스토옙스키에게 공동선을 향한 열정적인 가르침의 토대를 마련해 주었다〉라는 상당히 거창한 문구가 새겨져 있다. 허구의 인물과 그의 하숙집이 버젓이 역사성을 획득한 것이다.

상트페테르부르크 스톨랴르니 골목에 있는 건물. 〈라스콜니코프의 집〉이라고 새겨진 표석과 저자의 부조가 붙어 있다. 아래는 표석과 부조를 확대한 사진.

연구자들은 전당포 노파의 집도 특정했다. 라스콜니코프는 작은 방에서 나와 코쿠시킨 다리를 건너 〈730걸음〉을 걸어가 노파의 셋집에 도착한다. 〈한쪽 벽면은 시궁창을 향해, 다른 벽면은 거리를 향해 나 있는 아주 거대한 건물〉의 현재 주소는 〈그리보예도프 제방길 104번지〉다. 호기심에서 2015년 어느 더운 여름날 〈라스콜니코프의 집〉에서부터 〈노파의 집〉까지 걸어가 보았다. 1천 걸음 넘게 걸어가도 건물이 안 나오기에 세는 것을 포기했다. 소설과는 달리 평일 오후의 제방길은 햇살만 뜨거울 뿐 한산하고 괴괴했다.

첫 문장의 의미는 이야기가 진행됨에 따라 현실을 훌쩍 뛰어넘는다. 주인공이 하숙집에서 나와 다리를 향해 걸어가는 것은 살인을 위한 사전 답사라는 것이 곧 밝혀진다. 이때부터 그의 움직임은 『죄와 벌』에 저자가 심어 놓은 심오한 철학과 맞물린다. 첫 문장의 제2, 제3의 의미가 서서히, 그러나 집요하게 드러나기 시작한다.

러시아 단어 〈죄*prestuplenie*〉는 〈넘어가다*prestupit'*〉라는 말에서 파생됐다. 넘어서는 안 되는 어떤 선을 넘어가는 게 죄란 뜻이다. 주인공은 문지방을 〈넘어갔고〉, 다리를 〈건너갔다〉. 그의 물리적인 〈넘어감〉은 도덕적인 〈넘어감〉을 예고한다. 그가 도끼로 노파의 정수리를 내리쳤을 때 그는 선을 넘어갔다.

모든 것은 첫 문장의 〈작은 방〉에서 시작된다. 천장이 너무 낮아 고개를 들 수도 없는 라스콜니코프의 〈작은 방〉은 〈벽장〉, 〈새장〉, 심지어 〈관〉에 비유되기까지 한다. 머리 좋고, 고상하고, 어머니와 여동생을 사랑하는 잘생긴 청년에게 이것은 너무나 굴욕적이다. 하숙집 여주인은 물론 하녀까지도 그를 무시한다. 가난에 찌든 작은 방은 수치심과 자괴감과 분노와 모멸감을 그대로 반영하는 심리적인 공간이다. 이 방에서 그는 스스로를 〈한 마리 벌레〉처럼 느낀다. 자신이 벌레가 아니라는 것을 스스로에게 그리고 세상에게 입증해 보이고 존재감을 회복하려면 방에서 〈나가야〉 한다.

당시 대학생들 사이에서 유행하던 나폴레옹 3세의 이론이 그를 문지방 너머로 내몬다. 〈때때로 역사 속에 마치 찬란한 횃불처럼 등장하여 시대의 암흑을 몰아내고 미래를 밝혀 주는 비범한 인간〉들은 〈모든 윤리와 도덕을 초월하며〉 살인을 포함하는 모든 것이 허용된다는 이론이다. 논란의 여지가 많은 하나의 주장, 지식인들이 선술집에 앉아 안주 삼아 입에 올리던 토론 주제였지만 존재감에 눈먼 청년은 곧장 자신에게 이 주장을 적용시킨다. 〈진짜 《거인》, 모든 것이 허용되어 있는 사람은 툴롱을 호령하고 파리에서 대학살극을 벌이고, 이집트에서 군대를 《잃고》, 모스크바로의 진군에서 50만의 사람들을 《희생시키고》, 빌뉴스에서는 그 일을 우스갯소리로 넘겼어.〉 라스콜니코프는 자신이 진짜 거인인지 아닌지를 빨리 시험해 보고 싶다. 그는 도끼를 집어 든다. 〈어서 알고 싶었어. 다른 사람들처럼 내가 《이》인가, 아니면 인간인가를 말이야. 내가 선을 뛰어넘을 수 있는가, 아니면 넘지 못하는가!〉

그는 선을 뛰어넘었지만 존재감은 회복하지 못했다. 잡힐지도 모른다는 불안감과 세상으로부터 〈도려내어진 것과도 같은〉 끔찍한 단절감이 그에게 덮쳐 온다. 〈그는 이제껏 한 번도 이처럼 기이하고도 무서운 감각을 겪어 본 적이 없었다.〉 불안과 공포에 흔들리는 자신이 죽도록 밉다. 자신이 〈나폴레옹〉이 아니어서 경멸스럽다. 자기혐오가 타인에 대한 증오로 복제되면서 그는 증오의 소용돌이에 휘말린다. 〈그것은 마주치는 모든 것, 주변의 모든 것에 대한 끊임없는, 거의 생리적이라고도 할 수 있는 혐오감이었다.〉

존재감에 대한 병적인 갈망, 그로 인한 〈넘어섬〉은 주인공을 증오와 단절의 〈작은 방〉으로 되돌려 놓았다. 〈작은 방〉은 〈마음의 감옥〉이 되었다. 살인에 대한 벌은 이미 시작된 것이다.

다시 살고 싶으면 그는 이 감옥에서 나가야 한다. 그에게 유형지 시베리아는 상징적 차원에서 처벌의 공간이 아니라 해방의 공간이다. 첫 문장의 가장 깊이 숨겨진 의미는 에필로그에서 드러난다. 라스콜니코프의 인생 전체를 놓고 볼 때 그가 〈작은 방〉에서 나온 것은 자유를 향한 첫걸음이었던 것이다.

〈찌는 듯이 무더운〉 날의 상징성도 광활한 시베리아와 연결될 때 비로소 밝혀진다. 숨이 탁탁 막히는 도시는 그 자체가 감옥이다. 나중에 예심 판사 포르피리가 라스콜니코프에게 자수를 종용하며 신선한 공기를 강조하는 것도 그 때문이다. 〈공기를 바꿔야 해요. 신선한 공기로!〉 〈사람에게는 공기가 필요합니다. 공기가, 공기가요. 그 무엇보다도 말이지요!〉

라스콜니코프가 〈작은 방〉을 나와 다리를 건너 외곽의 섬으로 가자 공기 자체가 신선해지는 것은 우연이 아니다. 〈녹음과 신선한 공기는 도시의 먼지와 석회석, 짓누를 듯이 빽빽하게 서 있는 거대한 집들에 익숙해져 있던 그의 피곤한 눈을 상쾌하게 해주었다. 여기에는 그 어떤 후텁지근함도, 악취도 선술집도 없었다.〉

러시아 학자 레오니트 그로스만은 상트페테르부르크가 라스콜니코프 개인 드라마의 분리될 수 없는 일부라고 지적했다. 〈거리와 광장과 골목과 운하가 인물의 생각과 행위 속으로 들어간다.〉

그 반대도 진실이다. 도스토옙스키는 라스콜니코프를 도시로 내보냈다. 인물의 생각과 행위는 도시 역사의 한 부분이 되었다. 『죄와 벌』은 상트페테르부르크를 위한 소설이자 상트페테르부르크의 일부인 소설이다. 첫 문장만 보아도 그렇다.

29장 상트페테르부르크: 형사와 매춘부

형사 콜롬보의 모델이 바로 그였다

「그렇다면……누가……죽인 거지요?」

그는 헐떡이면서, 끝내 참지 못하고 물었다. 포르피리는 예기치 못한 질문에 깜짝 놀란 듯이 의자의 등받이에 몸을 젖혔다.

「뭐라고요? 누가 죽였느냐고요……?」

그는 자신의 귀를 못 믿겠다는 듯이 되받아 물었다.

「〈당신이〉죽인 겁니다, 로디온 로마노비치! 당신이 죽였어요…….」

예심 판사(지금의 형사 반장) 포르피리가 라스콜니코프를 향해 〈범인은 바로 너다〉라고 말하는 이 장면이야말로 〈추리 소설〉 『죄와 벌』의 백미라 할 수 있다. 쌓이고 쌓였던 긴장감이 한꺼번에 폭발하는 순간이다.

서두에 범인의 정체와 그의 범행이 밝혀지고 끝에 가서 형사가 범인을 잡는 것으로 마무리되는 추리 소설을 〈도서(倒敍) 추리 소설〉이라고 한다. 노련한 형사가 지능적인 범인을 〈어떻게 잡는가〉가 스토리의 핵심이다. 대표적인 예가 1970년대 TV에서 선풍적인 인기를 끌었던 「형사 콜롬보」 시리즈다. 시나리오를 쓴 두 작가는 도서 추리의 형식뿐 아니라 주인공 콜롬보의 이미지를 러시아 대문호에게서 빌려왔다. 〈우리는 도스토옙스키의 『죄와 벌』에 나오는 형사를 기억해 냈습니다. 겸손해 보이지만 사실은 무시무시한 인물이죠. 살인범의 허를 찌른다는 게 무언지 아는 인물입니다.〉

포르피리는 〈자그마하고 똥똥하고 아랫배가 볼록 나온 서른다섯 살가량의 남자〉다. 뒤통수가 툭 튀어나온 크고 둥글둥글한 머리통, 짧게 깎은 머리, 누런 안색, 콧수염도 턱수염도 없는 어딘지 〈아낙네를 닮은〉 얼굴에, 작은 눈은 유난히 자주 깜박거린다. 툭하면 자기는 〈인생 다 끝난 사람〉이라며 투덜거린다. 〈의심이 많고 영리하고 사고방식이 독특한 사람〉이라는 게 지인들의 평이다.

처음부터 그는 라스콜니코프가 범인임을 직감한다. 라스콜니코프는 일단 전당포를 찾아간 마지막 인물이며, 전당물 신고를 하지 않은 유일한 인물이다. 범인은 반드시 범죄 현장으로 되돌아온다는 것을 입증이라도 하듯, 살인 사건 이후에 노파의 전당포 건물로 찾아가 이것저것 캐묻기도 했다. 게다가 〈비범한 인물에게는 살인을 포함하는 모든 것이 허용된다〉는 내용의 논문을 잡지에 발표했다. 포르피리는 논문을 읽고 생각에 잠긴다. 〈이 친구는 그냥 넘어갈 사람이 아니군.〉

그런데 이 모든 것은 어디까지나 심증일 뿐이다. 목격자도 없고, 물증도 없다. 더욱 안타깝게도 정신이 불안정한 칠장이가 자신이 살인을 저질렀다고 거짓 자백까지 해버린 터라 라스콜니코프를 잡아넣을 명분은 단 한 가지도 없다. 기대할 수 있는 것은 그의 자백뿐이다. 포르피리의 전략이 빛을 발하는 것은 이때부터다. 〈처음에는 가능한 한 아주 멀리서, 하찮은 일, 혹은 중요하더라도 사건과는 전혀 상관없는 일에서 시작한다.〉 〈범인의 마음을 편하게 해주어 조심성을 흐트러뜨린 다음 갑자기 예기치 못한 방식으로 가장 치명적이고 위험한 질문

미국 TV 드라마 「형사 콜롬보」의 주인공은 『죄와 벌』의 예심 판사 포르피리를 벤치마킹해 형상화한 것이다. 사진에서 오른쪽이 콜롬보 역의 피터 포크.

을 던진다.〉

포르피리는 라스콜니코프와 모두 세 번 대면하는데, 그때마다 〈신문의 정석〉을 충실하게 이행한다. 살인과는 아무 상관 없는 흡연의 해악에 대해 주절거리거나 방 안을 거의 뛰다시피 왔다 갔다 하면서 라스콜니코프의 정신을 쏙 빼놓는다. 〈번번이 지껄이는 말과는 전혀 어울리지 않는 여러 가지 손짓을 한다.〉

〈당신은 고결한 사람입니다〉라고 추켜세우는가 하면 〈진심으로 당신이 잘되었으면 해서 이러는 겁니다〉라고 생색을 내기도 한다. 가족을 들먹이며 용의자의 감상주의 코드를 건드리는 것도 전략의 일부다. 〈당신 가족이 와 있지 않습니까. 가족 생각도 좀 하셔야지요.〉

그러나 그가 〈자유로운 예술〉이라며 떠벌리는 신문의 핵심은 압박이다. 범인을 멋대로 내버려 두고, 붙잡지도 않고, 괴롭히지도 않되, 다만 수사관이 모든 것을 낱낱이 꿰고 있고, 밤낮으로 그를 감시하고 있으며, 잠도 자지 않고 지키고 있다는 것을 알게 한다. 그러면 범인은 결국 기진맥진해서 제 발로 찾아온다는 것이다. 〈심리적으로 내게서 도망을 칠 수 없습니다. 헤헤! 멋진 표현이지요. 그는 도망갈 곳이 있다 하더라도 자연의 법칙상 내게서 도망칠 수 없는 것입니다. 마치 나방이 불 옆을 맴돌듯이 말입니다. 계속 제 주변을 맴돌다가 제 입속으로 날아들 것입니다. 그럼 저는 그를 삼켜 버리면 그만이지요. 헤헤헤!〉

혐오와 공포와 초조감이 극에 달해 터지기 일보 직전인 라스콜니코프에게 그가 내놓는 히든카드는 거래다. 〈저쪽 일은 내가 잘 꾸며 놓을 겁니다. 그러면 당신의 감형은 상상도 하지 못하게 클 거예요.〉 〈당신의 범죄는 일종의 정신 착란 같은 것으로 보일 겁니다. 그리고 정직하게 말하면, 그것은 정신 착란이니까요. 나는 정직한 사람입니다. 내

소설 속에서 라스콜니코프가 살인을 고백하며 땅바닥에 입을
맞춘 센나야 광장. 화가 벤자민 페테르센의 1800년 유화.

오늘날의 센나야 광장 시장.

가 한 약속은 반드시 지킬 겁니다.〉

라스콜니코프는 결국 자수하고 정신 착란을 인정받아 상대적으로 가벼운 형량을 선고받는다. 훌륭한 추리 소설의 요건인 엄정한 〈법의 심판〉에 비추어 보면 무언가 아쉽다. 그러나 『죄와 벌』은 추리 소설을 넘어 궁극적으로 인간의 갱생을 성찰하는 소설이다. 포르피리는 〈라스콜니코프 갱생〉 프로젝트의 딱 절반만 실행한다. 나머지 절반은 매춘부 소냐의 몫이다.

소냐는 알코올 의존증 아버지와 폐병에 걸린 계모, 헐벗고 굶주린 동생들을 먹여 살리기 위해 거리로 나선 아가씨다. 타고난 선함과 깊은 그리스도교 신앙으로 비루한 삶을 견뎌 낸다. 당대 독자들은 하필이면 거리의 여성이 주인공을 구원으로 인도해야 하냐며 당혹스러워했다. 소냐가 라스콜니코프에게 성경을 읽어 주는 장면을 두고 교회는 신성 모독이라며 발끈했다. 도스토옙스키의 천재성을 인정한 편집자도 이 부분만은 끝까지 불만스러워했다.

그러나 도스토옙스키는 물러서지 않았다. 그는 가장 낮은 곳에서, 가장 비천한 삶을 통해 희망을 말하고 싶었다. 일자무식 매춘부는 치밀한 형사의 두뇌 너머 다른 영역에서 죄인의 갱생을 촉구한다. 〈지금 즉시 나가서, 네거리에 서서 먼저 당신이 더럽힌 대지에 절을 하고 입을 맞추세요. 그다음 온 세상을 향해 절을 하고 소리를 내어 모든 사람에게 말하세요. 《제가 죽였습니다》라고. 그러면 하느님께서 또다시 당신에게 생명을 보내 주실 거예요.〉

도스토옙스키는 소냐의 말 속에 자신이 생각하는 그리스도교의 정수를 담아 두었다. 땅바닥에 엎드려 절하라는 것은 무엇보다 겸손을 배우라는 뜻이다. 나폴레옹이 되고 싶어 도끼를 휘두른 라스콜니코프에게 가장 필요한 것이다. 다시 살고 싶다면 맨 밑바닥으로 내려가야 한다. 자존심도 존재감도 아닌 다른 어떤 것, 존재의 근원에 관해 생각해야 한다.

대지는 삶의 다른 말이다. 대지에 입맞춤하는 것은 삶으로 돌아가는 것을 상징한다. 전당포 노파의 머리를 내리쳤을 때 라스콜니코프는 자신의 삶도 잘라내 버렸다. 그는 사람들로부터 단절되었다. 소냐는 직관적으로 그것을 알기 때문에 오열한다. 〈그럼 어떻게, 어떻게 살려고 그래요? 무엇에 의지해서 살려고요? 어떻게, 어떻게 사람을 떠나서 살겠다는 거지요! 이제 당신은 어떻게 될까요?〉

아무도 사람을 떠나서는 살 수 없다. 포르피리는 그래서 라스콜니코프가 자살하지 않는 한 자수할 거라 믿는다. 〈내가 도망을 가면 어떻게 할 건가요?〉 라스콜니코프의 질문에 포르피리는 〈도망을 갔다가도 돌아올 겁니다〉라고 자신한다. 〈우리 없이 당신은 살 수가 없으니까요.〉

소냐가 지정하는 네거리는 〈사람 사는 곳〉의 은유이자 현실 속에 존재하는 구체적인 지명이다. 〈센나야 광장〉이라는 곳인데, 1737년부터 열리기 시작한 시장이 아직까지 남아 있어 〈센나야 시장〉이라 불리기도 한다. 세노(건초)에서 유래한 이름이 말해 주듯, 건초와 장작과 우마, 그리고 겨울에는 얼린 새고기와 육고기가 매매되곤 했다. 상트페테르부르크에서 물건값이 가장 싼 시장이었으며 인근 지역은 빈민굴이었다. 오늘날에는 근방에 전철역이 개통되고 재래시장과 나란히 현대식 쇼핑몰과 가전제품 상점들이 들어차 있어 유동 인구로 늘 북적댄다.

시장은 예나 지금이나 사람들이 몰려들어 팔고 사고 실랑이를 하는 공간, 즉 〈지지고 볶으며〉 살아가는 공간이다. 『죄와 벌』의 주요 등장인물은 모두 센나야 시장 근처에 거주한다. 라스콜니코프는 이곳에서 벗어나고 싶어 도끼를 집어 들었지만 이곳을 거치지 않고는 아무 데도 갈 수 없다. 그는 경찰서에 자수하러 가기 전에 먼저 센나야 시장으로 가서 〈완전하고 새롭고 충만한 감정〉에 사로잡혀 더러운 땅바닥에 입을 맞춘다. 〈마음이 녹아내렸고 눈물이 쏟아졌다.〉 시장 바닥에서 그는 사람들 속으로 돌아가고 신과 화해한다.

구소련의 KGB 신문관들이 포르피리를 롤 모델로 삼았다는 것은 흥미롭다. 50편이나 되는 미국의 법률 관련 논문이 소설 『죄와 벌』을 언급하고 그중 7편이 포르피리를 집중적으로 고찰한다는 것 역시 눈여겨볼 대목이다. 어느 법학자는 150년 전 포르피리의 신문 방식이 21세기 매뉴얼과 정확하게 일치한다며 혀를 내두르기도 했다.

그러나 도스토옙스키에게 포르피리의 〈전략〉은 센나야 시장을 배경으로 할 때에만, 그리고 소냐의 그리스도교와 합쳐질 때에만 의미가 있다. 『죄와 벌』이 「형사 콜롬보」와는 완전히 다를 수밖에 없는 이유다.

30장 상트페테르부르크: 어떻게 살 것인가

성장의 시간, 희망의 시간

「아이들을 가르치는 건 푼돈 벌이일 뿐이야. 동전 나부랭이 가지고 뭘 할 수 있겠어?」
「당신은, 그럼 단번에 큰돈을 벌어 보겠다는 거예요?」
「그래, 단번에 한밑천 잡아야지.」

소설 『죄와 벌』 도입부에서 주인공 라스콜니코프가 하숙집 하녀와 주고받는 대화다. 방구석에만 틀어박혀 있지 말고 나가서 가정 교사라도 하라는 하녀의 잔소리에 주인공은 허세로 응수한다. 백수 휴학생이 흔히 경험할 만한 일상적인 대화의 한 토막이지만, 시간에 대한 저자의 사색을 예고하는 중요한 대목이다.

대문호들은 으레 〈어떻게 살 것인가〉의 문제를 제기하고 답을 탐색한다. 도스토옙스키의 경우 삶의 문제는 시간의 문제와 긴밀하게 엮어진다. 한 인간이 선택한 삶의 모습은 그가 시간을 체험하는 방식으로 설명된다. 시간은 이 세상에서 우리가 어떻게 살아야 하는가를 재단해 주는 철학적인 척도다.

도스토옙스키는 『죄와 벌』의 작업 노트에 이렇게 적어 놓았다. 〈시간이란 무엇인가? 시간은 존재하지 않는다. 시간은 숫자다. 시간은 비존재에 대한 존재의 관계다.〉 너무 심오해서 멀리하고 싶어지는 문장들이다. 다행히 소설에 이런 얘기는 나오지 않는다. 대신 인물들의 생각과 말과 행동이 저자의 시간 철학을 〈보여 준다〉.

날과 달, 분과 초로 계산되는 시간은 이를테면 〈생로병사〉의 시간이다. 앞으로만 흘러가는 이 시간 속에서 인간은 태어나고 성장하고 늙고, 병들어 죽는다. 시곗바늘이 째깍째깍 움직이는 소리는 시간의 행진을 감각적으로 재현한다. 모든 살아 있는 인간에게 행진의 끝은 죽음이다. 관련된 속담이나 비유가 말해 주듯 생로병사의 시간은 속도와 양으로 계량화된다. 〈쏜살같이 흘러가는〉 시간은 속도를 말해 주고, 〈황금〉에 비유되는 시간은 제한된 양을 말해 준다. 속도와 양은 각기 다른 개념이라기보다는 일회적인 삶의 두 얼굴이다. 인생은 너무 빨리 지나가고 남은 시간은 언제나 너무 적다.

『죄와 벌』의 인물들은 모두 흘러가는 시간을 첨예하게 의식한다. 그들의 다양한 시간 체험은 제각각 다른 삶의 모습을 보여 준다. 어느 연구자의 지적처럼 라스콜니코프의 살인은 가장 깊은 심리적 차원에서 〈시간 범죄〉다. 〈삶은 내게 단 한 번만 주어질 뿐, 그 이상은 주어지지 않는다〉는 자각이 살인을 부추긴다.

너무 빨리 가는 시간 때문에 그는 안달이 나서 견딜 수가 없다. 〈동전 나부랭이〉 가지고 무엇을 할 수 있겠는가. 늙은 어머니를 편안하게 모시고 사랑하는 누이동생이 팔려 가듯 결혼하는 것을 막으려면 〈단번에 한밑천〉 잡아야 한다. 먼 훗날을 기약하며 조금씩 조금씩 스펙을 쌓는 것은 그의 성향이 아니다. 그에게는 〈시간이 없다〉. 〈단번에〉와 〈빨리〉는 그의 생각과 말 속에서 강박적으로 울려 퍼진다. 〈어떻게 하느냐고? 부숴야 할 것은 단번에 때려 부숴 버려야 해. 그러면 돼.〉

라스콜니코프의 〈단번에〉는 특정 문제에 대한 해결 방식이 아니라 시간에 대응하는 특정 방식이다. 〈단번에〉 노파를 살해했지만 살인 후 그는 또 다른 조급증에 사로잡힌다. 발각될지 모른다는 초조한 상태를 견딜 수 없어 무의식중에 〈빨리〉 잡히기만 고대하다가 결국 자수한다. 자수하지 않았더라면 분명 자살했을 것이다.

라스콜니코프의 〈단번에〉와 짝을 이루는 시간 체험은 전당포 노파가 보여 주는 점진적인 〈축적〉이다. 라스콜니코프가 시간의 속도에 사로잡혀 있다면 노파는 시간의 양에 사로잡혀 있다는 게 다를 뿐, 두 사람은 본질적으로 같은 〈생로병사의 시간〉대에 속한다. 노파는 한 달에 5퍼센트에서 7퍼센트까지 이자를 받는 지독한 고리대금업자로, 막대한 재산에도 불구하고 극도의 내핍 생활을 한다. 그녀의 시간은 1분 1초가 돈으로 환산된다. 요헨 회리슈는 〈돈의 습득은 시간의 상실을 보충한다〉고 했는데, 고리대금이야말로 가장 명료하게 이 사실을 뒷받침해 준다. 인생에서 빠져나간 한 달은 한 달 치 이자가 되어 차곡차곡 되돌아온다. 축적하는 인간이 점점 더 축적에 열을 올리는 이유다.

축적은 긍정적일 수 있는 개념이지만 도스토옙스키에게는 악의 일면이다. 그의 사전에서 축적이란 다른 모든 것을 철저하게 무시하면서 돈이든 지식이든 기술이든 오로지 쌓아 올리는 것에만 몰두하는 행위를 의미한다. 그러니까 문제는 재산이나 고리대금이 아니라 축적 행위 자체란 얘기다.

열심히 일해서 조금씩 저축하며 부를 일궈 나가는 인간은 심지어 고리대금업자라 하더라도 사악하게 그려지지 않는다. 반면에 축적에만 투신하는 인간은 예외 없이 사악하다. 인생의 그 무엇도, 그 누구도 안중에 없는 축적은 가장 비인간적인 행위 중의 하나이며 궁극적으로 단절과 동의어다. 사방이 꽉 막힌 작은 전당포에 들어앉아 끝없이 돈만 쌓아 올리는 노파와 도끼를 휘둘러 인류와의 연결선을 잘라 버린 라스콜니코프는 단절이란 측면에서 닮은꼴이다.

라스콜니코프의 법대 동창인 라주미힌은 이 두 사람과는 전혀 다른 식으로 시간을 체험한다. 상대적으로 주목을 덜 받아 왔지만, 시간과 관련해서 도스토옙스키가 가장 긍정적으로 묘사해 놓은 인물이다.

라주미힌은 쾌활하고 선량하며 〈단순함 뒤에 깊이와 품위〉를 갖춘 미남 청년이다. 건장한 체격에 힘이 장사이며 웬만한 시련이나 어려움은 다 견뎌 내는 〈강철 같은 의지의 소유자〉다. 한겨울에 불 한 번 때지 못하고 지내면서도 〈추우면 잠이 더 잘 온다〉며 너스레를 떨 정도로 낙천적이다. 그 역시 라스콜니코프처럼 돈이 없어 휴학한 상태이지만 〈여러 가지 일로 돈벌이를 해서 다부지게 혼자 힘으로 생활한다〉.

라주미힌의 모든 긍정적인 자질은 시간을 의식하는 독특한 방식과 연관된다. 그에게는 시계 자판 위를 굴러가는 시간의 속도와 양을 초월하는 자신만의 시간이 있다. 그래서 아등바등하지 않고 서두르지 않고 앞만 보고 내달리지 않는다. 때로 멈추기도 하고 뒷걸음치기도 하고 사방을 두리번거리기도 한다. 그는 소통하고 교류하고 나눌 수 있다. 그에게 〈시간은 언제나 충분하다〉.

라주미힌이 그다지 친하지도 않은 동창생 라스콜니코프에게 선뜻 돈벌이 일감을 나누어 줄 수 있는 것도 〈다른 시간〉에서 오는 여유 덕분이다. 가정 교사 일이 끊기자 그는 출판사 쪽을 뚫어 일감을 얻는다. 독일어로 된 신간 서적을 러시아어로 번역하는 일인데, 번역료로 인쇄 전지 장당 6루블에 계약한다. 그는 라스콜니코프가 일감이 떨어진 것을 알게 되자 그에게 선불금과 번역 일감을 나누어 준다. 자기는

화가 표트르 보클렙스키가 그린
행복한 커플 두냐(왼쪽)와 라주미힌(오른쪽).

〈철자법이 서투르고 독일어가 시원치 않으니〉 도와주면 좋겠다는 게 이유다. 물론 그의 독일어는 완벽하다. 친구가 모멸감을 느끼지 않도록 하려는 속 깊은 배려에서 나온 거짓말이다.

뉴욕대 일리야 클리거 교수는 라주미힌의 시간을 〈빌둥〉의 시간이라 단언한다. 독일어 〈빌둥*Bildung*〉은 형성, 교육, 양육 등을 의미한다. 실제로 라주미힌은 손해도 보고 실수도 하지만, 출판사 아르바이트를 하는 동안 커리어를 형성해 나간다. 발품을 팔며 뛰어다닌 결과 〈괜찮은 출판물은 대체로 수지가 맞고 때로는 많은 이익을 남긴다〉는 결론에 도달해 몇 가지 서적을 머릿속에 찜해 둔다. 〈출판사를 여기저기 뛰어다닌 지가 벌써 2년이 넘었어요. 속사정을 다 파악했어요.〉

그는 시장 분석을 토대로 이른바 〈청년 스타트업〉을 구상하며 장차 부인이자 동업자가 될 두냐에게 자신의 포부를 밝힌다. 3~4년 안에 생활의 기틀을 잡고, 토양은 비옥하지만 일손과 자본이 부족한 시베리아로 이주해서 창업한다는 계획이다. 〈사무일, 인쇄소, 종이, 판매에 관한 모든 일은 저에게 맡겨 주세요! 낱낱이 다 알고 있으니까요!〉 현명한 두냐는 라주미힌의 시간 속에서는 〈모든 것이 결국 계획대로 이루어지리라〉고 믿어 의심치 않는다.

라주미힌은 소설 전체를 통틀어서 가장 행복한 인물이다. 사랑하는 여성과의 결혼은 물론 장래의 물질적인 성공까지도 보장된 듯하다. 도끼를 휘두르지 않아도, 모든 것을 희생시키면서 돈만 쌓아 올리지 않아도, 그는 지상에서의 행복을 거머쥔다. 그는 강박적으로 시간을 셈하고 생의 유한성을 고통스럽게 의식하는 대신 시간 속에서 견뎌 내는 법을 배운다. 배우고 성장하고 무르익고 여물어 간다. 〈조그맣게 시작해서 크게 확장합시다!〉 그의 시간은 성장의 시간이자 희망의 시간이다. 라주미힌이 강조하는 〈살아 있는 과정〉의 삶이야말로 〈어떻게 살 것인가〉에 대한 대문호의 잠정적인 답이 아닌가 생각된다.

그런데 한 가지 의문이 드는 것은 어쩔 수가 없다. 그렇다면 왜 라주미힌은 주인공이 아닐까. 왜 그는 인물로서의 〈포스〉가 부족할까. 어쩌면 성장이란 그만큼 어려운 일이기 때문 아닐까. 시련을 이겨 내며 〈살아 있는 과정〉을 형성해 나간다는 것은 그만큼 힘든 일이기 때문 아닐까. 성장이 답이라는 걸 알면서도 단번에 해결하려고 서두르거나 아니면 축적에 탐닉하는 것이 우리 인간 모두의 어쩔 수 없는 본성이기 때문 아닐까.

4부 문학이 된 유럽

31장 유럽: 삼십육계

절대적인 사랑의 절대적인 확신

도스토옙스키 부부는 1867년 4월 14일, 아직 신혼의 단꿈이 깨기도 전에 국경을 넘어 유럽으로 향했다. 견문을 넓히기 위해서, 혹은 지루한 일상에 자극을 주기 위해서 그런 것은 아니었다. 해외 체류는 부인의 뜻에 따른 것으로 그럴 만한 사정이 있었다.

도스토옙스키와 안나의 극적인 만남과 결혼은 25장에서 소상하게 밝혔다. 가정생활에 목마른 가난뱅이 중년 작가와 착하고 건실한 젊은 아가씨의 결혼에 독자들은 흐뭇한 미소와 진심 어린 축복을 보냈다. 그러나 결혼은 현실이며, 현실에는 중산층 가정에서 곱게 자란 스물한 살 신부를 울리는 복병들이 곳곳에 숨어 있었다.

〈불쾌하고 이해할 수 없는 일들이 시작되면서 결혼 생활의 첫 몇 주일이 망가졌다.〉 문우들의 방문은 부인도 반겼지만, 날마다 떼 지어 몰려오는 이른바 〈군식구〉들은 버거웠다. 도스토옙스키의 동생들, 조카들, 죽은 형 미하일의 가족이 시도 때도 없이 찾아와 점심은 물론 저녁까지 먹고 밤늦도록 눌어붙어 있다가 갔다. 그들을 대접하고 응대하는 것은 고스란히 부인의 몫이었다.

죽은 형 미하일의 부인과 아이들은 도스토옙스키의 부양을 이미 오

파벨 이사예프. 도스토옙스키의 첫 번째 부인 마리야 이사예바가 첫 결혼에서 얻은 아들. 그녀가 사망하자 도스토옙스키는 지극정성으로 파벨을 양육했다.

래전부터 당연하게 받아들이고 있었다. 사치를 모르는 작가가 늘 돈에 쪼들린 데에는 그들의 기여도 무시할 수 없었다. 형수는 미하일 생전에 누렸던 생활 수준을 그대로 유지하고 싶어 했고, 자식들이 장성해 제 앞가림을 할 수 있게 되어서도 도스토옙스키에게 당당하게 돈을 요구했다. 도스토옙스키는 한때 가장 사랑했던 형에 대한 의리 때문에 그녀의 요구 사항을 거의 언제나 들어 주었다.

안나 부인의 회고록에 따르면, 형수는 격렬하게 도스토옙스키의 결혼에 반대했고 결혼 후에는 거의 매일같이 찾아와 〈시어머니 노릇〉을 했다. 〈그녀는 언제나 표도르 미하일로비치가 있는 자리에서 나를 가르치려고 했다. 그가 보는 앞에서 내 살림 솜씨가 엉망이며 내가 게으르다는 것을 집요하게 내보였기 때문에 나는 기분이 좋을 수가 없었다.〉

그러나 그 누구보다 안나를 괴롭힌 것은 한 집에 같이 사는 의붓아들 파벨 이사예프였다. 도스토옙스키는 첫사랑인 전처에게 한 약속을 지키기 위해서 파벨의 교육에 시간과 돈을 아끼지 않았다. 아이는 의붓아버지가 넣어 준 페테르부르크 중학교에서 심한 장난 때문에 퇴학당했다. 아버지가 차선책으로 고용한 가정 교사는 얼마 지나지 않아 화를 내며 나가 버렸다.

도스토옙스키는 파벨과 떨어져 있을 때는 그에게 정기적으로 편지를 쓰고 반드시 돈을 부쳐 주었으며 지인들에게 그를 보살펴 달라고 부탁했다. 그가 성인이 되자 백방으로 뛰어다니며 일자리를 알선해 주었다. 하지만 그는 얼마 못 가서 그만두었다. 〈상사의 모욕을 견딜 수 없다〉는 게 이유였다. 도스토옙스키는 그러한 그의 됨됨이를 다 알면서도 교육적인 훈계를 넘어서는 비난이나 심판은 하지 않았고, 눈을 감는 순간까지 물심양면으로 도와주었다.

유명 작가인 의붓아버지를 내세워 안하무인으로 지내던 파벨은 동년배인 젊은 부인의 등장에 분노했다. 그는 사사건건 불화를 일으켰고 눈엣가시인 새엄마를 내쫓으려고 야비한 음모를 꾸미기도 했다. 도스토옙스키 앞에서는 그녀에게 싹싹하게 굴다가 단둘이 있을 때면 잔인하고 무례한 인신공격을 했다. 아버지가 번 돈을 헤프게 쓴다며 몰아붙였고, 그녀 때문에 아버지의 간질이 심해졌다는 근거 없는 비난을 퍼부었다. 〈누가 이 집안의 진짜 주인인지〉 겨뤄 보자며 협박까지 했다. 이 모든 세부 사항은 어디까지나 부인의 회고록에 따른 것이지만 대부분의 객관적인 전기도 파벨에 관해서는 비슷한 이야기를 한다.

안나 부인은 몇 주일간 상황을 지켜본 뒤 〈삼십육계〉를 결정했다. 〈우리의 사랑을 구원하기 위해서는 두세 달만이라도 사람들로부터 떨어져 있는 게 상책이라고 생각했다.〉

드레스덴의 산책로. 드레스덴은 독일에서
도스토옙스키가 가장 좋아했던 곳이다.

이탈리아의 밀라노 대성당(두오모).
〈이 성당의 구조는 그에게
언제나 깊은 감탄의 대상이었다.
어느 맑은 날에는 주변 경관을
감상하고 성당을 둘러싼
조각상들을 더 잘 보기 위해
성당 꼭대기까지 올라갔다.〉
안나 부인의 회고록 중.

도스토옙스키는 후속 소설의 선불로 받은 돈 대부분을 〈군식구〉들에게 향후 생활비로 나누어 주었다. 안나 부인은 혼수로 가져온 물건들, 〈피아노와 멋진 작은 탁자들과 수납장, 모든 예쁜 물건들〉을 저당 잡혀 당장 필요한 여행 경비를 확보했다. 만족을 모르는 군식구들은 자기네 〈돈줄〉이 젊은 부인과 줄행랑을 치는 걸 바라보며 발을 동동 굴렀다.

부부는 처음에는 한 서너 달 바람이나 쐬고 오리라고 생각했지만, 여러 변수가 생기는 바람에 1871년 7월까지 4년 3개월 동안 스위스, 독일, 이탈리아의 수많은 도시를 떠돌아다니며 살았다. 도스토옙스키는 드레스덴의 미술관과 이탈리아 곳곳에 있는 성당과 궁전을 좋아했다. 특히 밀라노 대성당, 피렌체 대성당, 피티 궁전, 베네치아의 산마르코 대성당과 총독궁(팔라초 두칼레)은 그를 매료시켰다. 도스토옙스키는 젊은 부인에게 고양된 어조로 고색창연한 건축물의 아름다움을 설명해 주었다. 도스토옙스키 전기의 길고도 흥미진진한 새 챕터가 시작된 것이다.

스트라호프는 〈표도르 미하일로비치가 해외에서 보낸 4년이란 시간은 그의 인생의 황금기였다〉고 확신했다. 늘 돈에 쪼들리며 싼 셋집을 찾아 이곳저곳 집시처럼 방랑하는 삶, 도박 중독과 간질 발작, 그리고 그 밖에도 크고 작은 슬픔들로 얼룩진 세월이 황금기라니 조금 과장이 아닌가 싶다. 그러나 결과적으로 이 시간이 대문호의 삶과 작품에서 또 하나의 분수령이 된 것만큼은 틀림없는 사실이다.

일단 『죄와 벌』로 전국적인 지명도를 얻은 도스토옙스키는 해외에서 후속 대작인 『백치』와 『악령』을 완성하여 돌아올 무렵에는 대문호로서의 입지를 완전히 굳혔다. 〈스스로 택한 해외 유형 생활〉은 그에게 독서와 〈내면으로 침잠해 들어갈 수 있는〉 시간을 주었다. 그는 해

이탈리아 베네치아의 산마르코 광장. 〈4일 동안 우리는 산마르코 광장을 벗어나지 못했다. 그만큼 그 광장은 아침은 아침대로, 저녁은 또 저녁대로 매혹적인 느낌을 불러일으켰던 것이다.〉 안나 부인의 회고록 중.

베네치아의 총독궁(팔라초 두칼레). 〈남편은 그곳의 놀라운 건축물을 보며 경탄했다. 15세기의 뛰어난 화가들이 그린 총독궁 천장화의 숨 막히는 아름다움에도 경탄했다.〉 안나 부인의 회고록 중.

외에 거주하는 러시아 망명객들과는 별로 사이가 좋지 않았을 뿐만 아니라 너무 궁핍해서 〈사교계〉에 끼어들 여유도 없었다. 오로지 서로에게만 의지하는 가운데 가난한 부부 사이에는 형언하기 어려운 모종의 깊고도 진실한 정신적 관계가 무르익어 갔다. 그의 생각은 깊어졌고 마음은 안정을 찾았다. 〈태도도 완전히 달라져서 아주 부드러워졌고 가끔은 그야말로 온화하기까지 했다.〉

또 한 가지, 그는 해외에서 마침내 도박과 연을 끊었다. 드레스덴에 거주할 당시 글이 안 써져 괴로워하는 남편에게 부인은 〈피 같은 생활비〉를 쥐여 주며 비스바덴 도박장에 다녀오라고 했다. 그는 비스바덴에서 순식간에 가진 돈을 다 잃고 부인에게 편지를 썼다(1871년 4월 28일). 〈거의 10년 동안이나 나를 괴롭혀 온 이 혐오스러운 환상이 사라졌소. 이제 모든 게 끝났소!〉

전기 작가들은 그가 도박에서 탈출하게 된 구체적인 계기 두 가지를 언급한다. 하나는 꿈속에 등장한 아버지다. 아버지가 꿈에 나타날 경우 항상 불행한 사건이 일어났으므로 그는 무서워서 도박을 끊기로 결심했다.

다른 한 가지는 교회와 관련된다. 돈을 다 잃고 절망의 구렁텅이에 빠진 그는 사제에게 의탁하기 위해 한밤중에 비스바덴 러시아 정교회를 찾아갔다. 막 들어가려는 찰나 자세히 보니 그건 러시아 정교회가 아니라 유대교 회당이었다. 신의 철퇴를 맞는 기분이었다. 〈찬물을 확 뒤집어쓴 것 같았소.〉 바로 이 순간 그는 도박이라는 지옥에서 벗어났다고 회고한다.

그러나 그의 도박 중독을 진짜로 치유해 준 것은 부인의 인내였다. 그녀는 단 한 번도 잔소리를 하거나 화를 내지 않았다. 결혼반지, 브로치, 외투와 숄까지 저당 잡혀 가며 그에게 도박 자금을 쥐여 주었다.

아주 가끔 돈을 땄을 때 함박웃음을 지으며 꽃과 과일과 자질구레한 장신구를 사서 집으로 달려와 부인에게 자랑하는 그 〈순진무구함〉에 부인은 아무 말도 할 수 없었다. 돈을 다 잃고 돌아와 자책하는 모습은 또 너무 불쌍해서 역시 아무 말도 할 수 없었다. 부인은 그에게 설탕이나 커피를 사 오라고 심부름을 시키거나 데리고 나가 함께 산책을 하면서 그의 절망을 달래 주었다. 그는 부인한테 너무나 미안하고 부끄러워서 제풀에 도박장에서 걸어 나왔다.

도스토옙스키가 부드럽게 변했다면 부인은 단호하게 변했다. 짧은 시간 동안 산전수전 다 겪은 그녀는 남편을 지켜 주는 현명하고 강인한 수호천사로 변모했다. 그녀가 귀국했을 때 친구들은 4년 동안 〈너무 늙은〉 그녀의 외모에 깜짝 놀랐다. 실제로 부인은 이 시간 동안 비약적으로 성숙했다. 어리고 미숙한 새색시는 한 가정의 어엿한 주부이자 어머니이자 대문호의 든든한 반려자가 되어 돌아왔다. 그녀는 아무것도 겁날 게 없었다.

안나 부인은 해외에서 보낸 세월을 오로지 감사하는 마음으로만 회상했다. 〈정말로 깊고 눈부신 기쁨의 감정〉을 경험했다며 늘 감격스러워했다. 모든 고통과 시련을 다 잊게 만들어 준 것은 단 한 가지, 남편과의 〈완전한 사랑〉이었다. 그녀는 4년 여 동안 남편을 문자 그대로 독점했으며 남편의 〈절대적인 사랑〉을 〈절대적으로 확신〉할 수 있었다. 사실상 인생에서 가장 소중한 것을 거머쥔 것이다. 〈우리가 해외에서 보낸 그 멋진 몇 해, 놀랄 만큼 고귀한 성품을 지닌 사람과 거의 단둘이서 보낸 그 몇 해에 축복 있기를!〉

32장 바덴바덴: 인격 살인

도스토옙스키와 투르게네프

독일 남서부의 작지만 호화로운 도시 바덴바덴. 중앙역 앞에서 201번 버스를 타고 레오폴트플라츠에서 하차했다. 낯선 이름의 거리를 따라 걷다가 작은 카페와 부티크와 호프로 들어찬 아기자기한 골목길을 올라가다 보니 왼편에 〈도스토옙스키 하우스〉라는 표지판이 붙은 작은 건물이 나타났다. 1867년 여름 도스토옙스키 부부가 묵었던 셋집이다. 건물 외벽에 도스토옙스키 부조가 걸려 있고, 1층에는 부동산 사무실이 입점해 있었다. 마침 지나가던 관광 마차가 그 앞에 서니 19세기를 배경으로 하는 영화 세트장처럼 보였다.

상트페테르부르크를 출발한 도스토옙스키 부부는 베를린과 드레스덴을 거쳐 스위스로 향하던 중 유명한 카지노 도시 바덴바덴에 들렀다. 원래 2주 정도 머물 계획이었지만 8월 11일까지 약 7주간을 머물렀다. 도스토옙스키는 잃고 따기를 반복했고 물건을 저당 잡혔다가 찾기 역시 반복했다. 방세가 밀려 주인으로부터 지청구를 당했다. 장모가 부쳐 준 돈은 금세 바닥났다.

그 와중에 도스토옙스키 〈인격〉과 관련해서 두고두고 사람들 입에 오르내릴 한 가지 사건이 발생했다. 사건은 2년 전으로 거슬러 올라간

독일 바덴바덴 베더슈트라세 2번지에 있는 도스토옙스키 하우스 2층에 설치된 도스토옙스키 부조.

바덴바덴에 있는 도스토옙스키 동상. 러시아 조각가 레오니트 바라노프의 2004년 작품이다.

다. 1865년 여름, 비스바덴 도박장에서 완전히 알거지가 된 도스토옙스키는 온갖 지인들에게 구조 요청 편지를 썼는데, 그중 한 사람이 바덴바덴에 머물고 있던 소설가 투르게네프였다.

그는 〈가장 존경스럽고 가장 친절하신 투르게네프 선생님〉으로 시작하는 다소 궁상맞은 편지에서 〈선생님은 다른 사람들보다는 훨씬 더 현명하시므로 선생님께 의탁하는 것이 도덕적으로 한결 수월하다〉는 이상한 논리를 들먹이며 〈1백 탈러를 빌려 달라〉고 청했다. 투르게네프는 요청한 금액의 절반인 50탈러를 빌려주었고, 도스토옙스키는 〈한 달 뒤에 갚는다〉고 하고서는 2년 뒤 바덴바덴에 들른 그 시점까지 못 갚았다.

투르게네프는 갚으라고 독촉한 적이 없었고 도스토옙스키 역시 빌려 쓴 돈에 대해 그다지 심각하게 생각했던 것 같지 않다. 그런데 사소한 일이 계기가 되어 두 사람의 관계는 험악한 대결로 치달았다. 사건의 전반부는 심리전이고 후반부는 이념전이다.

바덴바덴에서 산책 중이던 도스토옙스키 부부는 작가 곤차로프와 마주쳤다. 곤차로프는 별생각 없이 〈투르게네프 선생도 당신을 보았다더라, 그런데 그냥 못 본 척했다더라〉는 말을 흘렸다. 이 말 때문에 도스토옙스키는 깊은 고민에 빠졌다. 투르게네프가 나를 못 본 척한 것은 혹시라도 내가 빚 때문에 자존심 상해할까 봐 봐준답시고 그런 것 아닐까. 내가 만일 투르게네프를 찾아가지 않으면 그는 내가 자격지심 때문에 자기를 피한다고 생각하지 않을까.

독자들께서 혹시 기억하실런지 모르겠지만, 청년 시절 투르게네프는 친구와 함께 풍자시를 써서 〈러시아 문학의 낯짝에 솟은 여드름〉이라고 도스토옙스키를 조롱한 적이 있다(7장 참조). 그때 입은 상처는 유형 생활 동안 아물었지만 투르게네프는 그에게 여전히 불편한

이반 투르게네프의 초상화. 화가
일리야 레핀의 1874년 작품이다.

투르게네프의 영원한 애인 폴린 비아르도
부인의 초상화. 화가 카를 브률로프의 1844년
작품이다.

존재였다. 그는 문단의 거물이었고, 재산가였고, 심지어 외모도 도스토옙스키와는 비교도 할 수 없이 번듯했다. 빚이 아니더라도 도스토옙스키는 그 앞에서 주눅이 들 수밖에 없었다.

투르게네프는 부유한 지주 가문에서 태어나 모스크바 대학, 상트페테르부르크 대학, 베를린 대학에서 문학과 철학을 공부했다. 나중에는 옥스퍼드 대학에서 명예박사 학위도 받았다. 러시아 작가로서는 보기 드물게 아름답고 유려한 문체와 수채화처럼 맑고 은은한 묘사 덕분에 유럽 사람들은 그의 작품에 열광했다. 플로베르, 모파상, 공쿠르 형제와 막역한 사이였으며, 성인이 된 후 인생의 대부분을 바덴바덴, 파리 등 유럽에서 지냈다. 하녀와 관계를 맺어 사생아 딸을 하나 두었으나 호적상으로는 평생 독신이었다.

그가 홀로 유럽을 떠돌며 산 데에는 슬픈 사연이 있다. 스페인 혈통의 유명한 프랑스 메조소프라노 마담 비아르도가 1843년 러시아에서 「세비야의 이발사」 무대에 오른 것은 투르게네프의 운명을 완전히 바꿔 버렸다. 투르게네프는 첫눈에 반했다!

그러나 그녀는 이미 극장 감독 비아르도의 부인이었다. 투르게네프는 그녀를 본 순간부터 죽는 순간까지 그녀를 연모하고 숭배했다. 극장이건 살롱이건 저택이건 그녀가 가는 곳이면 어디든 그림자처럼 따라다녔다. 그의 사랑은 시적이고, 형이상학적이고, 고상하고, 처절했다. 그의 지순한 사랑에 감동해서 그랬던지, 아니면 그의 부와 명성이 마담 비아르도의 품위 유지에 도움이 되어서 그랬던지 비아르도 부부는 그를 친구이자 〈가족(!)〉으로 받아들여 그들은 기이한 삼각관계를 계속해 나갔다. 투르게네프가 당시 바덴바덴에 머물렀던 것도 비아르도 부부의 살롱이 거기 있었기 때문이었다.

도스토옙스키는 1867년 6월 28일 씩씩거리며 투르게네프의 집을 찾아갔다. 〈바덴바덴의 대결〉로 알려진 이날의 만남은 러시아 문학사와 사상사에까지 기록될 정도로 유명한 사건이다. 그는 투르게네프를 불쑥 찾아가 빚 얘기는 단 한 마디도 하지 않고 투르게네프의 해외 거주와 서구파 이념, 그리고 러시아에 대한 무관심과 무지를 향해 집중 사격을 했다.

도스토옙스키가 그해 8월에 문우 마이코프에게 보낸 편지를 읽어보자. 그는 우선 투르게네프의 〈잘난 척하는 귀족적인 포옹이 싫다〉며 운을 뗀다. 이어서 투르게네프의 최근작 『연기』의 몇몇 대목을 집요하게 물고 늘어지면서 투르게네프를 일종의 〈매국노〉로 몰아간다.

도스토옙스키에 따르면 투르게네프는 등장인물의 말 〈러시아가 지구상에서 사라진다 해도 아쉬울 것 없다, 인류는 눈 하나 깜빡 안 할 것이다〉가 자신의 기본 견해라고 했다는 것이다. 또 투르게네프가 〈우리는 독일인들 앞에서 몸을 낮추어 기어야 하며, 우리 모두에게 공통된, 피할 수 없는 하나의 길이 있는데 그것이 바로 문명이다〉라고 했다는 것이다. 도스토옙스키는 〈대체 문명이 독일인들에게 무엇을 가져다주었느냐〉고 반격하면서 독일인들은 멍청하고 사악한 종족이라고 욕설을 퍼부었다. 투르게네프는 그런 말은 자기를 모욕하는 것이라 쏘아붙이며 〈나는 이곳에 아주 정착했고 나 자신을 러시아인이 아니라 독일인으로 여기고 있답니다. 나는 그게 자랑스러워요〉라고 어깃장을 놓았다.

물론 도스토옙스키가 아예 없는 말을 지어냈다고는 생각되지 않는다. 그러나 그의 편지는 분명 편파적이다. 열등감과 돈을 못 갚은 데 대한 수치심으로 꽁꽁 묶인 사람의 말을 액면 그대로 믿을 수는 없다. 투르게네프가 했다는 말은 다른 맥락에서, 다른 의미로, 백 가지 다른 가능한 뉘앙스로 했을 수 있다.

도스토옙스키의 억하심정은 여기서 끝나지 않는다. 〈뒤끝 작렬〉이라는 표현이야말로 딱 그에게 해당된다. 그는 몇 년 뒤 소설 『악령』에서 믿을 수 없이 야비한 방식으로 투르게네프를 공격했다. 거의 인격 살인이었다. 소설에는 여러 정황에 미루어 투르게네프라는 것이 분명한 노작가가 등장한다. 저자는 그를 〈상류 사회와의 연줄에 급급하고 거드름 피우고 간교하고 영악한 늙은이〉, 〈남의 이념에다 그 이념의 안티테제를 가져다 붙여서는 흰소리를 지껄여 대는 2류급 작가〉라 불렀다.

도스토옙스키의 행동은 변명의 여지가 없다. 전기의 이 대목에서는 도스토옙스키를 편들고 싶은 마음이 안 생긴다. 그는 〈조국에 유용할 수도 있을 사람이 변절자가 되어 러시아를 욕하는 말을 가만히 듣고 있을 수가 없었다〉며 자신의 〈추태〉를 정당화시켰다. 러시아가 싫어서 러시아를 떠난 귀족들, 그리고 그들의 대표자로서 투르게네프가 결여한 애국심을 질타했다는 얘기다.

그러나 과거에도 현재에도 투르게네프를 러시아의 배신자 취급하는 사람은 없다. 애국심이란 그런 식으로 단순하게 재단할 수 있는 문제가 아니다.

게다가 두 사람의 당시 상황을 아는 독자라면 누구라도 투르게네프에게 동정표를 줄 것 같다. 도스토옙스키는 막 『죄와 벌』 연재를 인기리에 마친 베스트셀러 작가였고, 투르게네프는 최근작 『연기』에서 혹평을 받고 내리막길에 들어선 〈지는 해〉였다. 도스토옙스키는 얼마 전에 꽃다운 부인과 가정을 꾸린 행복한 새신랑이었고, 투르게네프는 이루어질 수 없는 사랑을 안으로 삭이며 객지를 떠도는 불쌍한 〈그림자 애인〉이었다.

투르게네프는 당시의 도스토옙스키를 〈정신 건강을 유지할 수 없는 사람〉으로 기억했다. 〈그 사람이 내 의견이라 말한 그 부분은 전혀 사실이 아니에요. 내 속내를 드러냈다고 그 사람은 말했지만 나는 속내를 드러낼 겨를도 없었어요. 그 사람은 독일인, 나, 그리고 내 최근 책에 대한 반감을 폭발시킨 뒤 휭하니 가버렸어요.〉 『악령』의 패러디를 읽고 나서는 〈그토록 대단한 재능을 그토록 추악한 감정을 위해 사용하다니 안타까운 마음을 금할 길이 없다〉며 개탄했다.

먼 훗날 도스토옙스키는 자신의 과오를 뉘우쳤던 것 같다. 애독자로서는 그나마 다행이라는 생각이 든다. 도스토옙스키가 1876년에 쓴 미발표 평론이 1981년에 빛을 보았다. 이 평론에서 그는 투르게네프의 소설 『귀족의 보금자리』야말로 〈불멸의 작품〉이라며 극찬했다. 〈모든 러시아인, 모든 러시아 시인의 예언적 꿈〉이라고도 했다. 심지어 〈러시아 문학 전체를 통틀어서 진리와 아름다움이 존재함을 말해주는 가장 고상한 증거〉라고도 했다. 『악령』에서 조롱한 〈거드름 피우는 2류급 작가〉는 어디로 갔는지. 어쨌거나 소설가는 소설에 관해 쓸 때 가장 정직한 것인지도 모른다.

33장 바젤: 실패한 그리스도

절망의 심연에서 담금질된 기쁨

『백치』는 도스토옙스키 소설 중에서 가장 이해하기 어려운 작품으로 정평이 나 있다. 분명 무언가 있는 것 같은데 그게 무언지 도무지 알 수 없다는 게 중론이다. 강의하기도 어려워서 『죄와 벌』이나 『카라마조프 씨네 형제들』에 비해 수업 시간에 논의되는 빈도가 훨씬 낮다.

그러나 도스토옙스키는 이 소설을 사랑했다. 자기가 원했던 것의 10분의 1도 표현하지 못했다고 아쉬워하면서 〈이 관념보다 더 훌륭하고 풍요로운 시적 사고를 문학에 입문한 이래 겪어 본 적이 없다〉고 자부했다. 『백치』를 최고라 생각하는 독자들이야말로 〈특별한 정신세계를 가지고 있으며〉, 〈그 정신세계는 언제나 나를 감동시키고 행복하게 해준다〉고 말하기도 했다.

도스토옙스키가 『백치』를 쓴 장소는 유럽이고 배경은 페테르부르크지만, 이야기의 근원은 모스크바다. 1837년 공병 학교에 입학하기 위해 페테르부르크로 떠났던 도스토옙스키는 22년 만인 1859년 시베리아 유형 생활을 마치고 수도로 귀환하는 길에 사흘간 모스크바에 들렀다. 그때 그의 귀에 부자 이모네 쿠마닌가를 둘러싼 불미스러운 소문이 들려왔다. 콘스탄틴 쿠마닌과 그의 젊은 아내, 그리고 어느 공

이반 피리예프 감독이 만든
영화 「백치」(1958)의 포스터.

작 간의 삼각관계에 관해 사람들은 오랫동안 수군거렸다. 이 스캔들은 그의 뇌리에 박혀 있다가 소설 『백치』의 플롯으로 재현되었다.

몰락한 공작 가문 출신의 청년 미시킨은 간질로 인한 경미한 지적 장애를 앓고 있는 데다가 너무 착하고 순수하고 어리숙해서 종종 〈백치〉라 불린다. 후원자의 도움으로 스위스에서 치료를 받은 그가 페테르부르크로 돌아와 먼 친척인 예판친 장군을 방문하면서 기이하고 비극적인 로맨스가 펼쳐진다.

예판친에게는 딸이 셋 있는데, 둘째 딸 아델라이다에게 중년의 부유한 사업가 토츠키가 청혼을 한다. 두 남자 모두에게 사업상 크게 이익이 되는 이 결혼이 성사되려면 토츠키의 정부 나스타샤를 〈떼어 버려야〉 한다. 어린 시절부터 토츠키에게 유린당해 온 그녀는 무슨 짓을 해서라도 토츠키의 결혼을 훼방 놓겠다며 벼르고 있다. 예판친은 토츠키와 상의한 뒤 비서 가냐에게 상당액의 지참금을 줄 테니 나스타샤와 결혼하라고 부추긴다. 속이 검고 욕심이 많은 가냐는 예판친의 막내딸 아글라야를 사랑하지만 지참금이 탐이 나서 〈부자의 첩〉이라 낙인찍힌 나스타샤와의 결혼을 고려한다.

한편, 엄청난 유산을 상속받은 거상의 아들 로고진은 나스타샤의 미모에 완전히 빠져 물불을 안 가리고 그녀에게 달려든다. 나스타샤의 불행한 과거에 깊은 연민을 느낀 미시킨은 그녀를 〈구원하기 위해〉 청혼한다. 미시킨-로고진-나스타샤의 삼각관계가 시작되는 것이다. 여기에 공작을 사랑하게 된 아글라야가 뛰어들자 사태는 걷잡을 수 없이 복잡해진다. 질투와 음모와 스캔들로 뒤얽힌 사각관계는 관계자 전원이 불행한 종말을 맞이하게 되는 것으로 막을 내린다. 로고진은 나스타샤를 〈완전히 소유하기 위해서〉 결혼식 날 밤 그녀를 죽인다. 아글라야는 백작을 사칭하는 폴란드 사기꾼과 결혼한다. 살인

일본의 구로사와 아키라 감독이 만든 영화
「백치」(1951)의 포스터. 삿포로가 배경이다.

죄로 기소된 로고진은 시베리아 유형길에 오르고, 미시킨 공작은 페테르부르크에 올 때보다 더 심한 백치 상태가 되어 스위스로 돌아간다. 내용을 대충 한번 훑어보기만 해도 돈, 치정, 살인이 눈에 금방 들어온다. 정략결혼, 내연 관계, 유산 상속, 지참금, 삼각관계, 사각관계, 질투, 살인의 테마는 속칭 막장 드라마를 연상시킨다. 도스토옙스키의 천재는 이런 스토리를 〈특별한 정신세계〉를 가진 독자만이 사랑할 수 있는 독특한 고전으로 변형시켰다.

도스토옙스키는 질녀 소피야에게 보낸 편지에서 『백치』의 주된 사상을 〈완벽하게 아름다운 인간을 묘사하는 것〉이라고 요약했다. 〈아름다움이란 하나의 이상이지만, 그 이상은 우리 나라에서도 문명화된 유럽에서도 아직 요원하기만 하구나. 이 세상에는 오로지 단 한 분의 완벽하게 아름다운 인물이 존재하지. 그리스도가 바로 그 사람이야.〉 한없이 선한 백치 공작 미시킨을 통해 인간이 상상할 수 있는 가장 아름다운 존재로서의 그리스도를 그려 보고자 했다는 얘기다.

도스토옙스키가 얼마나 고통스럽게 이 작품을 썼는가는 편지에서 여러 번 언급된다. 1867년 9월부터 구상한 소설은 어렵사리 진행되었다. 〈아주 매력적이지만 너무 난해한 아이디어〉에 사로잡힌 그는 〈카드 한 장에 인생을 걸듯이 이 소설에 모든 걸 다 걸었다〉는 〈도박꾼다운〉 말까지 했다. 그해 말 그는 그동안 쓴 모든 것을 다 버리고 새로 시작했다. 〈내가 미치지 않은 게 신기합니다.〉

스위스 신학자 발터 니크는 〈그리스도인은 좌초하게 마련이다〉는 유명한 말을 했다. 그리스도를 닮은 미시킨 공작은 문자 그대로 좌초한다. 그의 순수한 연민은 싸구려 동정심으로 오해받고, 그의 선의는 이용당하며, 그가 도와주려고 했던 인물들은 죽거나 파멸한다. 그의 휴머니즘은 우유부단으로, 겸손은 무능으로 치부된다. 그는 주인공으

바젤 미술관. 도스토옙스키는 한스 홀바인의 그림을
보기 위해서 1867년 8월 12일에 바젤 미술관에 들렀다.

15세기와 16세기의 그리스도 형상을 주제로 한 2016년
하반기 바젤 미술관 특별 전시회 「구원의 고고학」 포스터.

로서도, 그리스도의 대역으로서도 실패했다.

〈실패한 그리스도〉의 이미지는 도스토옙스키 부부가 1867년 8월 12일 바덴바덴에서 제네바로 가는 도중에 들른 바젤에서 형성되기 시작했다. 도스토옙스키는 언젠가 책에서 읽은 적이 있는 16세기 독일 화가 한스 홀바인의 「무덤 속의 그리스도」를 직접 보기 위해 바젤 미술관을 방문했다. 부인의 회고록을 읽어 보자.

> 그 그림은 남편을 압도했다. 그는 그림 앞에서 아연실색한 표정으로 멈춰 섰다. 나는 너무나 참혹한 느낌이 들어 다른 전시실로 갔다. 15분인가 20분쯤 후에 돌아와 보니 표도르 미하일로비치는 그 그림 앞에 붙박인 듯 계속 서 있었다.

도스토옙스키는 홀바인을 〈놀라운 예술가이자 시인〉이라 부르며 열광했다. 도스토옙스키 사전에서 〈시인〉이란 신의 경지에 오른 예술가를 지칭하는 찬사다. 〈남편은 더 자세히 보기 위해 의자에 올라서서 그림을 보았다. 나는 벌금을 물게 될까 봐 조마조마했다.〉

이때 본 그림은 몇 달 뒤 『백치』 속으로 들어와 소설을 대표하는 그림으로 유명세를 떨치게 된다. 『백치』는 러시아 문학사상 가장 그리스도교적인 작가로 알려진 저자가 쓴 가장 노골적인 종교 소설이다. 주인공을 〈그리스도와 닮은 사람〉으로 설정했다니 더 볼 것도 없다. 그런데 도스토옙스키는 왜 그 많은 성화와 이콘 중에서 하필 홀바인의 〈죽은 그리스도〉를 소설 속으로 들여왔을까. 도대체 그림의 어떤 점에 그는 그토록 매료된 것일까.

작중 인물 이폴리트는 로고진의 집에 걸려 있는 홀바인의 그림 속에서 그리스도가 아닌 인간의 〈시신〉을 읽어 낸다. 〈거기에는 인간의

독일 화가 한스 홀바인이 그린 「무덤 속의 그리스도」(1520~1522),
바젤 미술관 소장.

REX

시체가 적나라하게 묘사되어 있을 뿐이었다. 십자가에 매달리기 전에 받았던 끝없는 고통, 상처, 고뇌, 십자가를 지고 가거나 넘어졌을 때 행해졌던 보초의 채찍질과 사람들의 구타, (내 계산에 의하면) 여섯 시간 동안 계속되었던 책형의 고통을 다 참아 낸 인간의 시체였다.〉

이폴리트는 고개를 갸우뚱한다. 〈만약 그를 신봉하며 추앙했던 모든 제자들과 미래의 사도들, 그리고 그를 따라와 십자가 주변에 서 있었던 여인들이 이 그림 속에 있는 것과 똑같은 그의 시체를 보았다면, 그들은 이 시체를 보면서 어떻게 저 순교자가 부활하리라고 믿을 수 있었을까?〉 〈만약 죽음이 이토록 처참하고 자연의 법칙이 이토록 막강하다면, 이를 어떻게 극복할 수 있을까?〉

이폴리트의 해석은 대부분의 인간이 보이는 반응일 것 같다. 저토록 철저하게 인간적인 형상에서 어떻게 신의 이미지를 찾아낼 것인가. 저토록 철저하게 자연의 법칙을 따르는 죽음에서 어떻게 죽음을 초극하는 무언가를 찾아낼 것인가.

도스토옙스키는 예술에 대해 독특한 시각을 견지했다. 그림을 미학적으로 분석하는 법은 알지 못했지만 직관적으로 그 본질을 파악했다. 잘 그렸다거나, 아름답다거나 하는 것과는 다른 독창적인 잣대로 예술을 평가했다. 보는 사람을 혼란스럽게 하고, 정신을 들쑤셔 놓고, 생각하게 하고, 더 나아가 양자택일의 기로에서 고뇌하게 만드는 것이 예술이다. 그런 의미에서 홀바인은 예술가이자 시인이다. 그의 그림은 도전이자 시험이다. 마치 〈이래도 믿을 테냐〉라고 묻는 듯하다. 미시킨의 말처럼 그런 그림을 보고 있다가는 〈있던 신앙심도 없어질 수 있다〉. 그러나 그런 그림에도 〈불구하고〉 더 깊은 신앙을 느끼는 사람도 있을 수 있다.

도스토옙스키는 폰비지나 부인에게 보낸 편지에서 〈신이 존재하지 않는다는 증거가 강해질수록 신을 믿고자 하는 욕구는 더욱 강력하게 자라난다〉고 썼다. 〈불행 속에서 진리는 더욱더 밝게 빛난다〉고도 했다. 이는 종교적인 믿음에만 국한된 것이 아니다. 인생에 대한 어떤 〈태도〉다. 그는 좌절의 밑바닥에서 건져 올린 희망, 극도의 시련으로 담금질된 기쁨을 말하고 있는 것이다. 도스토옙스키에게 홀바인의 그림은 그리스도의 그림이자 인생에 관한 〈빅 픽처〉였다.

취리히 중앙역을 출발한 열차는 한 시간 만에 바젤 역에 도착했다. 바젤 미술관에서는 마침 〈구원의 고고학〉이라는 제목의 특별전이 진행 중이었다. 홀바인의 그림들이 방 하나를 가득 채우고 있었다. 6번 방 입구 앞에 서니 정중앙에 「무덤 속의 그리스도」가 보였다. 벽 중앙에 관이 붙어 있고 그 안에 실물 크기의 시신이 거의 입체적으로 들어 있는 듯했다. 예상했던 것보다 더 섬뜩했다. 도스토옙스키의 눈으로 그림을 보는 것은 어려웠다. 그래도 마음 깊은 곳에 「무덤 속의 그리스도」를 담아 왔다. 절망의 심연으로 떨어졌을 때 꺼내 보려고.

34장 제네바: 남자가 통곡할 때

소설을 써야 했기에 그 모든 걸 견뎌 냈다

도스토옙스키가 제네바에서 쓴 편지는 이 〈역겨운 공화국〉의 〈어리석고 따분하고 야만적인〉 사람들에 대한 불평으로 가득 차 있다. 그는 워낙 스위스를 좋아하지 않았지만 특히 제네바는 싫어하다 못해 증오했다. 제네바에서 그는 평생 흘릴 눈물을 다 쏟았다. 나도 공연히 마음이 무거워져서 점찍어 둔 장소만 휘익 한 번 둘러보고 도망치듯 도시를 떠났다.

도스토옙스키 부부는 1867년 8월 13일 바젤을 거쳐 제네바에 도착했다. 처음에는 론강이 보이는 건물에 방을 얻었다가 12월 중순에 몽블랑 거리 16번지의 조금 더 넓은 셋집으로 이사했다. 제네바 중앙역에서 남쪽으로 10분 정도 걸어가면 외벽에 〈도스토옙스키가 1868년에 이곳에 살면서 집필했다〉는 내용의 현판이 붙은 특색 없는 건물이 나타난다. 눈여겨보지 않으면 그냥 지나칠 수도 있는 모양새다. 부부는 이 건물에서 여섯 달 동안 살면서 인생 최고의 환희가 최악의 고통으로 바뀌는 것을 체험했다.

시베리아의 혹한도 견뎌 낸 작가는 어쩌다 불어오는 스위스의 강풍은 못 견뎌했다. 〈날씨 변화가 남편의 신경을 압박해서 간질 발작이 현저히 빈번해졌다.〉 1868년 1월부터 『러시아 통보』지에 연재될 예정인 『백치』 집필은 마음먹은 대로 진행되지 않아 그의 애간장을 태웠다. 하루에도 수십 가지 플롯이 머릿속에 떠올랐다가 사라졌다.

그러나 당시 부부를 진짜로 사로잡은 것은 기대감이었다. 안나 부인의 첫아이를 가진 것이다! 〈곧 닥쳐올 이 일에 우리의 생각과 꿈이 집중되었다. 우리 둘은 벌써부터 미래의 아기에 대한 사랑으로 충만했다.〉 더 넓은 셋집으로 이사한 것도 곧 태어날 아기 때문이었다.

도스토옙스키의 흥분과 감격은 상상을 초월한다. 몇 가지 에피소드만 예로 들어 보자. 제네바에서 처음 송금을 받은 그는 우선 제일 좋다는 산부인과를 찾아가서 산파를 소개받았다. 산파는 도스토옙스키의 셋집에서 꽤 멀리 떨어진 산동네에 살았는데, 매일 저녁 자기네 동네에서 도스토옙스키가 어슬렁거리는 것을 보고 의아하게 생각했다.

사정은 이랬다. 길눈이 무척 어두웠던 도스토옙스키는 산파를 부르러 가야 하는 위급한 시간에 갈팡질팡할까 봐 지리를 익혀 두기 위해 하루도 안 빼먹고 그녀의 집 근처까지 걸어갔다 온 것이다. 실제로 그의 눈물겨운 준비는 결실을 보았다. 어두컴컴한 새벽녘에 그는 한달음에 달려가 산파를 데려왔다.

출산 당일 상황도 전기 작가들이 반드시 언급하는 유명한 이야기다. 산고는 이틀간 지속되었다. 부인을 가장 힘들게 한 것은 실질적인 진통보다 남편에 대한 걱정이었다. 도스토옙스키는 산고를 겪는 부인을 바라보면서 자기가 더 괴로워했다. 〈그의 얼굴에는 절망과 고통이 어려 있었다. 때때로 흐느끼는 모습도 보였다.〉

결국 도스토옙스키의 존재 자체가 분만을 더욱 힘들게 한다는 결론에 도달한 산파는 그를 옆방에 격리시켰다. 부인은 진통 중에도 짬짬이 산파에게 남편을 좀 보살펴 달라고 부탁했다. 얼마 전에 발작을 겪

도스토옙스키 부부는 제네바 몽블랑 거리 16번지의 건물 한켠에 셋집을 얻었다. 이곳에서 거주한 6개월 동안 이들 부부는 천국과 지옥을 오갔다.

건물 외벽에 붙은 기념 현판. 〈도스토옙스키가 1868년에 이곳에 살면서 집필했다〉는 문구가 적혀 있다.

은 그가 또다시 발작을 일으킬까 봐 겁이 났던 것이다. 옆방의 도스토옙스키는 산파가 들어오는 것도 모르고 무릎을 꿇고 기도를 드리거나 두 손으로 머리를 감싼 채 극심한 고뇌 속에 잠겨 있었다. 산파는 이런 남편은 처음 본다며 고개를 절레절레 흔들었다. 마침내 1868년 2월 22일 새벽 5시, 무려 서른세 시간의 진통 끝에 딸이 태어났다. 부인도 남편도 그저 아기가 무사히 태어난 것만 좋아서 처음 10분 동안은 아들인지 딸인지 묻지도 않았다. 딸의 이름은 도스토옙스키가 가장 사랑하는 질녀의 이름을 따서 소냐(소피야의 애칭)라 짓기로 했다.

도스토옙스키는 너무 기뻐 거의 실성한 사람 같았다. 훗날 『악령』에서 작중 인물 샤토프가 아기의 탄생 앞에서 부르짖는 환희의 송가는 도스토옙스키의 체험을 고스란히 반영한다. 아기는 〈끔찍이도 연약하지만 자기도 또한 삶에 대한 어떤 온전한 권리가 있다는 듯 열심히 자기의 존재를 알리면서 소리치는 생명체〉였다. 아기의 탄생은 〈새로운 존재의 출현이라는 신비, 설명할 수 없는 위대한 신비〉이자 〈위대한 기쁨〉이었다. 〈두 인간이 있었는데, 갑자기 세 번째 인간이, 더할 나위 없이 완전무결한 새로운 정신이 생겨난 겁니다. 이건 인간의 손으로는 어쩔 수 없는 거예요.〉 〈세상에 이보다 더 높은 건 아무것도 없어요!〉

갓난아기는 중년의 대문호를 순식간에 세상에서 가장 자상한 아빠로 만들어 버렸다. 〈그는 아기를 안고 얼러 재웠고 아기의 울음소리가 들리기만 해도 하던 일을 팽개치고 아기에게 달려갔다. 잠에서 깨거나 집으로 돌아오면 제일 먼저 묻는 말이 《소냐는? 안 아파? 잘 잤어? 먹었어?》였다. 표도르 미하일로비치는 몇 시간이고 아기 요람 옆에 앉아서 노래를 불러 주거나 소곤거리곤 했다.〉

그는 진정한 〈딸 바보〉였다. 문우 마이코프에게 보낸 편지에선 태

주택가 한가운데 있는 공동묘지에 마련된 딸 소냐의 무덤. 〈소피,
표도르와 안나 도스토옙스키의 딸〉이라는 프랑스어 문구와 러시아
십자가가 새겨져 있다.

어난 지 한 달밖에 안 된 딸이 자신을 꼭 빼닮았다고 우겼다. 〈내 표정, 내 골상, 심지어 이마에 난 내 주름살까지 닮았답니다. 누워 있는 모습이 꼭 소설 쓰는 자세 같다니까요.〉 유머 감각도 잃지 않았다. 〈저를 닮았으니 예쁘지는 않을 거라 생각하시겠지요. 하지만 못생긴 사람을 닮으면서도 예쁠 수는 있답니다!〉

생후 석 달이 지나자 〈녀석이 나를 알아보고 벌써부터 좋아하기 시작했어요. 내가 가까이 가기만 해도 방실방실 웃는답니다〉라고 감격해했다. 이 시기 집필한 『백치』 2부는 그의 환희를 그대로 보여 준다. 〈아이가 처음으로 웃는 것을 본 어머니의 기쁨이란 죄인이 진심을 털어놓고 신 앞에 기도를 드리는 것을 저 하늘에서 하느님이 내려다보시고 크게 기뻐하는 것과 똑같은 일이에요.〉

그러나 무슨 운명의 장난인지 그들의 소박한 황홀경은 오래가지 못했다. 5월 초의 어느 날 유모차에 실려 산책길에 나섰던 아기는 그만 감기에 걸렸다. 갑자기 불어닥친 돌풍 때문이었다. 의사는 곧 나을 거라 장담했지만 어린 생명은 속절없이 숨을 멈췄다. 〈귀여운 우리 딸이 죽은 모습을 보았을 때 우리를 엄습했던 그 절망감을 나는 글로 표현할 재간이 없다.〉 도스토옙스키의 슬픔은 통렬했다. 〈그렇게 격렬한 절망의 모습을 나는 다시는 보지 못했다.〉

부부는 아기들을 위한 장지가 따로 마련된 플랭팔레 공동묘지에 소냐를 묻었다. 무덤가에 삼나무를 심고 매일같이 무덤을 찾아와 부둥켜안고 울었다. 〈맹세코, 그 조막만 한 내 피붙이가 다시 살아날 수만 있다면, 나는 십자가의 수난도 기꺼이 당하겠습니다!〉 몇 년 뒤 무덤을 다시 찾아온 도스토옙스키는 삼나무가 무성하게 자란 것을 보고는 가지 하나를 꺾어 부인에게 가져다주었다.

일부 주변 사람들은 슬픔의 도가니에 빠진 도스토옙스키를 더욱 힘들게 했다. 소냐가 죽었을 때 이웃이 보여 준 몰인정한 행동에 부부는 넌덜머리를 냈다. 〈이웃들은 우리 딸의 죽음을 알면서도 사람을 보내 큰 소리로 울지 말아 달라고 부탁했다. 신경에 거슬린다는 것이었다.〉 러시아에 있는 친척들과 의붓아들도 그의 절망을 증폭시켰다. 그들은 아이의 탄생을 마뜩잖게 여겼다. 딸은 상속 지분이 적으니 그나마 다행이라는 태도도 보였다. 도스토옙스키는 그들이 소냐의 죽음을 내심 반길 것이라고까지 추정했던 것 같다. 마이코프에게 아기의 죽음을 비밀로 해달라는 편지를 써 보냈다. 〈그 사람들은 내 아기를 불쌍히 여기지 않을 뿐만 아니라 오히려 정반대일 것 같습니다. 그 생각만으로도 나는 서러워 죽을 것 같습니다. 그 불쌍한 어린 것이 무슨 죄가 있나요?〉

어떤 부부는 공통의 상실 앞에서 일심동체가 되고 또 어떤 부부는 오히려 완전히 갈라선다. 다행히 도스토옙스키 부부는 전자에 해당된다. 〈이틀 동안 우리는 단 한 순간도 떨어지지 않았다.〉 영혼을 갈기갈기 찢어 놓는 듯한 상실의 시간에 그는 비로소 그때까지 마음속에 쌓여 온 모든 설움을 부인에게 다 털어놓았다. 이전에도 이후에도 없는 전격적인 〈신세 한탄〉이었다. 젊은 시절 문단 동료들에게 당했던 수모, 〈처형극〉, 유형, 실패한 첫 결혼, 빈곤, 도박 중독, 간질, 천식. 이 모든 고초를 다 겪으면서도 씩씩하게 살아왔다. 가정을 이루고 자식을 갖는 것이 〈위대하고도 유일한 인간적인 행복〉이라 믿으며 살아왔다. 착한 배우자를 만나 이제 겨우 행복을 찾았다고 생각했더니 신은 그것마저 빼앗아 가버렸다. 〈그는 아낙네처럼 통곡하며 울었다.〉

부인은 〈불행한 남편에 대해 가슴 가득 연민을 느꼈고 그토록 비극적인 그의 인생이 너무 불쌍해서 그와 함께 목 놓아 울었다〉. 〈우리가 함께 겪은 절절한 고통과 마음을 나눈 대화를 통해 나는 그의 병든 마

음속 저 깊은 곳까지 헤아리게 되었고, 우리는 더욱더 긴밀하게 결 된 것 같았다.〉

마이코프는 도스토옙스키에게 〈이 모든 것을 다 견뎌 내면서 어떻게 소설을 쓸 수 있는지〉라고 물었다. 어쩌면 소설을 써야 했기에 이 모든 것을 다 견뎌 냈는지도 모른다. 『백치』 연재는 몇 달 동안 중단되었다가 다시 시작되었다. 소설을 압도하는 절망의 분위기는 아기의 죽음과 무관치 않을 것 같다. 『백치』는 세상의 고통을 덜어 줄 수 없는 무기력한 그리스도의 형상으로 마무리된다. 딸을 앗아 간 신을 향해 그가 할 수 있는 최고의 문학적인 저항이었는지도 모른다.

35장 브베: 보이지 않는 돈

나스타샤, 10만 루블 줄 테니 같이 떠나자

도스토옙스키 부부는 죽은 아기와의 추억이 남아 있는 제네바에서 더 이상 살아갈 수가 없어 스위스의 소도시 브베로 이주했다. 혹시라도 유모차와 마주치면 아기 생각이 되살아날까 봐 부부는 인적인 끊어진 길만 골라 다녔다. 주거지를 바꿨지만 상실감은 조금도 가시지 않았다. 부인은 날마다 딸을 생각하며 눈물로 베갯잇을 적셨고, 남편은 거대한 슬픔과 싸우며 『백치』 집필에 몰두했다. 〈우리가 부부로 함께 산 14년을 통틀어 남편과 내가 스위스의 브베에서 보낸 1868년 여름만큼 슬픈 여름은 없었다.〉

제네바 중앙역을 출발한 기차는 한 시간 만에 브베 역에 도착했다. 창밖으로 보이는 풍경은 그냥 지루했다. 유명인들의 휴양지답게 멀리 산기슭에는 호화 콘도가 도열해 있고 호숫가에는 요트가 정박해 있다. 길바닥에는 담배꽁초와 휴지가 널려 있고, 조명도 간판도 음악도 모두 시끄럽다. 관광 철도 아닌데 지나치게 활기차다.

역에서 5분 정도 걸어가니 생플롱 거리와 상트르 거리가 교차하는 지점에 겹창이 나 있는 소박한 건물이 나타났다. 〈1868년 러시아 작가 도스토옙스키가 이 집에 거주하며 집필했다〉고 쓰인 현판이 붙어 있다. 이국적인 카페와 상점이 즐비한 골목을 지나 5백 미터 정도 걸어가니 호수가 보인다. 거대한 레만호가 겨울 바다처럼 황량하다. 바람이 세차게 불고 갈매기 떼가 그악스럽게 끼룩거린다. 호숫가에 서 있는 고골 기념비도, 찰리 채플린 동상도, 호수에 문자 그대로 〈꽂혀 있는〉 네슬레 회사의 유명한 포크 조형물도, 어딘지 생뚱맞다.

지인들은 도스토옙스키가 자연 풍광에 철저하게 무관심했다고 입을 모은다. 〈자연은 그의 안중에 없었다. 그는 인간 연구에만 매달렸다.〉 레만호를 둘러싼 아름다운 산도 그에게는 불평의 대상이었다. 〈산으로 둘러싸인 곳에서는 숨 쉬기도 어렵다.〉 〈나는 대평원의 자식이다. 산은 나를 옥죄고 내 생각을 난쟁이로 만든다.〉 질녀 소피야에게 보낸 편지에서는 〈여기 브베에는 서점이라고는 단 한 개밖에 없고, 러시아 신문도 없고, 화랑도 없고, 미술관도 없고, 영혼도 없다〉며 신경질을 부렸다. 결국 그는 〈스위스에서는 가치 있는 것은 아무것도 쓸 수 없다〉는 결론에 도달했다.

물론 그건 엄살이다. 그 슬픈 여름 그가 브베에서 쓴 『백치』는 당대 그 어떤 소설보다도 날카롭게 현실을 꿰뚫어 본 걸작 중의 걸작이다. 러시아 신문 대신 유럽 신문을 읽으며 도스토옙스키는 원거리에서 러시아를 진단했다. 도스토옙스키의 눈에 러시아는 바야흐로 〈돈의 시대〉로 접어들고 있었다. 〈돈주머니의 위력은 예전에도 누구나 이해하고 있었지만 오늘날 러시아에서처럼 돈주머니가 세상에서 가장 위대한 것으로 취급된 적은 없었다.〉

돈은 도스토옙스키의 모든 소설에 주요 소재로 등장하지만, 특히 『백치』에서는 그 존재감이 상상을 초월한다. 등장하는 모든 인물이 돈을 갈망하고, 돈으로 엮이고, 돈에 의해 운명이 결정된다. 돈의 막강한 힘 앞에서 자본주의냐 사회주의냐는 문제가 아니다. 부자와 빈자,

딸을 잃은 제네바를 떠나 브베로 이주한 도스토옙스키 부부가 살던 집.
그는 소설 『백치』를 쓰면서 슬픔을 견뎠다.

귀족과 평민, 자본가와 노동자, 노인과 청년의 구분도 무의미하다. 모든 사람, 모든 계층, 모든 사상이 금전적 정체성과 실존적 정체성의 갈림길에 무방비 상태로 노출된다.

알렉산드르 2세의 대개혁과 함께 도입된 경제 개혁은 개인의 삶을 송두리째 바꿔 놓았다. 변화를 제대로 읽어 낸 이른바 〈똑똑한〉 사람은 하루아침에 거부가 되고 우물쭈물하던 〈멍청한〉 사람은 졸지에 거지로 전락했다. 나폴레옹 전쟁에서 크림 전쟁에 이르는 일련의 전쟁, 국고 고갈, 농노 제도의 폐단, 화폐 가치 추락, 너무 큰 국토와 너무 추운 기후 등등, 역사적이고 구조적이고 지리적인 온갖 요인들 탓에 러시아 경제는 서구에 비해 대단히 낙후되어 있었다. 1862년 레이테른이 재무 장관에 취임할 무렵 러시아는 천문학적인 액수의 채무로 거의 국가 부도 위기에 처해 있었다고 많은 경제학자들이 지적했다.

러시아의 낙후 정도는 당시 경제의 지표인 철도에서 확연히 드러난다. 1860년대 초 영국의 철도가 1만 5천 킬로미터일 때 러시아는 1천 5백 킬로미터에 불과했다. 이는 친서구파 레이테른이 재무 장관에 취임한 이후 약 10년 동안에 1만 5천 킬로미터 수준으로 확대되었다. 원자재에 대한 수요는 석탄과 철강 산업을 부흥시켰다. 금융 및 조세 영역에 개혁이 도입되고 자본주의 시장 경제가 활성화되기 시작했다. 외국 자본이 들어왔고, 규제가 완화되었으며, 정부 허가 없이도 합자회사 설립이 가능해졌다. 경제 패러다임의 급격한 변화는 투자와 투기의 경계를 허물었고 졸부와 파산자와 거지를 쏟아 냈다.

『백치』에서 자본주의 시대 돈의 의미를 가장 함축적으로 보여 주는 것은 여주인공 나스타샤의 영명축일 장면이다. 상인의 아들 로고진이 파티에 나타나 나스타샤에게 〈10만 루블을 줄 테니 같이 떠나자〉고 제안하는 순간 파티장은 돌연 경매장이 된다. 나스타샤는 매물이 되

모이세이 바인베르크가 작곡한
오페라 「백치」(1985)의 공연 장면.

고 로고진의 10만 루블은 토츠키가 제안한 7만 5천 루블, 예판친이 밀회용 선물로 사놓은 수만 루블짜리 진주 목걸이와 더불어 입찰가가 된다. 나스타샤는 결국 가장 큰 액수를 내건 로고진의 손을 들어 준다.

나스타샤는 로고진과 떠나기 전에 한 가지 이벤트를 벌여 그동안 쌓이고 쌓인 울분을 터뜨린다. 그녀는 로고진이 가져온 현금 10만 루블을 일단 받은 다음 벽난로의 불구덩이 속에 처넣고 가냐를 향해 외친다. 욕심쟁이 가냐가 난로 속으로 들어가 맨손으로 돈을 끄집어내면 그 돈을 다 주겠다는 것이다. 〈나는 당신이 내 돈을 꺼내려고 기어 들어가는 꼴을 보고 싶어!〉 타오르는 불길, 종이 타는 냄새, 사람들의 비명 소리, 나스타샤의 발작적인 웃음소리로 파티는 아수라장이 된다.

문제는 지금부터다. 로고진이 가져온 10만 루블은 뚜렷한 〈형태〉를 지니고 있다. 〈그것은 커다란 종이 뭉치였다. 높이가 13센티미터, 길이가 16센티미터쯤 되는 이것은 『증권 뉴스』라는 신문지로 포장되어 설탕 덩어리를 싸는 노끈으로 칭칭 동여 매여 있었다.〉 놀라운 것은 이 지폐 뭉텅이가 불구덩이 속에서도 타지 않았다는 사실이다. 돈을 싼 신문지는 완전히 다 타서 연기를 뿜고 있다. 〈그러나 돈뭉치는 신문지로 세 겹이나 싸여 있어서 돈은 고스란히 남아 있었다.〉 일부 연구자들은 불구덩이 속에서도 기적적으로 살아남은 지폐야말로 돈의 〈불멸〉을 말해 주는 섬뜩한 이미지라고 주장한다. 그러나 어쩌면 불타 버린 신문지가 그보다 더 섬뜩한 이미지인지도 모른다. 돈을 포장한 신문지가 하필이면 1861년부터 상트페테르부르크에서 발행되던 경제 전문 일간지 『증권 뉴스』라는 것은 허투루 보아 넘길 일이 아니다. 지폐 뭉치가 로고진 부자가 속한 상인 세계를 상징한다면, 『증권 뉴스』 신문지는 새로운 경제 질서를 등에 업고 부상한 신흥 재벌, 즉

예판친의 세계를 상징한다.

예판친 장군은 보잘것없는 가문 출신에 교육도 제대로 못 받았지만, 이른바 〈똑똑한〉 사람이었다. 아내가 가져온 얼마 안 되는 지참금을 종잣돈 삼아 투자에 성공했다. 거대한 건물에 살면서 일부는 세를 주어 수익을 올리고 있다. 온전히 셋집으로만 사용하는 다른 주택도 한 채 있고 근교에는 토지와 공장도 있다. 과거에 무슨 독점 판매에 관계했고 지금은 몇몇 주식회사에도 손을 대고 있다.

로고진의 10만 루블은 불타지는 않지만 그 대신 쓸모가 없다. 교환도 소비도 불가능한 〈죽은〉 돈이다. 로고진은 아버지한테 유산을 상속받자 신이 나서 떠든다. 〈난 돈이 많단 말이다. 너를 산채로 몽땅 사버리고 말 테다. 그리고 당신들을 모두 사버리고 싶다! 모든 걸 사버릴 거다!〉 그러나 그가 실제로 산 것은 아무것도 없다. 나스타샤를 죽여서라도 소유하고자 했지만 그는 아무것도 소유하지 못하고 유형길에 오른다. 그 많은 재산은 고스란히 동생에게 넘어간다.

예판친은 주요 인물이 아니므로 전면에 드러나지 않는다. 그 대신 소설 속의 그 모든 비극적인 사건으로부터 전혀 영향을 받지 않은 채 은밀하게 승승장구한다. 그의 돈은 〈보이지 않는 돈〉이지만 끝없는 순환과 유통을 거듭하며 점점 더 불어난다. 『증권 뉴스』 신문지는 불타 없어져도 신문지에 담긴 자본의 세계는 끄떡도 하지 않는다.

당대 어느 평론가는 『백치』를 읽고 〈도스토옙스키는 돈 개념이 없는 사람〉이라고 비판했다. 툭하면 수백만 루블 어쩌고 하는 것은 현실에 부합하지 않는다는 것이다. 일리가 있다. 당시 러시아 공장 노동자의 월급은 11루블이었고 관리의 월급은 17루블이었으며 방 하나짜리 셋집은 월세가 3루블 내지 6루블이었다. 1867년도 러시아 정부 예산은 415만 루블이었다.

1870년부터 1873년 사이에 259개의 새 회사가 문을 열었는데, 이들 회사의 자본금 총액은 516만 루블이었다. 그런데 로고진이 일개 상인인 아버지한테 물려받은 유산이 250만 루블이라는 것은 사실상 지나친 감이 있다.

어쩌면 『백치』에 나오는 수백만 루블은 초현실적인 상징일지도 모른다. 〈아무것도 살 수 없는 돈〉은 사실상 그 액수가 10만 루블이건 1백만 루블이건 별 상관이 없다. 〈보이지 않는 돈〉도 마찬가지다. 10만이건 1백만이건 대부분의 보통 사람들에게는 이를테면 〈가상〉의 돈이다. 도스토옙스키는 너무 강력해서 손익 개념도, 교환 개념도 모두 다 초월하는 어떤 보이지 않는 힘을 말하고자 했던 것 같다. 도스토옙스키는 〈돈으로 살 수 없는 것〉을 〈가르치려〉 한 적이 없다. 그 대신 〈아무것도 살 수 없는 돈〉과 〈보이지 않는 돈〉을 〈보여 주었다〉.

36장 피렌체: 여인의 얼굴

보는 것이 아는 것이다

「나는 진정으로 그 여인, 나스타샤를 사랑합니다.」

「아니, 그러면서 아글라야에게도 사랑을 고백했단 말입니까?」

「아, 예, 그랬어요!」

「뭐요? 그러니까 당신은 두 여성을 다 사랑하고 싶다는 얘기예요?」

「아, 예, 그렇습니다!」

「진정하세요, 공작, 지금 무슨 소리를 하는 겁니까? 정신 좀 차리세요!」

무슨 카사노바 얘기가 아니다. 『백치』의 주인공 미시킨 공작과 라돔스키가 주고받는 대화다. 미시킨은 소설의 맨 앞 장에서 자기는 환자여서 어떤 여자와도 결혼할 수 없다고 털어놓은 터다. 〈난 선천적인 병 때문에 여자를 전혀 몰라요.〉

그랬던 그가 후반에 이르자 〈부자의 첩〉 나스타샤와 양갓집 규수 아글라야 모두에게 사랑을 고백하고 결혼까지 약속한다. 라돔스키의 추궁에 공작은 〈백치답게〉 대꾸한다. 〈모든 면에서 내가 잘못했다는 것이 확실해요. 그런데 내가 무슨 잘못을 저질렀는지 아직 모르겠군요. 하지만 나는 죄인입니다.〉 공작에게서 어떤 식의 해명이든 얻어 내려 했던 라돔스키는 결국 고개를 흔들며 돌아선다. 〈불쌍한 백치.〉

이 모든 괴상한 연애 스토리는 사람의 얼굴을 바라보는 미시킨의 독특한 시선에서 비롯된다. 〈요즘 나는 사람들의 얼굴을 똑바로 쳐다보곤 합니다.〉 러시아어 동사 *videt'*는 보는 것, 아는 것, 깨닫는 것을 의미한다. 동사에서 파생된 명사 *videnie*는 시각과 시력은 물론 예언적인 비전까지 담고 있다. 도스토옙스키는 모국어의 풍요로운 함의를 소설에서 십분 활용한다. 그에게 본다는 것은 보이지 않는 것까지 〈꿰뚫어 보고〉 그 의미를 〈깨닫는 것〉이다. 이 꿰뚫어 보는 시선이 타인의 얼굴과 결합할 때 인간을 설명하는 새로운 척도가 만들어진다. 도스토옙스키에게 인간의 선악은 타인의 얼굴을 〈볼 수〉 있느냐 없느냐로 결정된다.

얼굴, 관상학, 골상학, 인상, 표정에 대한 도스토옙스키의 집요한 관심은 널리 알려져 있다. 그는 그림 중에서도 특히 초상화에 관심이 많았다. 원고지에 종종 인물의 얼굴을 스케치하기도 했다.

얼굴은 다른 신체 부위와 확연히 구별된다. 육체와 정신이 얼굴에 공존한다. 얼굴은 한 인간의 성격뿐 아니라 교양과 도덕과 지성을 대변하는 살아 있는 〈이미지〉다. 인간의 드러난 본질이 곧 얼굴이다. 〈그의 인상은 그때까지 그가 살아온 모든 삶의 특성과 본질을 생생하게 입증해 주고 있었다.〉 『백치』는 얼굴에 대한 설명, 사진, 초상화로 가득 차 있다. 읽다 보면 〈나이 마흔이면 자기 얼굴에 책임을 져야 한다〉는 말이 저절로 생각이 날 정도다.

도스토옙스키에게 많은 영향을 받은 프랑스 철학자 에마뉘엘 레비나스는 〈얼굴은 직설법이 아니라 명령법으로 한 존재가 우리와 접속하는 방식〉이라고 했다. 많이 단순화시켜 말하자면 타인이 얼굴로써

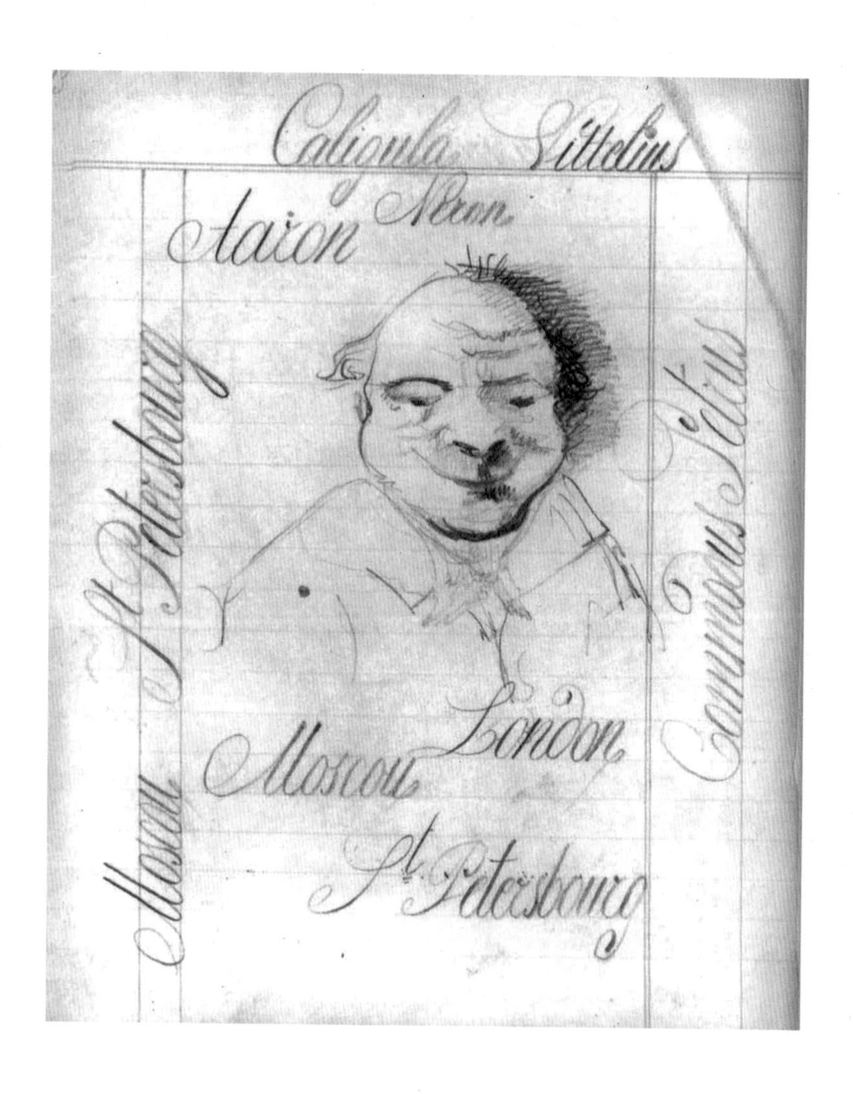

도스토옙스키는 원고지에 소설 속 등장인물들의
얼굴을 스케치하곤 했다.

우리에게 고통을 호소할 때 내치지 않는 것이 곧 선이라는 뜻이리라. 도스토옙스키도 비슷한 얘기를 한다. 나를 향한 타인의 얼굴을 〈제대로〉 응시하는 것은 그에게 가장 근원적인 윤리적 행위다. 반대로 타인의 얼굴이 마치 존재하지 않는 듯 못 본 척하거나, 잘 못 보거나, 얼굴을 때리거나 얼굴에 침을 뱉는 행위는 가장 사악한 행위가 된다.

『백치』에서 오로지 주인공 미시킨만이 타인의 얼굴을 〈제대로〉 보고 그 〈명령법〉에 응답한다. 그에게는 사랑도 결혼도 사실은 〈윤리적인 바라보기〉를 세속의 언어로 표현한 것에 불과하다. 〈나의 결혼이 무슨 의미가 있지요? 모든 게 매한가지예요.〉

아름답고 오만한 아글라야의 얼굴에는 고통이 서려 있다. 순수함에 대한 고결한 열망과 인간적인 질투 사이에서 그녀는 찢겨져 있다. 그런 그녀의 얼굴을 미시킨은 도저히 못 본 척할 수 없다. 그래서 그만 〈나는 당신을 진심으로 사랑합니다〉라고 말해 버린다.

나스타샤와의 관계는 조금 더 복잡하다. 나스타샤의 사진은 〈기가 막힌 미모〉와 〈다른 무엇〉으로 처음부터 미시킨을 놀라게 했다. 이 〈다른 무엇〉은 그녀의 과거에서 출발한다. 부모를 잃은 고아 소녀 나스타샤에게 옆 마을 지주 토츠키가 후견을 자청한다. 아이가 예쁘게 커가는 것을 본 그는 시골에 별채를 마련하여 사치품과 하녀와 가정교사를 붙여 〈양육〉한다. 그러고는 아직 미성년인 소녀를 내연녀로 삼는다. 몇 년 뒤 어느 날, 토츠키가 수도의 상류층 처녀와 결혼한다는 소문이 들리자 이 〈값싸게 수중에 들어온 생명 없는 영혼〉이 복수의 여신으로 돌변하여 들이닥친다. 무서운 얼굴로 깔깔거리며 그동안 토츠키를 얼마나 경멸하고 혐오했는가를 단도직입적으로 털어놓는다. 〈너 죽고 나 죽자〉는 식의 결연한 의지까지 내보이며 어떤 희생을 치르더라도 그의 인생을 망쳐 놓겠다고 위협한다. 토츠키에 대한 증오,

도스토옙스키가 피렌체에 머무는 동안 가장 많이 들렀던 곳인 팔라초 피티. 이 안에 있는 보볼리 정원에서 부인과 늘 산책을 했으며, 안에 있는 팔라티나 미술관도 종종 방문했다.

세상에 대한 증오, 복수심, 수치심, 그리고 죄의식은 거대한 응어리가 되어 그녀의 미모에 〈다른 무엇〉을 더해 준 것이다.

〈이 얼굴에는 많은 고뇌가 담겨 있어요.〉 미시킨은 직관적으로 나스타샤의 얼굴에서 고통의 원형을 본다. 〈나는 이미 그날 아침 사진에서 그 여자의 얼굴을 보고 견딜 수가 없었어요.〉 나스타샤의 고통은 지배당하고 학대받고 짓밟히고 착취당하고 증오하고 복수하는 인간 보편의 고통으로 증폭되어 그에게 호소한다. 〈나는 즉시 당신이 나를 부르고 있는 듯한 인상을 받았습니다.〉 그녀의 부름에 대한 그의 응답은 〈청혼〉으로 나타난다. 〈나스타샤 필리포브나, 당신은 많은 보살핌이 필요해요. 내가 당신을 돌봐 드리겠어요.〉 그에게 청혼은 진정한 연민의 표시였다.

미시킨의 시선에 담긴 심오한 윤리적 의미를 이해하거나 수용하는 인물은 아무도 없다. 소설의 독자도 〈이게 다 무슨 얘기냐〉며 고개를 갸우뚱할지 모른다. 사실 결과론적으로만 본다면 미시킨은 〈양다리를 걸치고〉 세상의 질서를 어지럽히는 〈백치〉일 따름이다. 그러나 바라보기라는 관점에서 그는 여전히 주인공이고 여전히 〈그리스도를 닮은 인간〉이다. 레비나스는 〈윤리란 정신적인 광학이다〉라고 했다. 미시킨만큼 레비나스의 사상을 실천적으로 보여 주는 문학적 인물도 없을 것 같다.

도스토옙스키 부부는 1868년 9월 슬픔으로 얼룩진 스위스를 뒤로 하고 이탈리아로 갔다. 처음에는 밀라노에 머무르려 했지만 러시아 신문이 들어오지 않아 피렌체로 갔다. 11월에 피렌체에 도착한 부부는 다음 해 7월까지 아홉 달 동안 이곳에 거주했다.

부부는 팔라초 피티 건너편에 있는 작은 건물에 세를 얻었다. 피렌체에서의 삶은 여전히 고달팠다. 돈은 언제나 부족했고, 날씨는 엉망

라파엘로의 「의자 위의 마돈나」(1514). 도스토옙스키는 팔라티나 미술관에 있는 소장품 중 이 작품을 가장 좋아했다.

이었고, 『백치』는 계속해서 속을 썩였다. 〈나는 피렌체에 계속 죽치고 있어. 오로지 다른 데 갈 돈이 없다는 이유에서야.〉

피렌체를 떠나기 직전에 그가 겪은 더위는 무시무시했다. 〈그늘에서도 기온이 34도 내지 35도야. 밤이 되면 28도로 떨어지고 새벽 4시경에는 26도까지 떨어졌다가 다시 올라가기 시작해.〉 이런 날씨에 관광객들이 북적이는 게 사뭇 이상하다고 썼다. 〈그 사람들은 돈이 있는데 왜 여기 있는지 모르겠어.〉 열대야 때문에 창문을 열어 놓고 있으면 노랫소리, 악기 소리, 시장 바닥의 고함 소리, 당나귀 울음소리, 드잡이 소리가 다 들려왔다. 〈잠을 자는 것은 아예 불가능해.〉

그러나 피렌체에서 도스토옙스키는 첫아이를 잃은 슬픔을 조금씩 극복해 나갔다. 부인은 다시 아기를 가졌다. 의사의 권고에 따라 부부는 팔라초 피티의 보볼리 정원에서 함께 산책을 했다. 조각과 분수와 아름다운 숲이 있는 정원을 거닐며 부부는 조금씩 미래에 대한 희망을 키워 갔다. 게다가 팔라초 안에 있는 팔라티나 미술관은 아름다움에 대한 목마름을 시원하게 해소시켜 주었다. 라파엘로의 작품들, 특히 「의자 위의 마돈나」는 도스토옙스키를 완전히 사로잡았다.

팔라티나 미술관에는 꽤 이른 아침인데도 관람객들이 상당히 많았다. 보티첼리, 라파엘로, 티치아노의 그림들이 시대 구분이나 배열의 원칙 없이 너무 촘촘하게 벽면을 메우고 있어 눈도 바쁘고 발도 바빴다. 도스토옙스키를 매료시켰던 라파엘로의 그림은 현재 〈사투르누스 방〉에 전시되어 있었다.

마돈나의 얼굴을 뚫어지게 바라보며 서 있었을 도스토옙스키를 상상했다. 나스타샤의 사진을 들여다보는 미시킨의 슬픈 눈도 상상했다. 거장들의 그림이 빼곡히 들어찬 방 안에서 나는 내 시력의 한계를 절감했다. 우리 보통 사람은 그 누구도 미시킨처럼 볼 수 없다. 인간이 그런 식으로 볼 수 있다면, 지상에는 벌써 낙원이 도래했을 것이다. 그러나 『백치』는 여전히 나에게 다른 가능성을 속삭인다. 보는 법을 조금이라도 배울 수는 있지 않을까. 시각도 훈련이 가능하지 않을까. 설령 평생이 걸릴지라도.

37장 피렌체: 유한한 삶, 행복한 삶

순간을 1세기처럼 살 수 있다면

1869년 1월, 길고 긴 소설 『백치』가 피렌체에서 완성되었다. 〈마침내 끝났다! 끔찍한 고뇌와 절망 속에서 밤낮을 가리지 않고 마지막 장을 썼다.〉

이로부터 83년 뒤인 1952년, 피렌체시는 작가가 살았던 셋집에 현판을 달아 대작의 탈고를 기념했다. 미켈란젤로 언덕에서 내려와 베키오 다리를 건너 3백 미터 정도 남쪽으로 걸어가다 보니 오른편에 구글 맵으로 확인해 두었던 노란색 건물이 보인다. 이탈리아어로 〈여기서 표도르 미하일로비치 도스토옙스키가 소설 『백치』를 완성했다〉고 쓰인 현판이 붙어 있다. 이들 부부가 살았던 건물 2층에는 〈법률 사무소〉 팻말이 걸려 있다. 명랑한 이탈리아 신사가 나오더니 자기는 이 사무소에서 일하는 변호사라며 의미심장하게 웃는다. 무어라 말을 꺼내기도 전에 〈남은 건 아무것도 없다〉는 말을 여러 번 하더니 총총 사라진다. 그동안 도스토옙스키의 족적을 찾아 여기까지 온 사람들한테 적잖이 시달린 눈치다.

건물 1층에 입점해 있는 자니니 문구점은 1856년 개점한 이래 6대째 영업을 해온 유서 깊은 문구 및 제지·제본 상점이다. 도스토옙스

피렌체에서 도스토옙스키가 살던 셋집. 이 건물
1층에 입점해 있던 자니니 문구점에서
도스토옙스키는 종이와 잉크를 사곤 했다.

셋집의 현판. 〈여기서 표도르 미하일로비치
도스토옙스키가 소설 『백치』를 완성했다〉고 쓰여 있다.

키는 피렌체에 체류하는 동안 여기서 종이와 펜과 잉크를 사서 썼다. 〈러시아 관광객들이 가끔 찾아와 도스토옙스키에 관해 묻는다〉고 매니저가 알려 준다. 늘 궁핍했던 그가 유일하게 사치를 부린 품목이 종이와 펜이었다고 한다. 그냥 나오기가 미안해서 작은 메모장과 연필을 샀다.

문구점에서 나와 트리니티 다리를 건너 북쪽으로 갔다. 현재 팔라초 스트로치에 있는 비외쇠 도서관은 당시 8만권의 장서, 두 종의 러시아 신문을 비롯한 유럽 각국의 신문, 넓고 편안한 열람실을 자랑하는 명소였다. 도스토옙스키뿐만 아니라 스탕달, 졸라, 쇼펜하우어, 지드, 헉슬리 등 쟁쟁한 문인과 사상가들이 피렌체에 머무는 동안 이 도서관 열람실을 즐겨 찾았다.

도서관 안으로 들어가 딱 한 마디 〈도스토옙스키〉라고 했을 뿐인데, 어디선가 영어를 구사하는 사서가 나타났다. 그녀는 〈다 안다〉는 표정으로 성큼성큼 앞서가더니 아카이브 담당자인 라우라 데시데리 부인에게 나를 〈인계〉했다. 담당자가 가져다준 것은 두 권의 두꺼운 장부였다. 도스토옙스키가 거주할 당시 피렌체는 이탈리아의 수도였다. 방문 외국인은 방명록 장부에 이름과 거주지 주소를 친필로 기록해야 했다. 장부에 등록된 인물들의 면면은 문화 중심지로서 피렌체의 위상을 추측할 수 있게 해준다. 러시아 귀족뿐 아니라 러스킨, 브라우닝, 베를리오즈, 리스트, 하이네, 심지어 나폴레옹 3세의 이름까지 들어 있다.

도스토옙스키의 친필을 볼 수 있는 장부는 두 권이었다. 하나는 1862년 스트라호프와 들렀을 때 남긴 것이고, 다른 하나는 1868년 부인과 체류할 때 남긴 것이다. 1868년 장부에는 12월 16일자로 〈*M. Théodore Dostoievsky, Via Guicciardini No. 8 au second*〉라 적혀 있다.

당대 문화인들이 즐겨 찾던
피렌체 비외쇠 도서관의
1820년대 스케치.
도스토옙스키도 이곳에서
러시아 신문을 읽곤했다.

현재 비외쇠 도서관이 들어 있는 건물인
팔라초 스트로치.

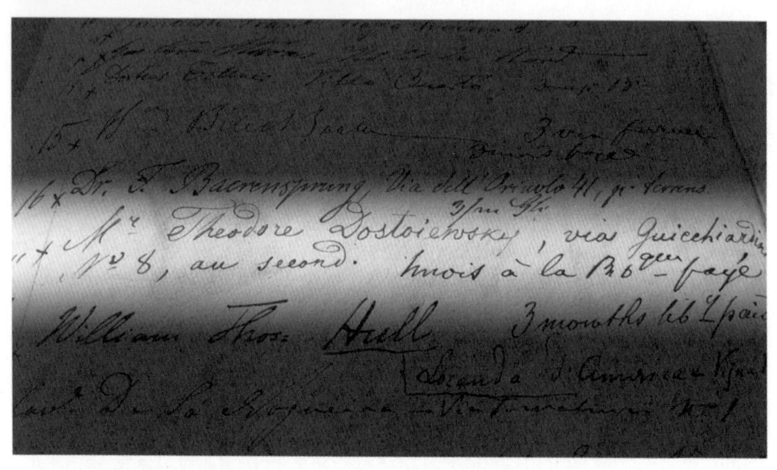

Dr. F. Baerensprung, Via dell' Oriuolo 41, p. terreno
Mr Theodore Dostoievsky, via Guicchiardini
N° 8, au second.
William Thos: Hull 3 months

1868년 피렌체 방문객 등록대장에 적혀 있는 도스토옙스키의 친필 서명.
〈*M. Théodore Dostoievsky, Via Guicciardini No. 8 au second*〉라 적혀 있다.

도스토옙스키 친필 서명 중 유일하게 남아 있는 라틴 알파벳 서명이라 추정된다. 현재 구차르디니 거리 22번지가 당시에는 8번지였다고 한다. 나는 필적학에는 문외한이지만 얼핏 보기에 반듯하면서도 힘찬 서체가 그의 성격을 보여 주는 것 같다. 『백치』에서 미시킨이 하는 말이 생각났다. 〈그들의 서명에는 이따금씩 그들 나름대로 취향과 노력의 흔적이 담겨 있습니다.〉 실제로 도스토옙스키는 그림과 글씨에 조예가 깊었으며 필적이 얼굴처럼 사람의 본성을 보여 준다고 믿었다.

『백치』는 여러 면에서 도스토옙스키의 실제 삶을 재료로 한다. 독자들께서도 이미 아시다시피 도스토옙스키는 페트라솁스키 서클 사건으로 체포되어 사형 선고를 받았다가 처형 직전 감형을 받았다(9장 참조). 『백치』는 이때의 트라우마를 가장 강렬하게 보여 주는 소설이다. 『백치』에는 사형수와 처형 장면 등에 관한 얘기가 유난히 많이 나오는데, 그 모든 처형 스토리의 핵심은 죽음의 확실성이다.

파스칼은 『팡세』에서 필멸의 인간을 사형수에 비유했다. 〈쇠사슬에 묶인 한 무리의 사람들을 상상해 보라. 모두가 사형 선고를 받았는데, 매일 다른 사람들이 보는 앞에서 그중 몇몇이 교수형에 처해진다.〉 그는 이것이 인간 조건의 모습이라고 했다. 도스토옙스키도 인간의 조건에서 가장 끔찍한 것은 필멸에 대한 절대적인 확실성이라 지적했다. 〈피할 수 있다는 희망이 절대로 없을 거라는 사실 속에 처참한 고통이 있는 겁니다.〉

이 확실성과 싸우기 위해 인간이 할 수 있는 일은 무엇일까. 도스토옙스키는 미시킨의 입을 통해 자신의 체험을 3인칭으로 풀어내면서 여기에 대한 답을 모색한다. 미시킨은 언젠가 우연히 알게 된 사형수 얘기를 예판친 장군의 가족에게 들려준다. 〈그 사람은 다른 죄수들과 함께 사형대 위로 끌려가서 정치범으로 총살형을 받는다는 선고문을

들었답니다.〉

사형수는 세 번째 줄에 서 있었다. 죽음은 5분 뒤로, 더할 나위 없이 확실하게 그에게 다가왔다. 그러나 그는 그 5분을 무한대로 늘임으로써 죽음의 확실성을 거부한다. 〈그는 이 5분 동안 많은 삶을 살 수 있을 것 같은 느낌이 들어서 그게 마지막 순간이라는 생각은 하지도 못했다고 했습니다.〉 〈그 5분이 그에게는 무한대의 시간이고 엄청난 재산처럼 여겨졌답니다.〉 〈우선 동료들과의 작별에 2분을 할당하고, 마지막으로 자기 자신을 성찰해 보는 데 2분, 그리고 나머지 시간은 마지막으로 주변을 둘러보는 데 할당했답니다.〉 믿을 수 없이 긴 5분이었다.

바로 그 순간 사형수의 머릿속에 묘한 생각이 떠오른다. 〈만약 내가 죽지 않는다면 어떻게 될까? 만약 생명을 다시 찾는다면 그것이 영원 아닐까!〉 〈이 모든 것이 나의 것이 된다! 그때 나는 매 순간을 1세기로 연장시켜 아무것도 잃지 않고 1분 1초라도 정확히 계산해 두어 결코 헛되이 낭비하지 않으리라!〉

이때부터 이야기는 죽을 뻔했다가 살아난 사람의 무용담에서 생에 대한 철학적 담론으로 넘어간다. 사형수의 생각은 시간을 초월한다는 것의 궁극적인 의미를 보여 준다. 매 순간을 1세기로 체험할 수 있다면 시간은 더 이상 존재하지 않는다. 인간은 생로병사의 굴레에서 벗어난다. 죽음의 확실성도 의미가 없다. 불멸도 의미가 없다. 〈모든 것이 나의 것이다.〉 이것이야말로 득도 아닌가. 이것이야말로 지상에서 인간이 얻을 수 있는 최고의 부 아닌가.

소설에서 이 사형수와 가장 유사한 인물은 불치병에 걸려 살날이 얼마 안 남은 이폴리트다. 그는 스스로를 사형수라 부르며 매분을 한 세기로 연장하는 상상을 한다. 그의 상상은 곧 살아 있는 사람들에 대한 분노로 전이된다. 살아 있는 사람들이 가진 그 최고의 〈재산〉에 질투가 나서 견딜 수가 없다. 〈앞으로 살날이 60년까지도 남은 사람들이 불행하다면, 그리고 사는 법을 모른다면 그건 누구 잘못인가?〉 그는 〈살 수만 있다면 무엇이든 다 할 수 있는데 왜 살날이 구만리 같은 사람들이 부자가 못 되고 성공하지 못하느냐〉면서 불같이 화를 낸다.

무한히 연장되는 시간이 주어지면 인간은 정말로 무엇이든 다 이룰 수 있을까? 소설 속의 사형수는 영원히 계속되는 시간에 대한 상념이 〈증오스러워져서〉 차라리 빨리 총살당하는 게 낫다는 생각이 들었다고 했다. 사실 1분 1초를 아껴 써서 단 한 순간도 낭비하지 않고 산다는 것은 오로지 비유적으로만 가능한 얘기다. 보통 사람이 일상에서 매 순간을 충실하게 살 수는 없다. 날마다 죽음의 확실성을 절감하며 살 수도 없다. 그건 어마어마한 일을 겪거나 생사의 갈림길에서 살아온 사람도 거의 마찬가지일 것이다. 완전히 다시 태어나는 데 성공해서 평생 그 상태를 유지하는 사람이 얼마나 될까. 살면서 어떤 극적인 회심의 순간에, 혹은 중요한 계기에 무언가 깨달음을 얻는다 해도 대개 그때뿐이다.

미시킨의 이야기를 듣고 나서 알렉산드라가 묻는다. 〈그 사람은 이 엄청난 부를 어떻게 처리했다던가요? 매 순간 정확하게 계산하며 살았대요?〉 〈아니, 그렇지 않습니다. 그 사람 말은, 전혀 그렇지 않다고 합니다. 너무나 많은 순간과 시간을 낭비하며 살았답니다.〉

도스토옙스키는 처형장에서 살아난 뒤 형에게 쓴 편지에서 소설 속의 사형수와 똑같은 말을 했다. 〈매 순간이 행복한 한 세기가 될 수 있을 거야.〉 그러나 살다 보니 그 역시 자기가 너무나 많은 시간을 낭비하며 살았다는 생각이 들었다. 20년이 흐른 뒤 쓴 소설 『백치』에서 사형수가 한 말은 자신의 속내를 그대로 드러내 보인 것이다.

이 시점에서 도스토옙스키는 1분 1초를 아껴 쓰는 것과는 다른 어떤 것으로 인간의 유한성에 대응하려 했던 것 같다. 〈행복은 과연 어디에 있는 것일까? 모두들 확신하리라 믿지만, 콜럼버스가 행복을 느꼈던 것은 그가 아메리카 대륙을 발견했을 때가 아니라 발견하려고 시도했을 때였다. 신대륙이 나타나지 않는다 하더라도 문제는 신대륙에 있는 것이 아니다. 문제는 삶에, 오로지 삶 하나에 있다. 중요한 것은 그 삶을 끊임없이 추구하는 것이지 그 삶을 발견하는 데 있는 게 아니다.〉

삶을 중단 없이 추구하는 것 자체에 의미를 둘 때에 죽음은 더 이상 인간의 행복을 방해하지 못한다는 얘기다. 시간을 낭비하며 사는 보통 사람도 이 정도는 노력해 볼 수 있을 것 같다.

38장 드레스덴: 〈악령〉들의 우두머리

지상 낙원과 절대 권력

안나 부인의 출산일이 다가오자 이탈리아어를 한마디도 못하는 도스토옙스키는 불안해서 도저히 견딜 수가 없었다. 혹시라도 발생할지 모르는 〈만일의 사태〉는 생각만 해도 끔찍했다. 반드시 말이 통하는 곳으로 가야 했다. 부부는 결국 피렌체를 떠나 처음 유럽 여행길에 올랐을 때 잠시 머물렀던 드레스덴으로 거주지를 옮겼다.

부부는 1869년 8월 초에 드레스덴에 도착했고, 9월 14일에는 둘째 딸 류보피가 무사히 태어났다. 도스토옙스키의 기쁨은 또다시 절정에 달했다. 이들 가족은 이곳에서 비교적 평화로운 삶을 2년 가까이 산 뒤 귀국했다. 아이는 무럭무럭 자랐고 도스토옙스키는 육아의 기쁨을 만끽하는 가운데 『영원한 남편』을 완성했다. 그러나 도스토옙스키 일생에서 드레스덴은 무엇보다도 세 번째 대작 『악령』을 집필한 곳으로 기억된다.

『악령』의 구상은 러시아 역사에 〈네차예프 사건〉으로 기록된 어느 살인 사건으로부터 촉발됐다. 세르게이 네차예프는 악명 높은 니힐리스트였다. 1860년대 러시아에서 니힐리스트란 모든 사상, 모든 의미, 모든 권위, 모든 도덕을 철저하게 부정하는 급진주의자를 지칭했다.

드레스덴의 러시아 정교회 성당.
둘째 딸 류보피가 이 성당에서
세례를 받았다.

악명 높은 니힐리스트 세르게이 네차예프.
『악령』의 등장인물 표트르는 네차예프를
모델로 했다.

상트페테르부르크 학생 운동에 깊이 관여했던 네차예프는 1868년 스위스로 건너가 혁명의 대부 바쿠닌, 오가료프 등과 교류했다.

처음에 그의 열정과 대담성과 카리스마는 해외 망명 인사들을 매혹시켰다. 그는 장래가 촉망되는 우수한 신예였다. 그러나 그의 이른바 〈사상〉이라는 것이 모습을 드러냄에 따라 주변의 인물들은 점차 뒷걸음질을 쳤다. 아나키스트 바쿠닌도 결국은 네차예프의 잔인함에 경악했다. 네차예프를 〈광신이 도를 넘어 멍청이가 된 인간〉으로 불렀으며, 지인들에게 그를 조심하라는 경고 메시지를 비밀리에 보내기도 했다.

네차예프의 사상은 한마디로 〈테러〉였다. 그가 아는 과학은 오로지 하나, 〈파괴의 과학〉이었으며 그의 유일한 목표는 〈인정사정없는 파괴〉였다. 〈우리의 관심사는 오로지 열정적이고, 완전하고, 무자비한 파괴뿐이다.〉 〈그들은 이것을 테러리즘이라 부른다! 그들은 이것을 목청껏 비난한다! 내버려 둬라. 우리는 상관하지 않는다.〉

1869년 네차예프는 모스크바로 돌아와 〈세계 혁명 연맹〉이라는 유령 조직의 〈러시아 지부 대표〉라는 유령 직함이 찍힌 신임장을 흔들며 페트롭스키 농업 학교에 비밀 결사를 조직했다. 이 학교 학생 이바노프는 사회 변혁의 뜻을 품고 조직에 참여했지만 곧 네차예프의 리더십에 의문을 품고 탈퇴 의사를 밝혔다. 격노한 네차예프는 이바노프가 조직을 밀고할 것이라는 헛소문을 퍼뜨려 조직원들을 선동했다. 1869년 11월 21일 일당은 학교 교정에서 이바노프를 구타하고 목을 조르고 권총으로 살해한 뒤 연못에 시신을 유기했다. 시신이 발견되고 사건의 전모가 드러나자 네차예프의 악명은 해외 혁명가들 사이에서도 극에 달했다. 마르크스가 1872년 제1인터내셔널 헤이그 대회에서 바쿠닌을 제명하기 위해 결정적인 근거로 사용한 것도 바쿠닌과 네차예프의 교분이었다.

한때 반정부 서클의 주요 멤버이자 정치범이자 저널리스트이기도 했던 도스토옙스키는 항상 러시아 시사 문제에 촉각을 곤두세우며 살았다. 〈해외에서도 세 가지 러시아 신문을 날마다 빠짐없이 읽고 잡지 두 권을 구독해서 본다〉고 자랑할 정도였다. 네차예프 사건을 신문에서 접한 그는 차제에 〈정치 소설〉을 한 권 쓰기로 작정했다.

처음에는 그저 한 석 달 정도 시간을 들여 가벼운 소설을 쓸 작정이었다. 그러나 소설의 스케일은 그가 감당하기 어려울 정도로 점점 더 커져 갔다. 그의 머릿속에서 무르익고 있던 다른 소설들이 새 소설 속으로 들어가 뒤얽혔다. 〈전체 구상을 열 번 이상 바꾸었고 1부는 완전히 다시 썼어요.〉

1870년 8월에는 그동안 쓴 것을 다 버렸다. 책 한 권 분량의 원고가 휴지통으로 들어갔다. 그때까지 제목조차 결정이 되지 않았다. 10월이나 되어서야 그는 마이코프에게 보낸 편지에서 자기 책의 제목이 〈악령〉이라고 밝혔다. 소설은 『러시아 통보』 1871년 1월호부터 연재되기 시작했다.

러시아 지방의 작은 도시에 니힐리스트 그룹이 있다. 이 그룹의 이른바 〈정신적인〉 지도자는 지주의 아들 스타브로긴이고 실질적인 리더는 그의 하수인을 자처하는 표트르다. 교활하고 기민한 표트르는 처음부터 끝까지 모든 범죄를 기획하고 사주하고 실행하는 행동 대장이다. 살인, 강도, 밀고, 무고, 방화 등 온갖 범죄를 통해 그는 도시를 공포로 몰아넣고 그룹을 장악한다. 표트르의 지휘 아래 니힐리스트들은 자기들 〈사업〉에 방해가 되는 모든 인물을 차례로 제거한다. 조직의 일원인 샤토프가 전향의 기미를 보이자 그 역시 살해한다. 사건의 진상이 밝혀지자 모든 범죄를 총괄해서 주도했던 표트르는 해외로 도주한다. 도스토옙스키는 니힐리스트들, 그리고 니힐리스트들이 휘젓고 다니는 러시아를 복음서에서 언급되는 〈악령(마귀) 들린 돼지 떼〉에 비유했다. 〈악령〉이라는 제목은 여기서 나온 것이다.

표트르는 네차예프를 상기시킨다. 그러나 도스토옙스키의 의도는 네차예프의 범죄를 폭로하는 데 있는 게 아니다. 〈저는 신문에서 읽은 것 말고는 이바노프도, 네차예프도, 그리고 살인 사건의 정황도 모릅니다. 아니, 알았더라도 그것들을 사용하지 않았을 겁니다. 저의 상상력은 실제 일어난 것과 완전히 다를지도 모릅니다. 저의 표트르는 네차예프를 전혀 닮지 않았을지도 모릅니다. 하지만 저는 여전히 제 상상력이 그 범죄에 상응하는 인물, 모종의 유형을 창조했다고 믿습니다.〉

그가 네차예프 사건에서 파헤친 것은 특정 사상의 문제보다 더 깊은 곳에 있는 인간 본성의 문제였다. 그는 인간 본성의 심연에 뿌리 내린 권력 의지를 끄집어내서 하나의 인간 유형을 창조했다. 그는 네차예프를 광신자라 생각하지도 않았고 멍청이라 생각하지도 않았다. 표트르로 〈재탄생한〉 네차예프는 인간의 권력 의지를 증폭시켜 보여 주는 무시무시한 괴물이다. 정치 소설로 기획된 작품은 결국 철학 소설로 굳어졌다.

표트르 일당 중 하나인 시갈료프는 전체주의의 생리를 가장 잘 요약한 인물로 평가받는다. 그는 〈무제한의 자유에서 출발하여 무제한의 전제주의로 가는 것〉이 지상 낙원을 이룩하는 길이라고 주장한다. 인류의 10분의 1이 모든 권력을 거머쥐고 나머지 10분의 9는 무한히 복종하는 것이 평등에 대한 그의 비전이다. 〈모든 노예들이 노예 제도 안에서는 평등하다.〉

표트르는 그런 시갈료프를 〈멍청한 박애주의자〉라 부르며 비웃는

도스토옙스키의 『악령』을 바탕으로 쓴 알베르 카뮈의 희곡 「악령」의 공연 포스터. 카뮈가 죽기 1년 전인 1959년 앙투안 극장 무대에 올려졌다.

블라디미르 호티넨코 감독이 4부작으로 제작한 TV 드라마 시리즈 「악령」(2014). 러시아에서 2015년 TV 드라마 부문 황금 독수리 상을 수상하였다.

다. 인류의 10분의 1이 완전한 자유와 절대 권력을 누린다는 것은 나이브한 꿈이라는 것이다. 인간은 그렇게 만들어진 게 아니다. 절대 권력을 잡는 단 한 명이 정해질 때까지 서로 싸우는 게 인간이다. 둘만 모여도 갑과 을이 결정되고 셋이 모이면 서열이 정해지는 게 인간이다. 표트르에게 지상 낙원은 아이들 동화 같은 얘기다.

그에게는 이념도 철학도 로망도 없다. 그의 관심은 인간이 아니라 인간의 파괴다. 〈전대미문의 비열한 방탕〉, 〈음주와 유언비어와 밀고〉, 〈냉소주의와 스캔들과 완전한 불신〉을 퍼뜨려 인간 실존의 도덕적 기반을 철저하게 붕괴시킨다는 게 그의 전략이다. 그리고 당연히 그 전략의 종착역은 절대 권력이다. 완전한 혼돈과 파괴 후에 홀로 우뚝 서서 모든 권력을 통째로 장악하는 것이 그의 목적이다. 도스토옙스키는 도덕의 폐허 위에 등장하게 될 권력 의지의 화신을 그려 낸 것이다.

『스탈린』의 저자 에드바르트 라진스키는 표트르로 형상화된 네차예프 없이는 스탈린을 이해할 수 없다고 못 박았다. 스탈린뿐 아니라 나치와 파시스트, 더 나아가 현대의 테러리스트는 모두 네차예프의 후예들이다. 카뮈는 『악령』이 도스토옙스키 작품 중 가장 예언적인 작품이라 상찬했다. 동명의 희곡으로 각색하여 직접 앙투안 극장 무대에 올렸으며, 노벨상 상금으로 받은 돈까지 투자했다. 서른세 명의 배우가 등장하여 네 시간 동안 열연한 공연은 대성공을 거두었다.

『악령』은 분명 테러리즘을 예고한다. 그러나 도스토옙스키는 소설에서 당대 현실과 미래에 대한 우려뿐 아니라 과거에 대한 성찰을 보여 준다. 그는 1860년대 니힐리스트들의 등장에는 자신을 비롯한 이른바 〈40년대 사람들〉에게도 책임이 있음을 절감했다. 못된 자식은 부모 책임이란 얘기다.

도스토옙스키는 자기 세대의 잘못이 〈러시아의 현실을 수수방관한 것〉, 〈서구의 사상을 무조건적으로 받아들인 것〉, 〈공허한 이론만 떠들어 댄 것〉에 있다고 자책했다. 도스토옙스키의 반성적 사유는 표트르의 아버지인 늙은 자유주의자 스테판을 통해 드러난다. 스테판은 표트르와 그 일당의 행태를 보면서 증오와 공포에 치를 떤다. 그러나 죽음을 앞둔 어느 순간 평생 빈말만 지껄이며 살아온 자신이야말로 이 모든 사악한 현실의 주범임을 자각한다. 악령이 환자에게서 나와 돼지 떼 속으로 들어간 성경의 대목을 인용하면서 〈우리들이 바로 그들〉이며 그들의 우두머리는 바로 자신이라고 절규한다. 〈어쩌면 내가 그 우두머리인지도 몰라요. 선두에 서 있는 자 말이죠. 우린 완전히 무엇에 홀린 듯 광포하게 날뛰면서 절벽에서 바다로 돌진하고 있는 거예요.〉

등장인물 거의 전부가 죽는 암울한 내용임에도 소설은 이 대목에서 절망의 심연을 훌쩍 뛰어넘는다. 어느 연구자는 『악령』 평론에서 자신이 돼지임을 인정하는 사람은 더 이상 돼지가 아니라고 했다. 지식인이 자기 내면의 〈악령〉을 인정하는 사회에는 희망이 있다는 얘기 아닐까.

39장 드레스덴: 〈쓸모〉의 문제

쓸모없는 것들은 왜 필요한가

> 이 경이로운 그림 앞에 남편은 완전히 매료되어 멍한 표정으로 몇 시간씩이나 계속 서 있었다.

안나 부인이 회고록에서 언급하는 〈이 경이로운 그림〉은 산치오 라파엘로의 「시스티나의 마돈나」다. 도스토옙스키는 라파엘로를 최고의 예술가로 손꼽았는데, 그의 작품 중에서도 특히 「시스티나의 마돈나」를 인류 역사상 가장 위대한 그림으로 평가했다. 드레스덴에 거주할 당시 도스토옙스키는 부인과 함께 츠빙거궁의 미술관에 들러 수시로 이 그림을 감상했다.

「시스티나의 마돈나」(이하 「마돈나」)는 러시아 낭만주의의 오랜 전통 속에서 아름다움의 정수로 간주되었다. 시인 주콥스키가 〈이것은 그림이 아니라 비전이다〉라고 말한 이후 무수한 작가와 예술가들이 그의 뒤를 따랐다. 해외여행길에 오른 러시아 지식인들은 으레 드레스덴에 들러 라파엘로의 그림에 경배하는 것을 일종의 순례 코스로 여겼다. 러시아 사회주의의 대부 게르첸도, 그의 동료 오가료프도, 「마돈나」를 미의 이상으로 생각했다. 오가료프는 그 앞에서 흐느껴

독일 드레스덴 츠빙거궁 미술관에 소장된 라파엘로의 「시스티나의 마돈나」(1513). 도스토옙스키는 드레스덴에 거주할 당시 종종 미술관을 찾아와 특히 이 그림을 넋을 잃고 바라보곤 했다.

울기까지 했다.

그러나 19세기 중반 이후부터는 「마돈나」에 대해 다른 목소리가 울려 퍼지기 시작했다. 아나키스트 바쿠닌은 「마돈나」를 재담의 소재 정도로 생각했다. 일설에 의하면, 그는 드레스덴 무장봉기 때 혁명군 바리케이드 앞에 「마돈나」 그림을 걸어 놓아야 한다고 주장했다. 독일인들은 너무나 교양 수준이 높아 「마돈나」에 대고 〈총질(!)〉은 할 수 없을 것이라는 게 그 이유였다.

체르니솁스키는 〈요즘 같은 시대〉에 아직도 일각에서 몸에 좋은 먹을거리보다 「마돈나」를 더 좋아한다는 것은 난센스라고 했다. 공리주의자 피사레프는 라파엘로가 사치를 조장한다는 다소 아리송한 논리를 펴면서, 자기는 러시아의 라파엘로가 되기보다는 차라리 러시아의 구두장이가 되겠노라고 선언했다.

이 모든 「마돈나」 논쟁에 마침표를 찍은 사람은 톨스토이다. 만년의 톨스토이는 거의 모든 예술이 거짓되고 공허한 소일거리에 불과하므로 〈예술이라 불리는 것은 모두 매장해 버리자〉는 과격한 주장을 했다. 라파엘로도 그중의 하나였다.

이쯤 되면 문제는 라파엘로도 아니고, 「마돈나」도 아니다. 「마돈나」 그림의 어떤 점이 그토록 위대하느냐를 따지는 것은 다른 차원의 얘기다. 예술이 어디에 쓸모가 있느냐가 문제의 핵심인 것이다. 도스토옙스키가 드레스덴에서 쓴 『악령』은 「마돈나」를 중심으로 예술의 쓸모에 관해 진지하게 질문을 던진다. 단순화시켜 말하자면, 등장인물들은 「마돈나」를 축으로 양분된다. 대부분의 인물이 「마돈나」 무용론을 주장하는 가운데 저자의 대변인인 늙은 자유주의자 스테판만이 「마돈나」를 옹호한다.

스테판이 문학 축제에서 「마돈나」에 대해 강연을 할 예정이라고 하

소설 속의 〈문학 축제〉 장면을 그린 일러스트.
화가 니콜라이 카라진의 1893년 작품이다. 이 문학
축제에서 스테판은 아름다움에 관해 강연을 한다.

자 현지사 부인은 비아냥거린다. 〈드레스덴의 「마돈나」 말입니까……. 전 그 그림 앞에서 두 시간을 줄곧 서 있다가 환멸만 느끼며 떠났습니다. 저는 아무것도 이해하지 못했을 뿐 아니라 대단히 놀라기까지 했습니다.〉

지주 부인은 한술 더 떠서 「마돈나」가 〈한물간〉 그림이라며 조롱한다. 〈케케묵은 노인네들 말고는 누구 하나 그런 것에 시간을 허비하지 않아요.〉 그녀는 당대 유행하던 공리주의 예술론을 들먹인다. 실생활에 직접 사용될 수 없는 예술은 폐품이라는 주장이다. 〈「마돈나」는 아무짝에도 못쓰니까요. 이 항아리가 유용하다면 그건 그 속에 물을 부을 수 있기 때문이고, 이 연필이 유용하다면 그건 연필로 모든 것을 쓸 수 있기 때문이지요. 하지만 그 여인의 얼굴은 자연의 다른 어떤 얼굴보다도 훨씬 못생겼어요. 사과를 그려 보고 그 자리에 당장 진짜 사과를 나란히 갖다 놔보세요. 당신은 어떤 걸 선택하겠어요?〉

스테판은 그들 생각에 〈항아리나 연필만 한 가치도 없는〉, 그러나 자기 생각에 〈황후 중의 황후, 인류의 이상〉인 「마돈나」에 대해서 강연을 감행한다. 강연은 〈셰익스피어냐 아니면 장화냐, 혹은 라파엘로냐 아니면 석유냐?〉라는 수사적 의문문으로 시작된다.

그는 열광적으로 셰익스피어와 라파엘로를 찬양하며 강연을 이어나간다. 영국 극작가와 이탈리아 화가가 이 세상에 존재하는 그 어떤 것보다도 더 고귀하고 더 높은 인류 문화의 결실이라며 목 놓아 울부짖는다. 〈그들은 이미 전 인류의 진정한 열매, 어쩌면 이 세상에 존재할 수 있는 가장 높은 열매이기 때문입니다. 이미 획득된 미의 형식, 그것이 없다면 저는 살고 싶지도 않습니다.〉 그는 자기 말에 도취되어 급기야는 눈물까지 펑펑 쏟는다. 〈독일인이 없어도, 러시아인이 없어도, 과학이 없어도, 빵이 없어도 인류는 살 수 있지만 아름다움이 없다

민간 협력 기구인 〈러시아-독일 대화〉 교류 사업의 일환으로
드레스덴 의회 센터 앞에 세워진 도스토옙스키 동상.
조각가 알렉산드르 루카비시니코프가 2006년에 제작했다.

면 살 수 없습니다.〉

과장과 영탄으로 점철된 그의 두서없는 강연은 청중의 분노로 중단된다. 곰팡내 나는 〈흰소리〉로 〈사교계를 모욕한〉 그를 청중은 질풍노도 같은 야유와 조롱으로 쫓아낸다. 그는 한마디로 박살이 났고 도망치듯 무대 뒤로 사라진다.

「마돈나」 논쟁은 소설 속에서 하나의 해프닝으로 끝나지만, 저자가 제기한 예술의 쓸모에 관한 질문은 긴 여운을 남긴다. 아니, 예술뿐만이 아니다. 효용과 효율과 이른바 가성비를 시시콜콜 따지는 시대에는 많은 것들이 〈도대체 왜 필요한가?〉라는 질문 앞에서 쩔쩔매게 된다. 도스토옙스키는 칼럼과 에세이에서 이 문제에 대한 답을 모색했다. 그는 대부분의 경우 스테판처럼 선언적이거나 교과서적인 주장을 했다. 〈인간은 먹을거리나 음료수 못지않게 예술을 필요로 한다. 아름다움, 그리고 그것이 구현하는 창조성에 대한 욕구는 인간 본성과 불가분의 관계를 갖는다.〉

그러나 〈도대체 왜?〉에 대해서는 〈그냥〉이라는 말로 두루뭉술하게 얼버무렸다. 〈인간은 아름다움이 무엇에 쓰는 것인가라고 묻지 않으면서 그냥 그 앞에 고개를 숙인다.〉

그렇다고 도스토옙스키가 〈예술을 위한 예술〉을 지지한 것은 아니다. 그는 오로지 미학적 감수성에만 호소하는 문학이나 그림이나 음악은 상찬한 적이 없다. 그도 어떤 면에서는 실용주의자였다. 〈용도〉를 항상 염두에 두고 있었다는 얘기다. 예술의 용도에 관한 그의 생각은 『백치』에서 하나의 문장으로 요약된다. 〈아름다움이 세상을 구원하리라.〉 무려 세상을 구원한다니, 이보다 더 큰 쓸모가 어디 있겠는가!

그동안 수많은 연구자들과 독자들이 이 거창한 문장을 즐겨 인용했다. 오용과 남용도 많이 했다. 대충 그리스도교적인 맥락에서 해석들을 했지만, 사실상 그 문장이 정확하게 무엇을 의미하는지 딱 부러지게 설명한 사람은 많지 않다.

『백치』와 『악령』이 쓰이고 1백 년이 흐른 뒤인 1970년, 노벨문학상을 수상한 솔제니친은 도스토옙스키의 말을 되새기며 연설의 실타래를 풀어 갔다. 〈물론 아름다움은 고상하고 숭고한 것이다. 하지만 미가 언제, 누구를 구원했단 말인가?〉

이 질문에 대한 답에서 노벨상 수상 작가는 대문호의 의중에 가장 가깝게 다가간다. 정치 연설과 사회 강령, 그리고 철학 체계는 때로 진리가 아닌 것 위에 구축될 수 있다. 진리가 아닌 것들은 예술로 전환되는 시험을 견뎌 내지 못하고 산산조각이 난다. 〈그러나 진리를 퍼내어 생생하고 압축된 형태로 우리에게 제시하는 작품들은 우리를 휘어잡아 강렬하게 끌어당긴다. 아무도, 절대로, 설령 수세기가 지난다 하더라도, 그것들을 반박하지 못한다.〉

예술은 직설적인 사상과 직설적인 도덕이 제 구실을 못할 때 진과 선의 역할까지 대신한다. 〈진과 선의 지나치게 분명하고 지나치게 올곧은 가지들이 부러지고 잘려 나가 자라지 못하게 된다면, 저 변덕스럽고 예측 불가능하고 예기치 못한 미의 가지들이 살아남아 《바로 그곳》까지 쑥쑥 자라나서 세 그루 나무 모두의 작업을 완성하지 않겠는가? 그렇다면 《아름다움이 세상을 구원하리라》는 도스토옙스키의 말은 그냥 튀어나온 말이 아니라 예언이 될 것 아니겠는가. 그렇다면 문학과 예술은 정말로 오늘의 세상을 도와줄 수 있지 않겠는가.〉

〈엘베 강변의 피렌체〉라 불리는 드레스덴은 19세기 유럽 문화의 요람이었다. 예술과 상업이 함께 번성하는 아름답고 우아하고 풍요로운 도시였다. 도스토옙스키가 유럽에서 가장 오래 머물렀던 곳이자 루빈시테인을 비롯한 러시아 문화 예술계 인사들이 끊임없이 족적을 남긴 곳이기도 하다. 1945년 2월 폭격으로 시커멓게 그을린 벽돌과 화강암과 대리석이 아직도 보존되어 있어 기묘한 장엄함과 숙연함을 더해준다. 러시아 사람들이 많이 눈에 띄고 길거리에서도 러시아어가 종종 들린다.

마리팀 호텔과 의회 센터 사이에 비스듬히 앉은 청동의 작가는 낙엽으로 뒤덮인 산책로와 도도히 흘러가는 엘베강과 강 저편의 거무스름한 궁전들을 바라보고 있다. 드레스덴의 도스토옙스키 동상은 민간 협력 기구인 〈러시아-독일 대화〉에서 제작한 것으로, 제막식은 2006년 10월 10일에 푸틴 러시아 대통령과 메르켈 독일 총리가 참석한 가운데 거행되었다. 제막식 축사에서 푸틴 대통령은 대문호를 기리기 위해 〈아름다움이 세상을 구원하리라〉를 인용했다.

도스토옙스키는 문학의 쓸모는 당장에 알 수 있는 게 아니라고 했다. 〈무언가가 언제 어떻게 쓸모가 있을지 우리가 어떻게 일일이 재단하겠는가.〉 다행스럽게도 그가 쓴 소설들의 〈쓸모〉가 입증되는 데 아주 많은 시간이 걸리지는 않은 것 같다.

5부 다시 러시아, 영광을 향하여

40장 트베리: 마음속의 〈변두리〉

당신은 중앙과 그물망에서 소외되어 있는가

잠깐 시곗바늘을 뒤로 돌려 보자. 1859년 8월 19일, 시베리아 유형을 마친 도스토옙스키는 부인 마리야와 함께 트베리에 도착했다. 가구 딸린 셋집을 찾을 수 없어 우왕좌왕하다가 갈랴니 호텔의 한 층에 마련된, 호텔방도 아니고 아파트도 아닌 어중간한 숙소를 한 달에 11루블 내고 빌렸다. 페테르부르크 거주 허가가 나올 때까지 이곳에 머무르는 동안 도스토옙스키는 트베리가 〈세미팔라틴스크보다 천 배나 더 허접하다〉며 구시렁거렸다. 이 도시에서 문자 그대로 탈출하기 위해 온갖 인맥을 다 동원했다.

일부 연구자들은 지형으로 보나 랜드마크로 보나 트베리는 소설 『악령』의 배경과 정확하게 일치한다고 주장했고, 또 다른 연구자들은 반드시 그렇지는 않다고 반박했다. 양쪽 다 일리가 있다. 트베리가 오랜 세월 도스토옙스키의 뇌리 속에 남아 있다가 『악령』에서 되살아난 것은 맞다. 단, 지형의 일치 여부와는 크게 상관이 없는 차원에서 그랬다.

3월 중순인데도 모스크바는 폭설과 혹한으로 꽁꽁 얼어붙어 있었다. 트베리는 모스크바 중심을 관통하는 트베르스카야 거리에서 북쪽으로 곧장 두 시간 반 정도 달리면 나온다. 초행길에 날씨마저 너무 궂

시베리아 유형을 마치고
상트페테르부르크로 가던
도스토옙스키는 트베리의 갈랴니
호텔에서 약 넉 달간 머물렀다.
호텔이었던 건물에 그의 체류를
기념하는 현판이 붙어 있다.

트베리에 있는 도스토옙스키 거리. 도스토옙스키의
체류를 기념하기 위해 붙여진 이름이다.

어서 머뭇거리고 있는데, LG전자 최성식 부장이 흔쾌히 차편을 제공해 주어 마음 편하게 답삿길에 올랐다. 마침 모스크바에 있던 홍지인 박사도 합류했다. 편안한 승용차에 앉아 홍 박사가 싸 가지고 온 러시아 주전부리를 먹으며 노닥거리다 보니 금방 트베리에 도착했다. 국도 양옆으로 펼쳐지는 눈 덮인 자작나무 숲과 러시아 시골 마을이 동화 속 삽화 같았다.

대문호가 그토록 심하게 험담을 늘어놨는데도 트베리시는 2017년 6월 23일, 갈랴니 호텔이던 건물에 현판을 걸어 그의 짧은 거주를 기념해 주었다. 〈위대한 러시아 작가 도스토옙스키가 1859년 8월 19일부터 12월 19일까지 이 건물에 거주했다.〉

〈도스토옙스키 거리〉를 지나 소설 속 시피굴린 공장의 모델이 되었던 바그자노프 섬유 공장(19세기 이름은 카울린 공장)까지 가보았다. 공장은 바로 최근까지 가동했다고 인터넷에 나와 있지만 겉보기에는 폐가 같았다. 고풍스러운 전차와 시내버스와 낮은 건물들이 한 세기 전의 읍내 풍경을 연상시켰다. 그런가 하면 세련된 인터넷 카페와 부티크와 이어폰을 귀에 꽂은 멋쟁이 젊은이들이 그리는 풍경은 영락없는 21세기였다. 폭설로 포장도로와 비포장도로가 구별이 안 되어 전반적으로 황량해 보였다. 하지만 화창한 날에는 트베리 역시 여느 도시 못지않게 활기찰 것 같았다.

도스토옙스키는 왜 그토록 이곳을 싫어했을까. 왜 『악령』에서 하필이면 이 도시를 불러냈을까. 정치 소설의 배경으로는 대도시가 더 낫지 않을까. 여러 문헌과 여행기를 읽어 보면 19세기의 트베리는 〈허접〉과는 거리가 멀었다. 1763년 대형 화재가 발생해 시 전체를 신고전주의 양식으로 재건축했기 때문에 동급의 다른 도시보다 월등하게 깔끔했다. 공기는 청정했고, 중심가인 밀리온나야 거리 양옆에는 번

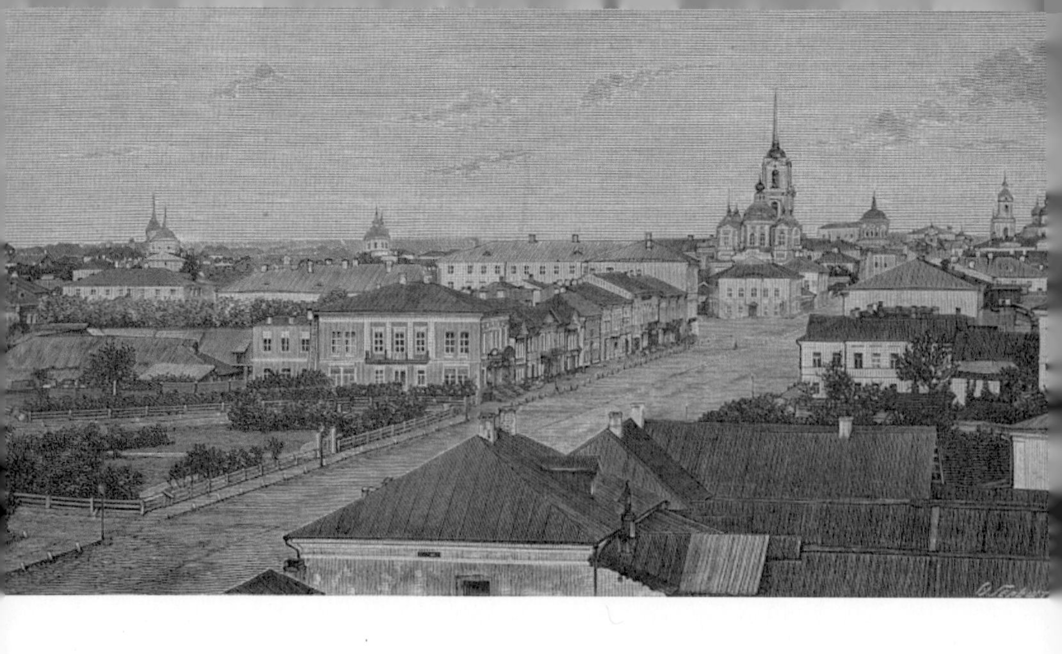

19세기 트베리 중심가인 밀리온나야 거리 풍경.

듯한 주택이 도열해 있었으며, 정교회 성당은 위용을 자랑했다.

황실 가족과 푸시킨을 비롯한 유명 인사들이 두 수도를 오가는 길에 이곳에 들렀다. 푸시킨은 특히 도스토옙스키가 거주했던 갈랴니 호텔에 여러 번 묵었으며 호텔 레스토랑의 〈파르메산 치즈를 넣은 마카로니〉가 맛있다고 칭찬했다. 당시 도스토옙스키를 방문했던 지인들도 그만하면 주거 환경으로 손색이 없다고 입을 모았다.

그러니까 도스토옙스키가 트베리를 싫어한 데는 실질적인 이유보다는 심리적인 이유가 더 컸다는 얘기다. 시베리아에서부터 틀어지기 시작한 부인과의 관계는 악화 일로를 달렸다. 트베리에서는 간질 발작도 더 심해졌다. 그러나 무엇보다도 그를 견딜 수 없게 한 것은 고립감이었다. 〈여기 갇혀 버렸어요. 감옥이 따로 없어요.〉 출판사, 잡지사, 서적상, 도서관 등 문학계로부터 고립되어 있다는 것은 글로 먹고 살아야 하는 사람에게 치명적이었다.

도스토옙스키는 지방 소도시 삶의 한 가지 특성을 정확하게 지적한다. 〈여기에는 아무런 움직임도 없어요.〉

여기서 지방이라는 것은 〈시골〉과는 다른 의미다. 도시이긴 하지만 수도를 기준으로 중심이 아닌 주변, 대도시가 아닌 변두리 소도시를 의미한다. 당시 러시아에서 수도와 지방은 하늘과 땅만큼 차이가 났다. 그 격차가 너무 커서 오히려 지방 도시들 간의 차이는 거의 느껴지지 못할 정도였다. 체호프가 말했듯이 〈러시아에서 지방은 어디고 다 똑같다〉.

어떤 점에서는 아예 시골에서 사는 편이 더 나을 수도 있었다. 시골에는 광활한 대자연과 고유한 전통과 풍속이, 그러니까 나름의 〈색깔〉이 있었다. 반면 다 똑같이 고만고만한 지방 소도시에는 정체와 부동과 공허만 있었다.

러시아 최고의 극작가 고골. 희극 「검찰관」으로
일약 대가의 반열에 올랐다.
화가 오토 묄러가 1840년에 그린 초상화.

지방 도시의 공허를 채워 준 것은 수도에 대한 환상이었다. 범속하고 단조로운 지방의 삶에서 벗어나는 유일한 길은 중앙과 연결되는 것이었다. 주민들은 본 적은 없지만 반드시 있다고 여겨지는, 그리고 있어야만 하는 어마어마한 〈중앙〉에 맹목적으로 매달렸다. 그들은 언제나 〈중앙〉에 복종할 태세가 되어 있었다. 〈중앙〉 관료를 사칭하는 사기꾼들이 방방곡곡을 헤집고 다닐 수 있었던 것도 바로 그 때문이다.

러시아 문학사상 지방 도시와 사칭의 문제를 가장 심오하게 형상화한 작가는 고골이다. 그의 유명한 희곡 「검찰관」을 보자. 하급 관리 홀레스타코프는 도박판에서 여비를 몽땅 날리는 바람에 지방 소도시의 여관에 오도 가도 못 하고 묶여 있다. 여관 식당에 식사하러 들른 마을의 수다쟁이 지주 두 사람이 그를 보고 밀파된 검찰관으로 오인하여 시장에게 알린다. 마을은 발칵 뒤집힌다. 그때부터 시장을 비롯한 그 마을의 부패한 관리들, 그리고 나중에는 일반 시민들까지 그를 찾아와 온갖 뇌물을 다 바친다. 뇌물을 다 챙기고 심지어 시장 부인과 딸까지 희롱한 뒤 흘레스타코프가 떠나자 진짜 검찰관이 도착한다.

흘레스타코프는 고골의 설명에 따르면 〈스물세 살가량의 청년으로 약간 아둔한 얼간이〉이며 〈관청의 사무실에서 늘 멍청이라고 불리는 족속 중 하나〉다. 그런데 이 아둔한 얼간이가 한 마을 전체를 완전히 속였다. 흘레스타코프는 그냥 돈이 없어 여관에 죽치고 앉아 있었을 뿐 마을 사람들을 속일 의사가 전혀 없었다. 그러니까 마을 사람들이 이를테면 〈자진해서〉 속아 준 것이다. 그렇다면 분명 이유가 있을 것이다. 문화학자 유리 로트만은 흘레스타코프에 관한 논문에서 바로 이 문제를 제기하고 답을 〈특수한 환경〉에서 찾는다. 〈다양한 유형의 소외가 지배적인 곳에서만 흘레스타코프같이 사칭할 수 있다.〉 〈중심〉으로부터 소외된 〈변두리〉였기에 사칭이 먹혀들었다는 얘기다.

『악령』에서 사칭의 스케일은 정치적으로 확대되지만 소외의 원리는 같다. 현지사를 비롯한 모든 사람들이 협잡꾼 표트르의 농간에 넘어간 것은 소외가 불러일으키는 중앙에 대한 강박적인 환상 때문이다. 니힐리스트 행동 대장 표트르는 지주의 아들 스타브로긴을 〈지도자〉로 내세우고는 뒤에서 그를 조종한다. 그가 〈비밀스러운 세계와 아주 비밀스러운 관계를 맺고 있는 사람이며 무슨 위임을 받고 이곳에 왔다〉는 소문이 퍼지자 도시 전체가 알아서 〈납작 엎드린다〉. 소설은 지속적으로 〈이곳〉과 〈그곳〉을 대립시킨다. 〈이곳〉은 〈아무것도 아닌 곳〉이고 〈그곳〉은 〈모든 것인 곳〉이다. 표트르는 〈그곳〉의 지령을 받고 〈이곳〉에 왔으며 〈그곳〉에 모든 것을 보고해야 할 의무가 있다.

> 〈그곳〉에서는 모든 것을 알고 있어요. 〈그곳〉에서는 머리카락 한 가닥, 티끌 한 조각도 그냥 잃어버리는 법이 없어요.

그는 〈어떤 비밀스러운 방식으로 중앙에 소속되어 있으며〉, 〈이 환상적인 중앙 위원회〉로부터 〈전권을 부여받은 사람〉이다. 〈나는 중앙 위원회의 지시에 따라 행동하고 있어. 그러니 당신은 복종해야 돼.〉

표트르는 〈그물망〉, 즉 요즘 식의 〈네트워크〉로 공포를 조장한다. 그가 〈중앙〉이란 단어와 함께 끊임없이 강조하는 단어는 〈그물망〉이다. 〈주변〉은 〈중앙〉 없이는 아무것도 할 수 없다. 그래서 〈중앙〉과 연결되기를 미친 듯이 갈망한다. 표트르는 〈수많은 매듭으로 이루어진 무한한 그물망이 전 러시아를 뒤덮고 있다〉며 허풍을 떤다. 주민들은 너도 나도 그 무한한 그물망의 매듭이 되고 싶어 안달을 한다. 그물망이 진짜 있느냐 없느냐는 문제가 아니다. 그런 게 있다고 믿는 태도가 문제다. 그런 믿음을 가진 사람에게 가장 두려운 것은 환상이 깨지는 일이다. 소설의 마지막에서 모든 게 표트르의 사기였음이 만천하에 드러난 후에도 사람들은 〈신비한 그물망〉이 있다고 우긴다.

뉴욕 대학교의 앤 라운즈베리 교수는 〈주변〉의 인간이 겪는 소외는 궁극적으로 자기 자신으로부터의 소외라고 못 박았다. 진짜 삶은 어딘가 다른 곳에서, 〈중심〉에서 〈그들〉만의 〈네트워크〉를 통해서 진행되고 있다는 상상이 깊어지면, 인간은 결국 자신의 본질로부터 분리된다. 본질에서 분리될수록 인간은 외부와의 연결에 집착하고 집착은 더욱 큰 소외를 불러일으킨다. 인간이 저지르는 많은 우행들은 어쩌면 근본적으로 자기 소외에서 비롯되는 것이 아닌가 싶다.

트베리가 『악령』의 실질적인 배경인가 아닌가는 큰 의미가 없다. 트베리는 어차피 상징이다. 결핍과 고독과 공허에 대한 비유다. 〈중심〉과 연결을 향한 맹목적인 숭배가 파고들 여지를 제공하는 마음속의 균열이다. 오늘은 내 마음속의 트베리를 들여다보아야겠다.

41장 상트페테르부르크 : 소설가에서 〈멘토〉로

그는 1인 미디어의 선구자였다

1871년 7월 8일, 도스토옙스키 부부는 4년 3개월 동안의 해외 생활을 뒤로 하고 상트페테르부르크에 돌아왔다. 두 개의 커다란 여행 가방과 주머니에 든 60루블이 전 재산이었다. 만삭의 몸으로 어렵사리 귀국길에 오른 부인은 8일 뒤 아들 표도르를 순산했다. 부인 명의로 빌린 저렴한 셋집에서 부부는 외상으로 구입한 싸구려 가구와 함께 새로운 생활을 시작했다. 도스토옙스키는 이제 어엿한 4인 가정의 가장이자 대작을 세 편이나 연이어 발표한 거물급 소설가였다.

가장 큰 문제는 역시 돈이었다. 그해 9월, 도스토옙스키가 귀국했다는 기사가 신문에 실리자 빚쟁이들이 벌 떼같이 몰려들었다. 형이 죽고 나서 그가 떠맡은 빚은 눈덩이처럼 불어나 있었다. 도스토옙스키는 이 빚을 다 갚기 위해 미친 듯이 펜대를 휘둘렀고, 부인은 부인대로 가계에 보탬이 되고자 두 팔을 걷어붙이고 나섰다. 부업으로 속기 일을 알아보았고, 직접 남편의 책을 팔아 수익을 남겼다. 빚쟁이들이 다녀간 다음 날이면 남편이 간질 발작을 일으키곤 했기 때문에 남편 모르게 단독으로 빚쟁이들과 협상하고 담판을 지었다. 〈우리 가족 모두 안락함이나 풍요로움은 말할 것도 없고, 절박하게 필요한 것들도 포

독일 드레스덴에서 태어난 둘째 딸 류보피와 러시아 상트페테르부르크에서 태어난 아들 표도르와 부인 안나. 1880년대에 찍은 것으로 추정된다.

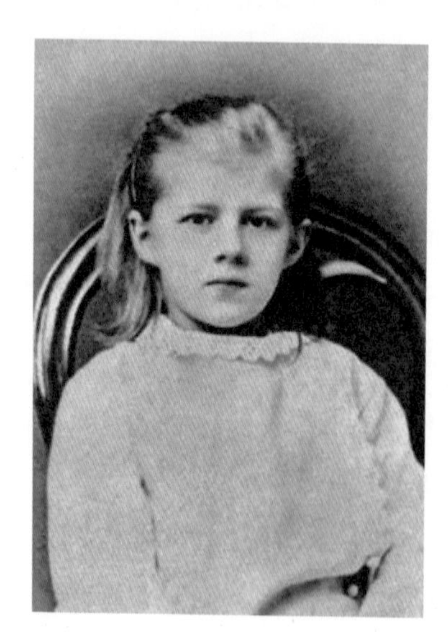

둘째 딸 류보피의 어린 시절 모습.

기해야만 했다. 언제나 우리 머리를 무겁게 짓누른 빚 변제에 대한 걱정만 없었더라도 14년간의 우리 부부 생활은 더욱 풍성하고 행복했을 것이다.〉

『악령』의 집필을 끝낸 도스토옙스키는 한숨 돌린 다음 새 소설에 착수할 계획이었다. 때마침 메셰르스키 공작한테서 자기 소유의 시사 주간지 『시민』의 편집장을 맡아 달라는 제안이 들어왔다. 연봉 3천 루블에 개별적인 칼럼과 논평의 고료를 합치면 연 5천의 수입은 확보될 터였다. 수입도 수입이지만 창작의 짐에서 잠시 벗어나 〈러시아 삶의 맥박〉을 체감할 수 있는 절호의 기회였다.

도스토옙스키는 1873년 1월부터 1874년 4월까지 편집장으로서 총 65권의 『시민』지를 발간했다. 그는 저널리즘의 생리를 꽤 잘 알고 있다고 자부했지만, 주간지 편집장 일은 생각보다 훨씬 힘들었다. 일단 잡지의 정치적 성향이 문제였다. 보수적인 메셰르스키 공작은 도스토옙스키의 〈너무 진보적인〉 시각이 못마땅해서 수시로 지청구를 해댔다. 가끔 도스토옙스키로서는 도저히 읽어 줄 수도 없는 괴상한 글을 써서 잡지에 실으라고 종용하기도 했다. 진보적인 독자들과 지인들은 또 도스토옙스키가 펴내는 잡지가 〈너무 보수적〉이라며 비난을 퍼부었다.

필화 사건이 터진 적도 있었다. 당시 출판법에 의하면 황제가 공식 석상에서 한 말을 직접 화법으로 인용하려면 반드시 사전 허가를 받아야만 했다. 그런 법규가 있다는 것을 몰랐던 도스토옙스키는 황제의 발언이 들어 있는 메셰르스키 공작의 글을 그대로 잡지에 실었다. 도스토옙스키는 범법 행위를 한 잡지사를 대표해서 25루블의 벌금과 48시간 구류형을 선고받았다.

필진과 기고자들을 응대하는 것 또한 큰일이었다. 〈그는 돌려 말하

『시민』지 편집장 당시 살던 집.

ГРАЖДАНИНЪ

ГАЗЕТА-ЖУРНАЛЪ ПОЛИТИЧЕСКІЙ И ЛИТЕРАТУРНЫЙ.

№ 34 1872 25 Декабря.

ОТКРЫТА ПОДПИСКА

НА

ЖУРНАЛЪ „ГРАЖДАНИНЪ"

НА 1873 ГОДЪ

ДНЕВНИКЪ ПИСАТЕЛЯ.

ГОДЪ ЕЖЕМѢСЯЧНОЕ ИЗДАНІЕ. II-й.

1877.

МАРТЪ.

ОТКРЫТА ПОДПИСКА

на ежемѣсячное изданіе Ѳ. М. Достоевскаго

„ДНЕВНИКЪ ПИСАТЕЛЯ"

НА 1877 годъ.

(ДВѢНАДЦАТЬ ВЫПУСКОВЪ ВЪ ГОДЪ).

도스토옙스키가 편집장으로 활약한 잡지 『시민』의 1873년 12월 표지(왼쪽)와 스스로 발행인이자 편집장이자 기고자 역할을 한 1인 잡지 『작가 일기』의 1877년 3월호 표지(오른쪽).

는 법을 몰라 무수한 적을 만들었다.〉 자기가 쓴 글은 단 한 글자도 수정하면 안 된다고 믿는 기고자들은 오탈자와 비문을 교정한 경우에도 노발대발했다. 잡지사에 쳐들어오거나 원색적인 욕설로 도배한 편지를 편집장 앞으로 투척했다.

도스토옙스키도 가만히 있지 않았다. 투지에 불타 동일한 강도로 원색적인 답장을 일일이 써서 보냈다. 적의 숫자는 점점 더 늘어 갔다. 우체국에 다녀오는 일을 맡아 했던 부인은 그런 답장은 부치지 않고 몰래 빼돌렸다가 남편의 화가 식은 후 돌려주었다.

『시민』지 편집장 일은 1년 남짓 만에 막을 내렸지만 그 의미는 지대했다. 도스토옙스키는 편집장 일을 하면서 잡지에 〈작가 일기〉라는 제목의 칼럼을 연재했고, 그 밖에도 국내 및 국제 정세와 관련된 논평을 꼬박꼬박 기고했다. 편집장 직에서 사퇴한 뒤에는 자신만의 잡지 창간이라는 오랜 꿈을 실행에 옮겼다. 새 잡지의 제목은 『시민』지 칼럼 제목과 동일한 〈작가 일기〉였다. 그는 새 월간지의 발행인이자 편집장이자 유일한 기고자였다. 러시아 역사상 유례가 없는 1인 미디어가 탄생한 것이다.

1875년 말 러시아 주요 일간지에는 〈도스토옙스키의 잡지가 곧 나올 것〉이라는 광고가 실렸다. 1876년 1월부터 매달 말일 이른 아침, 가판대에는 〈1인 시사 종합 월간지〉가 등장했다. 『작가 일기』는 만 2년 동안 총 22권이 발행되었다. 1877년도에는 5월과 6월, 7월과 8월호가 합본으로 출간되어 24권이 아닌 22권이다. 1880년에 잠깐 복간되어 1권이 나왔고 1881년 그가 사망하기 직전에도 1권이 나왔다.

잡지의 파급력은 상당했다. 1876년에는 구독자가 2천이었는데, 2천에서 2천5백 권이 추가로 판매되었다. 다음 해 구독자는 3천으로 늘었고, 3천 권이 추가로 팔렸다. 1880년도의 단권은 6천 부가 판매되었고, 1881년도의 단권은 무려 1만 4천 권이나 팔려 나갔다. 당시의 기준으로 보면 어마어마한 성공이었다.

생전에 도스토옙스키와 관련이 있던 사람들은 거의 모두가 그에 대한 회고록 혹은 회고담을 남겼다. 인쇄소 직공 알렉산드로프도 그중 하나다. 『작가 일기』를 인쇄하느라 2년간 대문호를 지근거리에서 관찰할 수 있었던 알렉산드로프는 『어느 인쇄공이 회고하는 도스토옙스키』라는 회고록을 썼다.

도스토옙스키는 꼼꼼하게 활자체를 선별했고, 〈매달 말일〉이라는 독자와의 약속을 지키기 위해 전력투구했다. 부인의 역할 또한 무시할 수 없었다. 〈잡지 관련 사업은 전적으로 사모님의 몫이었다. 인쇄소, 종이 공장, 제본소, 서적상과의 계약과 거래, 유통과 포장과 배송은 모두 사모님이 맡았다.〉

알렉산드로프는 수시로 도스토옙스키의 집을 방문해야 했으므로 그의 일과를 상세하게 기억했다. 작가는 오후 2시에 일어나 진한 차를 마시며 하루를 시작했다. 가벼운 식사, 손님 접대, 산책 등 볼일을 보고 저녁 6시경 가족과 식사를 했다. 아이들을 재운 뒤 서재에 들어가 밤새도록 담배를 피우며 원고를 쓰고 새벽녘에 잠자리에 들었다. 알렉산드로프는 존경심과 애정히 절절이 묻어나는 글 속에서 당시 도스토옙스키는 원고를 잉크가 아니라 〈피로 썼다〉고 회고했다.

도스토옙스키는 당대 독자들의 관심을 끌 만한 것은 무엇이건 글감으로 삼아 매호 열 편 내외의 칼럼과 에세이를 썼다. 청소년 교육, 유럽과 러시아의 시국, 슬라브 민족의 미래, 유대인 문제, 자살, 알코올 중독, 살인 사건의 재판 등 러시아 국내외의 현안을 지면으로 끌어왔다. 깊은 통찰을 보여 주는 대목도 많지만 지리멸렬한 대목도 꽤 있다. 편파적인 논조와 걸러지지 않은 감정이 고스란히 드러날 때도 종종 있다. 저널리즘의 잣대로 평가한다면 『작가 일기』는 훌륭한 잡지라 보기 어렵다.

『작가 일기』의 의의는 내용이 아닌 형식에 있다. 도스토옙스키는 지속적으로 강도 높게 독자와 〈직접〉 소통했다. 아니, 독자들로 하여금 이 대단한 작가가 자기네들과 〈직접 소통한다는 느낌〉을 받도록 해주었다. 절제되지 않은 감정은 열정으로 읽혔다. 거친 문장 속에서 독자는 진솔함을 읽었다. 『작가 일기』를 읽다 보면 이상하게도 저자와 직접 이야기하고 싶다는 욕구가 샘솟는다. 〈제 눈앞에는 섬세한 가슴과 호소하는 영혼의 소유자, 시대의 모든 문제에 열렬히 응답하는 인물이 나타났어요. 저는 그분에게 무언가 편지를 쓰지 않을 수 없었어요.〉 『작가 일기』를 시작할 무렵 그는 베스트셀러 소설가이자 저널리스트였지만, 마무리할 무렵에는 자타 공인 러시아 최대의 멘토로 부상해 있었다.

편지가 쇄도하기 시작했다. 진로를 비롯한 온갖 인생사의 조언을 구하는 편지가 전국에서 날아들었다. 직접 그의 집을 찾아오는 독자들도 있었다. 그는 구두로, 혹은 편지로 성심껏 상담에 응했다. 17세 소녀 올가는 상급 학교 입시에 실패해 절망의 나락에 떨어졌다는 편지를 다섯 통이나 작가에게 보냈다. 작가는 아버지처럼 따뜻한 답장을 써서 소녀를 위로했다. 어떤 청년은 문필가가 되고 싶지만 형편이 어려워 취직을 해야만 하는 상황이라며 하소연을 해왔다. 도스토옙스키는 취업과 글쓰기는 병행 가능하다며 격려해 주었다. 청년은 결국 꽤 훌륭한 저널리스트가 되었다. 여성의 교육 등 공적인 성격의 상담을 해준 경우 내용을 지면에 실어 공론화했다.

그의 문학성을 아끼는 일부 지인들은 〈왜 그런 일에 재능을 허비하느냐〉며 안타까워했다. 그러나 〈그런 일〉이야말로 궁극적으로 그의 문학성의 중요한 일부였다. 귀국 당시 베스트셀러 작가이긴 했지만, 도스토옙스키의 명성은 여전히 수도권과 중산층 이상의 독자를 중심으로 하고 있었다. 그런데 이제 그는 전국 방방곡곡의 독자와 소통할 수 있는 새로운 플랫폼을 확보했다. 문학 살롱의 여주인 시탄켄시네이데르 여사는 〈러시아 전국에 그의 이름이 알려지게 하고 그를 청년층뿐 아니라 저주받은 문제로 고통당하는 모든 이들의 스승이자 아이돌로 만들어 준 것은 『작가 일기』였다〉고 단언했다. 후대 연구자들 역시 도스토옙스키가 전국적인 〈오피니언 리더〉이자 막강한 〈인플루언서〉로 부상한 것은 『작가 일기』 덕분이었다고 입을 모았다.

독자들께서도 기억하시겠지만 도스토옙스키는 1880년 푸시킨 동상 제막식 연설에서 〈예언자〉로 불렸다. 그런 어마어마한 호칭은 하루아침에 그냥 나온 것이 아니다. 그가 칼럼을 쓰기 위해 샅샅이 뒤져본 〈현실의 모든 디테일〉, 온갖 계층의 사람들과 나눈 〈직접적인 소통〉이 없었더라면 과연 그가 예언자로 불렸겠는가. 바흐친의 말이 맞다. 〈이 세상에서 흔적 없이 사라지는 것은 아무것도 없다.〉

42장 바트엠스: 인간의 품격

미성년에서 성년으로

기차는 정오를 조금 지나 독일 남서부 란 강변의 작은 도시 바트엠스에 도착했다. 19세기에 바트엠스는 〈황제의 온천장〉이라 불렸다. 실제로 독일 황제와 러시아 황제가 이곳 온천장을 찾곤 했다. 지금도 유명한 온천수 치료 센터가 있어 성수기 때는 사람들로 북적댄다고 한다. 우리가 도착한 날은 비수기에 토요일이라 상점이 모두 문을 닫아 무척 한산했다. 단풍이 곱게 물든 산과 장난감 같은 집들, 평화로이 흘러가는 푸른 강물이 음산한 날씨 덕분에 더욱 선명하게 눈에 들어왔다.

도스토옙스키는 천식을 치료하기 위해 총 네 차례 바트엠스에 갔다(1874년 6월 11일~7월 27일, 1875년 5월 28일~7월 3일, 1876년 7월 8일~8월 7일, 1879년 7월 17일~8월 29일). 만성 폐기종을 앓는 그에게 닥터 코실라코프는 〈바트엠스에서 6주간 요양을 하면 좋아질 것〉이라 했다. 그는 비용과 시간이 아까워 영 내키지 않았지만, 발작적으로 일어나는 기침과 호흡 곤란을 견딜 수 없어 결국 혼자 바트엠스에 갔다.

온천장은 새벽 6시 30분에 문을 열고 두 시간 뒤인 8시 30분에 닫

도스토옙스키가 천식을 치료하면서 소설 『미성년』을 집필한 독일 바트엠스의 란 강변.

바트엠스의 러시아 정교 성당.

바트엠스에서 도스토옙스키가 살던 집의 현판. 〈이 건물에서 1874년 6~7월에 저명한 러시아 작가가 머물렀다〉고 쓰여 있다.

왔다. 2천 명이나 되는 사람들이 개장 시간 전부터 몰려들었다. 도스토옙스키는 의사의 처방에 따라 7시에 약수 한 컵을 마시고 한 시간 산책을 한 뒤 또 한 컵을 마시고 귀가했다. 그는 〈시큼털털하고 찝찔하고 썩은 달걀 맛이 나는〉 약수가 너무 역겹다며 엄살을 부렸다. 〈올빼미형〉 작가인 그에게는 새벽에 일어나 한낮에 글을 써야 하는 것 또한 고역이었다. 가족에 대한 그리움도 견디기 어려웠다. 그는 바트엠스가 점점 더 싫어졌다. 새벽부터 약수를 마시려고 모여 있는 군중을 보면 인간 혐오증에 걸릴 지경이라며 애먼 사람들 탓을 했다.

그러나 치료가 끝나 갈 무렵 그는 〈마른기침이 훨씬 덜하다〉며 온천수의 효과를 인정했다. 그러면서 〈폐의 일정 부위는 완전한 치료를 거부하는 듯하다〉는 말도 덧붙였다. 어쨌거나 시간과 돈이 아깝지 않을 정도로 증세는 호전되었다.

바트엠스에 머무는 동안 도스토옙스키는 네 번째 장편 『미성년』을 구상했다. 소설은 이듬해인 1875년 1월부터 네크라소프의 잡지 『조국 수기』에 연재되기 시작했다. 그는 그해 5월부터 7월까지 다시 바트엠스에서 치료를 받으며 『미성년』을 집필했다.

『미성년』은 다른 대작에 비해 완성도가 떨어진다는 평가를 종종 받는다. 얽히고설킨 치정 사건에도 불구하고 이상하게 지루하다. 조금 성마른 독자는 〈5대 장편〉에서 배제하자는 주장까지 했다. 그러나 다른 네 편의 소설이 너무 막강해서 상대적으로 초라하게 보일 뿐, 『미성년』 역시 만만히 볼 작품은 아니다.

소설은 귀족의 사생아인 스무 살 청년의 1인칭 회고로 전개된다. 20년 전, 젊은 지주 베르실로프는 영지 정원사 마카르 돌고루키의 아내 소피야와 시쳇말로 〈눈이 맞았다〉. 얼마 후 두 사람 사이에서 아들과 딸이 태어났다. 그 아들 아르카디가 바로 소설의 주인공이다. 베르실로프는 마카르에게 〈보상금〉을 지불하고 두 아이를 마카르의 호적에 올린 뒤 남의 손에 양육을 맡겼다.

그 후 재산을 다 탕진하고는 현재 상트페테르부르크의 초라한 집에 법적으로는 여전히 마카르의 아내인 소피야와 거주하고 있다. 하루아침에 아내를 빼앗긴 마카르는 순례자가 되어 20년 동안 러시아 전역을 떠돌아다녔다.

소설의 역사에서 불륜만큼 자주 등장한 소재는 없다. 톨스토이는 〈불륜은 모든 문학 작품의 거의 유일한 주제〉라고 단정했다. 당시 러시아 현실 속에서도 불륜은 매우 〈일반적인 일〉로 간주되었다. 〈대개혁〉의 여파는 사람들의 일상과 가치관으로 파고들었다. 산업화·도시화·세속화는 전통적인 도덕률의 붕괴에 불을 지폈다. 〈모든 것이 깨져 왔고 깨지고 있다. 몇 개의 덩어리로 갈라지고 있는 게 아니라 아예 산산조각이 나고 있다.〉 청년층은 결혼을 벗어나야 할 굴레라고 생각했고, 일부 급진주의자들은 〈불륜은 묵인되어야 하는 행위〉라고 주장했다. 이혼율과 사생아의 숫자는 점점 늘어 갔다. 1892년부터 1894년 러시아에서 태어난 1천 명의 신생아 중 437명이 혼외 자식이었다는 통계까지 있다.

『미성년』은 불륜의 부도덕성을 심판하거나 결혼의 신성함을 사수하자고 외치는 소설이 아니다. 그건 톨스토이의 몫이다. 톨스토이는 언제나 불륜에 대해 엄정하고 단호했다. 『미성년』보다 2년 먼저 『러시아 통보』지에 연재되기 시작한 『안나 카레니나』에서 간음한 여주인공 안나는 달려오는 기차에 몸을 던져 자살한다. 『크로이처 소나타』의 부정한 아내는 남편에게 살해당한다.

도스토옙스키는 불륜을 저지른 남녀가 아닌 사생아의 양육에 초점을 맞추었다. 친아버지에게 버림받은 소년이 자아를 확립해 가는 과정이 『미성년』의 핵심이다. 청소년 교육에 대한 그의 남다른 관심이 〈불륜 소설〉의 탈을 쓴 〈교육 소설〉을 통해 터져 나온 것이다.

아르카디에게는 두 가지 목적이 있다. 하나는 어마어마하게 큰돈을 벌어 〈러시아의 로스차일드〉가 되는 것이다. 그에게 돈을 모으는 것은 철학이자 이념이다. 〈돈은 보잘것없는 인물까지도 최고의 지위로 끌어올려 주는 유일한 수단이다.〉

두 번째 목적은 생물학적 아버지 베르실로프의 인정을 받는 것이다. 아르카디는 아주 어린 시절 단 한 번 힐끗 본 생부를 문자 그대로 〈갈망〉한다. 〈베르실로프를 달라, 내게 아버지를 달라.〉 〈단 한 번만, 꼭 한 번만 입니다! 아시겠어요, 사랑하는 아버지, 제가 아버지라 부르는 것을 허락하시겠지요?〉

아르카디의 두 가지 목적 밑바닥에는 트라우마가 깔려 있다. 〈돌고루키〉는 러시아의 해묵은 귀족 가문이다. 어쩌다가 농부 마카르가 그런 성을 가지게 되었는지는 모르지만, 바로 그것 때문에 호적상 그의 아들인 아르카디는 어린 시절부터 놀림을 당해야 했다. 그가 자신을 〈돌고루키〉라고 소개하면 상대방은 〈그럼 공작인가?〉라고 되묻고 그때마다 그는 얼굴을 붉히며 〈아니요, 그냥 돌고루키예요〉라고 대답했다. 나중에는 억하심정이 생겨 〈아니요, 그냥 돌고루키예요, 주인 나리인 베르실로프의 피를 받은 서자일 뿐이에요〉라고 소리를 질러 빈축을 샀다.

이 트라우마를 치유하려면 돈을 벌어 성공하고 아버지와 연결되어야 한다. 그러나 시간이 지날수록 그의 목적의식은 희미해져 간다. 돈도 아버지도 인생의 목표가 아니라는 생각이 든다. 아버지와 한집에 거주하기 시작하면서 느낀 환멸 때문이다. 〈그러나 가만히 생각해 보면 그 사람은 내 공상, 어릴 때부터의 공상에 지나지 않았다. 실제로는

도스토옙스키가 직접 그린 마카르 돌고루키.
이 인물의 형상에 그가 얼마나 심혈을
기울였는지 알 수 있다.

내가 꿈에 그렸던 것보다 훨씬 열등한, 내가 꿈꾸던 것과는 전혀 다른 인물이었다.〉

방황하는 아르카디에게 방향을 제공해 주는 것은 농부 마카르다. 마카르가 소피야를 찾아오면서 소설은 새로운 국면으로 접어든다. 부정을 저지른 아내와 아내의 애인, 그리고 이른바 〈오쟁이 진 남편〉이 한자리에 모인다. 그러나 관례적으로 독자가 기대하는 극적인 장면 대신 기묘하게 온화하고 평화롭고 가족적인 분위기가 조성된다. 마카르가 자신을 방랑의 길로 내몬 사람들을 〈완전히, 그리고 영원히〉 용서했기 때문이다.

아르카디는 〈새하얀 턱수염을 기르고 멋지게 백발을 휘날리는〉 노인의 〈밝고 명랑한 미소〉와 〈아주 푸르고 반짝이는 커다란 눈〉을 단박에 사랑하게 된다. 〈어쩌면 저는 벌써부터 당신을 기다리고 있었는지도 몰라요.〉

마카르의 매력은 일자무식 농부의 순박함이나 수수함에서 나오는 것이 아니다. 그의 전 존재에서 묻어나는 극기와 겸손과 삶에 대한 기쁨이 아르카디를 매혹시킨다. 아르카디는 이 모든 것을 〈품격〉이라 부른다. 마카르가 등장하는 장면에는 유난히 〈품격〉, 〈기품〉, 〈품위〉, 〈고상함〉 같은 단어가 많이 등장한다. 아르카디는 마카르의 모습에서 자신이 그동안 줄곧 찾아왔던 것이 무엇인지 깨닫는다. 그가 목말라 했던 것은 다름 아닌 〈품격〉이었던 것이다. 그는 주변 사람들의, 그리고 더 나아가 러시아 사회의 문제가 무엇인지 한 문장으로 요약한다. 〈그들은 기품이 없어요.〉

생물학적 아버지 베르실로프의 귀족 혈통은 이제 별 의미가 없다. 인고의 세월을 견뎌 내고 원망과 복수심을 이겨 내고 궁극의 자유를 획득한 인간이야말로 진짜 귀족이다. 〈돌고루키〉는 더 이상 〈그냥 돌고루키〉가 아니라 세상에서 가장 고귀한 돌고루키가 된다. 아르카디는 마카르와의 만남을 이렇게 회고한다. 〈내 가슴이 기쁨으로 떨리고 뭔가 새로운 빛이 내 심장을 찌르는 것같이 느껴지던 것을 잊을 수가 없다.〉 〈그것은 새로운 희망과 새로운 힘이 솟아오르는 순간〉이었다. 그의 목표가 달라진다. 〈나는 지금부터 고상함을 추구해 나가기로 결심했다.〉 고상함을 배우기로 한 순간 아르카디는 〈미성년〉에서 〈성년〉으로 건너간다.

무엇이 인간의 품격을 완성할까. 예의범절, 교양, 독서, 안목은 품격의 시작이지 끝은 아니라는 생각이 든다. 절제와 강인함과 너그러움과 자유로움을 배우고 익혀 자기 자신과 삶과 세계 앞에 당당하게 설 수 있을 때 품격이 획득되는 것 아닐까. 학교와 가정에서 우리의 〈미성년〉에게 가르쳐야 하는 것도 바로 이런 종류의 품격 아닐까. 그리고 그것을 가르치려면 우리 자신이 먼저 고상한 인간이 되어야 하지 않을까.

43장 스타라야 루사에서 상트페테르부르크까지: 명성의 절정

문학의 땅에 한 알의 밀알로 죽다

평생 셋집을 전전하던 도스토옙스키가 부동산을 소유하게(!) 되었다. 1872년 5월 도스토옙스키 부부는 아이들을 데리고 노브고로트주의 작은 온천 마을 스타라야 루사에 갔다. 조카사위가 거기서 아이들이 온천욕을 한 뒤 몰라보게 건강해졌다며 꼭 한 번 가보라고 했기 때문이다. 공기는 맑고 사람들은 친절했으며 물가는 수도의 3분의 1 정도였다. 부인은 특히 〈우리 가족이 조용하고 평화롭게 오붓한 시간을 보낼 수 있다는 것〉이 너무나 마음에 든다며 좋아했다.

겨울의 스타라야 루사는 더욱더 매력적이었다. 여름 성수기 때 한 달에 월 3백~4백 루블 하던 방세가 겨울에는 15~20루블로 뚝 떨어졌다. 부인은 스타라야 루사에서 보낸 1874년과 1875년 사이의 겨울이 〈내 기억 속에 남아 있는 가장 아름다운 시절 중의 하나〉라고 회고했다. 아이들은 건강하게 자랐고, 남편의 신경도 안정을 찾아 간질 발작 강도와 횟수가 줄었다.

스타라야 루사를 사랑하던 부부에게 기회가 찾아왔다. 1877년 초에 집주인 그리베 씨가 사망하자 상속녀가 1천 루블이라는 헐값에 집을 내놓았다. 그만한 목돈도 없던 도스토옙스키는 처남에게 그의 명

도스토옙스키가 말년을 보낸 스타라야 루사의 셋집은
현재 도스도스토옙스키 기념관이 되었다.

기념관 내부 모습.

의로 그 집을 사달라고 했다. 나중에 돈이 생기면 도스토옙스키가 집값을 갚는다는 조건이었다. 처남이 구매한 그 집의 소유권은 도스토옙스키가 죽은 뒤에 부인 명의로 이전되었다. 〈표도르 미하일로비치는 스타라야 루사의 우리 별장을 육체적으로나 정신적으로나 편안하게 휴식을 취할 수 있는 쉼터로 여겼다.〉

스타라야 루사는 모스크바에서 북서쪽으로 560킬로미터 떨어진 곳에 있는데, 밤 열차가 거의 유일한 대중교통 수단이다. 모스크바 레닌그라드 역에서 두 제자와 함께 노브고로트행 저녁 8시 23분 기차에 올랐다. 깨끗한 4인 쿠페에는 우리 일행 말고 명랑한 러시아 부인도 한 명 있었다. 덜컹거리는 기차 침대칸에 누워 네 여자가 두런두런 이야기를 나누다가 누가 먼저랄 것도 없이 스르르 잠이 들었다. 퍼뜩 정신을 차리고 보니 어느덧 기차는 칠흑 같은 어둠을 뚫고 스타라야 루사 역에 다가가고 있었다. 새벽 4시였다.

도스토옙스키가 말년에 보냈던 비교적 편안한 시간을 기념해 주듯 마을은 그의 흔적으로 가득했다. 그의 동상이 세워져 있고, 가족이 다녔던 성당과 단골 식품점 건물도 남아 있었다. 가족이 거주했던 자그마한 통나무집은 혁명과 전쟁을 비롯한 20세기의 온갖 풍파를 다 견뎌 내고 1981년 5월 4일 〈도스토옙스키 기념관〉으로 거듭났다.

도스토옙스키는 스타라야 루사에서 『악령』의 마무리 작업을 했고, 『미성년』의 일부를 집필했다. 저 유명한 〈푸시킨 연설〉도 이곳에서 집필했다.

그러나 스타라야 루사는 무엇보다도 〈카라마조프〉라는 이름으로 기억된다. 조용하고 평화로운 이 작은 시골 마을에서 그는 『카라마조프 씨네 형제들』 전체의 3분의 2를 썼다. 스타라야 루사의 크고 작은 디테일이 소설의 배경이 됐다. 여주인공 그루셴카의 모델인 마을 주

스타라야 루사의 도스토옙스키 동상.
바체슬라프 클리코프의 2001년 작품이다.

민 아그리피나가 살던 집은 〈그루센카의 집〉이란 이름으로 보존되어 있다. 작가의 단골 식품점 주인은 소설 속에서 같은 이름으로 등장한다. 일부 주민들은 아직도 소설 속의 몇몇 장소를 과거 역사의 일부처럼 기억한다. 2018년 6월 4일에는 〈카라마조프 씨네 형제들 기념관〉이 이곳에 새로 문을 열어 애독자의 발길이 이어지고 있다.

1877년 10월호 『작가 일기』에 도스토옙스키는 〈건강상의 이유로 약속한 날짜에 잡지를 발간하는 것이 어려워 내년 1월부터 향후 2년간 잡지를 정간(停刊)한다〉는 공지 사항을 실었다. 원망 가득한 독자들의 편지가 쇄도했다. 매달 발간이 어려우면 서너 달에 한 권이라도 내달라는 〈읍소형〉 편지도 많았다.

도스토옙스키는 하는 수 없이 12월호에 〈진짜〉 정간 이유를 밝혔다. 〈잡지 일을 하던 지난 2년 동안 부지불식간에 저의 내면에서 무르익어 온 소설 집필에 전념하기로 했습니다.〉 실제로 그는 향후 3년간 이 소설에 몰두했다. 소설은 『러시아 통보』 1879년 1월호부터 연재되기 시작해 1880년 11월에 완결되었다. 대문호의 모든 작가적 역량, 모든 사상, 모든 인생 경험이 하나의 서사에 집약된 대작 『카라마조프 씨네 형제들』은 이렇게 탄생했다.

소설의 진행은 의외로 순조로웠다. 총 12개의 〈권*book*〉과 에필로그로 이루어진 소설은 우리말 번역본(〈열린책들〉판 기준)으로 1천8백 쪽에 달한다. 그는 1권과 2권을 그야말로 후딱 써버렸다. 수많은 플롯의 수렁에서 허덕이는 일도, 1년 동안 쓴 원고를 다 버리는 일도 없었다. 그동안 쌓이고 쌓였던 모든 사상과 소재가 자연스럽게 어우러져 저절로 술술 풀려나오는 듯했다. 그는 『작가 일기』를 중단할 때 이미 어디를 향해 가야 할지, 무엇을 써야 할지 다 알고 있었던 것이다. 우왕좌왕하거나 두리번거릴 필요가 없었다. 그냥 깊이 들어가기만 하면

상트페테르부르크 도스토옙스키 기념관의 서재에 있는 시계.
도스토옙스키의 임종 시각을 가리키고 있다.

되었다.

『카라마조프 씨네 형제들』에 쏟아진 후대인의 찬사 중 가장 괄목할 만한 것은 아인슈타인의 찬사다. 아인슈타인은 이 소설이 〈인류 문학 전체의 정점〉이라고 극찬했으며 〈내 손에 들어온 것 중 가장 위대한 것〉이라 단언했다. 그는 또 〈나는 그 어떤 과학자한테서보다도, 심지어 가우스한테서보다도, 도스토옙스키한테서 배운 게 훨씬 많다〉고 말했다고 전해진다.

이제 대단원을 서둘러야 할 시간이다. 1880년은 〈도스토옙스키의 해〉였다. 〈푸시킨 연설〉로 그의 명성은 절정에 올랐고 수많은 독자들, 특히 대학생들과 청년들이 그의 글과 말에 환호했다. 그해 말 단행본으로 출간된 장편 『카라마조프 씨네 형제들』은 순식간에 다 팔렸다. 〈이것은 온갖 불행으로 얼룩진 그의 생의 마지막 기쁨이었다.〉

그러나 영광과 더불어 죽음이 소리 없이 찾아왔다. 1881년 1월 26일 그는 각혈을 시작했다. 의사는 곧 나을 거라고 했지만 그는 신이 자신을 부르고 있다고 생각했다. 부인에게 유형 생활 이후 평생 동안 지니고 살았던 성경책을 가져다 달라고 부탁해 펼쳐 보았다. 〈지금은 이대로 하십시오. 우리는 이렇게 해서 마땅히 모든 의로움을 이루어야 합니다.〉(마태오 복음 3장 15절)

그는 이 대목이 자신의 죽음을 암시하는 것이라 확신했다. 그는 시종일관 침착하게 지상에서의 삶을 마무리했다. 사제를 청해 종부 성사를 받았고, 아이들에게 축복을 해주었고, 상냥하고 부드럽게 부인을 위로해 주었다. 〈언제나 뜨겁게 사랑했으며〉, 〈행복한 결혼 생활에 감사한다〉는 것이 오열하는 부인에게 남긴 마지막 말이었다. 1881년 1월 28일 저녁 8시 30분, 대문호 도스토옙스키는 가족의 품에서 고통 없이 평화롭게 세상을 하직했다.

V. 포르피리예프가 1881년에 그린
도스토옙스키의 장례식 풍경.

알렉산드르 넵스키 수도원에
있는 도스토옙스키 무덤.

장례식은 러시아 역사에 또 하나의 획을 그었다. 러시아 국민은 〈예언자〉의 죽음에 마땅한 예를 표했다. 1월 31일, 러시아 전역에서 파견된 70여 개 대표단과 15개 합창단, 그리고 어린 학생들을 포함하는 수만 명의 일반인 조문객이 매서운 한파 속에서 자발적으로 알렉산드르 넵스키 수도원까지 운구 행렬을 따라갔다. 수도원 교회에서 밤샘 기도가 있었고 다음 날 장례 미사가 거행되었다. 미사는 그 옛날 비스바덴에서 도박으로 빈털터리가 된 도스토옙스키에게 물심양면으로 도움을 주었던 야니셰프 신부가 집전했다. 당시 비스바덴 정교 성당의 주임 사제였던 야니셰프는 이제 신학 대학 총장이 되어 있었다.

수도원 일대는 인파로 교통이 마비되었고 여기저기서 실랑이가 벌어졌다. 〈비켜요, 아주머니! 입장권 없으면 못 들어가요!〉 〈제가 바로 고인의 부인이에요.〉 〈흥, 도스토옙스키 씨 미망인은 많기도 하군!〉

입장권이 없던 도스토옙스키의 부인은 결국 지인의 신원 보증을 거치고서야 가까스로 남편의 장례 미사에 참석할 수 있었다. 그토록 많은 인파가 몰렸건만 수도원 경내에는 담배꽁초 한 개, 종잇조각 하나 보이지 않았다.

여기까지 원고를 쓰고 퍼뜩 정신을 차리고 보니, 나는 137년 뒤의 상트페테르부르크에 와 있다. 호텔 창문에는 성 이삭 대성당의 거대한 황금색 돔이 손에 잡힐 듯 가까이 어른거린다. 계획했던 것은 아닌데, 도스토옙스키 기행의 마무리를 〈도스토옙스키의 도시〉에서 하게 되었다. 보이지 않는 어떤 손에 이끌려 여기까지 온 것 같다.

부슬부슬 가랑비가 날리는 11월의 상트페테르부르크는 한낮에도 어두컴컴하다. 간판과 쇼윈도와 신호등의 불빛이 잿빛 어둠과 어우러져 묘한 매력을 풍긴다. 정처 없이 걷다가 알렉산드르 넵스키 수도원의 티호빈 묘지에 갔다. 조금 전에 누군가가 가져다 놓은 듯한 싱싱한

꽃들이 시간의 흐름을 무색케 한다.

거장의 묘비명은 그가 그토록 좋아했던, 그래서 『카라마조프 씨네 형제들』의 제사로 인용했던 「요한 복음서」의 한 구절이다. 〈내가 진실로 진실로 너희에게 말한다. 밀알 하나가 땅에 떨어져 죽지 않으면 한 알 그대로 남고 죽으면 많은 열매를 맺는다.〉

이보다 더 도스토옙스키와 어울리는 묘비명은 없을 듯하다. 도스토옙스키야말로 문학의 땅에 떨어져 죽은 한 알의 밀알 아니었나 싶다.

6부 〈매핑 카라마조프 씨네 형제들〉, 모든 길은 바다로

44장 매핑 카라마조프 씨네 형제들❶ 아버지 죽이기

저 따위 아버지는 무엇 때문에 살고 있는 걸까

『카라마조프 씨네 형제들』은 대문호의 예술적 역량이 총집결된 대작이다. 이 한 편의 소설에 소설가이자 사상가이자 종교 철학자로서의 도스토옙스키가 쓰고자 했던 모든 것이 담겨 있다. 이 소설에서 그의 모든 작가적 역량, 그의 모든 인생 경험, 그의 모든 신학적·사상적 깊이, 그리고 그가 이전에 썼던 모든 소설들이 하나의 서사로 통일된다. 『카라마조프 씨네 형제들』은 저자의 인생에서 마지막 3년 동안 쓰였지만 여기 담긴 시간은 저자의 생애 전체다. 쓰인 장소와 배경은 상트페테르부르크의 셋집과 스타라야 루사지만, 소설은 그때까지 저자가 밟았던 모든 땅을 섭렵한다. 한마디로 이 소설은 대문호의 인생 지도와 작품의 지형도를 요약해 주는 또 하나의 〈종합 지도〉, 〈매핑 속의 매핑〉인 셈이다. 이 소설에 관한 설명을 별도로 묶어서 정리는 것은 바로 그 때문이다.

방탕하고 교활한 홀아비 표도르 카라마조프는 두 번의 결혼으로 세 아들을 얻었다. 현재 55세인 그는 아들들의 양육은 전적으로 남의 손에 맡겨 놓고 주색잡기를 일삼으며 살았다. 첫째 아들 드미트리는 〈과격하고 색욕이 강하고 인내심이라고는 눈곱만큼도 없는 난봉꾼〉으로

카라마조프가의 세 형제를 그린 일러스트.
미국 삽화가 윌리엄 샤프의 작품.

성장했다. 둘째 아들 이반은 〈자부심이 강하고 신중한〉 과학도로 얼마 전에 대학을 졸업했다. 두 아들은 아버지를 지독하게 혐오한다. 〈저따위 인간은 무엇 때문에 살고 있는 걸까!〉

심성이 고운 셋째 아들 알료샤는 중학교를 중퇴하고 인근 수도원의 덕망 높은 장로 밑으로 들어가 수도사의 길을 밟고 있다. 집 안에는 표도르가 동네 백치 여자와 장난삼아 관계를 맺어 얻은 서자 스메르자코프가 하인이자 요리사로 함께 살고 있다. 늙은 하인 그리고리 부부의 손에서 자라난 스메르자코프는 아버지와 형제들은 물론 세상 전체를 증오한다.

어느 날 아버지의 집에 세 형제가 다 모이면서 비극은 시작된다. 드미트리는 동네 늙은 상인의 첩인 그루셴카를 한 번 보고는 넋이 나가 약혼녀인 양갓집 아가씨 카테리나를 버린다. 〈벼락을 맞은 끝에 몹쓸 병이 들어 지금까지 앓고 있는 거지.〉 아버지 표도르 또한 그루셴카에게 반해서 〈밤에 혼자 찾아오면 주겠다〉며 봉투에 3천 루블을 넣어 기다리고 있다. 한편, 이반은 드미트리의 심부름을 하다가 우연히 알게 된 형의 약혼녀 카테리나를 남모르게 연모한다.

드미트리는 그루셴카와 함께 새 인생을 시작하기 위해 절실하게 돈을 필요로 한다. 그래서 죽은 모친의 유산을 내놓으라며 아버지를 닦달한다. 하지만 그렇지 않아도 인색한 아버지가 〈연적〉인 아들에게 돈을 줄 리가 없다. 〈한 푼도 줄 수 없어. 그놈을 바퀴벌레처럼 짓뭉개 버릴 테다.〉 드미트리는 아버지를 두들겨 패고 협박한다. 〈조심해, 영감. 다음번에는 죽이러 오겠어.〉 〈아버지한테 가서 머리통을 부수고 그자의 베개 밑에 숨겨 놓은 돈을 가져오겠어.〉 그런데 얼마 후 아버지가 진짜로 둔기로 머리를 얻어맞아 살해당하고, 그루셴카를 위해 마련해 두었던 3천 루블이 감쪽같이 사라진다.

원숙기 대문호는 도대체 이런 콩가루 집안 스토리를 가지고 무슨 메시지를 전하려 한 것일까? 아니, 왜 이런 〈싸구려〉 소설에 헤세와 카뮈에서부터 비트겐슈타인, 하이데거, 카를 바르트, 에두아르트 투르나이젠에 이르는 세계의 문호와 철학자와 신학자들이 열광하는 것일까?

도스토옙스키는 막장 드라마 같은 소설에서 선과 악, 그리스도교와 휴머니즘, 전체주의와 자유, 정의와 심판, 사랑과 용서의 의미를 탐구한다. 끝없이 통속적인 소재와 끝없이 심오한 주제가 끊임없이 마주쳤다 흩어지고, 흩어졌다가 다시 뒤얽히면서 가정 소설, 연애 소설, 심리 소설, 정치 소설, 종교 소설, 추리 소설이 다 합쳐진 방대한 〈종합 소설〉을 만들어 낸다.

그러나 방대함에도 불구하고 산만하다는 느낌은 전혀 없다. 한 가지 튼튼한 〈실〉이 처음부터 끝까지 모든 사람과 사건과 사상을 촘촘하게 꿰매 주기 때문이다. 대하소설 『카라마조프 씨네 형제들』의 짜임새를 유지시켜 주는 핵심은 〈아버지와 아들〉(〈부모와 자식〉)의 테마다.

조금 과장을 보태 말하자면, 『카라마조프 씨네 형제들』은 〈아버지와 아들〉의 코드 없이는 단 한 줄도 읽을 수 없다. 등장인물은 〈아버지〉 그룹과 〈아들〉 그룹으로 나뉜다. 전자는 아버지, 양아버지, 대리부, 아버지뻘 되는 사람, 혹은 어머니 등을 포함한다. 후자는 아들, 양자, 의붓아들, 딸, 딸뻘 되는 여자 등을 포함한다. 단순화시켜 말하자면, 대부분의 경우 아버지가 〈갑〉이고 자식들은 〈을〉이다. 사악하고 탐욕스러운 〈포식자〉 아버지들은 자식을 유기하고 착취하고 학대한다. 어떤 아버지들은 착하지만 돈과 능력이 없어 본의 아니게 자식을 고통 속으로 몰아넣는다.

자식들은 자식들대로 아버지로부터 받은 고통에 다양한 방식으로 반응한다. 증오를 대놓고 표출하는 자식도 있고 마음 속 깊은 곳에 분노를 쌓아 두었다가 뒤통수를 때리는 자식도 있다. 몇몇 예외가 있지만 대부분의 자식들은 조금씩 〈이상하게〉 성장한다. 〈자식의 이상한 성장〉이 극에 이를 때 발생하는 것이 친부 살해다.

도스토옙스키가 활동하던 시기 러시아는 농노 해방, 사법개혁, 서구 자본주의의 유입, 급진적 사회사상의 확산 등 문자 그대로 격랑의 소용돌이 속으로 빨려 들어갔다. 이른바 대변혁의 쓰나미 앞에서 수많은 가정이 붕괴되어 갔다. 가정은 가장 불행한 변화의 희생자이자 가장 심각한 사회악의 진원지였다. 도스토옙스키는 당대 러시아가 겪고 있는 변화를 가족이라는 렌즈를 통해 들여다보고 동시에 가족의 해체와 붕괴를 망원경 삼아 러시아의 미래를 내다보았다.

대문호가 진단한 당대 사회의 질병은 패륜 중의 패륜인 존속 살해로 소설화되었다. 패륜 가정은 패륜 사회의 거울이다. 가정은 〈사랑의 실질적인 원천〉이며 〈중단 없는 사랑의 노고를 통해 창조된다〉. 사랑의 노고가 부재할 때 가정은 증오의 소굴이 된다. 〈아버지는 자식의 적이 되고 자식은 아버지의 적이 된다.〉 가장 가까워야 할 부자 관계에 생긴 틈은 인간의 실존과 역사에 생기는 모든 균열의 원형이다. 이 틈이 메워지지 않을 때 파열은 돌이킬 수 없는 것이 된다.

도스토옙스키는 19세기 후반 러시아에 광범위하게 확산되고 있던 무신론을 〈아버지 신〉에 대한 아들들의 반항으로 생각했다. 니체는 〈신은 죽었다〉라고 했지만, 도스토옙스키는 분노한 급진주의자 아들들이 〈신을 죽였다〉고 생각했다. 부자 간의 반목은 정치 현실에서 결국 암살로 폭발했다. 전통적으로 러시아 민중은 황제를 〈바추시카(아빠, 아버지)〉라고 불렀다. 소설이 단행본으로 출간되고 불과 석 달 뒤에 러시아 민중의 〈아빠〉 황제 알렉산드르 2세는 젊은 인민주의자들의 손에 암살당했다.

도스토옙스키는 카라마조프 가족을 〈우연한 가족〉이라 불렀다. 사랑도 유대도 없이 그저 어쩌다 보니 피가 섞여 가족이 된 사람들을 이르는 말이다. 아버지와 아들 모두 여기에 책임이 있다. 아버지가 아버지로서 가져야만 하는 〈보편적인 관념〉을 완전히 상실할 때 아들의 머릿속에는 〈못된 아버지는 죽어도 싸다〉라는 생각이 들어오게 된다. 〈모두가 아버지의 죽음을 원하고 있어요.〉

아버지에겐 아버지의 도리가 있고, 자식에겐 자식의 도리가 있다. 물론 아버지 책임이 먼저다. 아버지가 자식에게 〈자식 된 도리〉를 물으려면 아버지가 먼저 도리를 다해야 한다. 소설의 마지막에서 드미트리의 변호사는 〈아버지란 위대한 이름이며 소중한 호칭〉이지만 〈아이에 대한 의무를 다 한 사람만〉이 아버지라 불릴 자격이 있다고 외친다. 여기서 아버지란 물론 그냥 아버지가 아니다. 한 살이라도 더 먹고, 한 개라도 더 가지고, 한 자라도 더 배운 사람이 곧 아버지다. 아버지의 의무란 무엇일까.

45장 매핑 카라마조프 씨네 형제들❷ 열린 문

인생은 선택과 결정의 연속이다

카라마조프가의 장남 드미트리는 아버지를 살해한 유력한 용의자로 체포된다. 동기, 정황, 물증, 심증 모든 면에서 드미트리는 완벽한 범인이다. 과연 그가 진짜 살인범인 것일까?

결론부터 말하자면, 그는 아버지를 죽이지 않았다. 그런데도 소설은 그가 마지막 장에서 유죄 판결을 받는 것으로 끝난다. 오판에 기여한 요인 중의 하나가 늙은 하인 그리고리가 보았다고 증언한 〈열린 문〉이다.

운명의 그날 밤, 드미트리는 그루셴카를 찾아 미친 듯이 헤매다가 혹시나 싶어 아버지 집에 달려가 담장을 뛰어넘었다. 창밖에 숨어서 스메르자코프가 가르쳐 준 암호 노크를 하자 아버지가 창문 밖으로 고개를 내밀고는 〈그루셴카, 너냐?〉 하고 음탕한 목소리로 묻는다. 그 모습이 치가 떨리도록 혐오스러워서 하마터면 가지고 있던 절굿공이로 아버지를 〈내리칠 뻔〉했다. 대경실색한 표도르가 비명을 질러 대자 드미트리는 그대로 달아났다.

그런데 이때 행랑채에서 자고 있던 하인 그리고리가 주인의 비명 소리에 놀라 정원으로 뛰어나왔다. 주인 방 창문은 활짝 열려 있고 담

독일의 에리히 엥겔스 감독과 표도르 오체프 감독이 제작한
영화 「살인자 드미트리 카라마조프」(1931)의 포스터.
표도르 살인 사건을 중심으로 소설을 각색하여 만든 작품이다.

을 넘어 도망가고 있는 괴한의 모습이 보였다. 그는 큰아들이 주인을 죽이고 도망가는 중이라고 단정하여 〈아비 죽인 놈 잡아라〉라고 소리치며 괴한의 바짓가랑이를 붙잡고 늘어졌다. 드미트리는 부지불식간에 절굿공이로 그리고리를 때렸고 그리고리는 피투성이가 된 채 쓰러져 의식을 잃었다. 드미트리는 노인이 죽었다고 생각했고, 죄책감 때문에 삶에 대한 의욕을 완전히 상실했다. 마지막으로 그루셴카나 한번 보고 자살하려고 그녀를 찾아 인근 집시 마을로 마차를 달렸다.

드미트리가 살인범이라는 것을 입증하는 데에는 현관문이 대단히 중요한 변수로 작용한다. 경찰이 도착했을 때 표도르의 집 현관문은 열려 있었고 거액의 현금이 없어진 상태였다. 만일 그리고리가 정원에서 드미트리를 붙잡은 그 시점에 문이 닫혀 있었다면 드미트리는 범인이 아니며, 제3의 범인이 그리고리가 의식을 잃은 후 문을 열고 들어가 표도르를 죽이고 돈을 강탈했다는 뜻이다. 만일 그리고리가 정원으로 나왔을 때 문이 이미 열려 있었다면 범인은 드미트리 이외의 다른 사람은 될 수가 없다.

그리고리는 잠시 의식을 잃었다가 깨어나 이 사건의 중요한 목격자로 증인석에 선다. 그는 〈태연하고 당당하게〉 등장하여 문이 열려 있었다고 증언한다.

드미트리는 범인이 아니다. 그가 아버지 집을 떠날 때까지 현관문은 닫혀 있었다. 그러면 그리고리는 왜 끝까지 문이 열려 있었다고 고집을 부린 것일까?

무엇보다도 선입견 때문이다. 당시 모든 사람들에게 피고의 유죄는 〈너무나 명백하고 결정적인 사실〉로 보였다. 여기에 완고함이 더해졌다. 스스로를 도덕적으로 흠결 없는 신앙인이라 믿는 노인은 자신이 틀릴 수도 있다는 생각은 평생 단 한 번도 해본 적이 없다. 〈아들은 나

쁜 놈이다. 그러므로 아들이 문을 열고 들어가 아버지를 죽였다. 그러므로 문은 열려 있었다.〉

정의에 대한 과도한 열의도 한몫했다. 〈망나니 아들은 반드시 처벌해야 한다. 아들을 처벌하려면 문은 반드시 열려 있어야 한다.〉 심판을 향한 열망 때문에 그리고리는 눈이 멀었고, 그의 맹목은 정의 실현과는 반대 방향으로 사태를 몰아간다. 존속 살해범의 낙인이 찍힌 드미트리가 시베리아 유형길에 오르는 것으로 소설은 막을 내린다.

『카라마조프 씨네 형제들』의 모든 〈아들들〉은 각기 다른 운명 속에서 〈다시 태어남〉의 순간과 마주한다. 어떤 아들은 실제로 다시 태어나고 또 어떤 아들은 실패한다. 드미트리는 형편없는 건달이긴 하지만 그의 내면에서는 〈완전히 새롭게〉 인생을 시작하고 싶다는 절실한 욕구가 소용돌이치고 있다. 소설에서 그토록 자주 언급되는 〈3천 루블〉은 새 인생에 필요한 비용이다. 언젠가 〈슬쩍한〉 약혼녀 카테리나의 돈 3천 루블을 갚아야 그루셴카와 새 출발을 할 수 있기 때문이다. 〈카테리나에게 돈을 갚지 않으면 나는 소매치기 악당이 된다. 절대로 새로운 삶을 악당으로 시작할 수는 없다.〉 그는 그루셴카와 함께 〈모든 악과 손을 끊고 착한 일만 하며 살아가겠다고 불타는 정념 속에서 굳게 마음먹고 있었다.〉

드미트리는 실제로 갱생하지만 3천 루블이 아닌 끔찍한 불행 덕분에(!) 그렇게 된다. 그를 체포하러 들이닥친 경찰이 그리고리가 살아 있다는 얘기를 하는 순간, 그는 자포자기의 심연 속에서 다시 살아난다. 〈여러분은 단 한 순간 만에 저를 다시 태어나게 해주셨고 부활시키셨습니다!〉 자살 직전까지 갔던 그는 기쁨과 감동으로 오열하며 신을 찬미한다. 〈오오, 감사합니다. 하느님! 당신께서는 저를 다시 세상에 보내셨나이다!〉

이 순간 이후 드미트리는 〈다른 사람〉으로 변신한다. 고독 속에서 새로운 시선으로 인간의 내면을 들여다보기 시작하면서 증오가 얼마나 커다란 악인지 깨닫게 된다. 자신이 아버지의 살인에 대해서는 무죄이지만, 죽이고 싶도록 미워한 것에 대해서는 유죄임을 인정한다. 자신에게는 아버지를 향해 살의를 품을 권리가 없다는 데까지 생각이 미친다. 〈나는 나쁜 놈입니다. 아버지를 부정적으로 바라볼 권리조차 없는 놈이지요.〉

드미트리의 갱생과 관련된 문의 이미지는 이중적이다. 그것은 사실과 진실의 영역을 넘나들며 한 청년의 운명을 갈라놓는다. 모든 사람들이 팩트라고 믿는 〈열린 문〉은 〈거짓〉이다. 하지만 사실과 허위의 대립을 넘어서는 다른 차원에서 〈열린 문〉은 인간의 갱생에 대한 상징이 된다. 이 차원에서는 〈인간은 다시 태어날 수 있다〉는 그 사실만이 〈진실〉이 된다. 드미트리에게 갱생이란 결국 〈마음의 감옥〉에서 〈문을 열고〉 나오는 것이다. 〈나는 지난 두 달 동안 내 안에서 새로운 인간을 느꼈어. 나는 내적으로 갇혀 있었는데, 이런 날벼락이 없었더라면 결코 밖으로 나오지 못했을 거야. 나는 아버지를 죽이지 않았어. 하지만 나는 그 길을 가야 해. 그걸 받아들이겠어!〉

도스토옙스키에게 인간은 본질적으로 이중적이며 영원히 완결될 수 없는 존재다. 인간의 내면은 선과 악 사이에서 찢겨져 있다. 〈가슴이 뜨겁고 지혜가 뛰어난 인간도 마돈나의 이상에서 출발하여 소돔의 이상으로 끝을 맺고〉 〈소돔의 이상을 가진 인간도 마음속에서는 마돈나의 이상을 부정하지 않는다〉. 이중성은 고통이다. 그러나 동시에 그것은 인간다움에 대한 표시이기도 하다. 소돔과 마돈나 사이에서, 선과 악의 기로에서, 갱생과 파멸의 기로에서 결단을 내릴 수 있는 게 인간이다.

드미트리의 갱생은 감동적이지만 현실적으로 그가 치러야 하는 대가가 너무 혹독하다는 인상을 지울 수 없다. 저지르지도 않은 살인죄 때문에 시베리아에서 20년형을 살아야 하는 것은 누가 보아도 지나치다. 그러나 그의 운명은 아직 완결된 게 아니다. 도스토옙스키는 생의 마지막 순간까지 『카라마조프 씨네 형제들』의 속편을 구상하고 있었다. 속편에서 드미트리는 유형지로 갈 것인가 탈출할 것인가의 기로에서 선택할 예정이었다.

한 번 태어난 걸로 인생이 완결되는 게 아니다. 인간은 끊임없이 선택하고 결정하고 다시 태어난다. 〈다시 태어남〉 또한 한 번으로 끝나는 게 아니다. 인생의 고비마다 〈열린 문〉이 존재한다.

46장 매핑 카라마조프 씨네 형제들❸ 두 가지 사랑

사랑을 실천하라

『카라마조프 씨네 형제들』에서 도스토옙스키가 전달하려는 메시지를 한 문장으로 요약하자면 아마도 〈사랑을 실천하라〉가 될 것이다. 도스토옙스키는 사랑을 두 가지로 나누어 본다. 〈공상적 사랑 *love in dreams*〉은 이론적이고 추상적이고 관념적인 사랑이다. 그는 대표적인 예로 〈인류애〉를 꼽는다. 인류를 사랑한다는 것은 무척 훌륭하고 멋있게 들리는 일이다. 그러나 순식간에 공허한 구호가 될 수 있고, 때로는 〈아무도 사랑하지 않는 것〉으로 귀착할 수도 있다. 〈나는 인류를 사랑한다. 하지만 나는 단 이틀도 같은 방에서 어떤 사람하고든 함께 지낼 수가 없다. 아무리 훌륭한 사람이라도 나는 하루만 지나면 그를 증오하게 된다.〉

〈공상적 사랑〉은 카라마조프가의 둘째 아들 이반의 창작 서사시 「대심문관」에서 최악의 형태로 실현된다. 때는 16세기, 매일 장작더미가 타오르던 종교 재판 시대의 세비야다. 절대 권력을 쥔 대심문관이 1백 명의 이단을 화형시킨 다음 날 그리스도가 지상에 강림한다. 수천의 군중이 그리스도를 뒤따르는 것을 본 대심문관은 그리스도를 체포하여 감옥에 가둔다.

삽화가 윌리엄 샤프가 그린 소설 속
대심문관과 그리스도의 대화 장면.

대심문관은 그리스도가 인류의 빈곤과 고통을 무시했다고 거세게 비난한다. 그리스도는 〈돌을 빵으로 만들면 인간이 온순한 양 떼처럼 너의 뒤를 따를 것이다〉라는 악마의 유혹을 〈사람은 빵만으로 살 수 없다〉는 말로 물리쳤다. 그리스도는 〈인간들로부터 자유를 빼앗고 싶지 않았기에〉 빵으로 복종을 사라는 제안을 거절했다. 바로 거기에 그리스도의 〈죄〉가 있다는 것이다.

단순화시켜 말하자면, 여기서 〈빵〉은 먹을거리에서 부귀영화에 이르는 모든 물질적 조건을 의미한다. 〈자유〉는 선택의 자유에서 절제, 성찰, 도덕, 윤리에 이르는 정신적인 모든 것을 의미한다. 대심문관의 시각에서 볼 때 인간은 〈영원한 모순 속에서 허덕이는 무력하고 비천한 존재〉이므로 선악의 자유, 양심의 자유는 끔찍한 짐이며 무서운 고통이다. 인간에게 필요한 것은 〈그를 이끌어 주고 그 대신 선택을 해 줄 강력한 힘과 물질적인 안정〉이다. 인류에게 자유를 주면 그들은 자유를 반납하면서 〈우리들을 노예로 삼되 그 대신 빵을 주세요. 그러는 게 더 좋습니다〉라고 말할 것이다. 설령 극소수의 위대한 인간이 자유를 위해 그리스도를 따른다 해도 대부분의 민중은 지상의 빵을 택할 것이다.

대심문관은 결국 인류의 〈수학적인 행복〉을 위해 빵의 분배가 가능한 왕국을 건설했다. 〈돌을 빵으로 만드는 기적〉을 통해서가 아니다. 그런 기적은 어차피 불가능하다. 대심문관은 〈그들이 손으로 벌어들인 빵을 거두었다가 다시 나눠 주는 것뿐이지만 우리한테서 빵을 받아 든 그들은 영원히 복종할 것〉이라고 확신한다. 〈짐승처럼 우리들에게 기어와 우리 발을 핥으며 눈에서 피눈물을 흘릴 것이오. 그러면 우리들은 그 짐승을 깔고 앉아 축배를 들것이니 그 잔에는 신비라고 적혀 있게 될 것이오. 그러나 오직 그때에만 사람들을 위한 평온과 행

복의 왕국이 도래할 것이오.〉

그동안 수많은 연구자가 지적했듯이 대심문관은 현대의 전체주의를 예고한다. 절대 권력을 손에 쥔 소수가 나머지 인류를 배부른 양 떼로 길들여 지배한다는 시나리오는 디스토피아 드라마의 단골 소재다.

대심문관의 왕국이 디스토피아인 이유는 무엇보다도 그것이 인간의 다양성을 무시하는 균등 사회이기 때문이다. 인간은 불합리하고 변덕스럽고 예측 불가능한 존재라 한편으로는 동질성을 지향하면서 다른 한편으로는 본능적으로 균등을 거부한다. 인간은 빵을 원하지만 동시에 자유도 원한다. 인간은 수와 양으로 계산될 수 없다. 심리학적으로 불가능한 사회를 유지하기 위해서는 신격화된 권위가 필요하다. 그런 사회에서 인간의 〈수학적 행복〉은 수학적이라는 바로 그 점 때문에 행복이 아닌 악몽이 된다. 모두가 행복한 사회의 이상은 모두가 불행한 현실과 맞닿아 있다.

이반은 대심문관을 가리켜 〈위대한 비애로 고뇌하며〉 〈한평생 인류를 사랑했던〉 사람이라고 칭한다. 그러나 〈어리석은 양 떼〉에 대한 그의 사랑은 개인의 존엄성에 대한 모독과 동의어다. 한나 아렌트는 대심문관의 원죄가 〈고통받는 사람들을 탈인격화시키고 그들을 한결같이 하나의 집합체, 항상 불행한 사람들, 고통받는 대중 등으로 취급했다는 데 있다〉고 단언했다. 공상적인 인류 사랑에서 전체주의의 악몽이 시작되었다는 얘기다.

도스토옙스키는 공상적 사랑에 대한 대안으로 〈실천적 사랑〉을 제시한다. 그것은 살아 있는 한 인간을 이론이 아닌 행동으로 사랑하는 것을 의미한다. 사랑은 인간의 가장 깊은 내면에서 솟구쳐 나오는 자연스러운 욕구다. 그러나 그 사랑을 실천하기 위해서는 노력과 학습이 필요하다. 소설에서 도스토옙스키의 사상을 대변하는 노수도사 조시마 장로는 말한다. 〈사랑은 얻기 힘든 것입니다. 구하려면 비싼 대가를 치러야 하고 오랜 세월에 걸쳐 많은 일을 해야 합니다. 사랑이라는 것은 우연한 어떤 순간이 아니라 어느 때에나 실천해야 하는 것이기 때문입니다. 우연히 하는 것이라면 누구든 할 수 있으며 악당들조차 그렇게 할 수 있습니다.〉

꾸준히, 보상에 대한 기대 없이, 〈인간의 도리로서〉 사랑을 주는 것은 참을성과 희생을 요하는 일이다. 그래서 조시마는 〈실천적 사랑은 공상적 사랑에 비해 가혹하고 두려운 일〉이라고 단언한다. 공상적 사랑은 사람들에게 칭찬받고 주목받기 위한 〈무대 위의〉 퍼포먼스 같은 것이지만, 실천적 사랑은 〈노동이자 인내이며 어떤 사람들에게는 완벽한 학문이기도〉 하다.

실천적 사랑은 인간관계를 〈나와 너〉의 관계로 바라본다는 점에서 공상적 사랑과 구분된다. 타인에 대한 윤리적 책임은 〈한 사람〉에서 시작한다. 마르틴 부버의 말처럼, 사람은 〈너〉와 접함으로써 〈나〉가 된다. 〈너〉 속에 비춰진 나를 보면서, 〈나〉 속에 비춰진 너를 보면서 우리는 비로소 나와 너는 모두 똑같이 〈사람다움〉의 씨앗을 간직한, 그래서 똑같이 존엄한 존재라는 사실을 깨닫는다. 이때의 〈나〉와 〈너〉는 균등한 존재가 아니라 평등한 존재다. 이때의 〈우리〉만이 배제와 증오, 혹은 이해관계로 인해 일시적으로, 우연하게 형성된 〈집단〉을 넘어서 진정한 공동체의 출발점이 될 수 있다.

실천적 사랑이 세상의 모든 부조리에 대한 해결책이 될 수는 없을 것이다. 악에 대한 해독제도 될 수 없을 것이다.

그러나 실천적 사랑이 받쳐 주지 않으면 제아무리 숭고한 목적이라 할지라도 악의 실현에 기여할 수 있다. 독실한 그리스도인이었던 도스토옙스키는 영혼 불멸을 믿었다. 그러나 그가 소설 속에서 묘사한 것은 거의 언제나 〈지금 이곳〉에 살고 있는 인간들의 천국과 지옥이었다. 〈지금 이곳〉에 천국을 건설할 수는 없지만 지옥은 언제라도 가능하다. 실천적 사랑의 불가능이 곧 지옥이다. 〈지옥이란 더 이상 아무도 사랑할 수 없는 고통입니다.〉

47장 매핑 카라마조프 씨네 형제들❹ 얼어붙은 손가락

무감각한 사회는 결국 무너진다

『카라마조프 씨네 형제들』에서 아버지를 죽인 진짜 살인범은 서자이자 하인인 스메르자코프다. 친아버지는 서자를 방치했고, 양육을 맡은 늙은 하인은 학대했다. 〈너는 사람도 아니야!〉 동네 사람들과 배다른 형들은 아이를 무시했다. 〈쓰레기 같은 머슴 놈!〉

그는 증오 이외에는 그 어떤 감정도 못 느끼는 무감각한 괴물로 성장한다. 그의 유일한 좌우명은 둘째 아들 이반에게서 귀동냥한 〈모든 것이 허용된다〉이다. 무감각이 절정에 이른 인간과 가장 잘 어울리는 〈철학〉이다. 그는 아버지를 증오하는 이반이 자신에게 암묵적으로 살인을 〈위임〉했다고 믿고 표도르를 살해한다. 거액의 유산을 물려받은 〈도련님〉이 등을 두드리며 한 재산 떼어 주리라 기대했다.

그러나 포상과 칭찬 대신 이반의 추궁이 이어지자 폭발한다. 〈도련님이 살인의 주범이지요. 저는 다만 하수인에 불과했고요.〉 스메르자코프는 범죄를 자백하는 대신 〈내 자유 의지와 희망에 따라 목숨을 끊는다〉는 애매한 유서를 남기고 자살한다. 카라마조프가는 완전히 붕괴된다. 아버지는 살해당하고, 큰아들은 살인 누명을 쓴다. 둘째 아들은 심한 가책으로 정신 분열증에 걸리고, 살인범 서자는 자살하고, 셋째 아들은 마을을 떠난다.

도스토옙스키는 평생 동안 고통을 성찰했다. 그에게 고통 중의 고통, 모든 고통들의 원형은 어린아이가 당하는 고통이다. 『카라마조프씨네 형제들』에서 아이들은 버림받고 모욕당하고 능욕당하고 병들고 굶주리고 죽어 간다. 〈방어 불가능하고 의지할 데 없는 어린아이〉의 고통은 이유도 의미도 없다. 바로 이 무의미함 때문에 이반은 격렬하게 신을 탄핵한다. 〈난 어른들의 고통에 대해서는 말하지 않겠다. 하지만 그 애들은, 그 애들은!〉 아이들의 고통을 대가로 지불해야 한다면 천국행 티켓도 사절한다는 입장이다. 〈난 입장권을 되돌려 보내겠어.〉 〈차라리 보상받지 못한 고통과 함께 남고 싶어. 해소되지 못한 분노와 함께 남을 거야.〉

고통은 상대적이고 절대적이다. 도스토옙스키는 고통의 원인을 규탄하는 것 못지않게 심각하게 고통의 결과에 대해서 우려했다. 어느 정도의 시련, 좌절, 불행은 인간의 갱생을 위한 토양이 될 수 있다. 그러나 딛고 일어설 수 없는 고통, 절대적인 고통은 인간을 무너뜨린다. 무너진 인간의 가장 큰 특징이자 가장 두려운 특징을 도스토옙스키는 〈무감각〉이라 보았다. 고통이 임계점을 넘어서면 인간은 감각을 상실한다. 스메르자코프의 흉측한 성격 밑바닥에 깔린 무감각은 결국 살인과 자살로, 한 가정의 붕괴로 이어진다.

도스토옙스키는 1인 잡지 『작가 일기』 창간호인 1876년 1월호에 아이들의 고통과 관련된 두 편의 글을 나란히 발표했다. 「손을 내미는 아이」는 거리에서 구걸하는 아이들을 다룬 일종의 사회 평론이다. 이어지는 「그리스도의 크리스마스 파티에 초대받은 꼬마」는 크리스마스이브에 얼어 죽은 꼬마가 천국에 간다는 내용의 동화다. 얼핏 안데르센의 「성냥팔이 소녀」를 연상시키지만 크리스마스 동화라 부르기에는 너무 무겁다.

어느 더러운 지하실에서 잠을 깬 대여섯 살 난 아이는 춥고 배가 고파 옆에 누운 엄마를 흔들어 깨운다. 〈차갑게 식은〉 엄마는 미동도 없다. 아이는 혼자 밖으로 나간다. 지나가던 경찰관이 아이의 행색을 보고는 눈길을 돌린다.

〈와, 정말 넓다!〉 사방에 빛나는 대형 유리창이 있다. 첫 번째 유리창문 안에서는 파티가 열리고 있다. 〈예쁘게 차려입은 아이들이 웃고 장난치고 무언가를 먹거나 마시고 있었다.〉 두 번째 유리창 안에서는 부인들이 들어오는 손님들에게 테이블 위에 산더미같이 쌓인 파이를 나눠 주고 있다. 아이는 살며시 문을 열고 안으로 들어간다. 부인이 소리소리 지르며 달려와 아이에게 동전을 쥐여 주고는 문밖으로 내쫓는다. 세 번째 유리창 너머에서는 인형극이 벌어지고 있다. 꼬마는 너무나 신기해서 웃음을 터뜨린다. 그때 갑자기 덩치 큰 아이가 다가오더니 장난삼아 아이를 걷어찬다. 아이는 겁에 질려 달아나다가 어느 집 앞 장작더미 뒤에 웅크리고 앉는다.

갑자기 눈앞이 환해지면서 찬란한 크리스마스트리와 인형 같은 아이들이 보인다. 〈이건 예수님의 크리스마스 파티야.〉 아이들이 말한다. 〈이날이 되면 예수님은 크리스마스트리가 없는 아이들은 위해 파티를 열어 주셔.〉

모두 지상에서 얼어 죽거나 굶어 죽은 아이들이다. 아이들 사이에서 그리스도가 축복을 해주고 있고 한쪽에는 아이들의 엄마들이 울면서 서 있다. 다음 날 아침 수위들은 장작더미 뒤에 숨어 있다가 얼어 죽은 아이를 발견한다.

이 이야기는 무감각을 육체적인 것이자 심리적인 것으로 묘사한다. 거리의 꼬마는 추위로 꽁꽁 얼어붙었다. 〈손가락은 완전히 빨갛게 되

덴마크 화가 비고 요한센의 그림 「고요한 밤」(1891).

어 이제는 구부러지지도 않았다.〉 카페 아주머니가 아이를 쫓아내면서 쥐여 준 동전이 손에서 미끄러져 계단으로 굴러갈 때도 〈아이의 빨갛게 언 손은 구부러지지 않았기 때문에 그 동전을 집을 수가 없었다.〉 꼬마의 〈얼어붙은 손가락〉은 따뜻한 옷을 입은 사람들의 〈얼어붙은 마음〉과 짝을 이룬다. 파티를 벌이는 아이들도, 지나가는 경찰관도, 파이를 파는 부인들도 아이의 고통에 무심하다. 유리창의 이미지는 절묘하다. 창문 안도 밖도 모두 제각각의 결빙을 보여 준다.

한편 「손을 내미는 아이」는 〈얼어붙은 손가락〉의 다른 의미를 보여준다. 〈빨갛게 얼어서 딱딱해진 손〉을 내밀며 구걸하는 아이들은 공장으로 보내지기 전에 이미 도둑이 된다. 〈도둑질은 심지어 여덟 살 아이에게조차 열정을 불러일으킨다.〉 속칭 〈앵벌이〉로 내몰린 아이들은 범죄에 대해, 선악에 대해, 양심에 대해 완벽하게 무감각한 범죄자로 성장한다. 〈이 야만스러운 존재들은 아무것도 이해하지 못한다. 자기가 어디 사는지, 어느 나라 사람인지, 신이 존재하는지, 군주가 존재하는지 따위를 전혀 이해하지 못한다.〉

얼어붙은 손가락, 얼어붙은 마음, 그리고 도덕적인 무감각이 맞물릴 때 악순환의 고리가 형성된다. 이 고리로 조여진 사회는 카라마조프가처럼 무너진다. 도스토옙스키는 동화 같은 이야기에서 감상주의를 가차 없이 제거했다. 환상적인 천상의 크리스마스 파티를 지상으로 끌어내렸다. 〈그리스도의 크리스마스 파티가 진짜로 일어날 수 있는지 없는지는 잘 모르겠다. 그러나 장작더미 뒤에서, 지하실에서 일어난 일은 아마 실제로 일어난 일일 것이다.〉

그렇지만 「그리스도의 크리스마스 파티에 초대받은 꼬마」는 여전히 〈크리스마스 동화〉로 읽힐 여지가 있다. 마지막의 한 장면 덕분이다. 천사가 된 작은 아이들은 울고 있는 〈죄 많은 엄마들〉에게 다가가

〈고사리 같은 손으로 눈물을 닦아 주며 여기는 너무 좋은 곳이니 이제는 울지 말라고 달래 주었다〉. 이것이야말로 그리스도 탄생의 의미이자 핵심 아닌가 싶다.

48장 매핑 카라마조프 씨네 형제들❺ 기억의 힘

〈착한 그 시절 서로를 잊지 맙시다〉, 대문호가 꿈꾼 공동체

모스크바를 출발한 20인승 미니버스는 황량한 중부 러시아의 대초원을 달려 마침내 칼루가주 코젤스크에 있는 옵티나 푸스틴 수도원에 도착했다. 러시아에서 가장 오래되고 유명한 수도원 중 하나다. 우여곡절 끝에 합류한 1박2일 러시아 정교 순례단은 교통, 숙식, 수도원 답사와 성지 주일 미사 참례를 모두 포함한 비용이 2천8백 루블(약 5만원)이었다. 순례자 전원이 나이 지긋한 러시아 부인들이었다. 모두 경건하고 소박하고 친절했다. 짧은 일정이었지만 러시아 정교 그리스도교의 〈정신〉을 어렴풋이나마 느낄 수 있었다.

1878년 5월 16일, 도스토옙스키의 세 살배기 아들 알료샤가 간질로 사망했다. 〈표도르 미하일로비치는 어찌 된 일인지 알료샤를 특히 사랑했다. 마치 그 아이를 곧 잃게 될 것이라는 걸 예감이라도 한 듯 유별나게 애지중지했다.〉

도스토옙스키는 슬픔으로 폐인처럼 되어 옵티나 푸스틴 수도원의 암브로시 장로를 방문했다. 러시아 전역에 그 성덕이 알려진 장로와의 면담은 그에게 깊은 감동과 위안을 주었다. 『카라마조프 씨네 형제들』은 이때의 고통과 회복을 자양분 삼아 씌어졌다. 현실의 알료샤는

옵티나 푸스틴 수도원. 세 살배기 아들 알료샤의 죽음 후 도스토옙스키는
이 수도원의 암브로시 장로를 찾아가 커다란 위로를 받았다.

신도들과 이야기를 나누는 옵티나 푸스틴
수도원의 노수도사.

소설에서 착하고 잘생긴 셋째 아들 알료샤로 다시 태어났고, 옵티나 수도원은 배경으로 들어왔으며, 암브로시 장로는 저자의 사상을 대변하는 조시마 장로가 되어 소설을 주도했다. 도스토옙스키는 그런 식으로 먼저 떠난 아들을 기억했다.

『카라마조프 씨네 형제들』은 작은 시골 마을에서 벌어진 살인 사건을 중심으로 그곳 주민들과 동네 꼬마들의 이야기를 펼쳐 보인다. 얼핏 소소하게 보이는 인물과 배경을 가지고 도스토옙스키는 인류 보편의 운명과 비극과 사랑과 존엄성을 포괄하는 장대한 우주를 창조했다. 이 우주에서 그가 지속적으로 강조하는 것은 기억이다. 도스토옙스키에게 기억은 인간을 인간답게 만들어 주는 핵심적인 요인 중 하나다. 과거와 현재와 미래를 이어 주는 기억 덕분에 존재의 연속성이 가능해진다.

그에게 기억은 양이 아닌 질의 문제다. 모든 것을 다 기억한다는 것은 축복이 아닌 저주다. 어느 신경 과학자의 지적처럼, 적당량의 망각은 인류의 생존을 위한 필수품이다. 〈망각은 어떤 정보들을 위해서 다른 정보를 버린다는 것〉이다.

앙심으로 변질된 기억은 망각과 동일하게 〈인간다움〉을 훼손시킨다. 적절한 망각은 비움이자 내려놓기다. 망각하고 비워 내는 능력과 기억하는 능력은 인간 실존을 받쳐 주는 버팀목의 양면이다.

카라마조프가의 구성원들은 모두 기억과 망각의 영역을 넘나든다. 아버지 표도르는 젊은 시절부터 〈망각의 제왕〉이었다. 자신의 안위와 직결되지 않는 것은 다 잊었다. 그가 자식들을 버린 것은 〈단지 자식에 대해 완전히 잊었기 때문이다〉. 노화와 지속적인 폭음은 그의 망각 성향을 부채질했다. 사망할 당시 현재의 쾌락에 대한 동물적인 탐닉 이외에 그의 머릿속에 남아 있는 것은 거의 아무것도 없었다.

도스토옙스키가 임종할 당시 살았던 상트페테르부르크의 셋집은 현재 도스토옙스키 기념관이 되었다. 이 셋집의 서재에서 『카라마조프 씨네 형제들』 집필을 마무리했다.

기념관 입구.

기념관 근처에 세워진 도스토옙스키 동상. 조각가 류보피 홀리나의 1997년 작품이다.

기억을 축으로 표도르를 비춰 주는 인물이 스메르자코프다. 그는 나쁜 것만 깨알같이 기억하고 쌓아 둘 수 있는 비상한 능력의 소유자다. 그의 머릿속은 어린 시절 받은 상처와 모욕에 대한 기억으로 가득 차 다른 어떤 감정도 들어올 여지가 없다. 마음속에 차곡차곡 쌓여 있던 모든 〈나쁜 기억들〉은 결국 살인과 자살로 폭발한다.

〈실존적 기억〉은 소설의 주인공인 셋째 아들 알료샤를 통해 드러난다. 현재의 그, 스무 살의 건강한 청년을 있게 한 일등 공신이 바로 기억이다. 도스토옙스키가 알료샤를 소개하는 대목에서 무엇보다도 기억을 강조하는 것은 결코 우연이 아니다. 〈그는 겨우 네 살 때 어머니를 잃었으나 그 후 평생에 걸쳐 (마치 정말로 어머니가 살아서 자기 앞에 서 있는 것처럼) 어머니의 얼굴과 그 부드러움을 기억하고 있었다.〉

드미트리, 이반, 알료샤 세 형제 모두 불우한 어린 시절을 보냈다. 그중에서 어머니의 자애로운 얼굴을 기억하는 알료샤가 가장 행복하고 평온하다는 것은 의미심장하다. 기억의 대상 못지않게 중요한 것은 기억하는 방식이라는 생각이 든다. 어떤 조건하에서도 그 속에서 의미 있는 것을 추려 내어 기억할 수 있는 능력은 행복할 수 있는 능력과 동일한 것인지도 모른다.

『카라마조프 씨네 형제들』의 에필로그는 〈실존적 기억〉의 의미를 장엄하게 쏟아 낸다. 배경은 역시 소소하다. 가난한 퇴역 군인의 어린 아들 일류샤의 장례 미사가 끝나고 알료샤는 동네 아이들과 작별 인사를 나눈다. 이 장면에서 기억은 수십 번 언급된다. 특히 〈항구한 기억*eternal memory*〉이란 구절이 강조된다. 〈항구한 기억〉은 정교회 장례 미사의 레퀴엠으로, 다른 가사는 없이 그 구절만을 반복해서 노래한다. 〈항구한 기억〉은 도스토옙스키의 소설로 들어와 죽은 아이를 위한 레퀴엠을 넘어 인간과 인생에 관한 저자의 메시지로 굳어진다.

일류샤가 살아 있을 당시 아이들 중 일부는 그 아이를 못살게 굴고 속칭 왕따를 시키기도 했다. 그러나 일류샤를 땅에 묻으며 그들은 모두 하나가 되어 진심으로 슬퍼한다. 이 대목에서 알료샤는 기억의 힘을 환기시킨다. 〈그 아이를 기억합시다. 우리가 이 마을에서 아름답고 착한 감정으로 혼연일체가 되어 그 가엾은 아이를 사랑했으며 아주 행복한 시절을 보냈었다는 사실을 절대 잊지 말기로 합시다.〉

도스토옙스키가 생각한 공동체의 본질이 여기서 드러난다. 혈연이나 이해관계로 뭉친 집단도 아니고, 같은 공간을 점하는 집단도 아닌, 〈아름답고 착한 감정으로 혼연일체가 된〉 아이들이 서로를 기억할 때 만들어질 공동체가 그에게는 무너진 가족의 대안이었던 것이다. 그들은 얼마 후 뿔뿔이 흩어져 각기 다른 인생의 길을 걸어갈 것이다. 〈20년 동안 서로 만나지 못할지라도 잊지 맙시다.〉 누구는 성공하고, 누구는 불행해지고, 또 누군가는 어쩌면 악당이 될 수도 있을 것이다. 〈그러나 어디서 무얼 하건 서로를 잊지 맙시다.〉 〈어린 시절에 간직했던 그 아름답고 신성한 추억이 단 하나만이라도 여러분의 마음속에 남게 된다면 그 추억은 언젠가 여러분의 영혼을 구원하게 될 것입니다.〉

도스토옙스키에게 기억은 인간 내면의 가장 깊은 곳에 있는 선을 상기하는 데서 출발한다. 그것은 본질로의 회귀이며, 현재를 있게 해 준 근원에 대한 인정이며, 앞으로의 삶을 희구하게 해주는 동력이다. 단순히 과거의 사실을 되새기는 것이 아니라, 과거의 사실을 다른 차원의 항구함으로 고착시켜 주는 힘이다. 그것은 삶과 죽음의 경계를 넘어, 인간의 현세에서의 삶, 유한하고 비극적인 삶을 〈불멸〉로 전환시켜 준다. 기억을 통해 살아 있는 사람들과 죽은 사람들이 연결되고,

각기 다른 시간들이 연결되고, 슬픔도 기쁨도 인생이란 이름의 거대한 물줄기로 합쳐진다. 〈삶은 대양과 같아 모든 것이 그 안으로 흘러들어 서로 만나게 된다.〉

맺음말

끝나지 않은 여행

2015년부터 2018년까지 러시아와 카자흐스탄과 유럽에 아홉 차례 다녀왔다. 일곱 군데의 도스토옙스키 기념관, 그의 동상, 그가 머물렀던 건물과 현판, 그리고 그의 삶과 작품에 깊이 각인된 공간을 대부분 찾아가 보았다. 계산해 보지 않았지만 아마 지구를 몇 바퀴 돌았을 것이다. 아직 더 가보아야 할 곳이 몇 군데 남아 있다. 더 이상 갈 곳이 없게 되는 게 싫어 일부러 조금 남겨 두었다. 어쩌면 여행이란 것이 원래 그런 게 아닐까 싶다. 로빈 밀러 교수의 표현을 빌려 말하자면 모든 여행은 어쩌면 〈끝나지 않은 여행〉인지도 모른다.

사실 여행은 완결보다 시작에 더 가깝다. 여행이란 어떻게 보면 탄생이다. 모든 여행은 어느 정도 지도 위의 여행이자 내면 여행이다. 여행에서 돌아왔을 때 우리는 이제까지와는 다른 사람이 되어 있다. 도스토옙스키의 여행도 그랬다. 그는 여행을 다녀올 때마다 달라졌다. 매번 다른 시각으로 세상을 바라보고 인간을 읽었다. 시베리아에서, 유럽에서, 광야의 수도원에서 다시 태어났다. 그의 삶도, 문학도 다시 태어남의 끝없는 과정을 담고 있었다. 도스토옙스키 기행에서 돌아온 나도 조금은 달라졌기를 소망하며 여행기를 마무리 짓겠다.

도스토옙스키의 말이 생각난다. 〈영원한 추구, 우리는 이것을 인생이라 부른다.〉

참고 문헌

도스또예프스까야, 안나, 『도스또예프스끼와 함께한 나날들』, 최호정 옮김(서울: 그린비, 2003).

도스또예프스끼, 표도르, 『전집』, 석영중 외 옮김(서울: 열린책들, 2000).

도스토예프스키, 표도르, 『도스토예프스키의 유럽 인상기』, 이길주 옮김(서울: 푸른숲, 1999).

도스또옙스끼, 표도르, 『작가의 일기』, 이종진 옮김(서울: 벽호, 1995).

모출스키, 콘스탄틴, 『도스토예프스키 1, 2』, 김현택 옮김(서울: 책세상, 2000).

바흐찐, 미하일, 『도스또예프스끼 시학』, 김근식 옮김(서울: 정음사, 1988).

투르나이젠, 에두아르트, 『도스토옙스키: 지옥으로 추락하는 이들을 위한 신학』, 손성현 옮김(서울: 포이에마, 2018).

Barsht, K., *Teksty i risunki: kniga dlia chteniia s kommentariem na angliiskom iazyke* (Moskva: Russkii iazyk, 1989).

Basina, M., *Zhizn' Dostoevskogo* (St. Petersburg: Izd. Pushkinskogo Fonda, 2004).

Beckman, James, "Lessons of Law and Legal Studies Through Literature: The Psychology of a Police Investigator as Seen Through the Lenses of Crime and Punishment: Porfiry v. Raskolnikov", *Stetson Law Review*, 47(2017), 85-110.

Buckler, J., *Mapping St. Petersburg : imperial text and cityshape* (Princeton: Princeton University Press, 2007).

Catteau, J., *Dostoevsky and the Process of Literary Creation* (Cambridge: Cambridge

University Press, 2005).

Dostoevskii, F., *Polnoe sobranie sochinenii v 30 tomakh* (Leningrad: Nauka, 1972–1990).

Evdokimova, S. and Golstein, V., ed, *Dostoevsky Beyond Dostoevsky* (Brighton: Academic Studies Press, 2016).

Fedorov, G., *Moskovskii mir Dostoevskogo* (Moskva: Iazyki slavianskoi kul'tury, 2004).

Frank, J., *Dostoevsky The Mantle of the Prophet* (Princeton: Princeton Univ. Press, 2002).

______, *Dostoevsky The Miraculous Years* (Princeton: Princeton Univ. Press, 1995).

______, *Dostoevsky The Seeds of Revolt* (Princeton: Princeton Univ. Press, 1976).

______, *Dostoevsky The Stir of Liberation* (Princeton: Princeton Univ. Press, 1988).

______, *Dostoevsky The Years of Ordeal* (Princeton: Princeton Univ. Press, 1983).

Golstein, V., "Accidental Families and Surrogate Fathers: Richard, Grigory, and Smerdyakov", *A New Word on The Brothers Karamazov*, ed. R. Jackson (Evanston: Northwestern U. Press, 2004), 90–106.

Hibbitt, R., ed., *Other Capitals of the Nineteenth Century : an Alternative Mapping of Literary and Cultural Space* (New York, NY: Palgrave Macmillan, 2017).

Hudspith, S., *Dostoevsky and the Idea of Russianness: a New Perspective on Unity and Brotherhood* (New York: Routledge Curzon, 2003).

Ivanits, L., *Dostoevsky and the Russian People* (Cambridge: Cambridge Univ. Press, 2008).

Jackson, R., *Dialogues with Dostoevsky* (Stanford: Stanford U. Press, 1996).

______, *The Art of Dostoevsky* (Princeton: Princeton U. Press, 1981).

Johnson, L., *The Experience of Time in Crime and Punishment* (Columbus: Slavica, 1985).

______, "The Face of the Other in *Idiot*", *Slavic Review*, 50–4 (1991), 867–878.

Klioutchkine, K., "The Rise of Crime and Punishment from the Air of Media", *Slavic Review*, Vol. 61. No. 1(2002), 88–108.

Knapp, L., "Dostoevsky and the Novel of Adultery: The Adolescent", *Dostoevsky Studies, New Series*, 17 (2013), 37–71.

Kliger, I., "Shapes of History and the Enigmatic Hero in Dostoevsky: The Case of

Crime and Punishment", *Comparative Literature*, Vol. 62. No. 3(2010), 228-245.
Kroeker, P. and Ward, B., *Remembering the End* (Boulder: Westview Press, 2001).
Levinas, E., *Otherwise than Being*, tr. A. Lingis (Pittsburgh: Dequesne U. Press, 2009).
______. *Totality and Infinity*, tr. A. Lingis (Pittsburgh: Dequesne U. Press, 1969).
Lounsbery, A., "Dostoevskii's Geography: Centers, Peripheries, and Networks in Demons", *Slavic Review*, 66-2 (2007), 211-229.
Martinsen, D. and Mairova, O., ed., *Dostoevsky in Context* (Cambridge: Cambridge Univ. Press, 2015).
Miller, R., *Dostoevsky's Unfinished Journey* (New Haven: Yale U. Press, 2007).
Pearson, I., "Raphael as Seen by Russian Writers from Zhukovsky to Turgenev", *The Slavonic and East European Review*, 59-3 (1981), 346-369.
Scherr, B., "The Topography of Terror: The Real and Imagined City in Dostoevsky's Besy", *Dostoevsky Studies, New Series*, 18 (2014), 59-85.
Sekirin, P., ed. The Dostoevsky Archive (Jefferson: McFarland & Company, 1997.
Shneyder, V., "Myshkin's Million: Merchants, Capitalists, and the Economic Imaginary in *The Idiot*", *The Russian Review,* 77 (2018), 241-58.
Vainerman, V., *Poruchaiu sebia vashei dobroi pamiati* (Omsk: Izd. dom "Nauka", 2015).
Wasiolek, E., *Dostoevsky the major fiction* (Cambridge: The M.I.T. Press, 1964).

찾아보기

ㅇ

ㅈ

ㅊ

ㅋ

ㅌ

ㅍ

ㅎ

지은이 **석영중** 1959년 서울에서 태어났다. 고려대학교 노어노문학과를 졸업하고 미국 오하이오 주립대학교 슬라브어문과에서 문학 박사 학위를 받았다. 1991년부터 현재까지 고려대학교 노어노문학과 교수로 재직하면서 지속적으로 도스토옙스키 강의를 해왔다. 한국러시아문학회 회장과 한국슬라브학회의 회장을 역임했다. 저서로 『인간 만세: 도스토옙스키의 〈카라마조프가의 형제〉 읽기』, 『자유: 도스토예프스키에게 배우다』, 『도스토예프스키, 돈을 위해 펜을 들다』, 『톨스토이, 도덕에 미치다』, 『러시아 문학의 맛있는 코드』 등이 있으며, 역서로는 도스토옙스키의 『분신』, 『가난한 사람들』, 『백야 외』(공역), 톨스토이의 『이반 일리치의 죽음 · 광인의 수기』(공역), 푸시킨의 『예브게니 오네긴』, 『대위의 딸』, 체호프의 『지루한 이야기』, 자먀틴의 『우리들』, 스트루가츠키 형제의 『세상이 끝날 때까지 아직 10억 년』 등이 있다. 푸시킨 작품집 번역에 대한 공로로 1999년 러시아 정부로부터 푸시킨 메달을, 2000년 한국백상출판문화상 번역상을 받았다. 2018년 고려대학교 교우회 학술상을 수상했다.

매핑 도스토옙스키 대문호의 공간을 다시 여행하다

발행일 **2019년 3월 15일 초판 1쇄**
2023년 12월 5일 초판 7쇄

지은이 **석영중**
발행인 **홍예빈 · 홍유진**
발행처 **주식회사 열린책들**

경기도 파주시 문발로 253 파주출판도시
전화 **031-955-4000** 팩스 **031-955-4004**
www.openbooks.co.kr

ISBN 978-89-329-1951-5 03890

이 도서의 국립중앙도서관 출판예정도서목록(CIP)은 서지정보유통지원시스템 홈페이지(http://seoji.nl.go.kr)와 국가자료공동목록시스템(http://www.nl.go.kr/kolisnet)에서 이용하실 수 있습니다.(CIP제어번호: CIP2019006501)